黄裳集

译文卷Ⅳ

哥略夫里奥夫家族

山东人民出版社·济南
国家一级出版社 全国百佳图书出版单位

学术顾问： 李济生　杨　苡　黄永玉　姜德明
钟叔河　郑　重

编辑小组： 陈子善　胡长青　李　辉　陈麦青
陆　灏　吕　浩　励　俊　凌　济
容　洁　容　仪

青年时期的黄裳

50 年代在上海

《哥略夫里奥夫家族》1954 年平明出版社初版书影

《哥略夫里奥夫家族》1981 年上海译文出版社版书影

哥略夫里奥夫家族

《哥略夫里奥夫家族》，俄国萨尔蒂科夫-谢德林著，长篇小说。据 Boni & Liveright, Ine. 1917 年出版的 A. Yarmolinsky 英译本译出。1954 年 12 月平明出版社初版，列为“新译文丛刊”之一。1956 年 10 月新文艺出版社新 1 版。1981 年 9 月上海译文出版社“据原新文艺版修订重印”新 1 版，新增译者《译后记》。

据上海译文出版社新 1 版编入。

目　录

第一部　家族会议

第一章

安东·瓦西里耶夫，一处辽远领地上的总管，正在向他的女主人阿丽娜·彼得洛芙娜·哥略夫里奥夫报告到莫斯科去的经过。他是去向那些用缴税的方式向她买得在城市里的居住权的农奴们收取税款的。等他报告一完，她就吩咐他可以退下了，可是他却踌躇着不肯就走，就像还有些别的话想说似的，不过又拿不定主意说出口来。

阿丽娜·彼得洛芙娜对她那些奴仆们的了解实在可以说是透彻之至的；就连他们极细微的一些表情她也懂得是什么意思，甚至他们心眼里转着什么念头她都摸得出来。这样，她的管家的态度就立刻引起了她的不安。

“还有什么话要回?”她一眼盯住他问道。

“没什么，”他躲躲闪闪地回答。

“别扯谎。准有什么事的。我一瞄你的眼神就明白了。”

安东·瓦西里耶夫还是不肯说，照样不住地调换着左右脚。

“到底是什么？跟我说!”她厉声说。“说啊，说啊！别跟一条狗似的浑身摇摆，你这个是非精!”

阿丽娜·彼得洛芙娜喊起她的管家和用人们来总喜欢用他们的绰号。她管安东·瓦西里耶夫叫是非精并不为了发现他背地里爱说坏话，只不过是因为他的嘴不稳罢了。

他所经管的那块领地的中心地带是一个重要的商业村镇，镇上是开了不少酒店的。他就专喜欢在酒店里喝碗茶，再把他的女主人的威势吹上一通。吹着吹着，有时候就不知不觉地把秘密漏了出来。他的女主人手头上总不断地揽着件官司，于是她的心腹人的多嘴多舌就往往把她的锦囊妙计在没有执行之前给漏了出来。

“是的，我还有话要回，”安东终于嗫嚅地开口了。

“什么事啊?”阿丽娜·彼得洛芙娜激动地问道。

一个有权势的女人，再加上一份特别丰富的想象力，她马上就在心里想象出各式各样不如意的挫折和对抗，这种想头一下子就完全抓住了她，于是脸也白了，从椅子上一下子就站了起来。

“斯蒂潘·乌拉地米里奇在莫斯科的房子卖掉了。”安东停了一下以后说道。

“嗯?”

“卖掉了。”

“为什么？怎么会卖掉的？跟我讲。”

“我猜是为了债务。当然不会是为了别的好事。”

“我猜是警察衙门、法院卖掉的。”

“我想是的。他们说是在市场上八千卢布拍卖掉的。”

阿丽娜·彼得洛芙娜沉重地一下子坐在她的安乐椅里，

两眼直直地盯着玻璃窗。她给这个消息弄昏了，看起来有好一会儿就像失去了知觉似的。就算她听到了斯蒂潘·乌拉地米里奇弄死了什么人，或者哥略夫里奥夫的农奴造了反，在她的领地上不肯替她工作了，或者是农奴制度已经废止这样的消息，她也不会震动到这个地步。她的嘴唇发着抖，眼睛木然地望着远处，可是什么她都没有瞧见。甚至连那个在围裙下面藏着什么东西从窗口跑了过去的小女孩杜尼亚施卡她都没有看见；她也没有看见那个小女孩一眼看到女主人马上就站住脚，车转身子，偷偷摸摸地逃到原来的地方去。像这种可疑的举动照例不管在什么时候被发现，准会引起一场彻底的盘查的。最后阿丽娜·彼得洛芙娜恢复了清醒，说出了这么句话来：

"这个玩笑可开得不坏，我得说。"这句话说完以后，接着又是好几分钟有着不祥兆头的沉默。

"这么说警察把房子卖了八千卢布？"她又问了一遍。

"是，太太。"

"他就这么着把遗产弄掉了！好啊！这个恶棍！"

阿丽娜·彼得洛芙娜意识到对这个消息必须有个迅速的决断，不过她却什么都想不出。她的念头困惑地跑到恰巧相反的路上去了。她一面想："警察卖了它。可是警察是不可能一时三刻就把它卖了的。首先必须造起一张财产清单来，接着就得估价，再下去，拍卖又是不能不登广告的。八千卢布就卖了，我自己两年前出了一万二买下来的，一个铜子都不少。要是我知道了它要拍卖，我自己也会出八千卢布买下来的。”

她又转起另外的念头来：“警察把它卖了八千。他就这样把自己的产业糟蹋了。八千卢布，就把自己的产业卖了！”

“谁告诉你的？”她问道，最后终于弄清楚了房子已经卖掉，出一笔便宜价钱弄它到手的机会是永远失去了。

“伊凡·米克海洛夫，那个开酒店的。”

“他为什么不让我早点知道？”

“我猜他是怕。”

“怕？我得让他知道知道怕惧。我要把他从莫斯科叫回来，一到家我就把他给送到军队里去。他怕！”

虽然已经走着下坡路，可是农奴制到底还是存在着的。安东·瓦西里耶夫知道他的女主人曾经用过最别致的处罚办法，不过，即使如此，她现在这个决定是那么出乎意料，却使他为难起来了。他想到自己是非精的绰号。伊凡·米克海洛夫是个正直的农民，安东做梦都没有想到不幸会来到他的身上。何况，伊凡·米克海洛夫还是他的好朋友和教父。现在，突然间，他要被送去当兵了，就正为了他，安东·瓦西里耶夫，这个是非精，随便地说了话。

“饶了他吧——我是说，伊凡·米克海洛夫，”他求情了。

“滚开，你这个废物，”她用那么大的嗓门喊着，教他再也不敢替他的朋友求情了。

不过在我把故事说下去之前，我想请读者更进一步地认识一下阿丽娜·彼得洛芙娜和她的家族。

第二章

阿丽娜·彼得洛芙娜有六十岁了，身体还非常好，处理起事情来总习惯照着自己的意思。她的态度是严厉的。她一个人亲手掌管哥略夫里奥夫家族庞大的产业，不许任何人过问。她自己一个人孤独地生活着，算盘打得很精，几乎都有些吝啬了，跟邻居没什么来往，对地方官吏可不失礼数，从自己的孩子那里要求的是绝对的服从。他们随便要干什么从来没有不先问问自己，“妈妈会怎么说啊?”的。总起来说，她有一份独立、不屈甚至是倔强的性格，虽然她的这种倔强并不是天生的，而主要是由于哥略夫里奥夫整个一大家子就没有一个人能反对她。她的丈夫是个轻浮的人，还爱喝两盅。阿丽娜·彼得洛芙娜常说自己既不是个寡妇也不能算是个结了婚的女人。孩子们有的在圣彼得堡供职，其余的都跟爸爸学样，因此就不得欢心，不许参与任何部分的家政。这样，阿丽娜·彼得洛芙娜很早就有了孤独之感，自然地发展到全然失去了家庭生活的习惯，虽然“家庭”这个字眼还经常挂在她的嘴上，从外表上看，她的全部生活只受着一种欲望的指引，那就是想搞好家庭的产业，同时再使家政走上轨道。

家长乌拉地密尔·米克海里奇·哥略夫里奥夫，从小起就被认为是个荒唐而又喜欢多嘴的家伙，他的性格里简直找不出任何一点可以引起像阿丽娜·彼得洛芙娜那种认真能干的女人的同情。他过着一种懒散无用的生活，常常一个人关在房间里，就在那里面干着学欧椋鸟叫，雄鸡打鸣这一类的事，还做着下流的打油诗句。一下子信心上来的时候，他就吹起牛来，说他跟诗人巴可夫曾经做过朋友，并且说诗人临死的时候还给他祝过福。阿丽娜·彼得洛芙娜从一开头就不喜欢她丈夫的诗，管它叫“脏东西!”“废料!”再碰上乌拉地密尔·米克海里奇结婚的目的就正为了永远有一个人能时刻不离在身边听他的诗，结果自然不久就发生了争吵，争吵越来越凶、越频繁，一直等阿丽娜·彼得洛芙娜表现了绝然的冷漠和对她的丑角丈夫的轻蔑以后，才算停止。乌拉地密尔·米克海里奇从心底里恨他的妻子，夹杂着部分畏惧的仇恨。丈夫管妻子叫“女巫”“魔鬼”；妻子管丈夫叫“风车”和“没有弦的三角琴”。

他们就这样在一起过了四十多年，俩人谁都没有觉着这种生活中间有什么不对的地方。时间并没有减轻乌拉地密尔·米克海里奇好吵嘴的脾气；正相反，倒发展得更尖锐了。他除了照着巴可夫的风格作诗以外，又开始喝起酒来，并且偷偷地躲在过道里等候着丫头们。一开头阿丽娜·彼得洛芙娜对她丈夫这种新花样只是感到嫌恶。她也生过气，倒并不是为了嫉妒，而主要是看作对她的威权的一种损害。过了一阵子，她就不大在意了，只是提防着不再让这些“贱丫头”

替主人送伏特加而已。

从这以后，她就断然地对自己说，她的丈夫实在算不上一个老伴，于是就把自己的精力完全放在经营领地这一个目标上面。在她婚后的四十年当中，她倒真能成功地把她的产业增加了十倍。她用了可惊的耐心和聪明，从近到远地照管着每一个庄子，秘密地调查出邻近地主和托管委员会之间的关系，然后就出其不意地在拍卖场里出现。在这种猎取财产的奇妙工作中间，乌拉地密尔·米克海里奇就越来越退隐到后台里去，最后终于完全退出了社交生活。在我们这个故事开始的时候，他老早就成了一个衰朽的老头子，差不多整天地睡在床上。他偶尔离开一下自己的屋子，也只不过是从他妻子的卧室半开着的门里伸进头去，喊一声“魔鬼!”然后就走回来又把自己关在屋子里了。

孩子们也并没有能给阿丽娜·彼得洛芙娜多少快乐。说起来她是属于那种独身者的性格的，独立，对别人没有什么要求，她的孩子对她只是一种无用的累赘。只有当她一个人处理账目和家政的时候，当她和经理、账房、管家谈业务而没人打搅的时候，她才觉得能自在的透口气。在她看来，孩子是生活里一种命定的东西，自己无权加以拒绝的。可是他们并不能触动她内在的心弦，因为她的心已经完全交给了无尽的家政琐事了。

孩子一起是四个，一个女儿三个儿子。最大的儿子跟那个女儿她连提都不愿意提；她对最小的儿子也多少有些冷淡。只是当中的那个，波尔斐夏，她对他有些感情，可也并不是爱，而是很近于畏惧的那么一种感情。

她的大孩子，斯蒂潘·乌拉地米里奇，现在的故事主要地就是讲的他，在家里人们是管他叫傻斯蒂奥普伽或是无赖斯蒂奥普伽的。他从很小就不得欢心，还是一个孩子的时候，就在家里扮着一半无赖一半小丑的角色。不幸他的天分很好，对四周事物的印象吸取得又快又不费力。从他爸爸那里他接受了无法抑制的恶作剧的癖好，从妈妈那里学会了揣测人性中软弱一面的本领。第一个特性很快地就使他成为爸爸的宝贝，这就更加强了妈妈对他的厌恶。常常在妈妈有事出去的时候，爷儿俩就跑到挂着巴可夫画像的书房里去，念着放荡的诗句，叽叽喳喳地瞎谈，他们主要的嘲笑对象就是"女巫"，也就是说阿丽娜·彼得洛芙娜。这个"女巫"，直觉地就猜着了他们的那一套，就会悄没声地把车子停在前门的台阶前面，接着蹑着脚尖走到书房门口来听他们开心的把戏。紧接着傻斯蒂奥普伽就得挨一顿狠狠的鞭子，不过这还是无效的。不论是打还是训斥对他都毫无影响，半小时以后他就又玩他的花样去了。他会割断安尼优特卡那个婢女的围巾，不然就在瓦谢优特伽睡着了的时候把苍蝇塞进他的嘴里去，要不就跑进厨房拿出一块糕来（阿丽娜·彼得洛芙娜为了节约，只让她的孩子们吃个半饱），这块糕他总是要跟弟弟们分了吃的。

"真该把你弄死，"他妈妈常对他说，"我要弄死你，而且用不着担什么干系。就是上帝也不会为了这个罚我！"

这种侮辱加在一个柔和、顺从而且善忘的性格上面，不是没有影响的。这并不使他觉得难过，同时也不会激起他的反抗。这只会养成他的卑屈的性格，滑稽的倾向，对事物的合理与否不能判断，缺乏一切的远见和谨慎。这样的性格会受到一切的影响而且可能造成任何后果——醉鬼、乞丐、小丑，甚至是罪犯。

在二十岁上，斯蒂潘·乌拉地米里奇在莫斯科的中学里毕了业进了大学。不过他的学生生活可是够苦的。首先，他妈妈只给他免于饿死的一点钱。其次，他是连一点点劳动的意愿都没有的。他反而养成了一种该死的才能，这种才能主要的是表现在模拟的本领上。并且他老是希望和别人混在一起，就是一刻的孤独他都受不了。于是他就扮演了一个轻佻的角色：跟班和寄生虫，还得感谢他那随时都可以施展的淘气的本领，很快他就受到了富有的学生们的赏识。虽然他们让他走进他们那个圈子，可是他们却并不以同辈相待，只把他看作一个小丑；于是这就成了一般人对他一致的看法。只要一旦被放在这样的地位上，他的身份自然而然地就越降越低，到了四年级的结尾，他的丑角身份就算完全给肯定了下来。还得感谢他那接受的能力和好记性，他顺利地通过考试，得到了学位。

当他带着毕业文凭回到妈妈面前的时候，她只是耸了耸肩膀，说道："哼，这倒滑稽。"然后让他在乡下住了一个月，就又把他送回了圣彼得堡，每月给他一百纸卢布①的津贴。于是

① 在当时（一八四五前后）一个纸卢布还值不到一个银卢布的三分之一。——英译者。

他就开始不断地跑起各个政府衙门来了。他既没有奥援又下不了决心自己苦干打开一条道路。这个孩子简直完全丧失了集中注意力的习惯，对衙门公事里那些摘由、摘要的工作他都失去了处理的能力。奋斗了四年以后，斯蒂潘不能不承认自己绝没有提升到比书记再高的希望了。阿丽娜·彼得洛芙娜为了回答他的哭诉回了一封严厉的信，信是这样开头的：“我早就料到了这个，”结尾吩咐他立刻回到莫斯科来。在那里阿丽娜·彼得洛芙娜最赏识的农奴们的会议上，决定了把傻斯蒂奥普伽安插在枢密院里，把他托付给一个讼棍照管，这个讼棍是从记不清是多少年以前就担任着哥略夫里奥夫家的法律顾问。

斯蒂潘·乌拉地米里奇在枢密院里干些什么，和他在那里行为怎样简直就是一个谜。可以确定的是，三年以后他就从那里走了出来。这时候阿丽娜·彼得洛芙娜采取了一种非常的措施。她“扔给了她的儿子一块骨头”，同时这也算是“父母的祝福”，就是说，世袭的产业了。这块“骨头”就是她花了一万二千卢布在莫斯科买的一所房子。

斯蒂潘·乌拉地米里奇有生以来还是第一次能自由地呼吸。这所房子一年能给他带来一千银卢布的收入，这个数目比起他从前的进项来真的算是发财了。他用发自内心的真诚的感谢吻着他母亲的手，并且答应决不辜负她的好意，这时候阿丽娜·彼得洛芙娜说道：“这倒还像话；可是留神，你这个傻子，你可别想再从我这儿拿到别的什么了！”可是，唉！他对管钱是那么没有经验，他对现实生活的知识是那么荒诞可笑，没有过了多久，这一注他以为了不起的收入就显然不够花了。在五六年当中，他完全破了产，只好甘心情愿地志愿参加了那时刚成立的国民军①。他的那个团刚刚开到哈可夫，议和就开始了，于是哥略夫里奥夫就又回了一次莫斯科，他穿了一身褴褛的军装和一双长筒靴子，这时候他的房子早就给拍卖了，口袋里只有一百卢布。他开始用这笔资金投起机来，就是说，他到牌桌上去碰运气，可是很快地就都输光了。这时候他想起来去拜访那些富有的住在莫斯科的他母亲的农奴。有几个请他去吃过饭；另外两个，禁不住他一趟趟的求告，给他些烟草，或是借给他小量的钱。后来他终于弄得无路可走了。他已经快四十岁，他不得不承认再也经不起那种漂泊流浪的生活了。在他面前只剩下了一条路——回哥略夫里奥夫田庄去。

阿丽娜·彼得洛芙娜的第二个孩子是她的女儿安娜·乌拉地蜜罗芙娜，这个女孩子她也是不高兴提起的。

事情是这样的。老太太对安奴士卡②倒的确是寄托了相当的期望的，可是她，不但一点没有能满足她母亲的愿望，倒反而做出了一件丑事，让全村都议论纷纷了。在安奴士卡离开学校以后，阿丽娜·彼得洛芙娜就把她安置在村里，本来是想让她做一个不必付薪的秘书和会计的，可是安奴士卡却在一天晚上跟一个骑兵旗手乌拉诺夫偷跑了，而且跟他结

① 那是在克里米战争时代。——英译者。

② 安娜·乌拉地蜜罗芙娜的爱称。

了婚。

“他们就跟狗似的结了婚，没有父母的祝福!”阿丽娜·彼得洛芙娜骂道。“倒还算好，至少这个男人还给了她一个结婚戒指呢！要是换上别的人，占了她的便宜——就溜到不知道哪里去了。你只能冲着他干瞪眼!”

阿丽娜·彼得洛芙娜也像对付她那痛恨的儿子一样，对她的女儿采取了断然的处置。她也赏了她一份“骨头”，这一回是五千卢布和一座带着三个农奴的破烂小村子，附带着一所房子，已经荒废成了那种样子，风就从没有玻璃的破窗户往里直吹，地板上连一块牢靠的木板都找不出来。两年当中这对年轻人花光了这点钱，骑兵旗手抽身溜掉了，扔下他的妻子和一对孪生的女儿，安宁卡和卢宾卡。过了三个月妈妈死了，于是阿丽娜·彼得洛芙娜就只好把两个小孤女带回自己家里。她把这一对安置在边屋里，指定了年老、只剩下一双眼睛的帕拉施卡来照管。“上帝是仁慈的!”阿丽娜·彼得洛芙娜说。“这两个小孤女吃不掉我多少面包，可是在我的晚年，倒可以给我一点安慰。上帝拿去了我一个女儿倒给了我两个。”同时她又写了一封信给她的儿子，波尔斐瑞·乌拉地米里奇说：“你姐姐就跟她活着一样丢人地死掉了，还扔下两个孩子套在我的脖子上。”

底下我们要说几句看来似乎是有些阴损的话，可是责任所在这倒是非声明不可的。阿丽娜·彼得洛芙娜给了斯蒂潘和安娜的那点产业，就她的经济情况说来，根本是无足重轻的。正相反，倒间接地增加了哥略夫里奥夫家的产业，因为这下子继承人的数目是减少了。因为阿丽娜·彼得洛芙娜是个严格遵守原则的女人，只要一旦“扔给了他们一块骨头”，她就认为自己对那些并不可爱的孩子的义务就已经完全而确切地尽到了。至于她那孙儿一辈，她就从未想起到时候也得分点什么给她们。她念念不忘的只是尽量设法从她的亡女的小领地上把全部收入拿过来，存放在托管会里。“我这是，”她曾这样说的，“替孤女们存点钱。至于她们的饮食和抚育费，我可一个铜子都没有动用过。因为她们吃掉我的面包反正上帝是会还给我的!”

还有两个小点的孩子，波尔斐瑞和帕甫尔，都在圣彼得堡供职，前者做文官，后者在军队里。波尔斐瑞已经结了婚；帕甫尔则是个老光棍。

波尔斐瑞·乌拉地米里奇在家里有三个绰号，“约杜施卡”（小犹大），“吸血鬼”，“乖孩子”，这三个绰号都是傻斯蒂奥普伽想出来的。从他很小的时候开始，波尔斐瑞就可笑地热心于讨他“亲爱的妈妈”的欢心，并且显示了一种谄媚的倾向。他会轻轻地打开他妈妈屋子的门，悄没声地蹭到墙角里，坐在那里，就像入了迷似的，眼睛盯在写字或是忙着算账的妈妈身上。就在那时候，阿丽娜·彼得洛芙娜就已经对她的儿子的婉转乞怜起了暧昧的疑心。他向她注视的眼神就使她弄不懂其中到底包含着怎样的意义，是怨毒呢还是对父母的虔敬。“我看不出他眼色里到底有些什么意思，”她有时候就这样跟自己说。“他的眼睛一瞟就像他准备扔出一个圈套似的。他把一包毒药递给谁或者想把谁诓进陷坑里的时候大概眼睛就是这个样子的。”

她又经常从这里联想到当她怀着波尔斐夏的时候一些有重大意义的细节。那时候领地上住着一个圣人鲍尔斐夏的老头子，他是个出名的预言家，阿丽娜·彼得洛芙娜要是想要知道一下未来的什么事情，就找他去。她也问过他什么时候可以生产，生下来的将是一个男孩呢还是女孩；不过这个装模作样的老头子并不给她正面的答复。他像公鸡似的叫了三下接着就嘟嘟囔囔地说了：

> “一只小雄鸡，一只小雄鸡！它的爪子尖得像把锯；它吓唬老母鸡，不时地啼了又啼；母鸡‘咯咯咯，’可是已经来不及！”

他所说的全部都在这里了。三天以后（预言家是叫了三声的！）阿丽娜·彼得洛芙娜养了一个儿子（“小雄鸡！小雄鸡！”），为了表示对老圣人的敬意就取名叫波尔斐瑞。预言的上半段应验了；可是下面这几句神秘的句子里到底包含着什么隐藏的意义呢？

> “母鸡‘咯，咯，咯，’可是已经来不及！”

阿丽娜·彼得洛芙娜每逢望见波尔斐夏坐在他的墙角里，用谜样的眼睛盯在她身上的时候，就总琢磨着这两句话。

同时波尔斐夏还是盯着她，又安静又柔和，他盯得那样出神，他那双张得大大、静止不动的眼睛都浸在泪水里了，就像他已经模糊地意识到那折磨着他母亲灵魂的疑虑，因此他才这样做作以便祛除她那最为顽强的疑心。他冒着打扰他母亲的危险，经常缠绕在她的身边，他眼睛里的表情就像在说："瞧我！我什么都不瞒您。我是绝对顺从和忠诚的，而且，您瞧，我不只是为了畏惧同时也是为了忠实才对您顺从和忠诚的。"虽然在她的内心经常会发出一种声音，警醒她这是个危险的小流氓，不管他是多么会哄骗人讨人喜欢，可是她的心还是不能抗拒那种不断的忠诚表示，她的手不禁要伸出去，从盘子里拿最好的一块食物给这个亲热的孩子吃。虽然如此，她常常是只要一看见他就会唤醒一种对某些不可思议的可怕事物的模糊的戒心。

跟波尔斐瑞正好相反的是他的兄弟，帕甫尔，一种极端被动性格的具体代表人物。他还是个孩子的时候，就对读书，游戏和跟别的孩子们一起玩毫无兴趣，只愿意独自待在那儿。他会走到角落里，鼓起嘴巴来妄想，幻想自己因为吃多了燕麦粉，因此腿就瘦了，书也读不进了，不然就幻想自己成了台维特卡，那个牧童，前额生着一个大瘤，正和台维特一样不念书，只是抽响着一根鞭子。阿丽娜·彼得洛芙娜会一直盯上他好半天，然后她那母亲的感情激动起来了：

"你为什么像一头燕麦堆上的老鼠似的坐在那儿呢？"她会忍不住这样骂道。"这么点儿年纪心里就转起坏念头来了！你就从来不跑到妈妈身边来说，'好妈咪，抱抱我？'"

帕甫尔于是就慢慢地离开他那隐蔽的地方，蹭到母亲身旁，就像什么人在后面向前推他似的。“好妈咪，”他会用在一个孩子说来非常奇特的低沉的嗓子重复一遍，“疼疼我。”

“滚开，你这个下流种子。你以为只要躲到犄角里我就不知道了。我的宝贝，你弄错了。我把你看得透里又透。你那些主意、心思就像摊在我手心里一样的清楚。”

这时帕甫尔就会照样慢慢一步步地退回去，依旧躲在墙角里。

一年年地过去，帕甫尔·乌拉地米里奇的那种冷漠、非凡阴郁的性格逐渐增长了，这种性格跟绝对被动的性格往往是分不开的。也许，他是个不错的人，不过他却不曾对任何人有过些微的好处；也许他并不是没有一些天分的，可是却从来没有做出任何聪明的事来。他的人够大方，可是没有人高兴接受他的款待。他用钱大方，可是他的挥霍却不曾给谁带来好处或愉快。他从不曾伤害过谁，可是这不能算是一种美德。他是诚实的，不过从来没有人听见过谁在说：“瞧帕甫尔·哥略夫里奥夫这件事干得多么诚实！”还得附带讲一下，他偶尔也对母亲出言不逊，虽然他是像怕火一样怕她的。我再说一遍，他的性子不好，不过在他那阴沉的性格后面，除了死气沉沉就什么都没有了。

等到兄弟俩成年以后，他们性格之间的差异，在他们跟妈妈的关系上面表现得最为显著。约杜施卡每星期一定给“亲爱的妈妈”寄一封长长的家信，在这封信里他把在圣彼得堡的生活细节仔仔细细地告诉她，并且用精心拣选的词句向她保证做儿子的无私的敬爱。至于帕甫尔，信写得就很少，而且简单，有时甚至是很费解的，事实上正像用一把钳子一个字一个字从他身上拉了下来似的。

“我敬爱的朋友和亲爱的妈妈，”譬方说，波尔斐瑞·乌拉地米里奇的信就是这么写的，“我从农民叶劳斐耶夫那里收到了钱，让我为您给我寄来这份钱表示最衷诚的感谢，因为依照您高贵的愿望，这钱是为了维持我的生活的。我还得用真诚的儿子的敬爱吻您的手。不仅为了满足我们的需要甚至是我们的狂想，您得过度地损害您那珍贵的健康，一想到这个就不禁让我忧虑不安了。我不知道弟弟会怎样想，不过我——”云云。

至于帕甫尔，他在同样情形之下所写的信是这样的：“亲爱的妈妈，钱于某日收到，同时，照我的算法，您还少寄了六个半卢布，特别要请您见谅。”

当阿丽娜·彼得洛芙娜写信去申斥孩子们的浪费时——她是经常要写这样的信的，虽然并没有什么迫切的需要——波尔斐夏照例是柔顺地接受了她的斥责并且答复道：“我很明白，我最亲爱的朋友和妈妈，为了我们，您那不肖的儿子们，您背着最沉重的负担。我明白，常常我们有些行为辜负了您母亲的关切，更坏的是，由于我们本身的脆弱，我们常常忘记了这个，关于这一点我得致以最虔诚的歉意，希望在将来我能克服自己的弱点，更节约地花用您，我敬爱的朋友和母亲，为了我的生活和别的原因寄给我的钱。”帕甫尔就这样回答：“最亲爱的妈妈，虽然您直至目前还一点都没有付掉我的欠款，我对您替我选好的‘败家子’这个名字依然要用最诚服的心情接受下来的，我竭诚希望您能相信这一点。”

就连两兄弟得到他们的姊妹安娜·乌拉地蜜罗芙娜死讯以后的复信，彼此也是截然不同的。波尔斐瑞·乌拉地米里奇写道：“我的亲爱的姊妹和最好的儿时游伴安娜·乌拉地蜜罗芙娜故世的消息让我的心里充满了忧愁，同时一想到，亲爱的小妈妈，在您身上又增添了新的十字架，就是那两个小孤女，这忧愁就更加深了。您一个人要照管我们这一大群，您自奉那么俭约，还一点都不肯顾惜自己的健康，尽全力于供应家庭，不仅要顾到生活必需的，同时还有奢侈的开销，好像这些还不够您受的。真的，虽然是一种犯罪，可是我承认，我禁不住还是时常这样感到不平。照我看，我最亲爱的，碰上了这种事以后，对您唯一的慰藉就是要常常想起基督自己所经历的苦难。”帕甫尔的信就是这样：“我姐姐身遭不幸的消息已经接到了。我希望上帝会让她在天上的殿堂里安息的，虽然这不大靠得住。”

阿丽娜·彼得洛芙娜反复地读着这两封信，一面在猜想，这两个孩子当中哪一个将来是她的对头。她有好几次想到危险一定出在波尔斐瑞·乌拉地米里奇身上。

“瞧瞧他是怎样地在要弄着他的舌头，信写得简直就跟魔鬼一样！”她会这样叫起来的。“傻斯蒂奥普伽给他的绰号压根儿就一点都不错——约杜施卡[①]！这么一大篇废话里，提到我的苦痛，我的十字架还有别的。完全是扯谎！他心里连

① 这个绰号是从出卖耶稣的门徒犹大衍化的。——译者。

一丁点儿真情感都没有!”

她又拿起帕甫尔·乌拉地米里奇的信来，好像觉得他才是她真正的敌人。

“也许他是个蠢东西，可是瞧瞧他是多么机灵偷偷地讨妈妈的欢心。‘我竭诚希望您能相信这一点!’别忙！我得让你明白明白这句话怎么讲！我要照着给傻斯蒂奥普伽那样也分给你一份，到那时候你就会明白我对你的保证的看法是怎样的了!”

最后她就会真正伤心地哭上一场。“我积蓄的这全份家财到底都是为了谁啊！我不肯睡不肯吃——到底这都是为的谁啊!”

当总管安东·瓦西里耶夫向阿丽娜·彼得洛芙娜报告傻斯蒂奥普伽踢蹬了扔给他的那块“骨头”，也许，鉴于损失的严重性，现在可以更郑重地说是“母亲的祝福”的时候，哥略夫里奥夫家族的大致情况就是这样的。

阿丽娜·彼得洛芙娜坐在她的卧房里，神志完全昏乱了。她心里揉乱着一种模糊的说不清楚的感情，是突然而不可思议地对她所恨的下一代、到底是她的儿子发生了怜悯呢，还仅只是为了自己的威权受了伤害而痛苦，就连最好的心理学家也是无从判断的：她的这些思想感情都混揉在一起了，极快地轮替着。最后，在这一堆纷乱的思潮当中，终于凝结出一种情绪，她担心再让“可怕的孩子”缠在自己的脖子上。

“安宁卡已经把她的崽子塞到我的身上，现在这个蠢东西又要来了，”她深沉地思索着。

她一个人静静地坐了很久，眼睛呆呆地盯着不动。饭菜端了进来，可是她碰都没有碰；进来了一个仆人回说老爷要白兰地。她眼都不抬，就把贮藏室的钥匙扔了给他。饭后她吩咐准备浴水。接着她就走进了祈祷室，吩咐把圣像前面的灯全都点了起来，然后就把自己关在里面。这些都说明了女主人是在“气头上”，于是整个宅子就静寂得跟教堂墓地一样了。房里的丫头蹑着脚尖走路；阿库里纳，那个管家，跟疯子一样地前前后后地跑着。饭后就做好了腌渍蔬果的准备；浆果已经洗干净了放在那里，可是应该开始工作还是等待，女主人却没有吩咐。花匠马特维上来请示现在要不要摘桃子，可是碰上了丫头冲他那么严重地“嘘!”了一下，于是就慌张地逃掉了。

祈祷过后又洗了澡，阿丽娜·彼得洛芙娜觉得安静得多了，于是就又把管事喊了来。

“现在告诉我，那个傻子现在在干些什么?”她问道。

“嗯，莫斯科可不小，要走遍它一年还不够呢?”

“可是他得想法把肚皮塞饱啊，不是吗?”

“我们农民们养活他。他在这家吃饭，到那家要点钱买烟草。”

“是谁答应他们给他的?”

“天哪，太太！他们不会抱怨的。生人他们还施舍呢。难道他们能一个铜子都不给自己主人的儿子吗?”

“我得教训教训他们，让他们施舍！我要把这个蠢东西送到你们村里去，让你们来养活他。”

“随您吩咐，太太。”

“什么？你说什么？”

“随您吩咐，我的太太。只要您吩咐下来，我们就养活他！”

“倒不错，说话可别没高没低的。”

紧跟着是一阵沉默。这时候那个总管，他的性子跟外号倒是真的一点不差，耐不住了，开始一左一右地摇晃着，显然是极为焦灼地想要宣泄一下憋在自己肚子里的什么了。

“可是，他人倒还聪明！”他终于说了出来。“他们说他打完仗还带了一百卢布回来。当然这不能算一笔大钱，不过这总还够一个人活一些日子的……”

“嗯？”

“他原想要改善一下生活的，于是就去干了一回不大正当的买卖。”

“说下去，说下去，不许说一句谎。”

“他走进了德国俱乐部。他是想也许会在牌桌上抓住一个傻瓜干他一下子，可是他却碰上了一只狡猾的鹰。他想走开，可是在休息室里给拦住了。自然，他让人家给剥了个精光。”

“我猜他准还吃了一顿苦头。”

“当然。第二天早晨，他上我们的那个伊凡·米克海里奇家去了，亲口把这事全告诉了他。真怪，他高兴得很，就像他们拿他当作皇上招待了一顿似的。”

“他是不在乎的！只要别让我看见他，我也就用不着烦心！”

“可是我猜他要来看您的。”

“胡说！我不准他踏进我的门槛。”

“不过我想他一定要来的，”安东·瓦西里耶夫坚持说。“他就直截了当地跟伊凡·米克海里奇说过。‘够了，’他说，‘我可要回去找老太婆啃她的干面包皮去了。’还有，太太，说真的，除了家里他还能往哪儿钻呢？他不能一直待在莫斯科让我们的人养活他啊。此外，他还需要衣裳和生活用品呢。”

阿丽娜·彼得洛芙娜怕的正是这个。这正是那个深深地吓坏了她的模糊念头的实质。“是啊，他会回来的，”她对自己说，“他没有别的地方可去，这是无疑的。”他要一直在这里了，在她的眼前，那个可恶的、已经给她忘记了的可恨的儿子。把他自己的一份扔给他又有什么好处呢？她还以为他拿到了“他自己那一份”以后，是会永远不再出现了。可是他又要来了！他要回来，提出无理的要求，像一条水蛭似的黏在你的身上，让人人看到他那种乞丐样儿都吃惊。而她就得满足他的要求，因为他是个厚脸皮的流氓，什么事都干得出来的。你又不能把这样的人监禁起来；他可能穿上一身破烂在生人面前摆来摆去，做出最丢人现眼的事来，跑进邻居家里把自己家里的私事一五一十地告诉人家。她能把他放逐到那个苏兹达修道院里去吗？据说这是个摆脱不肖儿孙的地方，可是只有上帝明白，这个神话的修道院到底有没有。据说也有那种感化院之类的地方。可是又怎么可能把一个快四十岁的傻瓜送进去呢？

简单一句话，傻斯蒂奥普伽的到来会把她的太平日子给搅得乱七八糟，一想这个，阿丽娜·彼得洛芙娜就觉得浑身不舒服。

“我把他安置到你那里去，”她恐吓总管道。“让你供养他。”

“为什么要这样呢，太太？”

“因为你一直站在那里叽里咕噜的：‘他准会回来的，’”她学着他的调子。“滚得远远的，你这个老鸦！”

安东·瓦西里耶夫转身想走，可是阿丽娜·彼得洛芙娜喊住了他：

“等一下。他真的已经回哥略夫里奥夫来了吗？”

“我可不大喜欢说谎，太太。他说得那么干脆——‘我可要回去，找老太婆啃她的干面包皮去。’”

“他马上就会明白老太婆替他预备了怎样的面包皮。”

“可是，太太，他不会跟您住多久的。”

“为什么不会？”

“咳，太太，他咳嗽得非常厉害，还一直按着他左边胸口，他活不了多久了。”

“这种人照例命长得很。我们都活不过他的。咳嗽对他没什么害处，嗯，我们将来看吧。去吧，我还有不少事呢。”

阿丽娜·彼得洛芙娜花了整整一个黄昏来考虑这个问题。最后她想出来，最好的办法是召集一个家族会议来决定怎样处理傻斯蒂奥普伽。这种宪政的方式她并不习惯。她决心离开自己一向独裁的传统完全是为了保护自己不受公众的责难。既然她对会议的结果没有了疑虑，就带着一颗轻松的心儿坐了下来，写信给波尔斐瑞和帕甫尔叫他们立刻回到哥略夫里奥夫田庄来。

第三章

就在这同时，这一切混乱的主因，傻斯蒂奥普伽，是已经在到哥略夫里奥夫田庄来的路上了。在莫斯科他就定好了一辆所谓“驿车”上的座位，这样的驿车是小商人和做买卖的农民在旅行中总要乘坐的，至今在有些省份里也还并不少见。驿车的终点站是乌拉地密尔城，斯蒂潘之所以能够乘坐这部车子，还是靠了前面已经提到过的店主伊凡·米克海里奇的照顾，他的主人在旅行当中的伙食也是由他付账的。

“听着，”伊凡·米克海里奇带着一种自己人的口气说道。“就这么办，到了站就下来，尽管一直去找你母亲去就是。”

“是啊，是啊，是啊，”斯蒂潘·乌拉地米里奇赞同地说。“从那里到家也不过就是十五维尔斯他①一挤眼的功夫我就走到了。回头我就是这么一身土的脏样子去见她。”

“要是让你母亲看见了你这种褴褛样子，也许她会可怜你的。”

① 俄里，每一俄里，约合中国市里二里余。——译者。

“她会的，她会的。妈妈到底是个善心的老太太。”

斯蒂潘·乌拉地米里奇还说不上四十岁，可是看上去像五十了。生活那么彻底地磨坏了他，在他身上没有剩下一点点贵族的影子，丝毫看不出他在大学里受过教育，得过科学思想的熏陶。他高得像一根五月柱①，给饥饿折磨坏了，邋遢，衣衫不整，有着下陷的胸部和瘦长的双臂。他那发肿的脸，他那夹杂着灰色的乱蓬蓬的头发，他那又高又粗的嗓子，他那鼓出的充血的眼睛，在在都无可置疑地说明了他的酗酒和饱经风霜的生活。他穿了一件旧得露了线的制服，金银花边都不见了——是卖给一个金银首饰商了——一双带红色的靴子，打着补丁，破得简直可怜。在他那敞开怀的外衣里，露出一件肮脏的衬衫，黑得像搽过煤烟似的。照那种当兵的缺德的说法，他就叫它做“跳蚤窝。”

他的眼色即畏怯又暗淡，并非表现内心的不满，但却显示了出于对随时都会袭来的、饥饿而死的恐惧的模糊的焦虑。他不停地断断续续地讲话，毫无连接地转换着话题。不管伊凡·米克海里奇在听还是受了他的碎嘴的催眠而打盹，他的话是非说不可的。他不舒服得要命，因为在驿车里坐了四个人，他只有弯了腿坐着，于是在走了三四维尔斯他以后，膝关节就痛得忍不住了。即使如此，这痛楚也并未妨碍了他的讲话。从驿车边窗里吹进来一阵阵灰尘，有时就照进来一大

① 用花如彩带装饰起来的柱子，少男少女在五朔节那天，围着它跳舞。——译者。

片燃烧的、灼人的太阳。不过斯蒂潘·哥略夫里奥夫还是照样说他的话。

“是啊，哥们，”他说了下去，“我可苦够了。是该歇歇的时候了。难道我会把她的家私都吃光吗？她还够富余、可以匀点给我的。你看怎样，伊凡·米克海里奇？”

“哦，您母亲的粮食可不少。”

“不错，可并不是给我预备的，你的意思是说？是的，哥们，她有成堆的钱，可是没有一个铜子是给我的。再说这个女巫一直就恨我。凭什么呢？可是现在我可得换个花样给她瞧瞧了。我打定了主意。我是不顾一切了。她要是想把我赶出去，我可不走。她要是不给我吃的，我就自己拿。我替国家出过力的，哥们。现在谁都应该帮我的忙。我就是怕一桩事，她不给我烟草。”

“是啊，您只有跟烟草绝交了。”

“那我就问管家要。让这个魔鬼不时孝敬一下主人应该还办得到。”

“哦，是的，他可能会孝敬的，不过要是您母亲不答应可怎么办呢？”

“唉，这么一来我可完了。我从前的享受就剩下了烟草这一件。我有钱的时候，每天起码得抽四分之一磅朱可夫烟草的。”

“我猜白兰地您也没份了。”

“又是一件要命的事。白兰地可给了我不少好处。它能清痰化气。在我们向塞巴斯托堡进军的时候，还没走到索尔普克赫甫每人就已经领到三加仑白兰地了。”

“您准都吃得糊里糊涂的了。”

“我可记不清楚了。我们一直开到克哈尔克夫，可是就是把我吊死也记不起别的什么了。我只记得一件事，我们开过那些村镇，在吐拉，有个政府官给我们演过讲。他还流了眼泪呢，这个流氓。不错，在那些日子里我们神圣的俄罗斯祖国是多灾多难的。官员，承包商，税官，——上帝从这伙人手里把国家保住了可是个奇迹。”

“哦，您母亲在这当中还插进一手捞了些便宜呢。在我们村里，送出去的兵员一大半都没有能够回来。战争中损失的每一个兵，现在都要发给一张壮丁收据，每张这种收据照政府的价钱，要值到四百卢布以上呢。”

“是啊，我那娘实在是个机灵鬼。她实在不该留在哥略夫里奥夫田庄当管家婆，倒该去做部长的。让我告诉你，她对不起我还侮辱了我，可是我照样佩服她。主要就为的是，她机灵得跟魔鬼一样。要不是她，我们现在可到哪儿去呢？我们会除了哥略夫里奥夫田庄跟它那一百另一个半农奴以外，什么都没有了的。只要想想她挣了多大一份家业就是。”

“嗯，您的弟兄们是该当有钱的。”

“不错。可是我将来什么都捞不到，也是准的。是的，朋友，我反正已经倒了楣了。可是我的兄弟们，他们该当有钱的，特别是那个吸血鬼。他能一下子就把人勾进圈套里，就是把她给弄光，也用不了好久。他会从她手里把产业和钱都挤出来的。我对这种事是看得明明白白的。不过帕甫尔，他倒是个好小伙子。他会偷偷地给我送烟草来的。你可以走着瞧。一等我到了哥略夫里奥夫田庄，我马上就要给他送张便条去：‘亲爱的弟弟，我是怎样怎样了，让我的灵魂舒服一下吧。’啊，我要是发了财！”

“那你怎么样呢？”

“首先，我得让你也发财。”

“为什么是我呢？先得替您自己想想啊。我照现在这样在你母亲治下过日子就心满意足了。”

“哦，不，哥们，听着！我得让你作我所有地产的大总管。是的，我的好朋友，你周济了一个军人，请接受我的感谢吧。要不是你的好心，现在我就得一步步走回自己的老家了。此外，当然，我立刻就让你获得自由，把我所有的好东西都让你享受——吃，喝、快活。你原来以为我会怎么做？”

“您还是先别替我着急吧，老爷。您要是发了财，还想做些什么呢？”

“其次，我得马上搞一个女人。在库尔斯克有一回我去做弥撒，看见了一个——简直是一位皇后！她心烦意乱，一点都不安静。”

“不过也许她不肯做您的外宅呢。”

“可是有了硬洋钱可怎么说呢？万恶的金钱是干吗用的？要是十万她还不够就给她二十万。我要是有了钱，花多少我也不在乎，只要能在生活当中得到一点乐趣。我不得招承当时我通过我们的班长跟她去说，我可以付她三个卢布。可是这个婊子非要五个不可。”

“这在您说起来，自然是太多了！”

“嗯，我说不上来了。我不是说过的，那一阵子我简直就像做梦一样。也许她上我这儿来过了，可是我忘了。那两个月的行军在我脑子里忘得一干二净了。你从来都没有碰上这种事，我猜？”

伊凡·米克海里奇沉默了。斯蒂潘·乌拉地米里奇仔细对他一望，发现他的旅伴已经睡得死死的了。

“哼，”他说。“他倒睡着了，这个瞌睡虫。你发胖了，哥们，你在家里吃喝得太好了。我可睡不着，连眨眨眼都不成，倒是个开玩笑的好机会。”

哥略夫里奥夫四下一看，全都睡着了。他身旁坐着的那个商人的头一直在大梁上撞，可是照样在睡。他的脸就像涂着层漆似的发亮，苍蝇成群地就在他的嘴边飞。一个出色的念头，斯蒂潘想，把这些苍蝇全都填进商人的喉管。他的手已经开始向商人移动了，可是半路上，他后悔了，放弃了这个念头。“别再开玩笑了，”他说，“够了。睡吧，朋友们，休息吧。同时——酒瓶被他藏在哪里了？在这里，宝贝！“让我瞧瞧你。上帝，救救你的子民，”他轻声地哼着，从系在车身旁边的口袋里掏出一只瓶子，塞进嘴巴去。“啊，这还差不多。它能打里面使你温暖，你明白。我还要再喝点吗？嗯，不。车站离这里还有二十维尔斯他。我尽有时间喝得跟贵族一样的。可是我要不要再多喝一点？他妈的，这烧酒。酒瓶简直就会迷人。喝酒不好，可是你有什么办法不喝？如果这是能睡点觉的唯一方法的话，我他妈的倒希望烧酒快点让我完蛋。”

他又灌了两口烧酒，把酒瓶放在原来的地方，开始装起烟斗来。

“倒还满自在，”他说，自言自语地。“酒也呷了，现在又有烟抽。她是不会让我有烟抽的，这个老巫婆，摆明了她不会肯的，这人的话是不错的。她会给我吃的吗？她准会打发人把吃剩下的什么给我拿来的。唉，我当初也有过钱，可是现在精穷了。这就是生活。今天你还有吃有喝，你舒舒服服地抽着烟。

“‘可是明儿啊——你怎么样啦，哥们？’

无论怎么说现在吃一顿总还不是坏事情。我滥喝一气，可是却一直难得好好地吃上一顿饭。医生说只有紧跟着大吃一顿，喝酒才对你有好处，就像我们经过奥伯阳的时候那位斯玛拉格特大主教说的那样。那是奥伯阳吗？鬼知道，可能那是克劳母。可是现在这都不关紧要。主要的问题是怎么想法弄点东西来吃。我记得他在袋子里放了一条腊肠三个面包。这个坏蛋舍不得买鱼子酱。瞧瞧这家伙——睡得跟一块木头似的，从鼻子眼里哼着。我想，他准是把袋子放在座位下面了。”

他翻来翻去地找那只袋子，可是找不着。

“伊凡·米克海里奇，伊凡·米克海里奇，”他冲着睡觉的店主喊了两声。这人醒了过来，老半天还弄不清楚他是在哪儿，又怎么会和他的主人对面坐着的。

“我刚要打个盹，”他最后说。

“睡吧，朋友，睡吧。我只是想问一下装食物的袋子放在哪里了。”

“您饿了吗？不过我猜您要先喝点酒。”

“对。酒瓶在哪儿？”

斯蒂潘·乌拉地米里奇喝了口酒，接着就向腊肠进攻了，腊肠恰恰咸得像盐、硬得像石头，这就使他不能不用刀子的尖端来凿它。

“现在要是有点鲟鱼味道准不会错的，”他说。

“对不住，老爷，我干脆把鲟鱼给忘了。我一直跟老婆说了整整一早晨：‘可千万别忘了提醒我鲟鱼的事。’我太抱歉了。”

“啾，没什么。腊肠对我就满好了。我们行军的时候，吃得还要坏得多。爹爹总爱说这个笑话，两个英国人打赌。一个要吃下一只死猫去，他真的就吃了。”

“我的天！”

“他吃了的。接着他就病得跟一条狗一样了。他用甜酒治好了自己。他拼命地灌下了两瓶，病马上就好了。另外一个英国人打赌在一年中间除了糖不吃别的。”

“他赢了吗？”

“没有。还差两天便到一年他就死掉了。怎么样，你不喝口酒吗？”

“我来碰都不碰的。”

“这么说你是除了茶什么都不喝的了。这可不好，哥们。就因为这个你的肚子才弄得这么大。茶可得少喝。一杯茶底下非得跟着一杯酒不可。茶招痰，酒可能化痰。是不是这样?"

"嗯，我不知道。您有学问；您自然懂得多。"

"对了。我们行军的时候可没有空喝茶喝咖啡。不过烧酒——可真是好东西。你只要把瓶塞拧下来，把烧酒倒在杯子里面，喝下去，就是了。那时候我们得尽快地赶路，有一阵子我一连十天没有洗过脸。"

"您可辛苦了，老爷。"

"是啊，在公路上行军可不是开玩笑。可是，我们往前方去还不算坏。老百姓送我们钱，吃的喝的也有的是。不过我们向回开的时候可就不再有这种吃喝了。"

哥略夫里奥夫啃起腊肠来，最后啃下了一片。

"可够咸的，这腊肠，"他说。"可是我倒并不讲究的。说到了，妈妈不会让我吃口好东西。一盘白菜汤加上点麦片粥——她就只不过让我吃点这个就是了。"

"上帝是慈悲的。可能节日里她会给你吃糕饼的。"

"不，我猜一定不会给我菜，烟草和烧酒的。人们说她现在喜欢斗牌了，这么着也许她会喊我进去凑上一手顺便让我喝点茶。别的可就一点指望都没有了。"

为了喂马有四小时的休息。哥略夫里奥夫已经把一瓶酒都喝光了，现在饿得要死。旅客们走进了客店坐下来准备好好吃上一顿。斯蒂潘·乌拉地米里奇在院子里转了一圈，到后院去蹓了一趟，看了马厩和鸽房，甚至还打算睡个觉。最后拿定了主意，最好还是加入在客店里的旅客中间去。在那里菜汤老早已经冒着热气摆在那里了，在餐具架的木盘上放着一大块肉，伊凡·米克海里奇正在动手切着。哥略夫里奥夫坐在离桌稍远的地方，点着了烟斗，静静地坐了好一会，考虑着怎样挨过饥饿的痛苦。

“先生们，我希望你们的胃口不错，”他最后说道，“这汤看起来不错，够好的。”

“汤是不坏的，”伊凡·米克海里奇答道。“您为什么不喊一份?”

“噉，我只不过中说说吧了。我并不饿。”

“不可能的。您一共也不过只吃了一块腊肠，这种倒霉玩意只能引起胃口。吃点什么吧。我让他们替您另摆一张桌子。好太太，”他回过头去冲着老板娘说，“替这位先生摆个位子。”

旅客们不声不响地吃着，不时交换着含意深长的眼色。哥略夫里奥夫觉得同路的旅客都对这种情况有点疑心，虽然一路上他都扮演着主人的角色，神气里还带着傲慢，对这个忠诚的店主说话的时候，好像只不过把现在钱交给他经管的样子。他的眉毛拧紧，从嘴唇里喷出一口浓浓的烟来。在心底里，他觉得是应该拒绝的，不过饥饿的命令是那样的紧急，他就像一只野兽似的把一盆汤一下子就喝光了。他那一贯的厚颜无耻紧跟着吃饱又恢复了，像没事儿人似的冲着伊凡·米克海里奇说道：

“嗯，我的管账的，替我把钱付了，我要上干草棚跟克赫拉鲍维茨基先生说话去。”

他磨磨蹭蹭地向干草棚走去，他的胃里一满，马上就睡着了。早晨五点钟光景他醒了。一眼看见马儿站在空了的草料箱旁边，鼻子在箱子边上蹭着，他把马夫喊醒了。“这个强盗，睡得好死，”他喊道。“我们要赶路呢，他倒在那里做好梦。”

没有好久旅客们到达了转向哥略夫里奥夫村路口的站头。到了这里，斯蒂潘·乌拉地米里奇才算多少失落了些他那份什么都不在乎的神气，变得垂头丧气无话可说了。伊凡·米克海里奇想给他打起精神来，还坚持请他把烟斗拿开。

“当您走近宅子附近的时候，还是把烟斗扔到荨麻里面的好些，老爷，”他哄着说，“过后总能找得到的。”

最后那要将店主带到他的旅途终点的马准备好了，分离的时刻到了。

“再会吧，哥们，”哥略夫里奥夫用发抖的声音说，亲着伊凡·米克海里奇。“她会把我给折磨死的。”

“上帝是慈悲的。放大胆子吧。”

“她会活生生把我给吃了的，”斯蒂潘·乌拉地米里奇又说了一遍，带着那样的自信，店主不由地垂下了眼睛。

哥略夫里奥夫一边说着一拐就上了乡下的小路，一步一拖地走着，拄着他从树上砍了下来的一根长满了斑节的手杖。

伊凡·米克海里奇眼睁睁地跟着他望了一会儿，然后就追了上去。

“听着，主人，”他说。“刚才我替您刷制服的时候，我看见在您的口袋里放着三个卢布。您可千万别弄丢了。”

对于这样一桩意外的事件，斯蒂潘·乌拉地米里奇显然发生了犹疑，不知道怎么办好了。最后，他向农民伸出手去，眼睛里充满了泪水说道：

“我明白——给老骑兵买烟草的，谢谢。可是她会把我生吞下去的，朋友。逃不掉的。”

哥略夫里奥夫又摸上了那条乡下小路，几分钟以后，他那顶灰色的军帽就越来越远，一会隐没下去，一会又在小树叶上浮现出来。这时候正是清晨。最初的一缕阳光给晨雾注入了一抹金黄，在乡村小路上面飘拂着，草上闪烁着露水的光芒，空气里充满了枞树、菌子和浆果的香味。小路穿过了一块聚集了鸟群的平地。

斯蒂潘·乌拉地米里奇一点都没有注意到身边美丽的景色。他浑身的轻佻都不知道哪里去了，他走着就像到了最后的审判席上似的。他心里只转着一个念头，把别的思想都排挤了出去。在三四小时之后，他就要到达目的地了。他想起了在哥略夫里奥夫田庄的日子，他觉得就像一扇阴湿的地下室的门向他打开了，他立刻就要钻进这片阴暗里去，接着门在他后面关上，一切全完了。他心里翻来覆去都是由回忆引起的在哥略夫里奥夫田庄等候着他的一切。那个叔叔米克海尔·彼得罗维奇，大家都喊他吵架的米仕伽的，家族里可怕的人物之一，被祖父庇奥托·伊凡伊奇流放到哥略夫里奥夫，住在仆人的宿舍里，和家里的狗特锐左尔卡用同一只碗吃饭。还有姑母维拉·米克海洛芙娜，她是沾了弟兄的光住在这里的田庄上的，后来死于“节制的生活”；因为阿丽娜·彼得洛芙娜在她咽下每一口饭，房间的炉子里添进每一根木柴的时候，都会觉得肉疼。现在等候着他的就正是这种相同的命运。

他预见到一连串忧郁的日子消失在张大着嘴的深渊里，他不禁闭起了眼睛。今后他是要跟一个恶毒的、快成了半死的专制化石的老太婆住在一起了，毫无问题，用不到多久她就要了他的命。没有一个活人可以说句话，没有一个地方可以去拜访。她是无所不在的，傲慢、专制、带着死气的。这处逃避不掉的未来使他的心如此沉重，他站在一棵树下，拼命地向树干上撞着头，他的全部生命，算上他那种傻里傻气的神情、懒惰和打诨，像被突然扫过的光亮照耀着似的全部呈现在眼前了。他又向前走去。他觉得走投无路了。就算是最卑微的人也还能做点什么，挣得自己的口粮。只有他是无助的。这是一个新的想法。他常常想象着未来，幻想着各式各样的远景，不过是一直想着伴随着怠惰的富裕生活，却从未想到过工作。现在却到了他要为自己的邪恶和游手好闲的生活方式付出代价的时候。这是一个苦痛的报应，归结成这样的一句话："她会要了我的命的。"

在早上九点钟光景，已经可以从树林顶上看到哥略夫里奥夫田庄的白色钟楼了。旅人的脸变得苍白了，他的双手开始颤抖起来。他摘下了帽子在身上画了十字。他想起了浪子回家的寓言，可是又立刻认为这是一种自欺的想法抛开了它。

最后，他看到了路边树起的界标，他马上就要踏进哥略夫里奥夫田庄的土地了，他这个不被宠爱的孩子曾经在这里长大的可恨的土地，是它栽培了他，把被憎恨的他送到广阔的世界上去，现在又来接待这个不被宠爱的他回到它的怀抱里。太阳已经高挂在天上，正在无情地灼晒着哥略夫里奥夫田庄无垠的田野。可是斯蒂潘·乌拉地米里奇却越来越苍白而且发着冷打起颤来了。

他到底来到了教堂的前庭，在这里他的勇气全部丧失了。从树后可以望见邸宅，看来好像那里从未发生过任何不愉快的事情；可是一看到它，他就好像看见了美都莎①的头似的。他的祖传邸宅看来就像一座坟墓。“一座坟墓，坟墓，坟墓，”他不自觉地重复地说。他鼓不起直走过去的勇气，先去拜访了神父，请他先透露一下自己到来的消息，再打听母亲肯不肯收留自己。

神父的妻子非常同情他，马上去准备煎蛋了。村里的孩子们围在他身边，睁着奇异的眼睛盯着主人看。路过的农民沉默地脱下了帽子好奇地望他。一个老仆人跑过来想亲主人的手。大家都明白现在站在面前的是一个流浪的人。一个不被宠爱的儿子，又回到了自己痛恨的家，不是出殡就再也不会离开它了。人们想到这个就给一种糅和了怜悯与畏惧的感情占有了。

神父终于回来了，宣布了女主人准备接见斯蒂潘·乌拉地米里奇。十分钟以后，他已经站在她的面前。阿丽娜·彼得洛芙娜板着脸严厉地和他见了面，冷冰冰地从头到脚地打

---

① 美都莎：希腊神话里的女怪，看见她的就会化作石头。

量他，但却控制自己不对他做无用的责骂。她不是在起居室、却是在走廊里接见了他，并且吩咐小主人去见父的时候得通过另外一道门走。老头子在自己的床上打盹，身上盖着一条白被单，戴着一顶白布睡帽，一身全是白，像一具尸首。当他发现儿子来了以后就开始像白痴似的笑了起来。

“嗯，朋友，那么现在你是落在女巫的手心里了，”他嚷道，这时候儿子正亲他的手。接着他就像公鸡似的叫了起来，又大笑了，不住地说了好几遍：“她要吃了他的！她要吃了他的！”这句话在斯蒂潘的灵魂里找到了回声。

他的恐惧证实了。他被安置在一间和办公室并排的厢房单间里。给他送来了粗的布内衣和一件父亲的旧的长浴衣，他马上就接过来穿上了身。墓室的门打开了，让他走进去，又关了起来。

现在这里开始了一长串沉闷丑恶的日子，被时间张开的大嘴一个接一个地吞了下去。阿丽娜·彼得洛芙娜一直没有接见他，也不许他去看他的父亲。在他到家以后的第三天，母亲打发管事费诺该·伊帕伊奇去通知他，他可以得到衣食的供应，每月还可以拿到一磅费勒牌的烟草。斯蒂潘·乌拉地米里奇听管事说完，仅仅说了句：

“这个女巫！她明白朱可夫牌烟草要卖两卢布一俄磅，而费勒牌却只要一卢布九十戈贝克。这么着她每月就能省下十戈贝克来。”

在他走近哥略夫里奥夫田庄的乡下小路上那几个钟头里所发生的良心觉醒的征兆又消失了。他那一套轻薄的举止又恢复了，他甘心接受了母亲替他安排好的一切。曾经一度使他的神经碎裂的对前途绝望的不安，逐渐淡却、最后一点痕迹都没有了。空虚的日子、生活的琐细趣味的一切毫无掩蔽的丑恶把他给整个地吞蚀了。当他的余生的一切细节都已经在阿丽娜·彼得洛芙娜的脑子里安排定当以后，他的意图和想法又哪里还有什么活动的余地？

他整天在自己的屋子里走来走去，烟斗衔在嘴里，哼着什么歌，莫名其妙地从圣诗转变成喧嚣的调子。如果村办事员凑巧在办公室里，他就找他去谈天，谈天的题目不外是阿丽娜·彼得洛芙娜的收入。

“她这么些财产都拿来怎么用呢？”当他计算财产达到八万卢布以上的时候，就会这样惊讶地大声喊起来。“我兄弟的津贴是够可怜的；她自己过得苦，她拿腌肉给我爸爸吃。钱她都拿来存在银行里，她就是这么处理财产的。”

有一次费诺该·伊帕伊奇来交他收到的税款，桌子上散乱地放着钞票，斯蒂潘的眼睛发亮了。

“啊，好一堆钱！”他喊道。“这么多钱都要从她的嗓子眼里吞下去。至于拿几张给她的儿子，不行，她是办不到的。她决不会说：‘喏，我的孩子，你现在心境不好，拿点钱去打酒喝买烟抽吧。’”

这以后往往就紧跟着一连串没完的怎样让母亲回心转意的酸话。

“在莫斯科，”他说下去，“我常碰见一个人，他懂得‘咒语’。要是他母亲不肯拿钱给他，他就念起‘咒’来，这时候她的手脚全身就马上抽起筋来。”

“我猜这准是一种符咒，”村办事员说。

“嗯，不管它是什么吧，反正准有这样的‘咒’就是。另外又有人对我说：‘去捉，’他说，‘一只青蛙，半夜里把它放进蚂蚁窝里。到了早晨，蚂蚁就把它给啃光了，于是就只剩下了骨头架子。你把这个骨头架子拿来，放在口袋里，这时候你不论要求哪个女人做什么事，她都不会拒绝你的。’”

“嗯，这倒方便。”

“麻烦的是，你得首先永远诅咒自己。要不是为了这个。老巫婆老早就要在我跟前奉承了。”

总是好几个钟头花在这种谈话里，可是永远想不出任何补救的办法。首先，你不是得诅咒自己，就得把灵魂卖给魔鬼。一点办法都没有。斯蒂潘·乌拉地米里奇不得不继续在他母亲管束之下过日子，唯一的安慰是村里管事们自动给他的一些不小小的施舍，送他一点烟草、茶和糖。他的食物的主要来源是母亲饭桌上的剩余，同时由于阿丽娜·彼得洛芙娜已经节约得到了吝啬的程度，至少可以说，剩给他的食物也就可怜得很了；由于烧酒弄不到，他的食欲越来越旺盛，这就使他更加痛苦。饥饿整天地啃住了他，他的全部心思都放在怎样填满肚皮上。他一直等着母亲休息的空当，就偷偷地走进厨房向仆人的角落里张望一下，这里那里捞一口东西吃。有时候他坐在打开的窗户下面，看着过往的人们。要是有个农奴走过，他就把他喊住，征收一只鸡蛋、一块糕饼之类的买路钱。

在母子最初见面的时候，阿丽娜·波得洛芙娜对他的全部生活计划下了简短的解说。

“住在这里，”她说。“在办公房里有你一块地方。从我的饭桌上你可以得到你的食物。别的事你可得忍着点。在这所房子里就从来没有过好吃的，我也不打算为了你改变习惯。你的兄弟们就快到了。他们决定了你应该怎样，我就照办。我不想在自己的灵魂上留下一些罪恶。让他们来安排你的命运吧。”

他急迫地期待着兄弟们回来，倒不是因为他认为这将对他的生活有什么影响，他简直认为这是不值得考虑的。使他感觉兴趣的只是帕甫尔会不会给他带来烟草和带来多少。

“也许他还会塞给我点钱用呢，”他暗暗地想。“波尔斐夏这个吸血鬼，他是不会的，不过帕甫尔……我要对他说：‘兄弟，给老兵些钱买酒喝吧。’他会给我的。他准给的。”

他不注意日子的过去，也不感到他那种终日长闲生活的无聊。只有在晚上他才感到孤独，因为警官八点钟就离开了，阿丽娜·彼得洛芙娜又不肯给儿子半根蜡烛，她认为他可以踱来踱去。在黑暗里也是可以的。他不久就对黑暗习惯了，甚至有点喜欢它了，因为在黑暗里他的幻想可以自由地活动，把他带到远远的地方，离开他的家、这个可怕的地方到远远的地方去。在这种时候，只有一件事使他不安。他的胸膛里隐隐作痛，他的心跳动得很奇怪，特别是在他上床的时候。有时他从床上跳下来，在房间里乱跑，紧紧抓住自己胸膛的左边。

“我倒希望死了干净，”这时候他就想。“不过，不，我不会死。不过也许会的。”

一天早晨，村里的办事员带着一脸神秘告诉他，头天晚上他的兄弟们到了，他颤抖着脸色发白了。在他身上有一种孩子气的什么突然觉醒了。他想跑过去看看兄弟们穿着怎样的衣服，看看替他们准备了怎样的床铺，他们是不是有着有一次他看到一个民军上尉带着的那种箱子，听他们对妈妈说些什么，打听一下中饭都准备了些什么菜。简单一句话，在他心里又燃起了一种希望，重新回到那么顽强地拒绝了他的生活里去，扑到“亲爱的妈妈”的膝前，获得她的宽恕，这时候他会受母亲的款待，感到异常高兴的。

宅子里依旧是静静的，不过他已经老早拜访过了厨房，知道午餐的几道菜已经吩咐下来了：用新鲜卷心菜做汤，加上昨天剩下来的汤，两道正菜中间会有腌肉和炸肉饼，炸羊排和四只烤山鸡，点心是加奶油的莓子饼。

“昨天剩下来的汤，腌肉和排骨——哥们，这是为我预备的，”他对厨子说。“我猜莓子饼我是没有份的。”

“要看母亲怎么吩咐，老爷。”

“啊，朋友，有一阵子山鸡我可吃得不少。真的，我真吃得不少。有一次我和哥瑞米琴少尉打赌，我要不断地连吃十五只山鸡，你猜怎样？我赢了。那次以后，足足有一个月我看都不敢看山鸡一眼。”

“不过现在您可不会拒绝不吃的吧？”

“她不会让我沾边的。可是我不懂，到底是什么使她那么刻薄。山鸡是自由的鸟。既不用喂也不用费心照管。它能养活自己。不管山鸡还是羊肉在她都不用花钱——可是！这个巫婆是明白山鸡比羊肉好吃的。就为了这个她不肯让我沾边。她情愿让它烂掉也不肯给我。早点都吩咐预备了些什么？”

“肝子，酸乳酪蘑菇，还有乳蛋糕。”

“为什么不给我送一份乳蛋糕来呢？给我送来吧，哥们。”

“唉，我尽量想想办法。让我跟您说，老爷。您的兄弟们坐下来吃早点的时候，您打发村里的办事员到这里来一趟。他会在大襟底下给您带去两块蛋糕的。”

第二天，斯蒂潘·乌拉地米里奇整整等了他的兄弟们一个早上，可是他们没有来。最后，到了十一点，村里的办事员带来了答应他的两块蛋糕，同时告诉他，他的兄弟们刚刚吃完了早点，现在正在阿丽娜·彼得洛芙娜的卧室里跟她密谈。

第四章

阿丽娜·彼得洛芙娜严肃地接见了她的孩子们，她给忧愁压倒了。两个丫头架着她的双臂。在帽檐底下露出了她的一绺绺灰发，她的头垂了下来，左左右右地摇晃着，她那两只脚看起来简直很难支持得住她的体重。在孩子面前，她总爱做出一副尊严忧愁过度的母亲的样子，走路都不方便，得让丫头来搀扶。傻斯蒂奥普伽管这种严肃的接见叫大弥撒，管她自己叫主教，管两个丫头，波尔伽和约尔伽叫作神棒执事。已经是深夜了，因此这就几乎是个沉默的接见。她什么都没说就伸出手来让孩子们来亲；接着也亲了他们，然后在他们的身上画十字；在波尔斐瑞·乌拉地米里奇说明愿意整夜陪在“好妈妈”身边的时候，她只是摆了摆手说，

“唉。歇一下吧，赶路以后你一定很累了。现在不是商量问题的时候。我们明天再谈。”

第二天早晨，两个儿子去吻父亲的手，可是父亲拒绝伸出手来。他闭着眼睛躺在床上，他们走进来的时候就喊：

“你们是来审判那个罪犯的吗？滚出去，法利赛人，滚出去！”

即使是受了这样的接待，波尔斐瑞·乌拉地米里奇从爸爸房里走出来的时候还是显得激动，眼帘上沾满了泪水，可是帕甫尔·乌拉地米里奇，就正像所谓那种“没有心肝的呆子”一般，只是挖着他的鼻子。

“他的身体很弱，好妈妈，他身体很弱！”波尔斐瑞·乌拉地米里奇说，扑在母亲的身上。

“那么严重吗?”

“是的，很严重。他活不了多少日子了。”

“嗷，算了，并没有严重到了这种地步。”

“不，亲爱的，不。虽然您的日子一直没有过得怎样快乐，可是我一想命运是怎样一下子给您来了那么许多打击，我简直就想不出您哪儿来的这份力量把这一切都承受下来。”

“唉，我的朋友，如果这是上帝的意旨，力量自然会来的。你知道圣经里是怎么说过：‘担承彼此的苦难。’好像天父挑上了我来担承我们家里的苦难的。”

阿丽娜·彼得洛芙娜闭起了她的眼睛：想想真使人高兴，全家都无忧无虑，衣食无缺地生活着，而她自己却从早到晚为他们操劳，辛苦地承担着他们的担子。

“是啊，我的朋友，”她停了一下说，“在我上了年纪的时候，来过这种日子，倒实在够瞧的。我已经替我的孩子作好了安排，现在是我应该休息的时候了。这不是开玩笑——四千名农奴！在我这个岁数来照管这样一份田庄！每一个人每一件事都要留心，跑来跑去！提到这些管事和经理啊，他们直盯着你的眼睛看，可是相信我，这批人是最没有良心的。

而你，”她自己打了个岔，转过身来对着帕甫尔，“你挖鼻子干什么？”

“我和这有什么关系？”帕甫尔·乌拉地米里奇在他全神贯注的动作里被扰乱了，嚷着说。

“你这是什么意思？说到了，他还是你的父亲啊。你对他应该可怜一下的。”

“哼——父亲！跟所有的父亲没有什么两样的父亲。他一直这个样子已经有十年了。你总是看我不顺眼的。”

“我凭什么要这样，我的孩子？我是你的妈妈啊。瞧瞧波尔斐夏，他才像一个好孩子，找些关心安慰的话跟我说，可是你对你妈妈连看都不肯好好看一眼。你拿眼犄角斜着看她，倒像她不是你的妈妈而是你的对头。请你别咬我一口。”

“嗯，怎么——”

“住嘴！先等等。让你的妈妈说一句。你不记得戒律吗？‘孝敬父母，自有善报’你是不是不打算得善报呢？”

帕甫尔·乌拉地米里奇不作声地用迷惑的眼色望着他的母亲。

“你瞧，你没有话说，”阿丽娜·彼得洛芙娜接下去说，“你是有罪的。不过我不来管你。我们不提这个了，免得弄得不开心。上帝，我的孩子，是什么都看得见的。我呀，可把你看透了，也不只是今天的事了。孩子，孩子，等你妈妈躺在坟里你就想起她来了。你会想起她来，不过那已经太迟了。”

“亲爱的妈妈！”波尔斐瑞·乌拉地米里奇岔进来说。

“别想这些可怕的念头了，别再想下去了！”

“我们都要死的，”阿丽娜·彼得洛芙娜干脆地说。“这并不是丧气话，倒实在是虔诚的想法。我是越来越衰弱了，孩子，啾，衰弱得厉害！我过去的精力现在只剩下了虚弱和病痛。丫头们都看出来了，不过她们是一点也不在意的。我要是说一句话，她们就回我十句。我只有一种方法吓唬她们，我要对小主人说。有时候这个方法倒挺灵的。”

茶端上来了，接着又摆好了早点，这中间阿丽娜·彼得洛芙娜还是一直唠叨着抱怨自己的不幸。吃过早点以后她把孩子们请到自己的卧室里去。

门一上锁她就单刀直入地提起了她召集这次家庭会议的原因。

“傻斯蒂奥普伽来了。”她开始说。

“我们听说了，好妈妈，”波尔斐瑞·乌拉地米里奇说，很难确说这到底是讥讽呢还是一个刚刚吃了一顿好饭以后的人冷静满足的口吻。

“他心安理得地回家来了。不管他干了些什么，他好像总觉得老娘会养活他似的。他对我有多少怨气，他玩的那些花样，那些胡说八道给我找来了多少麻烦。为了替他安排一个好的住所我什么没有做到啊？这些全都白费了。我到底下了决心。天哪，要是他连自己都照顾不了，难道要我让这个大废物拖死不成？我决定了把产业分给他一点。也许，我想，一旦自己有了产业，也许会变得正经起来的。说着就办了。我自己给他找了所房子，亲手为他付出了一万二银卢布。可是结果怎样？还不到三年他又缠到我的脖子上了。这种苦头我还要再吃多久？”

波尔斐夏抬起了眼睛忧愁地摇了摇头，好像是说，“干的好事。怎么可以这么没道理地找好妈妈的麻烦？为什么不安安静静地住在那里？这么着好妈妈就用不着生气了。干的好事。”不过波尔斐夏的表情并没有使阿丽娜·彼得洛芙娜满意，在她的思想进程中间，任何打扰都会引起她的反感的。

“等等，”她说，“别摇头晃脑的。先听着。想想看我听见他把爹娘给他的礼物扔掉就像把一块啃剩下的骨头扔到粪坑里似的，我心里是怎么一种滋味。想想看，他是怎样的污辱了我，我，多少年来不肯吃不肯睡的。他对待传给他的财产就跟人家对待从市场上买来的便宜货一样。”

“嗽，好妈妈，多可羞啊，多可羞！”波尔斐瑞·乌拉地米里奇开始要说，不过阿丽娜·波得洛芙娜又拦住了他。

“别忙。我让你张口的时候你再说。哪怕这个无赖当时对我讲一声：‘我是有罪的，好妈妈，我约制不住自己，’那我就会跟白捡似的把房子买回来的。这个没出息的孩子简直就不知道怎么来利用这份产业，也许懂事的孩子就行。这所房子每年毫不费力就能拿进百分之十五的收入。也许在他困难的时候我会再扔给他一千卢布呢。可是怎么样，他连响都不响一声就把产业给踢蹬了。我是亲手付出一万两千卢布买下这所房子的，在拍卖市场里它只卖了八千！”

“主要的是，好妈妈，他对待爹娘的礼物太卑鄙了，”波尔斐瑞连忙岔进来说，好像唯恐再被拦住似的。

“是的，这倒也是。我的钱不是容易来的。是血汗挣来的。我跟你们的父亲结婚的时候，他一共也不过只有哥略夫里奥夫这样一个庄子再加上一百零一个农奴，此外还有少数的农奴都散布在辽远的田庄里，一起算进去，也不过一百五十个。至于我，那是什么都没有的。现在看看我在这样的基础上面建立了怎样的一分产业。一起有四千农奴，一个都不少。我又不能把他们带进坟里去。你当是容易的吗，把四千农奴凑在一起？不，亲爱的孩子，不容易，很不容易。我熬了多少个夜来想好主意做生意，这样，谁都不会料得到，把我的生意抢掉。为了跑生意，我在路上什么苦头没有吃过？简直是数不清的破烂的道路、坏天气，和冰雪。直到最近我才让自己有辆马车。从前我一直是坐一部朴素的双马的农家小车出门的，只不过替我多加上个蓬而已。我上莫斯科去就是坐这辆小车的。还有在莫斯科的小客店里我忍受的那份肮脏和臭气啊！我舍不得花坐车的铜子，从罗各祖斯卡亚大街到索尔洋卡我就一直是走路的。门房都奇怪地对我说：‘太太，人家都说您年轻有钱，您为什么这么苦苦地工作呢？’可是我忍住不作声。最初我能动用的全部资财不过是三万卢布的纸币。我把你们爹爹远处的田庄和一百个农奴卖掉了，就拿这笔钱设法来买一份有一千农奴的产业。我在伊尔维斯卡教堂里举行了一次祈祷会就上索尔洋卡去碰碰自己的运气。你猜怎么样？圣母一定是看见了我的痛苦的眼泪。她帮助我买下了这份产业。说起来简直就像个神话。我一出价三万卢布拍卖就结束了。市场上一直吵嚷得好厉害，可是这时候他们都不再出价，静得没法再静了。拍卖行的人站了起来向我致贺。我真给弄得不知道怎么好了。那个叫伊凡·尼考来奇的律师走过来对我说：‘太太，让我祝贺你的成交。’可是我直直地站在那里就跟一根木头一样。上帝多慈悲啊！想想看，要是在我慌乱的当口，谁随便地喊一声，‘我出三万五，’我是一定拼了命也要出四万的。可是我上哪儿弄这笔钱去?”

这以前阿丽娜·彼得洛芙娜对孩子们说过不少次她兴家立业的伟大的开始。对孩子们说，这一个故事就从来没有失去过吸引力。波尔斐瑞·乌拉地米里奇一面听一面笑、欢气、眼珠子翻上翻下，跟着故事情节发展的转折而变换着。至于帕甫尔·乌拉地米里奇，他大睁着眼睛坐在那里，就跟一个孩子似的，在听一个虽然熟悉但却一直诱人的神话。

“你们当是妈妈便便当当地就挣下了她的产业吗?”阿丽娜·彼得洛芙娜接下去说。“就算在鼻子上长一根粉刺也还有点麻烦呢。第一次产业买好以后，我躺在床上发了六个星期的寒热。所以你们自己想想看，我眼睁睁地看着辛苦挣来的钱、我冒着风险挣来的钱，平白地就给扔进了水沟，能不心痛吗。”

底下是一分钟的静寂。波尔斐瑞·乌拉地米里奇都要扯碎他的袍子了，可是终于抑制下来，他怕在这个村子里没人替他缝补。帕甫尔·乌拉地米里奇，在故事讲完以后，马上就又恢复了他那种惯常的冷漠，脸上又露出一贯迟钝的表情来。

“我就是为了这个把你们找了来的，”阿丽娜·彼得洛芙娜又开始说下去。“现在把我们两个人拿来裁判一下，我跟那个恶棍。你们怎么说就怎么办。你们要是谴责他，他就是有罪的。要是谴责我，我就有罪。只有一样，我不许这个流氓越过我去，”她颇为意外地添上了这么一句。

波而斐瑞·乌拉地米里奇觉得轮着自己了，准备要开口，他兜了个圈子才搭上了正题。

“好妈妈，如果您允许我说出自己的意见，”他说，“两句话就足够了：孩子们一定得服从父母，绝对遵从他们的意旨，在他们上了年纪的时候孝敬他们。旁的没有什么了！孩子是什么呢，好妈妈？孩子们是宝贝，他们的一切都是父母所赐的，从他们自己算起，一直到他们所有的最后的一块破布条。因此，父母可以裁判儿女，儿女却永远不能裁判父母。儿女只有尊敬的份，不能裁判的。您说，‘裁判我们。’那是您的豁达，好妈妈，太了不起了！可是我们想到这个又怎么能不怕呢，打我们生下那一天您就慈爱地从头到脚给我们穿得暖暖的。随便您爱怎么说，这不是裁判，简直是亵渎。这简直是那样的亵渎，那样的亵渎——”

“别说了，等一下。要是你说不敢裁判我，那么就赦免我而谴责他，”阿丽娜·彼得洛芙娜岔进来说。她一直在听，捉摸着他的用意，可是一直猜不出在这个吸血鬼的脑子里背地转着怎样的念头。

“不，好妈妈，就连这个我也办不到，不如说我也不敢。我没有这个权力。我既不能赦免也不能谴责，我简直就是不能裁判。您是母亲；只有您知道应该怎么对待我们儿女。要是我们配，您有权奖励；我们有罪，您有权处罚。我们的本分不是批评而是服从。要是您在气头上，超过了公平的限度，即使在这种时候，我们也不敢唠叨，因为我们是不明白上天的意旨的。谁知道，也许这是必要的。我们的哥哥斯蒂潘做下了不体面、荒唐的事，不过只有您才能决定他应该得到怎样的惩罚。”

“这么说，你是不肯帮我的忙了？是要我自己想办法来尽力解决这个麻烦了？”

“嗽，最亲爱的，最亲爱的，您这是大大地误解了我的意思！天啊！天啊！我是说，你愿意怎样来处置斯蒂潘的命运，就怎么样，可是您——您是拿多么可怕的想法来忖度我啊。”

“好啦。你哪？”她转向了帕甫尔·乌拉地米里奇。

“您愿意知道我的意见吗？可是我的意见您又哪里摆在心上？”他好像只有半醒似的说。可是，他又突然振作了一下说了下去：“当然，他是有罪的。把他撕成碎片吧——拿磨磨成细粉——不是已经明摆着了么。还要我混在这中间干什么？”

说完了这一串不连贯的话，他停了下来望着他的母亲，他的嘴张得大大的，好像不大相信自己的耳朵似的。

“嗯，我的亲爱的，下次我再跟你说，”阿丽娜·彼得洛芙娜冷冷地打断了他。“我看出来了，你恨不得快点也学斯蒂奥普伽的样。小心点，我的孩子。你会后悔的，可是那就太迟了。”

“为什么，怎么回事？我没有说什么啊。我是说，随您的便啊。这里面又有什么不敬不成？”帕甫尔·乌拉地米里奇无力地说。

“将来我再跟你谈，我的孩子，过两天。你以为你是个军官，就可以发疯了。你这可大错了。这么说你们俩都不愿意裁判了?”

“我——，最亲爱的妈妈——”

“我混在这当中干什么?”帕甫尔·乌拉地米里奇说。“我不在乎，把他撕成碎片吧。”

“住嘴，看在上帝分上你这个坏家伙!”阿丽娜·彼得洛芙娜觉得本来满可以管她的儿子叫恶棍的，不过为了不破坏这次快乐的会见，自己抑制下来了。“好吧，你们要是不肯来裁判，我来就是。这就是我的裁决。我要再从宽发落他一次。我要把小佛罗各答村交给他，在那个村里搭一座草房，让他住在那里，农民们养活他。”

虽然波尔斐瑞·乌拉地米里奇不肯对他的哥哥进行裁判，可是她妈妈的慷慨是如此使人吃惊，他觉得简直应该指出她这种办法的危险的后果了。

“最亲爱的妈妈，”他说，“您慷慨得过分了。您碰上了一种行为——嗯，最卑鄙、最丑恶的行为——您倒忘记了，原谅了。慷慨极了！不过请原谅我，我替您担心，最亲爱的。随便您对我怎样想法，可是如果我是您，我不这样做的。”

“为什么不呢?”

“我不知道。也许我缺乏您这种大量，您这种母亲的感情。可是我一直有一种念头——要是斯蒂潘像第一次那样对待他的祖产可怎么办?”

阿丽娜 · 彼得洛芙娜早就想到这一点了，可是在她的脑子里是另外一种考虑。

“佛罗各答村是爸爸的产业，它算是世袭产业，”她咬牙切齿地说，“迟早世袭产业总要分点给他的。”

“这我很明白，好妈妈。”

“那么你也会明白我们把佛罗各答村给他的时候，我们可以让他签一张文件，声明他已经得到了全份产业，以后不再提出别的请求了。”

“这个我也明白，最亲爱的妈妈。您的过分的仁慈使您犯了一件大错。在您买房子给他的时候，就该让他签给您这张文件的。”

“是啊，那是一个疏忽。”

“那时候，在他高兴的时候，什么文件他都肯签的。可是您，最亲爱的，在您心底里的仁慈——天啊，怎样的错误啊！怎样的错误啊！”

“别再提这个了。你为什么早点不说？现在你要把一切过失都推在妈妈身上了，可是到了要解决问题的时候，你又不知道上哪儿去了。反正，这文件也并不在我的心上。就是现在我也能让他签的。爸爸，我想，马上还不会死。在他没死之前这个傻瓜总要有个吃饭的地方。他要是不肯签，我们就可以把他赶出去，让他等到爸爸死了再说。不，我想知道的是，我想给他佛罗各答村你们是不是反对？”

“他会把这个村子踢蹬掉的，亲爱的，就跟那所房子一样。”

“要是这样，就让他去怨他自己吧。”

“他还会回到您这里来的，没有别的地方可去。”

“啾，不，那我可不能再忍了。我不让他走近我的门槛的。我不许他在我家里喝一口水。人们那时候不会怪我，上帝也不会罚我了。先踢蹬了一所房子，接着又是一个庄子！难道我是他的奴才？我只有他这么一个儿子要供给吗？我就没有别的孩子了吗？”

“但是，他还是要来找你的。他的脸皮难道还不够厚，作不出来吗，好妈妈？”

“我跟你说，我不许他走近我的门槛。你为什么总是坐在那里叽咕，‘他要来，他要来？’我不让他进来的。”

阿丽娜·彼得洛芙娜静了下来眼睛一直盯在窗子上面。她自己模模糊糊地认识到佛罗各答村也只不过可以暂时让她摆脱这个“可怕的家伙”，结果他还是要把它搞掉的，那时候又回到她这里来，做一个母亲，她是不能连家里的一个犄角也不让他待的。可是一想到这个可恶的家伙要一直和她待在一起，即使把他关在办公房里，他也会像幽灵似的让她心神不宁，这个念头是那么可怕，她就不由自主地颤抖起来了。

“绝不可能！”她喊道，拳头在桌面上捶了一下跳了起来。

同时，波尔斐瑞·乌拉地米里奇一直盯着“好妈妈”，有韵律地摇着头，表示自己的同情。

“我看您是生气了，最亲爱的妈妈，”他最后用那么甜的调子说道，看样子他好像准备逗阿丽娜·彼得洛芙娜笑了。

“你想要我怎样？跳个轻快的舞吗？”

“别怪我，亲爱的，可是圣经里怎样讲到忍耐的呢？‘忍耐，’那上面说，‘要忍耐着等待。’‘忍耐，’——这就是了。您以为上帝看不见的吗？他什么都看见的，好妈妈，我们也许什么都不怀疑，我们坐在这里计划这个计划那个，其实他早已一切都安排好了。啾，最亲爱的妈妈，您对我多不公平。”

可是阿丽娜·彼得洛芙娜完全清楚吸血鬼是在安一个套，她火起来了。

“你是在开我的玩笑吗？”她嚷道。“我在这里商量正经事，他倒要来耍弄你。别在我面前玩花样。说老实话。你是想让他留在哥略夫里奥夫田庄、缠在他母亲的脖子上吗？”

“正对，最亲爱的妈妈，要是您肯的话。就让他待在老地方，让他签署一份关于产业继承的文件。”

“原来是这样。我早就知道你要建议这么办的。好吧。只有天知道让这个家伙留在身边会使我多么痛苦。反正，是没有人可怜我了。我年轻的时候背上了我的十字架，难道上了年纪我倒想摆脱了吗？不过还有个问题。爸爸和我活着的时候，他住在哥略夫里奥夫田庄，我们不让他挨饿。不过以后可怎么办？”

“最亲爱的妈妈！亲爱的！为什么要往这种悲观地方去想？”吸血鬼喊道。

“不管悲观不悲观，人总是要为未来打算的。我们又不是孩子。我们死了以后，他会怎样呢？”

“最亲爱的妈妈！难道您就不能相信我们，您的儿子吗？我们不是受了您的教养长大的吗？”

波尔斐瑞·乌拉地米里奇用他那种困惑的眼神扫了她一眼，她是往往会给弄得很不舒服的。然后他又接下去说：

“对于穷人，好妈妈，比起阔人来我是更喜欢帮助的。阔人们但愿基督和他们在一起，阔人们自己是够富足的。可是穷人——您知道基督怎样提到穷人的。”

波尔斐瑞·乌拉地米里奇站起来吻了他妈妈的手。

“最亲爱的妈妈，请允许我送两磅烟草给我哥哥，”他恳求地说。

阿丽娜·彼得洛芙娜没有回答。她看着他思索起来：“他真是那样的吸血鬼？会把亲兄弟赶到街上去的吗？”

“唉，你高兴怎样就怎样吧。让他住在哥略夫里奥夫田庄吧，”她最后说道，转向了波尔斐瑞。“你让我上了圈套。你开始的时候说，‘随您的便，最亲爱的妈妈，’到了后来就把我拴在你的线上跳舞了。不过我跟你说，我恨他，他这一辈子一直给我带来屈辱，给我找麻烦，甚至把母亲的礼物都玷辱了。不管怎么说，要是你们把他赶到街上去讨饭，那你们就不用想得到我的祝福了。不，不，不。现在你们俩去看他吧。这个白痴巴望你们眼睛都望穿了。”

儿子们离开了。阿丽娜·彼得洛芙娜站了起来望着他们穿过前院走到办公房去，彼此一句话都不说。波尔斐瑞一直脱下自己的帽子在身上画着十字，一会是望见了远远地在发光的教堂的时候，一会是在小教堂前面，一会是在一根安着布施箱的柱子前面。至于帕甫尔，他好像眼睛一直就离不开自己那双在阳光下面闪闪发亮的靴子的尖。

“我挣下了这份家业为的是谁？自己不肯吃不肯睡——为的是谁？”她惨痛地喊着。

第五章

这一对兄弟走了，哥略夫里奥夫田庄的邸宅冷落了下来。阿丽娜·彼得洛芙娜带着新生的精力又拾起了自己的工作。厨房里刀叉的响声停止了，可是在办公室、储藏室、地窖里的活动加了倍。带来丰收的夏季几乎已经过去；腌制、装罐、渍菜、储藏的工作全面地进展着。从四面八方运来了冬天的食物，干菌子、浆果、蛋和蔬菜。向各个田庄里的农妇征收的各种东西一车车地运来。一切都上了秤，加在历年的储存上面。哥略夫里奥夫田庄的太太盖了一长串地窖、储藏室和谷仓并不是白废的。这些都装得满满的。很大部分坏掉了的东西还和其余的放在一起，发着臭味。在夏天的结末所有的东西都分了类，不大好的都被送到下房里去。

“腌菜还好好的，只不过有的地方脱了皮，有了点气味。唉，让佣人们也解解馋罢，”阿丽娜·彼得洛芙娜会这样说着，指出那些要放到一边去的桶子。

斯蒂潘·乌拉地米里奇挺不错地过着新的生活。有时候他很想喝个烂醉。他有了达到这个目的的钱，不久我们就会知道的。可是他好像觉得时间还没有到似的刻苦地约束着自己。这一阵子他总是在忙，因为他也起劲地参加了储藏的工作，用一种丝毫没有私见的态度对成功和失败表示高兴和惋惜。他好像陷入了一种狂热，不戴帽子，穿上他那件旧浴衣，从办公房匆匆赶到地窖里去，一路上躲在树木和一些小房子后面好不让母亲看到。阿丽娜·彼得洛芙娜看到了他不少次这种打扮，在她母亲的心里发了痒，想给傻斯蒂奥普伽狠狠一顿骂，可是一转念，她还是让他去了。斯蒂潘·乌拉地米里奇在地窖子里带着焦灼的不安看着车辆怎样在卸，甕子、桶和盆子是怎样从田庄里运了来，这些东西都分了类，最后被送到了地窖和储藏室的张着大嘴的无底洞里。他有很多时候感到了满意。

“今天从杜布劳理诺运来了两车菌子。成熟的好菌子，哥们，”他欢天喜地地对村办事员说。“我们还在担心今年冬天没有菌子吃呢。好极了，杜布劳理诺人，谢谢了！他们真是好人！他们给我们帮了大忙！”

别的时候，他就说：

“今天妈妈吩咐过从池塘里捉几条鲤鱼。你应该看看去！三尺来长呢！简直够我们吃一个星期的。”

有时候他也发愁。

“这一季黄瓜都糟蹋了。简直挑不出一条好的来——全都是弯的还带着斑点。只能赏给下人去吃。我们自己只好吃去年的黄瓜了。”

他并不赞成阿丽娜·彼得洛芙娜的经营方式。“天哪，多少成堆的东西她就让它们烂掉啊！眼前她就把腌肉、泡菜、鱼等等，都送到下人房里去了。你就管这个叫出色的经营吗？我倒不懂，事情就该这样办不成？新鲜东西有的是，可是不等吃完陈的烂的她是不许碰的。”

事实证明，阿丽娜·彼得洛芙娜以为能够很容易就教傻斯蒂奥普伽在任何文件上签字的信心是完全正确的。他不但不会拒绝妈妈给他送去签的一切文件，而且当天晚上他还对村办事员吹嘘这件事。

“嗯，哥们，今天我除了签字什么都没有作。我把一切继承权都放弃了。我是什么都没有了。在我名下一个铜子都没有了，将来也不会有。我可让这个老太婆称心了。”

他平静地和兄弟们分了手，对那大量的烟草供应高兴得要命。自然，他还是忍不住管波尔斐夏叫作吸血鬼和约杜施卡，不过这些不敬的字眼在一串不连贯、无意义的聊天当中被淹没了。

动身的时候，兄弟俩大方起来还给了他钱。波尔斐瑞·乌拉地米里奇在给钱的当口还说了下面这一番话：

“在你想为神前的灯盏买油或是想在教堂里点根蜡烛的时候，钱就在这儿。就是这样，哥哥。和和气气安分着点，这样我们可爱的妈妈就满足了。你会过得很好的，我们也就全都高兴。我们的妈妈是慈悲的，这你是知道的。”

“不能说她不慈悲，”斯蒂潘·乌拉地米里奇同意了，“只是一点，她只让我吃酸了烂了的肉。”

“这怪谁呢？是谁拿妈妈的礼物不当一回事呢？全是你自己不好丢了你自己的产业。那是多么好的一份小产业啊。只要你知道怎样为人，安分守己，现在你就能顿顿吃起小牛肉、牛排，甚至还能带点辣酱油呢。别的东西你也不会少的，山芋、卷心菜、豆子。难道我说得不对吗，哥哥?”

要是让阿丽娜·彼得洛芙娜听见这一大篇演说，一定会使她受不了的，而且非得教这个演说者明白一下不可的。可是傻斯蒂奥普伽是幸运的，他的脑筋，事实上就不能记住旁人的话，约杜施卡的演说，就没有一个字达到了目的。

就这样，斯蒂潘·乌拉地米里奇和他的兄弟们高高兴兴地分手了。在他们走了以后，他还带着点自负地把手里剩下的两张二十五卢布的票子给雅可夫，那个村办事员看呢。

“这可够我花不少日子的，”他说，“有了烟草，茶和糖也不缺。除了烧酒什么都不短了。反正，要是想喝烧酒，就买了来。虽然这样，我还是要约束一个时期的。我现在太忙了，我还得看着地窖呢。只要你一秒钟不留神，就什么都给抢掉了。有一回，她瞧见了我，哥们，她瞧见了我，这个老巫婆，当时我刚靠着厨房的墙根溜过去。她站在窗口望着我，我敢说她一定这样在想：‘对啦，对啦，怪不得我丢了那么些黄瓜呢。’”

接着到了十月。开始下起雨来，地面变得乌黑，变成走不得的一片泥浆了。斯蒂潘·乌拉地米里奇不能到外面去，因为他仅有的一件褂子是他父亲的旧浴衣，一双旧拖鞋。他在窗口坐着，望着那淹没在泥污中间的小村子。在灰色的秋天的雾里，人们快速地转动着，看起来就像一个个的小黑点。

繁重的夏季工作依旧十分紧张，不过目前的背景已经不再是夏日里那令人愉快的阳光，而是无尽的秋日的朦胧色泽了。从烘麦子的窑里散出的烟，一直到夜里还在冒。打麦的连枷悲哀的响声在空气当中传播着。在田庄的堆房里，打谷的工作也在进行，办公房里人们在议论，忏悔节前很难把全部麦谷打好。一切都显得阴郁、呆滞，一切都带来一种压抑的感觉。办公房的门不再半开着了，房内的空气里充满了潮湿的皮袄散放出来的蓝雾。

到底这种辛苦的农村秋季的情景给了斯蒂潘怎样的印象，对在泥泞的田畴中间、不断的秋雨下面劳作的农民，他是不是有些了解，这都是很难说的。有一件事是确定的，那就是单调的凄凉的秋日天空使他感到苦闷。它好像在他头上悬挂得低低的，威胁着要将他淹没在泛滥的泥淖中间。他除了从窗口里望着那凝重的云块以外，是无事可做的。从拂晓起，它们就遮满了天空，像中了魔法似的停滞着一动不动。甚至在几小时以后，它们还留在老地方，在色彩和轮廓上看起来都毫无变化。在清早，有一块浓而黑的云块，不规则的轮廓正像一个穿了法衣两臂伸开的僧侣。在高处的苍白云层的衬托之下，轮廓显得异常明晰，到了中午，它依旧有着完全相同的形象。自然，右手是短了些，左手那么丑恶地伸出去，撒下来好一阵倾盆大雨，在暗黑的天空里，衬出更暗，甚至是黑色的条痕。稍高些在村庄上空悬着的另一大块参差不齐的云彩，你一看就会想到它是想要使乡村窒息似的。几小时以后，它仍旧挂在老地方，还是那个伸出了爪子的凹凸不平的怪物，就像要扑到地上来似的。云，云，除了云以外没有别的！在五点钟光景来了个变化，黑暗逐渐掩盖了天地，不久云彩全部不见了，在暗黑的帐幕底下消失了。它是最先消失的，紧跟着消失的是森林和村庄，接着是教堂、小教堂、小庄子、果树园，最后是没有多远的邸宅。

房间里老早就漆黑了，又没有点灯。这样除了踱来踱去以外还能干什么？一种可怕的疲倦抓住了斯蒂潘的脑子，虽然他无事可做，他的全身依旧充满了一种不可理解、无法形容的疲劳之感。他心里只有一种思想在活动、支配着他——坟墓，坟墓，坟墓！最近还在泥泞的土地、谷仓旁边这些暗黑的背景上面匆忙地移动着的小黑点是并没有受到这样思想的压迫的。他们是不会在沮丧和困乏的痛楚之下毁灭的。即使他们不曾直接向上天挑战，至少他们也还在奋斗，建造，搭着围墙，修缮着自己的房舍。斯蒂潘并不问这些奔忙值不值得，不过他明白即使这些无名的小黑点也无可比拟地超越了他，他连奋斗都不能，他也没有什么可建造、可修缮的。

他晚上都在办公房里，因为阿丽娜·彼得洛芙娜拒绝供给他蜡烛。他有好几次请管事转请给他靴子和皮袄，得到的回答总是说，库房里的靴子没他的份，但是寒潮一到，就可以给他一双毡靴。显然阿丽娜·彼得洛芙娜是想一字一句地实现她的计划，那就是，用仅免于饥馑的方式维持她的儿子的生活。起初他还骂他的母亲，可是不久他就像完全忘记了她。就连办公房的烛光也使他讨厌，他开始把自己锁在房里独自留在黑暗中间。还只剩下了一条逃避的路，这条路他怕，但却不可抗拒地吸引着他，就是喝得大醉，完全忘怀，不可挽回地钻进忘却的大海再不出头。一切都迫使他走这条路，从前的放荡，当前不得已的悠闲，他那带着要命的咳嗽和不可忍受的气喘的病体，还有就是日益严重的心痛。这个时刻终于到来了。

“今儿晚上你一定要替我弄瓶烧酒来，”有一次他对村办事员说，声音里充满了不祥的征兆。

这一瓶烧酒后面接着来了一长串更多的酒瓶。此后他是每晚必醉。到了九点钟，办公房里熄了灯，仆人们都回到自己的房子里去以后，他就在桌上放上一瓶烧酒和一块厚厚的涂了盐的燕麦面包。他并不马上就喝，却要偷偷地靠近酒瓶。这儿大家都睡熟了。老鼠在壁纸后面飞跑，在办公房里的时钟像预示着不祥似的滴答滴答地走着。斯蒂潘扔开了自己的旧浴衣，开始在热不可耐的房间里走来走去，背上只披着一件衬衫。他偶尔停下来，走到桌子前面去，在黑暗当中摸索酒瓶，接着就又不停地走着了。他带着一种激情喝下了最初几杯酒，贪恋地吞下了这种燃烧的液体。不过慢慢地他的心开始跳得快起来了，血冲上了头，嘴里断续地叽咕起来。他那虚弱的想象力企图造成一些想象，迟钝的记忆企图穿破过去的迷惘。不过想象是没有连属而且是无意义的，过去的一切也依旧是晦暗和混沌的，没有回忆，苦的甜的都没有，在过去和现在之间，就像有着一层穿不透的屏障似的。

他给目前的现实完全掌握了，它就像一座囚牢一般。他会永远被关在里面，失去了时间与空间的观念。除了这间房子、火炉、前面墙上的三只窗、上面铺着快磨光了的垫子的咯吱叫着的木床和上面放着一瓶烧酒的桌子以外，他什么都理会不到捉摸不到。

瓶里的酒慢慢地少了下去，他的头也越来越热了，这时候就连使他那样烦恼的现实也逐渐淡下去了。他那开始还有些理性的叽叽咕咕，现在完全失去了意义。他的瞳孔张得挺大，企图看透他所卷入的黑暗。最后，黑暗自己消失了，换上了一片鬼火的光闪。

这是一片无尽的空虚，没有一点颜色一点声音，只是放射着可怕的光闪。在他踱步的时候，这空虚一直跟着他，一步步地紧跟着不放。没有墙，没有窗，除了空虚的光闪以外什么都没有。恐怖到了他的身上，随以俱来的是连空虚都要消灭掉的一种无法抗拒的冲动。经过一些努力之后，他达到了目的。他那东倒西歪的双腿支持着一个麻木的身躯，从他的胸膛里喊出来的不是低低的咕哝而是迷离的呼喊，看来他的生存也已经停止了。他陷入了一种奇异的昏迷，清醒的生活再也没有了地位，它测探了与正常生命无关并且逸出了它的界限的另一个世界。从他胸口里发出的呻吟一点都不曾妨碍他的睡眠。他的内部官能的病害继续着破坏的工作，却并没有明显地给他带来任何身体上的痛楚。

他一早就起床了，充满了苦闷的期待、憎恶与仇恨。这是一种说不清楚的仇恨，是既无因由也没有一定的目标的。他那双充血的眼睛不停地转动着，四肢打着战，他的心带着病态的反常跳动着，一下子突然完全停止了，一下子又那么凶地撞击起来，这样他的手就不由自主地抓紧了胸膛。没有了一点思想的活动，没有了一点点愿望！他满脑子都是瞬间感到的事物，因此就再也不可能有别的感想了。

他装满了烟斗点上了火。烟斗从他那无力的手指间落了下来。他的舌头嘟囔着什么，不过看来只是由于习惯的缘故。他静静地坐着望着一点。他有一种非常的渴望，使自己的体温增高，这样可以使自己感到生命的存在，即使是暂时的也好。不过白天他没有办法弄到烧酒。他只有等到晚上，才能得到那种幸福的时光——大地在他的脚下消失了，四面可恨的牢墙换上了闪烁着的无尽的空虚。

阿丽娜·彼得洛芙娜一丁点也不知道傻斯蒂奥普伽是怎样过日子的。她跟吸血鬼谈话的时候偶尔引起的一点怜悯的感情一下子就没有了，就像从来不曾意识过的一样。在她说，这并不是故意的，只是一种健忘。她完全忘记了，就在办公房里，在极近的地方，住着一个和她有血肉关联的人，可能为了渴望生活而日益憔悴下去。她只要一旦在生活中间开了一条途径，然后几乎是机械地用同类的东西填补上去，她就以为别人也可以照样来做，她从未想到，在生活中间，由于多样的错综复杂的关联和不同的环境，事物的性质反应在每个人身上，是各不相同的，也许对有些人（她自己也包括在里面。）说，是很好的事，而在旁人就成了可恶甚至是残酷的事了。

因此当管事几次三番地报告说斯蒂潘·乌拉地米里奇有点不大对路的时候，这些话就在她耳朵边上滑了过去，没有给她留下一点印象。自然，她是一向连回答都不大有的，如果有的话，也只是那种滥调：

“嗷，是啊，他不会出什么错儿的。我敢说他比你我都活得长。这个一歪一扭的家伙什么毛病都没有。咳嗽，你说！嗯，有些人咳嗽了三十年结果他们简直就没那么回事。”

虽然如此，等到一天早晨，人们来回说斯蒂潘·乌拉地米里奇头一天夜里失了踪，她还是激动了一下。她立刻派出了一切可以派出的人去找他，她自己也开始了一番先从斯蒂潘所住的房间开始的检查。她看到的第一件东西就是放在桌子上面的一只酒瓶，里边还剩着点烧酒。

“这是什么？”她问，装出不明白的神气来。

“啊，我想——小主人好这个，”管事吞吞吐吐地说。

“谁给他的——？”她火起来了说。可是她压下了自己，照样检查下去，掩盖了自己的怒气。

这间屋子是那么肮脏，就连她这个不知道也不要求任何舒适享受的人也有点感到难过了。天花板熏得黑黑的，墙纸有不少地方像破布条似的挂着，窗台给上面留着一层厚厚的烟灰弄得黑黑的，枕头扔在地上，沾满了泥污，床上铺着一条皱被单，上面满是积垢，都发灰了。一只窗户上，冬天的窗棂取了下来，或者更适当些说是给拉掉了，窗户半开在那里。显然傻斯蒂奥普伽是从这个开口的地方不见了的。阿丽娜·彼得洛芙娜自然而然地向窗外的路上望去，更害怕起来。已经是十一月初，不过这年的秋天拖得很长，寒流还没有到。路面和田畦整个变成了一片黑色的泥汤。他怎么走掉了的？他上哪儿去了？这时候她记起来他身上除了一件浴衣和一只拖鞋以外什么都没有，另一只拖鞋是在窗户底下找着的。再加上头天晚上下了一夜的大雨。

“我在这儿住了很久很久了，”她说，吸了一口不是空气而是混合着烧酒、烟草和羊皮的臭气。

整整一天，仆人们在森林里搜寻的时候，她一直站在窗子前面，木然地望着在她面前展开的光秃秃的田野。为了傻斯蒂奥普伽引起了这么大的麻烦！看来这就像一个荒唐的梦。她是说过的，应该把他给送到佛罗各答村去。“不，”那个该死的约杜施卡甜言蜜语地说，“让他在这儿吧，最亲爱的妈妈，留在哥略夫里奥夫田庄吧。”现在你来管管他吧，如果你愿意的话，约杜施卡。

“我原来是希望他住在那边，不在我的眼前，自自在在地过活——上帝保佑他！”阿丽娜·彼得洛芙娜在心里盘算着。“不过我总算尽了我的心了。他糟蹋了一份好东西，好，我就再扔给他一份。要是他把这一份也糟蹋了，那么，可让我怎么办呢？上帝也填不满没底的肚皮啊。这里本来是可以平平稳稳安安静静的。可是现在——谁知道他搞些什么花样？去，到森林里去找找，吹吹口哨好让他听见。要是能把他活着给找回来就不坏了，可是喝得糊里糊涂的，却很可能自己去找死的——弄条绳子，拴到树枝上，套上自己的脖子，斯蒂奥普伽就完事了。他的母亲自己不肯吃不肯睡，可是他倒自己想出了新鲜花样——上吊。如果他在这里日子难过倒也还可以原谅。可是天，他到底干些什么，除了成天地在屋子里走来走去，有吃有喝？要是换上另外一个儿子，就不知道怎么感谢妈妈才好了。可是这个宝贝儿子是怎么报答妈妈的呢?跑出去上吊。瞧这种主意!”

阿丽娜·彼得洛芙娜关于儿子横死的推测并没有得到证实。到了傍晚,一辆农家小车把他给送了回来,还是活着的。人是在半昏迷状态里,全身都是撞伤和破口,脸色青肿。他是在二十里外面的杜布劳理诺给找到的。

这个找回来的逃亡者整整睡了二十四小时。他醒过来以后,就照着旧习惯东倒西歪地开始在自己的屋子里踱了起来,可是他没有去摸烟斗,问他什么也不回答。阿丽娜·彼得洛芙娜的心软了,因此她在一时冲动之下几乎把他搬进邸宅里去。紧跟着她冷静了下来,还是让他留在办公房里了,不过吩咐下去把房子打扫收拾干净,被单也换了,挂起了窗帘,等等。

下一天傍晚,她听说斯蒂潘·乌拉地米里奇醒了,就吩咐把他带到宅里来喝茶,在对他说话的时候,在语气当中也多少有了些亲切的味道。

“你为什么要离开你的妈妈呢?”她开始说,“你知道你给她带来了多少焦急?幸亏这事没有让爸爸知道。要是这个可怜的病人听到了可是个可怕的打击。”

不过斯蒂潘好像对他妈妈的慈爱的话语是全然无动于中的。他一直瞪着一双无神的眼睛望着蜡烛,好像在看那烛心上结的灯花。

“哎,哎,你这个孩子好傻!”阿丽娜·彼得洛芙娜接下去说,越来越亲热了。“你想想看,为了你,人家要造你妈妈一些什么谣言。忌妒她的人本来就够多的了。这帮人什么话说不出来啊？他们会说她不供给你吃穿。哎，哎，孩子，你好傻！”

还照样是原来那种沉默和直盯着的眼睛。

“你在妈妈这里真住得那么不舒服吗？谢天谢地，还没有饿着你、让你穿不上衣服。你还有什么旁的想望？你要是闷得慌，别急啊。这里又不是别的，是个乡村啊，我的孩子。我们没有娱乐没有大厅，我们在犄角里坐着，简直就不知道怎么打发日子。我自己，也愿意常跳跳舞，唱个歌的，可是你只要看看外面的路，在这种天气你就连教堂都不愿意去了。”

阿丽娜·彼得洛芙娜停了下来，盼着傻斯蒂奥普伽至少也得出点声，可是他不声不响简直就跟一块石头一样。她开始有点冒火了，可是压了下去。

“还有你要是有什么不满意，如果你真的缺了吃穿，你就不能对你妈妈明讲？你就不能说，‘妈妈，亲爱的，你能不能给我做点肝子和蛋糕？’你以为妈妈会不答应吗？再不然你想要一点烧酒，天哪，我不会舍不得给你一两杯的。想想吧，你连问奴才讨东西都不难为情，可是要你跟亲妈妈说一两个字倒那么困难。”

不过她这一套好听的话结果没有一点用处。傻斯蒂奥普伽还是木然，既没有动感情（阿琳娜·彼得罗夫娜盼着他吻她的手）也不表示后悔。事实上，他好像什么都没有听见。

这以后他就再也没有说过一句话。他整天在自己的房间里走来走去，愁着眉动着嘴唇，没有一些疲倦的样子。有时候他站住不动好像想说什么话了，可是却找不到字眼。他并不曾失掉思索的能力，不过印象只能在他的脑子里留下那么淡的一抹，他简直就不可能使它保留稍长的时间，因此找不到想说的字眼也并不曾引起他的焦急。阿丽娜·彼得洛芙娜，在她想，他一定想要放火烧掉房子的。

“一整天他不说一个字，”她重复地说，“可是他一定还在转什么念头的，这个家伙！我敢说准有一天他会放火烧房子的。”

可是这个傻子倒是什么念头也没有的。他是给深深地埋在绝对的黑暗里面，在这里现实和幻想的虚构世界都是不可能存在的。他的头脑倒真的在活动，不过是在一种空虚的情况下面活动的，既和过去无关，也和现在将来连不起来。就好像给黑云整个地包了起来，他只能用力地看，注视着它那虚幻的波动，也有时候，企图无力地抗拒一下这种邪恶的支配。整个的物质和精神世界都在疑云当中缩小了。

这一年的十二月里，波尔斐瑞·乌拉地米里奇接到了他妈妈这样一封信：

“昨天早晨上帝又给了我们一个新的考验。我的儿子、你的哥哥，斯蒂潘咽了气。就在前一天的黄昏他还好好的甚至还吃了晚饭，可是早晨已经死在床上了。人间的生命就是这么短促！而使一个母亲最伤心的是他不曾领受最后的圣餐就离开了这个浮华世界到不可知的国土里去了。

“但愿这对我们大家是一种警告。蔑视伦理的人总要有这样的结果的。这辈子的失败和夭亡，来世的无穷折磨，这些恶果都是出于一个源泉。因为，不管我们多么有学问多么了不起，如果不敬重父母，我们的学问和卓越就变得一无所有了。这是每一个生活在这个世界上的人必须牢牢记住的教训。此外，奴隶是必须尊敬他们的主人的。

“尽管这样，对于逝者，我的儿子，还是给了一应的哀荣的。棺衣是从莫斯科定制的，葬仪是由修道院长庄严地主持的。同时我还按照基督教的习惯，每天都举行了纪念的仪式。我哀悼儿子的死，可是我并不悲叹，我也不希望你如此，我的孩子。因为谁知道呢？可能我们在这里哀悼、悲叹，他的灵魂倒在天堂里高兴着。”

第二部　好亲戚

第一章

六月里一个炎热的中午；整个杜布劳理诺的地主邸宅静寂得没有了一点声音。作活的和闲汉都在阴凉的地方休息。在前院的一棵大柳树荫凉底下，几条狗伸开了腿卧着，你还能听见它们困倦地用嘴扑吃苍蝇的声音。连那些树，也好像筋疲力尽了似的不动地垂下了枝条。邸宅和下房的全部窗子都开得大大的。炎暑的袭来就像卷来了一阵阵燎人的热浪，生着短小发焦的野草的土壤像着了火。空气几乎像是一片金色的迷雾，人们于是就很难分辨出远处的事物。原来漆着灰色现在已经褪成白色的邸宅，和前边的小花园，被一条路隔在田地的另一边的桦树林子、池塘、村子和麦田，一直到村子的外围，都淹没在耀眼的闪光里。开花的菩提树香和牛圈的气味糅合在一起。听不见一声呼吸，没有一点声音。只从厨房里传来了磨刀的声音，这就说明了饭桌上一定会摆出肉丁和牛排来。

邸宅内部充满了无声的混乱。饭厅里坐着一位老太太和两个少女，桌上放着被她们忘却了的针线活计。她们带着极度的焦急在等待着什么。在下女的屋子里有两个女人在忙着准备芥泥和外敷剂，匙子的谐和的碰响像蟋蟀的叫声似的划破了沉寂。赤了脚的下女们在走廊上偷偷地走来走去，来往于阁楼与下女屋子之间。楼上不时传来说话的声音："芥泥怎么样了？你们睡着了吗？"于是一个下女就赶忙从屋里走了出来。最后从楼梯上传来了沉重的脚步声，团部军医走进了饭厅，是一个高身材宽肩膀的人，有着结实、通红的面颊，一副健康的神气。他的声音是洪亮的，脚步是稳重的，眼睛是明亮的，露着快活和爽直，嘴唇饱满而又鲜嫩。虽然他已经五十岁了，他依然是个彻头彻尾的花花公子，同时还可以看出，距离他戒绝痛饮狂欢还得有好些年。他穿着一件华丽的夏装，他那一尘不染的凸花上装上镶着白色带纹章的纽扣。他走进来的时候，用嘴唇和舌头弄出了清脆的响声。

"女孩们！"他快乐地喊道，站在门限的地方，"给我们弄点烧酒和什么吃的来。"

"哎，医生，他怎么样了？"老太太问道，她的声音当中充满了焦急。

"上帝的慈悲是无限的，阿丽娜·彼得洛芙娜，"医生答道。

"您是什么意思？那么他——"

"正是这样。他还能再拖个两三天，然后就——再会了！"医生用手做了个表情的姿势同时哼了起来，"脚底朝天，脚底朝天他倒了下来。"

"怎么回事？医生们给他看了——现在突然——"

"哪些医生？"

“那个地方自治会的医生还有城里医生。”

“出色的医生！要是他们好好地给他放了血，可能就救活了他。”

“那么说就什么办法都没有了？”

“嗯，我说过，‘上帝的慈悲是无限的，’此外我就不能再说什么别的了。”

“不过也许会有效？”

“什么会有效？”

“我是说——芥泥。”

“也许。”

一个穿黑衣服披黑围巾的女人端进来一个托盘，上面放着一瓶烧酒，一碟腊肠一碟鱼子酱。医生自己倒了酒，端着杯子向亮处一举，咂响了舌头。

“祝您健康，太太，”他向老太太说着，一口喝了下去。

“您健康，我的亲爱的先生。”

“这就是帕甫尔·乌拉地米里奇年纪轻轻就送了命的原因，这种烧酒。”医生说，舒舒服服地皱着眉，拿叉子叉起一片腊肠来。

“是啊，害了不少人了。”

“那是因为不是人人都吃得住。可是我能，我还要再来一杯。您的健康；太太。”

“喝吧，喝吧，您什么毛病都出不了的。”

“不会。我的肺、腰子、肝、脾都好得很。此外，”他转过身去冲着站在门口听他说话的穿黑衣服的女人，“今天中饭都有些什么菜?”

“肉泥还有牛排外加烤鸡,”她答道,勉强地一笑。

“有没有熏鱼?”

“有的,老爷。我们有白鲟鱼还有星条鱼,有的是。”

“那么中饭就预备点冷汤和鲟鱼,要挑一块肥肥的鲟鱼,听见了吗?你叫什么名字?优丽塔?”

“是的,老爷,他们喊我优丽塔的。”

“好,那么,快点,优丽塔,快着点。”

优丽塔出去了,接着是一阵子压抑的沉寂。然后阿丽娜·彼得洛芙娜从座位上站了起来,看清楚了优丽塔并没有站在外面偷听。

“安得来·奥塞彼奇,你已经跟他提过孤儿的事了吗?”她问医生说。

“是的,提过了。”

“嗯?”

“还是那样子。‘我要是好起来,’他一直这么说,‘我就做好遗嘱,写下单据。’”

沉默,比上次更甚的沉默充满了屋子。女孩子们拿掉了桌子上面的针织品,她们发抖的双手一针针地织着。阿丽娜·彼得洛芙娜沮丧地叹了一口长长的气。医生在屋里来来回回地走着,说着,

“脚底朝天,脚底朝天。”

“可是你有没有对他摊开来说呢,医生。”

“嗯,我对他说,‘你要是不替孤儿们作了确定的准备,

那你就是个大坏蛋了。' 还怎样让我说得更清楚？对了，老妈妈，是你做错了。要是一个月前头你就请我来，我就会好好地给他放了血，而且可以亲眼盯着他立好了遗嘱。可是现在一切都要归约杜施卡这个法定继者了。一定要这样的。"

"啾，外祖母，我们可怎么办呢？"两个少女中间较大的一个说，悲哀得快哭出来了。"舅舅怎么可以这样对待我们？"

这两个女孩子是安宁卡和卢宾卡，安娜·乌拉地蜜罗芙娜·乌兰诺娃的女儿，阿丽娜·彼得洛芙娜曾经"扔"给她一块"骨头"的。

"我不知道，亲爱的，我不知道。连我自己的命运我都不知道。我今天在这里，可是天知道明天我又在哪儿。也许我得睡在草棚里，挤在农民的屋子里的。"

"天哪，舅舅多不聪明！"小一点的女孩子说。

"年轻的小姐，我希望你们不要插嘴，"医生说。他回过头去向阿丽娜·彼得洛芙娜建议道，"您为什么不自己试着跟他谈谈，妈妈？"

"不，不。我跟他说没有用。他见都不愿意见我。有一天我刚把鼻子尖伸进他的屋子，他就大声骂起来，'你是来看着我咽气的吗？'"

"我猜这后面都是优丽塔在作鬼。是她煽动他来反对你。"

"是她，除了她再没有旁人。她马上就全都报告了波尔斐瑞、那个吸血鬼。人家都说他弄了一对备好了鞍子的马，一天到晚准备在那里，专等凶信。再想想看，那天优丽塔竟自做了一份家具清单，衣橱和碟子，照她说，这样就什么都丢不了了。我们都是贼，想想看吧。”

“您为什么不对她更严厉些？脚朝天，您明白，脚朝天。”

不过命运决定了不让医生发挥他的见解。一个气都喘不上来的下女跑进了屋子惊恐地喊道：

“主人！主人要医生去。”

第二章

傻斯蒂奥普伽死了还不到十年，哥略夫里奥夫全家大小的情况都起了彻底的变化，这样，那使全家成为一个牢不可破的堡垒的那些人为的链条，连一点影子也没有了。阿丽娜·彼得洛芙娜用自己不知疲倦的双手建立起来的堡垒垮掉了，它垮得那么不知不觉，就连她自己也不明白那经过，甚至她自己也在这场破坏中间出了力，当然，其中的领导力量是波尔斐瑞这个吸血鬼。

阿丽娜·彼得洛芙娜从哥略夫里奥夫田庄的动辄归罪于人、脾气暴躁的统治者的地位降到了她幼子家里的一个附庸，一个无用的附庸，在家政经营里没有一点发言权，她的头垂了下来，背也弓了，她眼睛里的火焰不见了，步伐无力，举止里的活泼也没有了。她织针线打发无聊的日子，可是她的思想却总爱跑到针线以外的什么地方，结果针线往往给织坏了。她织上一会儿，接着一双手就自动地放了下来，头仰在椅子背上，这时候她的脑子里就想起了过去的一切，一直想得疲倦，就陷入了一种上了年纪的人的酣睡里。不然她就站起来在房间里踱步，永远在寻找着什么；一直向墙角里张望，就像一个好主妇，一时忘了把一向带在身边的钥匙随手放在什么地方，在寻找着似的。

她的权威受到的第一个打击，与其说是农奴制的废止还不如说是事前的一连串准备。开始，只有着谣传，接着有了地主的会议和请愿，紧接着就来了省委员会和修订委员会。这一切使她筋疲力尽糊里糊涂了。阿丽娜·彼得洛芙娜的幻想，没有外来的刺激也就活动得可以的，现在就有了数不清的荒谬的新念头。“我要怎么称呼阿伽施卡呢?”她想。“也许我得在她的名字前面加上个‘小姐’吧。”要不她就会想到，自己在空房间里走来走去，而仆人们倒在下房里舒舒服服，大吃各色的食物；等她们吃厌了以后，就看见她们把吃剩下的东西扔在桌子下面。她会出其不意地发现约而伽和费士伽在地窖里看到什么拿来就吃，跟野兽一样，她真想申斥她们一顿，可是又不得不忍住，同时又想。“谁敢对她们说什么，现在她们自由了。唉，连上法庭告她们都不成!”

不论这些琐事是怎样地无关痛痒，它们却形成了一个幻想的世界，把你拘束得紧紧的，使你一点都不能活动。阿丽娜·彼得洛芙娜是突然松了手，从掌握里滑掉了统治的缰绳，两年里她什么都不做，从早到晚只是不断地埋怨诉苦。

“不是这样就是那样，”她爱这样说，“获得一切或是丧失一切。不过这些开会、请愿和委员会却一点用处都没有，只是带来了麻烦。”

正当委员会在风头上的时候，乌拉地密尔·米克海里奇死了。他临危以前否认了巴而可夫和他的全部著作，安静地死去，和人世间妥协了。他最后的话是：

“我感谢我的上帝，为了他没有让我和农奴们平等地出现在他的面前。”

这些话给他那有着敏感的灵魂的妻子以深刻的印象。于是他的死和她对未来的幻想在邸宅中造成了一种悲观失望的空气。看起来就像这座古老的邸宅和住在里面的人都快要死了。

从阿丽娜·彼得洛芙娜信里流露出来的少许怨言中间，波尔斐瑞·乌拉地米里奇出奇敏锐的理解已经感到她是陷在怎样的惶惑里面了。阿丽娜·彼得洛芙娜并不曾在信里进行训教，不过到底，她把希望完全寄托在上帝的帮助上面，“在这种没有信仰的年头，上帝还施恩给农奴们，更何况那些为了他们的财富成为教会最可靠的支持者和装饰品的人呢?”约杜施卡知道得清楚，如果妈妈开始把希望寄托在上帝身上，那她的生活中就开始有了破绽。他就要使出自己特殊、精明的技巧来利用这样的破绽。

正当解放运动的准备阶段即将结束的时候，他颇为突然地回到哥略夫里奥夫田庄来，看到阿丽娜·彼得洛芙娜意气消沉，几乎已经达到了沮丧的地步。

“啊，有什么新闻？在彼得堡人们怎么说呢?”这是她在彼此问候了以后提出来的第一个问题。

波尔斐瑞低下了眼睛不声不响地坐着。

“不，你要替我的环境想想，”阿丽娜·彼得洛芙娜接下去说，从儿子的沉默当中捉摸，好消息大概是没什么指望了。

“就说目前吧，在下房里我就有靠三十个下女。让我拿她们怎么办呢？如果还要我维持下去，我可拿什么来给她们吃呢？目前我还有一点卷心菜，一点山芋，面包，什么都够。这么着我们还可以勉强维持下去。要是山芋吃光了，我就吩咐吃卷心菜；要是卷心菜没有了，就得吃黄瓜了。不过现在，要是什么都让我到菜市上去买，什么都要我付账，连买带伺候，我可怎么能应付得了这么一大群人？”

波尔斐夏盯着他的“好妈妈”的眼睛，作出一种表示同情的苦笑来。

“还有，如果政府让他们自由，让他们有充分活动的余地——好啦，那么我不明白，我不明白，我真不明白会弄成什么样子。”

波尔斐夏冷笑起来，好像这里面包含着极有趣的内容似的。

“你不用笑。这事不简单呢，多严重啊，要是上帝能让他们多少有理智一点就好了，只有那样——就拿我说吧。我还不是个老梆子，对吗？可是我也得有一份面包和牛油，对不对？我又上哪儿去弄呢？再想想我们是怎样教养成人的。我们只懂得怎样跳舞怎样唱歌和招待客人。这么着没有了这批坏蛋可让我怎么办，我倒想知道。我不会端菜不会下厨。我什么都干不来的。”

“上帝是慈悲的，好妈妈。”

“他倒一向是如此的，不过现在不对了。我们日子过得好的时候，上帝对我们慈悲；我们倒了霉，那么，我们可不能抱怨。我已经这样在想，我实在应该把所有的东西都扔掉才好。真的，我想靠着你爸爸的坟墓造一间小草房，就在这里度过我的残年。”

波尔斐瑞·乌拉地米里奇全神贯注地听着，这事是正合他的胃口的。

“那么让谁来管田庄呢?”他问了，就这样小心地扔出了他的钓饵。

“唉，你们孩子应该自己会管的。谢天谢地，我可积下了不少产业。不该让我自个儿挑着整副担子啊。”

阿丽娜·彼得洛芙娜突然停了下来，抬起了头。她的眼神落在约杜施卡满嘴胡话一脸假笑满面油光、燃烧着一片禽兽气息的脸上。

“看样子你是打算把我送进坟地了，”阿丽娜·彼得洛芙娜冷冷地说，“这岂不是有点太早了，宝贝？放清楚点，别弄错啦。”

于是谈话就没有得到任何明确的结论。不过，那种只要一开始就永远不会真正结束的谈论还是存在的。过了没有几小时，阿丽娜·彼得洛芙娜就重新开始了谈话。

“我要到圣·塞尔奇阿斯神庙去，”她大声地说道，“我要把田庄分一下，然后就在神庙附近买上一间小房子，住下来。”

可是波尔斐瑞·乌拉地米里奇，得到了上回的教训，这回不再作声了。

“去年，你爸爸还活着的时候，”阿丽娜·彼得洛芙娜接下去说，“我一个人在卧室里坐着，突然听见有人在我耳朵边上小声地说话：‘到圣庙去吧，到圣庙去吧。’说了三遍，记着。我一回头——屋里并没有别人。好啦，我想这一定是给我的一个警告。‘好吧，’我说，‘既然上帝喜欢我的忠诚，那我就去。’我这话还没有说完，屋子里就突然充满了那么一种异香。于是我马上就吩咐理好了东西，当天晚上我就上路了。”

阿丽娜·彼得洛芙娜的眼睛里浮上了泪珠。约杜施卡抓住这个机会吻了母亲的手，甚至还大胆地用手搂住了她的腰。

“现在您是一个好女儿了，”他说，“啊，亲爱的，要是您能和上帝平安地住在一起的话，可多好呀。您向上帝祈祷，上帝给您帮助。就是这样，好妈妈。”

“别忙，我还没说完呢。第二天傍晚我到了神庙，就一直走到小教堂去。正在做晚祷呢，唱诗班唱着圣诗，点着蜡烛，从香炉里飘来了香气。我简直就不知道自己是在什么地方了——在地上呢还是天上。晚祷以后我去看约神父，我跟他说：‘唉，法师，今天晚上教堂里可真好啊。’‘难怪，太太，’他说，‘阿佛瓦库姆神父今天在晚祷里看到了奇怪的东西。他刚刚抬起手臂开始祈祷，就看到圆顶上有一道光闪，一只鸽子向下望着他。’嗯，从那天起我就明白了迟早我的晚年要在圣·塞尔奇阿斯神庙里过了。”

“那么谁来照管我们呢？谁能把你的孩子的幸福放在心上？啊，妈妈，妈妈！”

“哎，你不是小孩子了，你总可以照管自己。至于我，我要跟安奴士卡的孤女们到神庙去，在圣神的庇护下面过活。也许在她们当中也有的觉悟了，想皈依上帝。啊，那么女修道院就正在旁边。我要替自己买一所小房子，种个小菜园，山芋、卷心菜——什么都够我吃用了。”

一连多少天都是这种废话，阿丽娜·彼得洛芙娜订出了最大胆的计划，又撤回去重新订过，到了最后，已经到了那种地步，她终于再也撤不回来。在约杜施卡回家以后半年，情况就变成了这样：阿丽娜·彼得洛芙娜没有到神庙去，也没有住在她丈夫坟旁建立的小草房里。她把田产分掉了，只把现钱留给自己。波尔斐瑞·乌拉地米里奇分到了好的部分，帕甫尔·乌拉地米里奇分到了最坏的部分。

第三章

阿丽娜·彼得洛芙娜在哥略夫里奥夫田庄住了下来。这自然就要引起一点小小的家庭喜剧。约杜施卡洒泪赚得母亲替他照管产业，就像照管她自己的一样，随她的便支配收入。“还有，最亲爱的，不论您分给我收入的多少，”他添上说，“我都会满意的。”帕甫尔呢，只是冷冷地谢了他母亲一声（照她的说法就是“好像他要咬我一口似的，”）立刻退休了，（“正是这样，没有他妈妈的祝福，像疯子似的，他就逃回自由天地来了。”）在杜布劳理诺定居下来。

从这以后，阿丽娜·彼得洛芙娜对事物的判断就有些模糊了。波而斐夏吸血鬼的真实面目，过去她曾经一度看得清清楚楚，现在，就正像退到一层迷雾后面去了似的。她好像除了这个就再也不知道别的什么了，虽然已经分了田产，农奴也解放了，她仍旧住在哥略夫里奥夫田庄，依旧自由自在，不必向任何人负责。就在她附近住着她的另外一个儿子，可是却有好大的分别！波而斐夏把他自己和他的产业都托付给母亲照管，而帕甫尔不但从来没有征求过她的任何意见，甚至对她说话的时候都咬牙切齿的。

她的心思越模糊，就越觉得她那好脾气的儿子可爱。波尔斐瑞·乌拉地米里奇从来不要求她什么。是她自己去迎合他的愿望的。她逐渐对哥略夫里奥夫田庄的情况感到不满足了。在某某地方，突然伸进来一块外人的地皮——最好是把这块地皮买了下来。在某某地方最好能有另外一块农地，不过草地是太小了。而在邻近的地方就正好有一块待售的草地，啊，好一块草地。阿丽娜·彼得洛芙娜有的是一个母亲和有事业心的女人的热情，她希望自己喜欢的孩子能够看到她的才能的光辉表现。可是波尔斐瑞·乌拉地米里奇只是钻自己的壳里，对她的一切提议都置之不理。阿丽娜·彼得洛芙娜想说服他也没有用。不管她想建议买进一块林地或是草地，他总是这样回答："好妈妈，您好心留给我的已经让我完全满意了。"

这样的答复只能使阿丽娜·彼得洛芙娜受到更大的鼓舞。经营产业的热情和对住在附近却拒绝和她来往的"该死的帕甫卢夏"的愤恨使她迷惘起来，阿丽娜·彼得洛芙娜忘记了自己和田庄实际的关系。她从前的那股攫取的狂热又用新的力量抓住了她，虽然现在不是为了她自己的扩展而是为了她所喜欢的儿子。哥略夫里奥夫田庄壮大了，扩展出去，繁荣起来。

就在这个当口，阿丽娜·彼得洛芙娜的存款已经减少到她几乎不可能靠利息生活的地步，约杜施卡寄给她一封极度恭敬的信附有一大包空白表格，是指示她将来填造年度平衡表的。在家用开支主要项目之外，还列入了覆盆子、醋栗、菌子等等。每一项都有着如下的特定表式：

覆盆子树株数，一八——年…………………… 数量

本年种植株数……………………………… 数量

收获果量…………………………………… 数量

在总收获量中，亲爱的妈妈您自用的数量…… 数量

波尔斐瑞·乌拉地米里奇·哥略夫里奥夫大人宅中腌用或准备腌用数量…………………………… 数量

用以奖励善良儿童数量…………………… 数量

售与平民享用数量………………………… 数量

因无买主或其他原因而霉坏数量……………… 数量

附注　如遇列表年度产量逊于去年时，其原因如旱、涝、雹等等必须注明。

阿丽娜·彼得洛芙娜简直给气得透不过气来。首先，她给约杜施卡的贪婪吓坏了。她从来不曾听说在田庄的账册里浆果也要单列一项，而看来他却最强调这个。其次，她完全了解这些表格是用来限制她一向独裁的权力的。

在他们中间经过了一番长期争辩的通讯之后，阿丽娜·彼得洛芙娜受了侮辱又生了气，就搬到了杜布劳理诺，紧跟着波尔斐瑞·乌拉地米里奇也在衙门里退休了住到哥略夫里奥夫田庄来。

从这以后，老太太过了很长一段无事可做的苦日子。帕甫尔·乌拉地米里奇在对待母亲的态度上显得很不客气。他

认为已经用了非常合理的态度收容了自己的母亲，他答应供给母亲和两个孤苦的甥女吃喝，不过要有两个条件，第一，她们不许进入他所住的阁楼；第二，她们不许干涉田庄的管理。第二个条件对阿丽娜·彼得洛芙娜说是最受不了的。家政的管理权操在女管家优丽塔的手里，这是个阴险的女人，而且被发觉和约杜施卡与契卢士伽暗地里有着联系，后者是过世的主人的管事，一个完全不懂农事而使帕甫尔·乌拉地米里奇都有些害怕的人。这两个都肆无忌惮地偷窃着。有多少次阿丽娜·彼得洛芙娜看到家宅遭受掠夺而心痛啊；她多么想警告自己的儿子睁开眼睛看看茶、糖、牛油一样样的被偷！不知道浪费了多少东西；而优丽塔，当着老太太的面一点都不感到羞耻，让她眼睁睁地看着自己三番五次大把地把糖藏进口袋里去。阿丽娜·彼得洛芙娜什么都看在眼里，不过被迫要对这种抢掠闷声不响。她一想张嘴说些什么，帕甫尔·乌拉地米里奇立刻就纠正了她，说道：

“妈妈，只许一个人管理家务。这并不是我一个人的见解，人人都这么说的。我也知道我吩咐出来的话都是愚蠢的。算了，愚蠢就愚蠢吧。你的吩咐是精明的也让它精明就是。你聪明，非常聪明。可是约杜施卡还是没有给你留下一个家、一间屋子，让你自己一个人去漂泊去。”

最后的打击是一个可怕的发现，帕甫尔·乌拉地米里奇在酗酒。这种欲望是由乡居的寂寞引起，偷偷地来到他身上的，一直到最后他是完全沉溺在酒里了，他是不可救药了。母亲最初住进来的时候，他好像有了点顾忌。他倒时常从阁楼下来跟妈妈谈谈。她发觉他出奇的语无伦次，不过还一直以为他本来就是愚蠢的缘故。她并不高兴和他在一起。跟他谈话特别使她难过。事实上他一直是在莫名其妙地咕噜着什么。不是一连早上几个星期就是倾盆的大雨，不然就是树上生了虫子，把整个园子的果树都咬坏了，要不又是鼹鼠，在全部耕地上打了洞。这一切都成为牢骚的无休止的源泉。他从阁楼走了下来，在母亲对过坐下，开始说道：

“四面全是阴云。难道哥略夫里奥夫田庄离开这里有好远不成？昨天吸血鬼得了一场好雨，我们这里却一滴都不落。云彩就在四围绕着晃。哪怕只给我们一滴雨也好！”

不然他就说：

“什么时候你看见过这样的涝？燕麦刚要开花，一下就给浇垮了。干草早已经烂掉了一半，可是雨还是下个不停。哥略夫里奥夫田庄到底离这里有好远？吸血鬼的庄稼早就收割了，可是我们就给耽误了。今年冬天我们只能用烂草喂牛了。”

阿丽娜·彼得洛芙娜不声不响地听着他这套愚蠢的抱怨，可是到底还是常常忍不住，她就说：

“好啦，就一直拢着手在那里坐着吧。”

帕甫尔·乌拉地米里奇立刻生起气来。

“您想让我怎么样？把雨搬到哥略夫里奥夫田庄去吗？”

“我并没有说雨，只是一般地就事论事。”

“请你别提‘一般的’，你为什么不直截了当地跟我说你要我怎样？要我改变气候吗？人家是哥略夫里奥夫田庄啊。

哥略夫里奥夫田庄要下雨，就下雨。哥略夫里奥夫不要雨就不下。在那边，什么东西都生长，可是这边啊，就正好相反。好吧，等什么吃的都没有了的时候，我看你还说什么。”

“那就是上帝的意思了。”

“好啊，那就是上帝的意思了。可是你的‘一般的’好像有点什么道理似的。”

有时候，帕甫尔甚至觉得自己的产业是一种负担。

“我干什么要拿到杜布劳理诺呢?”他抱怨，“它有什么用处?”

“杜布劳理诺又怎么样啦？土地挺肥，什么都有。你一下子又转起什么念头来了?”

“这个，这种年头土地一点也不顶用。钱，这才是要紧的东西。你把钱拿来，放在口袋里，就可以出门去了。可是产业——”

“我们这是赶上了什么年头，我们有了产业却一点都不顶用?”

“是啊，这年头特别。你不看报，可是我看的。这种年头到处都是律师——别的你就可想而知了。要是让一个律师发现了你有产业，那他就要缠上你了。”

“嗯，如果你有适当的产业证件，他能拿你怎么样呢?”

“有证件也好没有证件也好，他们都能抓住你。波尔斐瑞可以雇上一个律师，我就得天天接传票了。”

“你这是说的什么话！我们又不是住在无法无天的国家里。”

“正是因为这个他们才给你传票。要是国家是无法无天的，就连传票都不用，就给拿走了。拿我一个叫哥尔罗庇亚托夫的朋友来说吧。他的叔父死了，可是他，真的那么笨，就去继承了产业。遗产毫无价值，可是倒欠了上万的债，借据全都是假的。他们于是和他打了三年的官司。首先，他们把他叔叔的田庄拿了去。接着把他自己的田园也拍卖掉了。产业就是这样的。”

“真会有这样的法律不成?”

“要是没有这种法律，他们也不会拍卖了。要什么样的法律都有。一个没有良心的人处处都会受到法律的保障。可是就没有为有良心的人订的法律。不信就在书本上找找看。”

在这种争论当中，阿丽娜·彼得洛芙娜总是让帕甫尔去的。不止一次她实在忍不住要喊：“滚开，你这个混蛋，”可是她反复想想还是没有说。有时候她只是跟自己嘟囔：

“天哪！我怎么会生下了这种儿子？一个是吸血鬼，另一个是神经病。我积蓄了一辈子到底是为了什么？我不吃不睡都是为了什么？我这都是为的谁啊?”

帕甫尔·乌拉地米里奇的酒喝得越凶，他的话就越发来得奇怪而讨厌。阿丽娜·彼得洛芙娜后来终于发现情形不对了。早晨在饭厅的食橱里放上一满瓶烧酒，到了中饭的时候，就一滴不剩了。要不她坐在会客室里就会听见饭厅里靠近食橱旁边发出神秘的嘎嘎声音来。她一喊“谁在那里?”就听见急促但却小心的脚步走出去上了阁楼。

“天哪！难道说他在喝酒?”有一次她问优丽塔。

“我想这是用不着否认的，”后者回答，带着一脸刻毒的笑。

等到帕甫尔·乌拉地米里奇看到真相已经被母亲发现了，他就再也没有了任何拘束。有一天早晨，阿丽娜·彼得洛芙娜发现饭厅里的食橱不见了，她就问是搬到哪里去了，优丽塔对她说是他吩咐搬到阁楼去的，为了主人喝酒更方便些。

在阁楼上，烧酒以可惊的速度一瓶跟一瓶地喝光。帕甫尔·乌拉地米里奇一个人关在房间里开始对人世间发生了憎恨。他替自己制造了一种特殊的幻想的现实，想出了冗长、荒谬的故事，在这个故事里他自己和吸血鬼成为主要的角色。他对波尔斐瑞的仇恨的植根之深连他自己也不完全清楚。这仇恨无时无刻不在咬着他的骨头和内脏。他哥哥讨厌的影子像活人似的站在他的面前，约杜施卡那种带着眼泪的伪善的废话在他耳朵里响着，在他的言谈中间对一切不合于伪善的传统法则而有生命力的东西，总隐伏着一种冰冷甚至是抽象的仇恨。帕甫尔·乌拉地米里奇一面喝着一面想起了往事，由于约杜施卡在家庭里的那种以主人自居的姿态，他不得不忍受的凌辱与愧恧；特别是在分家的时候，他是怎样的一个戈贝克都不放松地算着账，每一小块地皮都要比了再比。噉，他多么憎恨他！在他的脑子里扮演着整出的戏，酒精又为他增添了热力。在这些戏文中间，他报复了遭受的一切侮辱，主动攻击的并不是约杜施卡却往往是他自己。他看到自己赢了二十万，安排了一出长长的戏把自己的好运告诉约杜施卡，让他哥哥的脸因嫉妒而抽搐起来。其他的时候他就幻想祖父死去时给自己留下了一百万，可是波尔斐瑞却什么都没有。他还发现了一种隐身法，当人家看不见他的时候，他就向波尔斐瑞开起恶意的玩笑来，气得他哼哼叽叽。他玩花样的天分是无限的，他那白痴的笑声经常长久地响彻阁楼，这倒很让优丽塔高兴，她会赶着把弟弟的行动报告波尔斐瑞·乌拉地米里奇。

他痛恨约杜施卡可是同时又对他存着疑惧。他总觉得后者的眼睛里里放出一种不可思议的毒素，他的声音像一条蛇似的，钻进别人的灵魂中间，使意志变得麻痹了。他干脆拒绝和他见面，吸血鬼偶尔上杜布劳理诺来吻亲爱的妈妈的手的时候，帕甫尔·乌拉地米里奇就把自己关在阁楼里，一直关到他动身为止。

日子就这样一天天地过去，一直到最后帕甫尔·乌拉地米里奇发觉自己的病是已经无可救药了。

第四章

医生留在宅里过夜只不过是为了摆摆样子，第二天一早就进城了。临走的时候他坦白地声明病人最多只能再拖两天，现在再想要他立什么遗嘱已经太迟，因为帕甫尔·乌拉地米里奇简直连自己的名字都签不成了。

“可能他在文件上签错了名字，这么一来你就得吃官司，”他添上说，“当然，约杜施卡对自己的母亲是有着高度的尊敬的，不过，碰上了这个，他就会采取行动证明文件是伪造的，一旦‘好妈妈’被流放到边区去，他最多也不过替行人作一场弥撒，祝她一路平安而已。”

整个早晨阿丽娜·彼得洛芙娜就像做梦似的走来走去。她想念出祷词来。也许上帝会有什么提示的，可是祷词却不肯走进她的脑袋，甚至连她的舌头也不肯听话。她开始说：“慈悲慈悲我吧，上帝，您大慈大悲，”突然发现自己说，“您正大无邪。”

“洁净我吧！洁净我吧！”她机械地一遍遍地重复着，可是她心不在焉，一会儿想到楼上，一会儿想到地窖（“秋天的时候有好多窖藏，现在都让他们给偷光了！”），想起了辽远过去的一些事。一切都是模模糊糊的，而在这种迷惘当中，人们，不少的人们，忙乱地动来动去，为将来而忙碌着。“人们有福了……人们有福了……像那香似的……教导我……教导我……”最后她的舌头不肯动转了；她的眼睛盯在圣像上面，什么都没有看见——她的嘴张着，双手合在腰上，她站在那里一动不动像一块石头。

最后她坐下来哭泣了。泪水从她迟钝的眼睛里流出，流过年老皱缩的双颊，在皱褶的凹处徘徊，然后淌到她的旧印花布马甲的油腻的领口上。她的泪水说明了她的痛苦、失望和虽然微弱但却倔强的抗拒。她的年龄、衰病和情况的绝望，都指出只有死亡是唯一的出路。同时过去的回忆又涌上了心头，回忆过去那种权势、兴旺和无限制的自由，这些回忆刺进她的灵魂深处，把她拉到地面上来。

“去死！”她脑子里划过了这种念头，不过立刻又为一种顽强的求生愿望给排挤掉了。她不再想起约杜施卡和她已经死去的儿子。好像两者在她说都是不存在了似的。她谁都不想，谁都不恨，不想归罪于谁，甚至都忘记了自己是否还有存款，够不够自己老年的花用。一种极度的痛苦攫住了她的全身。她的眼泪的源泉深得无比。从她离开哥略夫里奥夫田庄住到杜布劳理诺那一刹那开始就一滴一滴地积聚起来了。对于等待着她的一切她都满有准备。她期待同时也预见了一切，可是不知怎么，她却从未像这样真切地使她感到她的恐惧就要实现了。现在就是这个结末已经到来了，一个充满了痛苦和绝望的凄凉的结末。她这一辈子一直忙着积聚，为了什么她把自己磨得筋疲力尽；而现在她却感到自己为了一种幻景而把生命浪费掉了。“家庭”这个字眼一辈子她都没有离过嘴。打着“家庭”的招牌她惩罚了某些人，让另外一些人得了好处。为了“家庭”，她使自己受尽了艰难、折磨，把自己整个生命葬送了；而突然间她发现“家庭”却恰恰是她所没有的东西。

“天哪！难道到处都是一样的吗？”她脑子里就一直转着这个念头。

她一只手托着头坐在那里，被眼泪浸湿的脸转向了升起的太阳，像是在说，“看啊！”她不咕哝也不责骂了。她只是啜泣像给泪水梗塞住了似的。同时，一种思想烧灼着她的灵魂，“一个人都没有！没有！没有！”

可是现在她眼睛里的泪水淌完了。她洗了脸无目的地走进了餐厅。在这里她又碰上了现在特别觉得讨厌的外孙女们新的诉苦。

“将来可怎么得了啊，祖母？我们真的就这样给扔了下来吗，什么都捞不到？”安宁卡哭着说。

“舅舅多傻，”卢宾卡插进来说。

中午光景，阿丽娜·彼得洛芙娜决定去看看她的快死了的儿子。她轻轻地爬上了楼梯，在黑暗里摸索，后来找到了通往房间的门。阁楼埋藏在极度的阴暗里。窗口给绿窗帷遮住了，阳光简直就透不进来。满房都是使人作呕的气味，有好久没有通风了。有果莓、油膏、灯油的气味，还有那种显示病苦和死亡到来的特殊气味。一起只有两间屋子，优丽塔坐在第一间里，正在洗着浆果。苍蝇在醋栗堆上成群地飞着，冒失地碰撞着她的鼻子和嘴唇，她总是激怒地赶开了它们。通过邻室半开着的门缝，传来了不停的咳嗽声，总要等痛苦地咳出痰来以后才暂时停止。阿丽娜·彼得洛芙娜迟疑地立定了脚步，望着黑洞洞的地方，等候着优丽塔看到她走进来可能有的举动。可是优丽塔连眼皮都不抬，好像完全肯定，不管对病人作些什么都将是毫无结果的。她只是怨恨地抽动着嘴唇，阿丽娜·彼得洛芙娜还听到从她嘴里轻轻地露出“女巫”两个字来。

“你最好还是下去一下，亲爱的，”阿丽娜·彼得洛芙娜转过头来向优丽塔说。

“你哪儿来的这个主意?”后者气势汹汹地说。

“我得跟帕甫尔·乌拉地米里奇谈谈。下去吧。”

“原谅我，太太，我怎么能离开主人呢?要是出了什么乱子可怎么好?没人伺候他、照顾他啊。”

“怎么啦?”从卧室里传来了空洞的声音。

“让优丽塔下楼去，我的朋友。我有事跟你谈。”

这一回阿丽娜·彼得洛芙娜坚持自己的意见一点都不肯放松，她胜利了。她在自己身上画了十字以后就进了屋子。病人的床安置在离窗远远靠近内墙的地方。他仰面躺着，盖着一条白毯子，虽然在半昏迷状态里，却吸着一支烟。苍蝇不管烟气，依旧死命地折磨着他，这样他的手就不得不一直在脸上拂来拂去。他那两条胳臂那样细弱，没有一点筋肉，骨头都可以看得见，从手腕到肩头几乎一样粗细，轮廓分明得很。他的头无精打采地卧在枕头上。他的全身和脸部都发着干烧。那一双大圆眼睛深深地陷下去，无目的地看来看去，就像找寻什么似的。他的鼻子变得又长又尖。嘴半张着。他不再咳嗽，可是呼吸是那么困难，好像他的全部生命力都集中在胸膛里似的。

“啊，今天你觉得怎么样?”阿丽娜·彼得洛芙娜坐进他脚边的安乐椅里问道。

“还——还好——明天——是，今天——医生什么时候来过?”

“今天他来过了。”

“嗯，那么，明天——”

病人在摸索着像是努力要想出什么话来。

“你能起床啦?”阿丽娜·彼得洛芙娜赶紧搭上去。“上帝保佑，我的朋友，上帝保佑。”

两人都沉默了一忽儿。阿丽娜·彼得洛芙娜感到独自和帕甫尔·乌拉地米里奇面对面的时候是很难开口的。

“约杜施卡——他活着吗?”病人最后自己问道。

“他一点事都没有。他活着而且好得很。”

“我打赌他一定在想，‘现在帕甫尔弟弟快死了——上帝帮忙，田庄就要归我了。’”

“我们有一天都要死的——等我们大家都死了，田庄就归法定继承人承继。”

“只要不让吸血鬼到手！我情愿扔给狗，可是他却捞不着。”

情况转变得异常理想。帕甫尔·乌拉地米里奇自己在谈话里引着头。阿丽娜·彼得洛芙娜没有放弃利用这个机会。

“你应该考虑考虑那个我的朋友，”她像顺便提到似的说，并不看着儿子，却盯在自己的手上，好像她主要的兴趣是在这里。

“你说‘那个’是什么意思?”

“嗯，我是说，要是你不想让田庄落在你哥哥手里的话。”

病人沉默了。只是他的眼睛不自然地睁得大大的，他的脸烧得越来越红了。

“还有，我的朋友，你还应该考虑一下，你还有两个没娘的外甥女——她们手里到底有什么现款？还有你的妈妈，”阿丽娜·彼得洛芙娜接下去说。

“是你把钱都分给约杜施卡了!”

“过去的事不必谈了，我明白该怨我自己。不过这到底不是那么了不起的罪恶啊。我想‘他是我的儿子’。不管怎样，你不该永远放在心上记恨你的妈妈的。”

底下又是沉默。

“嗯，你怎么不说话呢?”

“你打算还有多久就把我埋掉?”

“啾，别这样说。所有的基督徒——没有人说死就会死掉的，不过一般地说——”

“你又来了——‘一般的!’总是你那个‘一般的!’你以为我看不出来吗?”

“看出了什么，我的孩子?”

“我看得出来你是拿我当傻瓜。好吧，如果我是傻瓜，就算傻瓜吧。你到傻瓜这儿来干吗？不用来，不用为我担忧。”

“我并没有担忧。不过一般地说每一个人的生命总得有个结束的。”

“那你就等着我的结束好了。”

阿丽娜·彼得洛芙娜低下了头思索了一会。她估计自己的企图就要失败了，可是她是那样痛苦，简直就看不清无论再做怎样的努力企图影响自己的儿子都将是毫无结果的。

“我不明白你为什么恨我，”她最后说了出来。

“没有的事——正相反，我——没有的事。事实上我——为什么，这种想法——我们都是你抚养大的——那么没有偏心。”

他一顿一顿地说着还直喘气。他的声音里迸出了一种断续但却是胜利的笑。他的眼睛闪烁着。他的肩部和双腿打着战。

“也许我真的对不住你，那么看在上帝面上，饶恕我吧。”

阿丽娜·彼得洛芙娜站起来弯下腰去，一直到手碰到了地板。帕甫尔·乌拉地米里奇闭起了眼睛没有理睬。

“现在我们先撇开田庄的事不谈。像你这种样子是不可能做什么安排的。波尔斐瑞是合法的继承人。好吧，就让田庄归了他吧。可是你自己的财产和现金却怎么办呢?”阿丽娜·彼得洛芙娜冒险正面提出了自己的意见。

帕甫尔·乌拉地米里奇打了个颤，可是没有说话。很可能“现款”这个字并不曾使他联想起母亲有什么暗示，只是默想着，“早就九月了。我应该把利息收了来了。”

“如果你以为我盼着你死，那你就大错了，我的孩子。只要你好好地活着，我就用不着在这种年纪再抱怨什么。我还要唠叨什么？在这儿我有吃有住，如果我想再找点小乐子，我也能办到。我只是想提醒你，在基督徒中间有这样的习惯，按照这种习惯，为将来做好准备，我们就——”

阿丽娜 · 彼得洛芙娜停了下来，寻找着恰当的字眼。

“我们就要替跟我们沾亲的人的将来打算，”她下了结论，眼睛向窗外望着。

帕甫尔 · 乌拉地米里奇一动不动地躺着，轻轻地咳嗽。他一点小动作都没有，简直看不出他到底有没有听见。显然他觉得母亲是讨厌的。

“人们在世的时候，现款是可以亲手移转的，”阿丽娜 · 彼得洛芙娜说，好像只是随便递过一句话去，然后就又看着自己的手。

病人轻微地打了个颤，不过阿丽娜 · 彼得洛芙娜没有看见，还是接下去说：

“我的朋友，法律着重申明现款是可以自由移转的。钱又是来去不定的。你昨天还有钱，今天就没有了。谁都没有权力要求你说明。你愿意给谁都可以的。”

帕甫尔 · 乌拉地米里奇突然刻毒地笑起来。

“你也许记得波罗士金的故事。”他挖苦地说，“他把现钱‘亲手’给了自己的老婆，她就跟自己的情人跑了。”

“你放心，我的孩子，我没有情人。”

“那么你不是跟情人一块跑——跟钱一块跑了。”

“你倒真摸得透我的心理！”

“我一点都不明白你。你逢人就叫我傻子。好吧，我就是傻子。就让我这个傻子去吧。想出来多好的主意——把我的钱手递手地弄走！我自己怎么办呢？我想你一定要让我到神庙里去救自己的灵魂，在那儿看着你怎样花我的钱。”

他一口气说出了这一番话，调子里充满了仇恨和愤怒。随后他就完全垮下来了，又咳嗽起来，整整咳了一刻钟。一个活骷髅有多少力量，看了真使人吃惊。后来他喘过一口气来，闭上了眼睛。

阿丽娜·彼得洛芙娜狼狈地四下里张望。直到这一瞬间之前，她还有些不能相信，不过现在她完全明白了，想说服病者的一切努力，都只能使约杜施卡的胜利提前到来。好像约杜施卡一直在她面前跳着。她看到他跟在柩车后面走，给他弟弟一个最后的犹大的吻，挤出了两滴肮脏的眼泪。接着她好像又看到棺材慢慢降到坟坑里去，约杜施卡在说：“永别了，弟弟!”他的嘴唇扭动着，眼珠朝天上望着。她听得出，他想在他的声音里增加一些悲哀的成分，然后，却回过头来向优丽塔说：“库特亚①，库特亚，别忘了把库特亚带回去。

① 库特亚——一种用大米、小麦或大麦制成的麦片粥，和葡萄干、蜂蜜一起煮成。为死者举行弥撒以后吃的，在南方，圣诞夜也吃这个。——英译者。

别忘了要铺上一条干净的桌布。我们还要在家里举行纪念弟弟的仪式呢。”接着她又看见他在主持丧宴，跟神父不停地谈着死者的德行。他从桌面上站起来，伸出手去，手掌向上，接受神父的祝福时，她听见他说：“啊，兄弟，兄弟，你是不想同我们一起过活。”最后她看见约杜施卡在宅子里走来走去，一面孔主人的神气，手里拿着家产的全部清单，碰到可疑的地方就怀疑地望母亲一眼。

这一切不可避免的未来场景都浮现在阿丽娜·彼得洛芙娜的脑子里。她耳朵里响着约杜施卡尖尖的、甜腻腻的声音：“您还记得吗，好妈妈。弟弟那副小小的金子袖扣？多漂亮啊。他到了假日才戴的。我简直想不出这副袖扣跑到哪里去了。”

第五章

阿丽娜·彼得洛芙娜刚走下楼梯，一辆四马马车就在靠近教堂的小山坡上出现了。在马车里，后座上，坐着波尔斐瑞·乌拉地米里奇，帽子拿在手里，他一望见教堂就在自己身上画着十字。对面坐着他的两个儿子，配顿卡和佛罗顿卡。一想到这个，阿丽娜·彼得洛芙娜血管里的血就冻结了，“刚说到魔鬼，魔鬼自己真的出现了。”两个小姑娘也没有了主意，怯怯地紧紧拉着外祖母。一直平静的邸宅突然充满了惊慌。门噼啪地乱响，人们跑来跑去地喊着：“主人来了，主人来了！”宅子里所有的人都一齐拥到门廊上来。有的在身上画十字，有的一声不响地站着等，大家心里都明白，杜布劳理诺现行的制度不会再维持好久，现在真正的主人就要开始正式管理了。在旧主人治下，有些有功的老农奴享有一个月食物津贴的优待。他们里面有不少人用主人的干草喂养自己的牲口，自己有着菜园，总之，生活得相当“自由”。当然，每一个人都极想知道新主人是否允许旧制度存在，还是要把像在哥略夫里奥夫田庄施行的新办法带了来。

约杜施卡的车子开到宅子前面。从他所受到的欢迎，他得到了这样的结论，杜布劳理诺情况的发展快到了成熟的阶段了。他不慌不忙地从车上下来，向赶上来吻他手的仆人们挥着手，接着合着手掌，慢慢走上了台阶，嘴里叨念着祈祷。他脸上露出一种混合着忧愁、坚定、听天由命的表情。作为一个人，他忧愁；作为一个基督徒，他不敢抱怨。他祈祷上帝救治他的兄弟，可是首先他还是听凭上帝的意旨，完全服从他的指示的。两个儿子一边一个跟在他后面，佛罗顿卡，学着父亲的样，也合着掌，眼珠朝天嘴里念念有词。配顿卡对弟弟的表演发生了浓厚的兴趣。跟在他们后面的是仆人的沉默的队伍。

约杜施卡吻了好妈妈的手，接着再吻她的嘴唇，接着就又吻一次她的手，然后把手臂搂着她的腰，一面悲哀地摇着头一面说道：

“您还一直发愁。这可不好，好妈妈，很不好。您不应该这样，倒应该问自己，‘到底对这件事上帝要怎么说呢?’他会告诉您：‘一切我都会，用无尽的智慧安排得好好的，可是她倒在那里叽叽咕咕。’啊，好妈妈，好妈妈。”

接着他又吻了两个外甥女，调子里带着同样诱人的亲切说道：

“你们俩，也是，顽皮的女孩子，你们连眼睛都要哭出来了。我不答应的。我命令你们马上就笑。一切都到此为止。”

他还假装生气对她们跺着脚。

“瞧我，”他接着说，“作为亲兄弟，我都愁死了。我哭了不止一回。我真为兄弟难受，难受得厉害。我哭泣。然后我就想：‘有什么用呢？难道一切该当怎样，上帝还没有我们明白吗？’这么一想就使我有了勇气。你们都应该这样，你，好妈妈，你们，小甥女们，还有——”他回过头来冲着全体仆人——“你们大家。”

“瞧我，瞧我多么挺得住。”

他又用同样诱人的姿态做出了一个挺得住的人的神情。他挺直了腰，往前伸出一条腿去，挺起胸膛，头向后一扬。观众看了都尴尬地笑了。

表演完毕，约杜施卡走进了客厅，又重新吻了母亲的手。

“哎，人生总是这样的，好妈妈，”他说，坐在睡椅里，“帕甫尔兄弟，也要这样的。”

“是啊，帕甫尔，也不行啦，”阿丽娜·彼得洛芙娜轻声地回答。

“是的，是的——只是太早了点。我虽然装得勇敢，在我的灵魂深处，照样也替我的兄弟发愁难过的。他恨我——恨得我厉害。也许上帝就为这个才惩罚他。”

“到了这个份上你应该忘记这些了。你得把旧怨摆到一边去。”

“我早就都忘怀了。我只不过是提提。我兄弟不喜欢我，什么道理，我不明白。我种种方法都试过了，直接的，间接的。我管他叫‘亲爱的’‘好兄弟’，可是他躲开我，这就什么都完了。”

“我求求你别再提这些了。这个人躺在那里都快死了。”

“是的，好妈妈，死亡是一个大谜。‘你既不知道是哪一天，也不知道是哪个时辰。’它就是这样的神秘。他还在计划着这个那个，自己得意得非凡，简直都快上了云眼了。不过只要一挤眼，一个打击，上帝就叫他所有的好梦都毁了。也许现在他愿意把一切罪恶都遮盖起来。可是这早就都记在‘生命的书’里了。而不论那本书上记下了什么，马上是擦不掉的。”

“可是难道上帝不肯接受罪人的忏悔吗？”

“这正是我打心底里替他希望着的。我明白他恨我，可是我还是盼望他得到饶恕。什么人我都祝他们好，——连那些恨我、侮辱我的人在内——一切的人。他对我不好，现在上帝让他得了病——这不是我，而是上帝。他痛苦得厉害吗。好妈妈？”

“嗯，并不怎样厉害。医生来过还说有希望呢。”阿丽娜·彼得洛芙娜撒着谎。

“多好的消息！您不用急，好妈妈，他会渡过难关的。我们在这里心都快碎了，埋怨着造物主，也许他倒平静地坐在床上感谢上帝让他复原了呢。”

这个想法使约杜施卡那么高兴，他甚至都自己咕咕地笑了起来。

“您明白，好妈妈，我要在这里住一阵子，”他接下去说，他简直就像向他母亲报告一个大喜讯似的，“我们都是最亲的自己人，您明白。要是出了什么事，——您明白，作为一个哥哥——我可以安慰、出出主意、办办事的。您能答应我吧，您不答应吗？”

“我有什么答应不答应的，连我自己住在这里还只不过是个——客人?”

“好啦，那么，最亲爱的，既然今天是星期五，您如果高兴，就吩咐他们，给我预备鱼。咸鱼，菌子，加点卷心菜——您明白，我吃不了多少的，同时，作为一个亲人，我要到阁楼去一下。也许我还可以来得及帮帮忙，如果不能对他的身体，至少对他的灵魂能有些好处。像他这种样子，照我看，灵魂要来得更重要些。我们可以用几剂药、几贴敷膏暂时治一下身体，好妈妈，可是灵魂却需要更有效的治疗的。”

阿丽娜·彼得洛芙娜没有表示任何反对的意见。不可避免的“结末”的思想抓得她那么紧，使她观察、听取周围的事物都变得茫然。她看见约杜施卡从沙发里站起来，弯着腰拖动脚步。他有时喜欢装病。他以为这样会增加他的尊严。她明白吸血鬼在阁楼意外的出现会给病人很大的刺激，可能加速他的死亡。不过经过了一整天的烦扰不安，她已经筋疲力尽，觉得好像在梦里似的了。

同时帕甫尔·乌拉地米里奇是在一种无法形容的兴奋之中。他虽然只有一个人，可是也感到了宅里起了一阵不平常的骚动。门每响一次，大厅里每次传来了匆忙的脚步声，都给他带来一种奇异的惊愕。他拼全力叫喊了一阵子；不过，马上明白了这种喊叫是无用的，他聚集了所有的精力，坐了起来，听着。快跑的脚步声和响亮的谈话停止了，紧接着是死一样的沉寂。不可知的什么可怕的事物包围了他。只有从放下来的窗帘里透过来的几缕微光和在墙角圣像前面射出的暗淡的灯光，使满屋矇眬的气氛显得更为暗淡、阴沉。帕甫尔死盯着这个神秘的角落，就像他是第一次发现这里有着惊奇的东西。装在金框里的圣像，受着从灯盏垂直射来的光，在暗淡之中显得特别光耀刺目，好像活了似的。天花板上有一个光圈在摇晃，按照灯光的强弱而时明时暗。房间里充满了奇怪的影子，挂在墙上的旧浴衣，因为落上了摇晃的光纹和暗影而跃跃欲动。帕甫尔·乌拉地米里奇看了又看，他觉得就在那个角落里一切都要开始活动了。孤独、无助、死一样的沉寂——还有影子，一大堆影子。这些影子好像移过来，移过来了。给一种无名的恐惧攫住了的他，注视着那个神秘的角落，目瞪口呆，喊不出声来，只剩下了哼哼——用一种窒息的声音哼着，断断续续地、跟狗叫似的。楼梯的嘎嘎声和邻室里小心拖着的脚步声他都没有听见。突然，在他的床边，隐然出现了约杜施卡讨厌的身体，就像从那刚才还神秘地在他面前摇晃着的暗影里钻了出来，好像更有无穷无尽的影子移过来，移过来——

“什么？你打哪儿来的？谁让你进来的？”他本能地喊起来，无助地又躺在他的枕头上了。约杜施卡站在床边，仔细看着病人，悲哀地摇着头。

“难过吗？”他问，把他全部的油腔滑调都施展出来。

帕甫尔·乌拉地米里奇沉默着，痴痴地望着他，好像想用尽所有的力气来听懂他的话似的。

这时候，约杜施卡走近了圣像，跪下来，在地上叩拜了三次，站起又回到床边来。

“哎，兄弟，起来吧。上帝给你恩典，”他说着，坐进了扶手椅，调子那么愉快，好像就是他，在口袋里满满装着“恩典”似的。

最后帕甫尔·乌拉地米里奇明白了！这并不是影子，而是吸血鬼的肉身。他好像抽筋似的突然缩成了一团。约杜施卡的眼睛里，亮亮地露着情爱，不过病人却看得清清楚楚，在这双眼睛里埋伏着的“圈套”随时随地都准备跳出来紧紧地缠上他的头颈。

“啊，兄弟，兄弟，你变得比老太婆好不了多少了，”约杜施卡开玩笑地接着说，“来，打起精神来！站起来跑一小圈。来啊，来啊，让妈妈看见你是个多么壮实的小伙子高高兴吧。起来！起来！”

“滚开，吸血鬼！”病人绝望地喊道。

“啊，兄弟，兄弟！我带着好心和同情来看你，而你……你回了我些什么话？嗽，多大的罪恶！你那舌头怎么会对亲兄弟说出这样的话来！可羞啊，亲爱的，可羞啊！等一等，让我替你理理枕头。”

约杜施卡站起来把手指伸进枕头里去。

“就像这样，”他接着说，“现在好了。现在静静地躺着吧。一直到明天早晨你都用不着动它。”

“你给我滚出去！”

“天哪，看你这病把你弄成了怎样的怪脾气！哎，你简直变得不听话了。你一直赶我，‘滚开，滚开！’可是我怎么能走呢？瞧，比方说，你渴了，我给你点水喝。要不，我瞧见神像不大对了，就把它放放正，或者加点灯油。你尽管躺着，我就坐在你旁边，一点都不吵。这样，时间很快就过去了。”

“滚出去，你这个吸血鬼！”

“你瞧，你侮辱我，可是我倒要在上帝面前替你祈祷。我明白这不是你，是你的病在讲话。你瞧，兄弟，我一直是宽恕的。什么人我都宽恕。比方说今天，我到这儿来的时候碰到一个农民，他讲了我句什么。哎，上帝跟他同在，他弄脏了他自己的舌头。而我，不但不跟他生气，甚至我还在他身上画了十字，我真的这么做了。”

“你抢了他，有没有？”

“谁，我吗？怎么啦，不，我的朋友，我从来不抢人的；强盗才抢呢，而我——我是照法律办事的。我捉住了他的马，这牲口跑到我的草地上吃草来了——好吧，让他去找法官去吧。如果法官说这是对的，可以让自己的牲口跑到人家的草地上去吃草，好，那我就把马还给他；可是如果法官说这不对，我可就对不起了。这个农民就得好好地赔我。我是照法律办事的，我的朋友，按照法律的。”

“你这个叛徒的犹大，你把妈妈弄成叫花子了。”

“我要重说一遍，也许你要生气，如果你愿意的话，不过你是错了。如果我不是个基督徒的话，听了你刚才的话，我满可能生你的气的。”

“是的，是你，是你把妈妈弄成叫花子了。”

“现在，请你安静点，谢谢你。我要为你祈祷了。也许这样能让你安静下来。”

虽然在谈话中间，约杜施卡很好地控制了自己，可是这个临死的病人的恶骂却使他受了很深的刺激。他的嘴唇奇怪地歪扭着发了白。不管怎样，他天性里的伪善是那么根深蒂固，喜剧一开始他就不能让它半途而废。于是他就跪在圣像前面，举着双手整整祈祷了十五分钟。于是他又带着满足的安静和沉着回到临死的人的床前。

“你知道，兄弟，我这回来有重要的事跟你谈，”他说，坐在扶手椅里，“你倒来侮辱我，不过我倒是替你的灵魂着想的。请你对我说，你是什么时候领了圣餐的？”

“欧，天哪！这都是怎么回事？把他给带走！优丽塔，亚伽夏！有人在这里吗？”帕甫尔呜咽着说。

“哎，哎，亲爱的，千万安静着点。我知道你不愿意提这个。是的，兄弟，你一直就不是个好基督徒，一直到现在还不是。不过为你的灵魂着想可并不是坏事，真的并不坏的。我们必须对自己的灵魂谨慎小心，我的朋友，欧，多么谨慎哪！你知道教堂是怎样规定的吗？是这样的，‘你要祈祷感恩。’还有，‘基督徒的临终是无痛苦、光荣和平静的。’就是这样，我的朋友。你真得把神父请来，诚恳地，还得带着忏悔的心情。好吧，好吧，我不说下去了。不过真的你还是这样好些。”

帕甫尔·乌拉地米里奇脸色死青地躺着，几乎窒息了。如果他做得到，一定会把他的头撞碎的。

“还有田庄你打算怎么办呢？你已经做好安排了吗？”约

杜施卡接下去说，“你的田庄是不坏的，挺不坏。土壤甚至比哥略夫里奥夫田庄还强呢。还有，我想你一定还有现款。当然，你的事我一点都不知道。我只知道你的农奴赎身的时候，你捞到了一大笔钱，可是到底多少数目，我倒从来没有打算知道。比如说今天，我到这里来的时候，我对自己说过，‘我想帕甫尔兄弟是有钱的。’‘可是接着，’我就想，‘如果他手里有现款，他该早已经派定了用场了。’”

病人翻过身去，沉重地叹了口气。

“你还没有做过分配的计划？嗯，这倒更好，我的朋友。按照法律办事，倒更合理一些。遗产不会传给陌生的人，而是传给你的亲人。就拿我说吧，老了，一只脚已经踏进了坟墓，可是我还是这么想，‘如果法律已经一切都替我在身后规定好了，那么我还要替自己的产业做什么安排？’而且这的确是最正确的途径，我的朋友。不会引起纠纷，没有嫉妒，不会打官司。这是法律。”

这简直是不可忍受的。帕甫尔·乌拉地米里奇觉得自己是已经躺在棺材里了，被缚了起来，昏睡沉沉，手脚都不能动，被迫听吸血鬼对他的尸体进行辱骂。

“走开——看在上帝面上，走开！”最后对折磨他的人哀恳起来。

“好吧，你安静着点，我就走。我知道你不喜欢我。这真可耻，我的朋友，真的可耻，讨厌你的亲哥哥。你看，我是真的爱你。而且我还一直对我的孩子讲：‘虽然帕甫尔·乌拉地米里奇对我犯了罪，可是我还是爱他。’这么说，你是没有立过什么遗嘱的？嗯，挺好，我的朋友。不过有时候，人还活着钱就给偷掉了，特别是一个人孤苦伶仃的。不过我会照管的。呃？什么？我打扰了你吗？好吧，好吧，就照你的意思吧。我要走了。让我祈祷一下。”

他站起来，合着掌，轻声匆促地读起祷词来。

“再见，朋友，不用着急。好好休息一下，也许靠了上帝的帮忙你会好起来的。我来跟好妈妈谈一下。也许我们可以想出什么来。我自己吩咐中饭吃鱼，一些咸鱼，菌子和卷心菜。你得原谅我。怎么？我又打扰你了吗？啊，好兄弟！好，好，我就走。最要紧的，别吃惊，别兴奋，好好睡一觉休息一下，”他说着，终于离开了。

“吸血鬼！”紧跟着传来了这么尖锐的一声喊叫，就连他都觉得像被一块烧红的铁给烙了一下似的。

第六章

当波尔斐瑞·乌拉地米里奇在阁楼发表意见的时候，祖母在楼下把孩子们找在自己身边，跟他们谈着，还希望能从他们嘴里听到点什么消息。

“嗯，你怎么样?”她冲着她的长孙配顿卡问道。

“我挺好，奶奶。下个月我就可以毕业，是个军官了。”

“真的? 你这话说了有多少年了? 考试真的那么难吗? 还是有旁的什么原因?”

“奶奶，他在最后的一次考试里，问答考糟了。神父问他，‘上帝是什么?’他却回答说，‘上帝是灵——是灵——是个圣灵。’”

“欧，你这个可怜的东西! 这是怎么啦? 瞧瞧这两个孤女。我敢说就连她们都答得出来。”

“哎，当然啦。上帝是看不见的精灵。”安宁卡忙不迭地想显显自己的学问。

“谁都没有看见过的，”卢宾卡插进来说。

“无所不知，大慈大悲，无所不能，无所不在，”安宁卡接着说。

“什么所在可以让我离开您的精灵？让我逃避您的面貌？我逃上天堂，您在天堂，我逃下地狱，您在地狱。”

“你也能照着这个样子回答就好啦。这回可让你戴上了肩章。那么你又怎么样呢，佛罗得亚，你打算怎么样？”

佛罗得亚脸红起来，不声不响。

“不用说，你也比你哥哥的‘精灵—圣灵’好不了多少。啊，孩子，孩子！你们看起来都那么聪明，可是你们都一点也念不好自己的书。要是你们有了一个把你们给宠坏了的爸爸，那我倒不觉得奇怪了。告诉我，现在他怎么对待你们？”

“还是那套老办法，奶奶。”

“他打你们吗？我是不是听说过他已经不拿鞭子抽你们了？”

“好一点，可是——最糟的是，他折磨得我们要死。”

“我得说，我不明白。一个做爸爸的怎么能折磨自己的孩子？”

“可是他是这样，奶奶，简直可怕。不问过他我们不许出去，什么我们都不能动。再糟不能糟了。”

“嗯，那么，就问他一下也不要紧。这也不会掉了舌头啊，我想。”

“不行的。你刚跟他一说，他就不让你走了。‘别忙，等一等。好好的，好好的，不慌不忙。’真的，奶奶，他的话太啰嗦了。”

“奶奶，他躲在我们的门后面偷偷地听我们说话。就是那一天，庇奥托正碰上了他在偷听。”

“啾，你们这两个流氓！嗯，他怎么说的?”

“没说什么。我跟他讲，‘爸爸，你跑到我们门口来偷听可不行。说不定哪一天会把你的鼻子给挤扁了。’他只不过是说，‘哎，哎，没什么，没什么。我啊，我的孩子，就像圣经上说的，到了晚上就像个贼。’”

“另一天，奶奶，他在果园里拾到了一只苹果，就放在食橱里了。我吃了。他就找，找，每个人都审到了。”

“你这是什么意思？他成了个小气鬼了吗?”

“不，他并不完全是小气——让我怎么说呢？他一天到晚就是钻在这些小事里面。他把一张张小纸块都藏起来，搜寻落下来的水果。”

“每天早晨他在书房里念祷文，过一会就每人给我们一片薄薄的圣饼，霉得不能再霉了。”

“不过有一回我们给他上了一个当。我们发现了他把圣饼藏在哪里，就在饼底下切开把馅子挖出来，填进了白塔油。”

“嗯，我可要说你们真是坏蛋。”

“啊，只要想想他到了第二天那份惊讶。涂了白塔的圣饼!”

“我想后来你们就挨了一顿好揍了。”

“不，没那回事。可是他叨唠了一整天，一边吐着吐沫对自己说，‘流氓!’不过我们装作好像这不是骂我们。”

“让我告诉你，奶奶，他是怕您的。”

“怕我！我哪点能让他害怕。”

“我敢说他一定是怕您的。他总觉得您会咒他。他可怕死了诅咒。”

阿丽娜·彼得洛芙娜陷入了沉思。她开始想：“我就真的咒他一下怎么样——只要咒他一下？”不过这个念头马上换上了一个更迫切的问题，“约杜施卡现在在做什么？他在楼上玩什么花样？他一定使出了他的花招了。”最后她想起了一个愉快的念头。

“佛罗得亚！”她说，“好心肝，你的脚步轻。你为什么不轻轻地上楼听听他们在做什么？”

“好吧，奶奶。”

佛罗得亚蹑手蹑脚地走到门口，出去了。

“你们今天为什么上这里来？”阿丽娜·彼得洛芙娜继续地盘问。

“我们早就想来了，奶奶，可是今天优丽塔打发了一个人来说，医生来过，叔叔快死了，不是今天，准是明天。”

“告诉我，你们有没有说到遗产的事？”

“我们整天谈着这事，奶奶。爸爸告诉我们在爷爷以前一直是怎么处理的。他还记得哥略优仕基诺呢，奶奶。‘现在你瞧，’他说，‘要是瓦尔瓦拉·米克海洛芙娜姑姑没有孩子的话，哥略优仕基诺就会落在我们手里了。天知道，’他说，‘孩子们的爸爸是谁？不过我们用不着管旁人。我们只看见旁人的沙子，倒看不见自己眼里的横梁。世界上就是这么回事，孩子。’”

“胡说八道。姑姑结过婚的。难道不是吗？即使这以前出过什么岔子，一结婚也就都解决了。”

“这倒不假，奶奶，我们每次经过哥略优仕基诺，他总要对我们讲一遍老套：‘哥略优仕基诺是娜塔丽亚·乌拉地米洛芙娜祖母带来的嫁妆。它本来应该是我们家的产业。不过让你们过世的爷爷当作嫁妆给了妹妹了。那西瓜可多么出色啊，’他说，‘哥略优仕基诺出的西瓜！每只都有二十磅。那儿出的西瓜就是那样——’”

“二十磅，嗨！我从来没有听见过这种西瓜。嗯，他又对杜布劳理诺打着什么主意？”

“也是一条线上的，奶奶。西瓜，甜瓜和别的零碎。可是近来他一直问我们，‘你们觉得怎样，孩子们，帕甫尔叔叔有很多钱吗？’他老早就都算清楚了，奶奶：赎身费有多少，还有产业是几时抵押出去的，又付了多少债款。我们还看见过他那张算账的纸呢；你猜怎样，奶奶，让我们给偷了来了。为了这张小纸条我们差点儿没有把他给逼疯了。他是放在一只抽屉里的，我们找了一把钥匙开进去把它拿出来，藏在一块圣饼里。有一回他去洗澡，哎哟你瞧！他看到这张纸条放在洗澡架子上。”

“你们倒开心得很。”

佛罗顿卡回来了，顿时受到了大家的注意。

“我什么都听不见，”他轻轻地宣布，“我只听见爸爸大声地说着‘无痛苦的、光荣的，平静的，’这一类的字眼，叔叔就喊，‘滚出去，你这个吸血鬼！’”

“你有没有听见提到遗嘱？”

“我想一定提到的，不过我听不清楚。爸爸把门关得死紧，奶奶。只能传出一阵嗡嗡的声音。后来叔叔猛然又喊了，‘滚——滚出去！’嗯，我马上就溜了，回到了这里。”

“但愿给孤儿们留下了——”阿丽娜·彼得洛芙娜焦急地想。

“要是让爸爸一插手，奶奶，他是谁都不肯给些什么的，”配顿卡肯定地告诉她，“我还觉得他连我们的继承权都要剥夺掉呢。”

“可是，他是带不到坟墓里去的，他办得到吗？”

“不，可是他还是会想出什么诡计来的。不久以前他跟神父谈过一次话，这不是没有用意的。‘你看，造一所巴贝尔摩天塔这个主意好不好，神父？’他问道，‘这要花很多钱吗？’”

“嗯，他说这个可能只是为了好奇。”

“不，奶奶，他心里打好了主意的。如果不是造一所巴贝尔塔，他就把钱捐给圣爱曹斯修道院；可是他决不肯给我们一点的。”

“叔叔一死爸爸就能到手一个大田庄吗？”佛罗得亚好奇地问。

“哎，上帝才知道他们俩谁先死呢。”

“爸爸准认为他能比叔叔活得长。那一天，我们刚到了杜布劳理诺边境，他就摘下了帽子，画了十字，说道，‘感谢上帝，我们会乘马车在自己的田地上跑了！’”

“什么他都老早准备好了，奶奶。他注意到了林子。‘那边，’他说，‘要是交给一个能干的地主，一定会变成一片顶出色的林子的。’接着他就看了牧场。‘多好的牧场！瞧瞧看！瞧瞧这些干草堆！这里本来有些小屋和马厩的。’”

“是的，当然喽，林子和牧场，一切都要归你们了，我的宝贝们，”阿丽娜·彼得洛芙娜叹息了，“天哪！这不是楼梯上在响吗？”

“嘘，奶奶，嘘！这是他——‘像夜里的贼，’躲在门后面偷听呢。”

一霎时没有了一切声音，不过后来知道这只是场虚惊。阿丽娜·彼得洛芙娜叹了口气自言自语地说：“啊，孩子，孩子！”

两个男孩子看着两个孤女，当这两个孤女带着无言的嫉妒坐在那里的时候，给他们足足地看了一顿。

“你们看见过罗达尔小姐吗，表妹？”配顿卡开了头。

安宁卡和卢宾卡交换了一下眼色，就像她们被问到了一个历史或地理上的问题似的。

“在‘美丽的海伦’里扮海伦的那个。”

“欧，是的——海伦——巴黎‘又漂亮又年轻，他让女神们的心都燃烧起来！’我知道，我知道，”卢宾卡高兴地叫起来。

“一点不错。她唱起‘卡斯卡特，卡斯卡特’来多好听。真了不起！”

“刚刚在这里的医生一直在哼‘脚底朝天’。”

“那是丽亚朵娃唱的。她多么出色，表妹！她死的时候，有上两千人跟在棺材后面呢。人们还当是起了革命呢。”

“你们是在谈戏吗?”阿丽娜·彼得洛芙娜插进来说,“哎,她们以后想进戏园子可难了,孩子。进修道院倒有份。”

“奶奶,您就一直想把我们送到修道院里去,”安宁卡埋怨了。

“来吧,表妹们,我们上圣彼得堡去,不去修道院。我们带你们去看那里各式各样的东西。”

“她们不应该转玩乐的念头,倒应该记住上帝,”阿丽娜·彼得洛芙娜教训着说。

“我们把所有的一切都教给你们。圣彼得堡有好多跟你们一样的女孩子。她们走起路来裙子一飘一飘的。”

“别缠着她们了,看在上帝的分上,你们这两位好先生。”阿丽娜·彼得洛芙娜插进来说,“教她们点好事倒可以。”

“叔叔死了以后,我要带她们上克赫特克甫去,然后我们就快快乐乐地在那边住下来。”

“你还在这里胡说八道,”突然有人在门口说话了。

大家说得高兴,没有人注意到约杜施卡像“夜里的贼”似的偷偷地走过来。他满脸泪痕,垂着头,面孔苍白,双手交叉在胸前,嘴唇上念着祈祷。他用眼睛看来看去地找圣像,一会儿找到了,他祈祷了一会儿。

“他病得很凶。啊,他的病好凶!”他最后说道,抱住了他的好妈妈。

“他真的?”

“很，很厉害，亲爱的心。您还记得他从前是个多么结实的家伙吗?”

“哎，他一直就没有真正结实过。我不大记得了。”

“啊，不，好妈妈，别这么说。他一直都挺结实。我记得清清楚楚，他离开士官学校的时候，他的身子多棒，宽肩膀，看上去非常健康。不错，不错，好妈妈，正是那样。我们全都在上帝的手心里。我们今天还好好的，健康得很，想好好生活下去，想寻开心，吃好东西，可是到了明天……”

他耸了一下肩膀，挤出了一滴眼泪。

“他到底说了些什么?”

“说得很少，最亲爱的。他只说了，‘永别了，哥哥。’可是，好妈妈，他很痛苦。他觉得自己的情况很坏了。”

“哎，他连气都喘不上来，当然觉得情况很坏了。”

“不，好妈妈，我不是这个意思。我在想的是心里的预感；都说人是会有这种预感的；一个人临死之前，他就感到了这个。不过犯罪的人，我知道，都得不到这种安慰。”

“对，对！他有没有提到过遗嘱?”

“没有，妈。他本来想说什么来着，不过让我给拦住了。‘不，’我说，‘别谈这个！兄弟，不管你替我留下什么，只要是出于你的善意，我都会满意的。就算你什么都没有留给我，我也要自己挖腰包替你做弥撒的。’可是，好妈妈，他是多么想活下去！他的求生欲望多强!”

“当然，谁不想活呢?”

“不，妈妈。就拿我说吧。如果上帝要召我到他那里去，我是随时都准备好了的。”

“你要是上了天堂，可太好了，不过要是撒旦把你一口咬住可怎么办呢?”

谈话就这样一直进行到吃晚饭，在晚饭当中和以后，谈话也没有间断过。阿丽娜·彼得洛芙娜非常不安。可是约杜施卡却慢条斯理地说这说那，她脑子里愈益频繁地想起了这样的念头，“要是我真的咒他一下子怎么样?”不过约杜施卡却一点都没有疑心到他母亲心里起伏的浪潮。他正正经经地用自己没完没了的废话缓慢、温文地折磨着他的“好妈妈”。

“我要咒他！我要咒他！咒他!”阿丽娜·彼得洛芙娜对自己一遍遍地说着，越来越下定了决心。

第七章

房子里弥漫着烧香的气味，丧礼的歌声在宅子里响着。所有的门都打开了，想瞻仰遗容的人进进出出。帕甫尔·乌拉地米里奇活着的时候，没有人把他放在心上；可是他死了，大家却都觉得伤心。人们想起了“他从来没有伤害过一个人，他从来没有骂过谁”，也没有恶意地瞪过谁一眼——过去一切看来完全反面的品质，现在都是正面的了。有不少人好像在懊悔，他们有时利用了逝者单纯的弱点——不过说来说去，谁想得到这个单纯的灵魂的结末来得那么快？一个农民给约杜施卡送来了三个银卢布，说：“这是我欠帕甫尔·乌拉地米里奇一笔小小的账款。我们中间没有立过借据。呐，拿去吧。”

约杜施卡接下了钱，夸了农民一顿，声明他要把这三个银卢布捐给教堂作为圣像前面长明灯的油费。

“你，我的好朋友，会看到那灯火的，人人都看得到，这样我死去的兄弟的灵魂就高兴了。可能他在天堂上会替你们求福的。你什么都不期望，——可是上帝会突然给你降福的。”

非常可能，对死者的德行之所以有这样高的评价，大部是用他和哥哥为人的比较作根据的。人们不喜欢约杜施卡。并不是为了从他那里得不到什么便宜，倒是为了他那一毛不拔、彻头彻尾的讨厌行径。很少有人去找他租用土地。他们怕他那好打官司的脾气。多少人他都给拖上了法庭。浪费了他们的时间，却什么都没有赢到，因为全县都深深地知道他那种讼棍的习惯，用不到听案件的内容，庭上就撤销了他的控诉。谚语说："买邻比买屋重要，"大家都明白，哥略夫里奥夫田庄的主人是怎样的邻人。长官判决一个人胜诉也并不好过。约杜施卡用他那种魔鬼的诡辩烦得人要死。卑鄙，说得更真确些，一种品质上的刻薄，特别是在伪善的面具下面，永远会引起一种疑惧，约杜施卡的邻人——约杜施卡总要客气地称之为"亲爱的邻舍"的——在吸血鬼身边经过时，总深深的弯着腰，在棺材旁边全身着黑地站着的他，却合着掌，眼睛向上望着。

死者在宅里停灵的时候，家里的人总是蹑手蹑脚地走路，偷偷地向餐室望一眼——棺材就放在那里的桌上——摇摇头，轻声地说话。约杜施卡装出极度悲哀的神气，痛苦地在走廊里拖着脚步，去看"亲爱的逝者"一眼，装出深度的伤感，整理一下棺衣，对那手执清单、贴着封条的警官轻声地说话。配顿卡和佛罗顿卡在棺材旁边忙来忙去，放好蜡烛，点燃起来，递过香炉来，等等。安宁卡和卢宾卡哭着，一面哭一面用微小声音帮着唱诗人替死者唱弥撒。女仆们穿着黑色的布衣，用围巾擦着哭红了的鼻子。

帕甫尔·乌拉地米里奇一死，阿丽娜·彼得洛芙娜就走进自己的屋子，把自己锁在里面了。她不想哭，因为她知道必须立刻决定一个行动的步骤。在杜布劳理诺居留下去是说不上了。结果她只有一条路可走，到波哥瑞尔卡去，这是孤女们的小田庄，是她一度扔给她那没出息的女儿安娜·乌拉地蜜罗芙娜的一块“骨头”。一下了这个决心，她就好像是遇到了赦，好像约杜施卡突然而且永远失去了控制她的力量。她安静地计算着她那有百分之五息钱的政府公债。算在一起，她自己有一万五千卢布，她替孤女们储蓄起来的也有同样的数目。她又镇静地计算着，要把波哥瑞尔卡的邸宅整理就绪要用多少钱。她马上就叫波哥瑞尔卡的管事来，吩咐了雇用木匠并且派一匹马和一部小车到杜布劳理诺来接她和孤女们的东西，吩咐马车立刻备好（马车是她自己的，她有确凿的证据证明这确是她的），接着就开始收拾东西。对约杜施卡她既不恨也没有好感。她突然感到和他发生任何接触都会使人受不了。甚至她都不愿意吃东西，吃也吃得很少。因为从今天起，她吃的不再是帕甫尔而是约杜施卡的食物了。波尔斐瑞·乌拉地米里奇有好几次悄悄地走进她的屋子跟“好妈妈”说说话。他清清楚楚地知道她收拾行李的用意。可是假装没有看见。阿丽娜·彼得洛芙娜不肯再见他的面了。

“去吧，我的朋友，去吧，”她说，“我没有时间。”

三天以内，阿丽娜·彼得洛芙娜做好了一切动身的准备。她们做过了弥撒，举行了葬礼，埋葬了帕甫尔·乌拉地米里奇。行葬礼时，一切正如约杜施卡到杜布劳理诺来的那天早晨阿丽娜·彼得洛芙娜所预料的。正像她预先所猜到的那样，约杜施卡真的那样喊道，“永别了，兄弟！”在棺材放进墓穴里去的时候，他紧跟着回过头来向优丽塔匆忙地说：“别忘了，别忘了把库特亚带回家去，放在饭厅里干净的桌布上。在家里我们还要纪念兄弟呢。”

三个牧师，修道院长和一个执事都被请参加午餐，按照习俗，午餐在送葬回来以后马上开始。在前厅里特备了一席招待礼拜堂里的其他人员。阿丽娜·彼得洛芙娜和孤女们穿了行装走进来，可是约杜施卡直到这时候依旧装作不知道的样子。他走到放什锦拼盘的桌子前面，请修道院长为这些饮食祝福，替自己和牧师们倒了一满杯烧酒，带着深情激动的神气说道，“死者永远活在我们心里！啊，兄弟，兄弟，你扔下了我们！我们这些人，哪个比得上你更配快活地活着啊？多么可悲，兄弟，多么可悲！”

接着他就在自己身上画了十字，喝干了杯里的酒。他又替自己画了个十字就又吞下了一块鱼子酱，再画个十字，又尝了干鲟鱼。

“吃啊，神父，”他劝修道院长。“这些都是我过世的兄弟的储藏。死者多么喜欢好吃的东西！他不只自己吃得好，还喜欢更好地招待客人。啊，兄弟，兄弟，你扔下了我们！你这是多大的失错，兄弟，多大的失错！”

他是那样的专心于不停地谈话，就连自己的好妈妈都忘记了。可是他刚舀了满满一匙菌子，正预备送进嘴巴的时候，忽然想起了她。

“妈妈，最亲爱的，宝贝！”他说，“我，这个笨蛋，在这里拼命吃喝，怎样的罪恶呀！好妈妈，您自己随便吃吧。来点菌子。这是杜布劳理诺的菌子，出名的。”

不过阿丽娜·彼得洛芙娜并没有动。她只是默默地摇摇头。她像是带着浓厚的好奇心听着什么，她的眼睛里像是充满了一种新的光彩，就好像那她很早就熟悉了而且自己也总扮演着要角的喜剧，突然换了另外一种光彩在她面前演出了。

午餐是由一个简短、感伤的论辩开始的。约杜施卡坚持阿丽娜·彼得洛芙娜要用女主人的身份坐在主位上。阿丽娜·彼得洛芙娜拒绝了。

“不，你是这里的主人，你爱坐在哪里就坐在哪里吧。”她淡淡地说。

“您是女主人。您，好妈妈，到处都应该是女主人！在哥略夫里奥夫田庄和杜布劳理诺随便哪里都是一样，”约杜施卡说，想要说服她。

“别说了！坐下吧。随便上帝把我安置在哪里作女主人吧，我自己要在哪儿坐下就坐在哪儿。你是这里的主人了——这么着你就坐下来吧。”

“那么我们就这么办，”约杜施卡说，非常感动了，“我们不去碰那主位，就像我们的兄弟还和我们在一起似的，一位无形的伙伴。他是主人，我们都作他的客人。”

他们就这么办了。汤端上来的时候，约杜施卡选了一个适当的题目就和牧师们谈起天来，当然，对修道院长谈话是谈得最多的。

“现在有很多人不相信灵魂的永在了，不过我是相信的，”他说。

“哎，这些人一定是恶棍，”修道院长答道。

“不，问题倒不在他们是恶棍，他们还有一种科学解释，说灵魂不是永生的。照这种说法，人们只是自生自灭的了。他活着，然后突然说——死了。”

“现在的科学可太多了——要是花样没有那么多也好。人们相信科学而不相信上帝。就拿农民来说吧——就连农民都想有文化了。”

“是啊，神父，您的话不错。他们真的盼着有文化呢。就拿我的拿各罗佛的农民来说。他们连吃的都没有，可是有一天居然做出了一个决定——他们要设立一个学校，这些大学者！”

“这种年头，太阳底下样样东西都有科学。下雨有科学，天晴也有科学……一切等等。在从前这是一件非常简单的事。人们来唱上一段赞美歌——上帝就照着祈祷赐福给他们。如果他们需要好天气，上帝就让天好；如果他们需要雨，上帝有的是雨。上帝什么都有的是。不过自从人们开始按照科学生活以来，什么都变了，一切都不按着时令出现了。你播种的时候——天旱；等你要收割了——倒下起雨来。”

“您说的是真理，神父，绝对的真理。从前人们总是向上帝祈祷的时候多一些，大地的收成也更好些。那种丰收跟现在可不一样。要好四倍、五倍。地上的出产丰富极了。好妈妈还记得吗？您还记得吗，好妈妈？”约杜施卡转向了阿丽娜·彼得洛芙娜，希望把她也拉进谈论里来。

“在我们这一块，我从来没有听说过这种事。也许你说的是迦南①吧。据说在那边倒真的是这样，”阿丽娜·彼得洛芙娜冷冷地回答。

“是啊，是啊，是啊，”约杜施卡说，就像他不曾听见母亲的话似的，“他们不信上帝，他们不信灵魂的永生，可是他们照样要吃饭。”

“就正是这个话了——他们就知道要吃要喝。”修道院长重复着说，卷起了法衣的袖子，伸手抓了一块丧礼蛋糕放在自己的盘子里。

大家都喝起汤来。有好一阵子没有了别的声音，只除了匙子碰在盘子上的响声和牧师在热汤上吹气的声音。

“至于罗马天主教，”约杜施卡停下来不吃，继续说下去，“他们虽然并不否认灵魂的永生，可是他们以为灵魂并不直接上天堂或是下地狱的，却要在一种中间区停些时候。”

“这个，也是非常荒谬的。”

“跟您说真的吧，神父，”波尔斐瑞·乌拉地米里奇说，沉思着，“如果我们采用这种看法——”

“这种废话用不着讨论。我们教堂里的歌是怎么唱的呢？是这样，‘在绿草如茵的地方，在凉快的地方，这里没有叹息也没有忧愁。’您瞧，谈什么‘中间区’又有什么用？”

---

① 迦南：上古地中海巴力斯坦以西的地方，一般指富饶肥沃的土地而言。

约杜施卡并不完全同意，正想反驳一下，可是阿丽娜·彼得洛芙娜，给谈话弄烦了，拦住了他。

“哎，吃吧，吃吧，你们这些神学家。我看你们的汤现在都凉了，”她说，为了换一下话题，她转向了修道院长，“您的麦子已经收了吗，神父？”

“收了，太太。这回麦子不错，不过春麦可不大好。燕麦的种子熟得太快了。干草和燕麦都是不能指望的。”

“到处都在埋怨燕麦，”阿丽娜·彼得洛芙娜叹息着说，瞧着约杜施卡捞起了汤底里最后一些碎屑。

又端上一道菜来，火腿和豆。约杜施卡抓住这个机会又重新提起被打断的谈话。

“我敢打赌犹太人不吃这个，”他说。

“犹太人脏死了，”修道院长说，“所以人们才挖苦他们，管他们叫‘猪耳朵’。”

“可是鞑靼人也不吃火腿。这里面一定有什么缘故。”

“鞑靼人也脏。就是这个道理。”

“我们不吃马肉，而鞑靼人不吃猪肉。据说巴黎围城的时候，老鼠都有人吃的。”

“嗯，他们是——法国人！”

整个晚餐都是在这种情况下面过去的。等到白汁鲤鱼端了上来，约杜施卡拉长声说道：“来吧，神父。这不是平常的鲤鱼。这是亡弟爱吃的一道菜。”

芦笋端上来了，约杜施卡说：

“瞧这个芦笋！在圣·彼得堡要吃这样的芦笋，你得付出一个银卢布呢。亡弟是那么喜欢它。好啊，瞧瞧这有多么厚实。”

阿丽娜·彼得洛芙娜心里急得焦灼起来。已经整整一小时晚餐却只吃了一半。看样子约杜施卡像是有意地拖延。他吃那么一点，放下刀叉，叽咕一会儿，再吃一点，又叽咕起来。在从前，阿丽娜·彼得洛芙娜为了这个曾经骂过他多少次。“你怎么不吃啦，你这个魔鬼——上帝饶恕我。”不过他好像忘光了她的教训。也许他并没有忘记，倒是特意地这么做，为自己报复。要不，他甚至还不是有意识地在报复。他不过只是放任她内心的魔性自由活动。最后烤肉端上来了。

就在大家都站起来，修道院长开始念诵“逝者有福了”的赞美歌的时候，在走廊里响起了一阵喧嚣。喊嚷的声音完全搅乱了祈祷的作用。

“为什么在吵？”波尔斐瑞·乌拉地米里奇喊起来，“他们把这里当成馆子了？”

“请你别喊了。这是我的——是我的箱子。他们在搬呢，”阿丽娜·彼得洛芙娜说。接着她又带着点挖苦添上说道：“也许你想去检查一下吧？”

来了一阵突然的沉默。连约杜施卡都脸色苍白迷惑起来。可是他立刻明白了，无论如何，他得和缓一下他妈妈那几句不愉快的话所引起的后果。他转向修道院长，说道：

“就拿山鸡来说吧。在俄国有的是，可是在别国——”

“天哪，你为什么不吃呢？我们要走二十五维尔斯他，并且得在天黑以前赶到呢，”阿丽娜·彼得洛芙娜打断了他的话。“配顿卡，宝贝，去叫他们快着点，再催催他们把点心拿来。”

有好一会儿沉寂。波尔斐瑞·乌拉地米里奇匆匆地吃下了他那块山鸡。他脸色苍白，嘴唇发抖，坐在那儿脚在地上踏着。

“您侮辱了我，好妈妈。您深深地伤了我的心，”他终于说了，不过却躲着母亲的眼睛。

“谁侮辱你？我又怎么伤了你的心呢——那么深？”

“这是非常、非常的难堪。那样的侮辱，那样深深的侮辱！想想吧，您要离开——就在这种时候！您一直住在这里——突然间——您就说到了箱子——检查——怎样的侮辱啊！”

“嗯，那么，你要是急于想知道这一切，啊，我准备让你满意就是了。只要我的儿子帕甫尔活一天，我就在这里住一天。他死了——我就离开。再有那些箱子，你如果想知道，哎，你不是命令优丽塔盯了我好久了吗。至于我自己——你还不如当面对你妈妈说，她形迹可疑，这要比像毒蛇似的在背后冲着她咝咝好得多。”

“好妈妈！可是您——可是我——”约杜施卡咕哝着。

“你说够了，”阿丽娜·彼得洛芙娜拦住了他，“我的话也说完了。”

“不过，我怎么能，好妈妈——”

“我跟你讲，我可够了。看在上帝分上，让我安安静静地离开吧。马车准备好了，我听说。”

铃响和车子移近的声音从院子里传来。阿丽娜·彼得洛芙娜首先从桌子旁边站了起来。别人也跟着站起来。

“现在我们先坐一下，然后就走，”她说着，向客厅走去。

他们默默地坐了一会。这时候约杜施卡已经完全恢复了他的沉着。

“究竟您为什么不在杜布劳理诺住下去呢，好妈妈？瞧这里有多么好，”他说，盯着他妈妈的眼睛，带着一种闯了祸的野狗讨好的神情。

“不，我的朋友，够了。我不愿意在离开你的时候再说什么不愉快的话，可是我不能在这里住下去。有什么可留恋？神父，让我们祈祷吧。”

大家都站起来做祈祷，接着阿丽娜·彼得洛芙娜跟每个人吻着告了别，替大家祝了福，迈着沉重的脚步到门口去了。波尔斐瑞·乌拉地米里奇，带着全体亲属，跟她一起到了门口。一看见马车，他就想起了一个鬼念头。“啊，马车是我兄弟的，”他脑子里闪过的就是这个念头。

“这么我们再见了，好妈妈？”他说，把母亲搀进去，斜眼看着车子。

“如果这是天意——为什么我们不能再见面呢？”

“啊，妈妈，好妈妈，这可是个出色的玩笑，真的！——您还是下车吧——上帝帮忙，回到您的老巢里来——真的，”约杜施卡甜言蜜语地催促着。

阿丽娜·彼得洛芙娜没有回答。她早就坐好了，而且还画了十字，不过孤女们倒有点踌躇了。

约杜施卡一直不住地盯着车子看。

“马车怎么样，好妈妈？是您打发它回来还是我派人去取？”他再也不能压制自己，说了出来。

阿丽娜·彼得洛芙娜气得发抖。

“这部马车是——我的！”她用那样充满了痛苦的声音喊道，使每一个人听了都会感到忸怩和难堪。“这是我的！我的！我的马车！我——我有证件——证人。而你——你敢——不，我要等——让我们等着看你的下场。孩子们，预备好了吗？”

“行行好吧，好妈妈！我没有埋怨您的意思。就算这部马车是属于这个田庄的——”

“这是我的马车——我的！它不属于杜布劳理诺，它属于我！你敢说——你听明白了吗！”

“是的，好妈妈。别忘了我们，亲爱的心。您明白，不是客套。我们去看您，您来看我们，像一门好亲戚似的。”

“坐好了吗，孩子们？车夫，走吧！”阿丽娜·彼得洛芙娜喊道，简直按捺不住了。

马车震颤着很快地上了路。约杜施卡站在门口挥着他的手绢喊着，一直等到完全看不见马车的影子的时候：

“像门好亲戚！我们去看你们，你们也要来看我们——像一门好亲戚！”

第三部　家族的清算

第一章

阿丽娜·彼得洛芙娜从来没有料到过，居然有这么一天，她会成了多余的人了。正当她毕生第一次感到了精神、身体都不能支持的时候，这一天就偷偷地临到了她的身上。这样的日子永远是突然降临的。即使一个人会在崩溃的边缘拖上很久，他还是可以挣扎，拖延到最后，直等从最料不到的地方来了那最后的打击。要清楚地感到它的逼近，从而避开，是很难做到的。人们只能听天由命绝无怨尤，因为这样的打击，可以在一刹那间把一个直到最近还是强健结实的人打垮。

在阿丽娜·彼得洛芙娜和约杜施卡断绝，住进了杜布劳理诺之后，她曾经在非常困难的情况下过了一个时期。不过当时，至少，她知道，帕甫尔·乌拉地米里奇虽然总是不高兴她插手管事，他仍然是个富裕的人，多一口人吃饭在他是无所谓的。现在情况可大两样了。她要主持一个连一丁点小地方也要打算的家庭。她也明白这些小地方的价值，她一辈子都住在乡下，经常和农民打交道，对一个储藏早已不足的家庭又添上一口多余的人吃饭的害处，她和农民的看法也是一致的。

即使如此，在她最初搬到波哥瑞尔卡的日子里，她依然保持一贯的姿态，忙着在新居里布置一切，把自己一向精明的决断使用在家务管理上面。不过田庄的事务既麻烦又琐碎，需要她自己经常的监督；而且她原来以为并不需要记详细的账目，把多少小钱加起来成为多少戈贝克，多少戈贝克加起来成为多少十戈贝克，不过很快地她就不得不承认这是错了。的确，记详细的账目是没有必要的；不过问题在，她再也没有了当年刻苦耐劳的精力。还有，现在又到了秋天，是算账和造清册最忙碌的时候，而一连串的坏天气又给阿丽娜·彼得洛芙娜的精力加上了不可避免的限制。衰老的病痛到了她的身上，使她不能离家一步。漫长可怕的秋夜开始了，使她陷入无端的昏倦。这个老妇人心烦意乱地尽了自己最大的力量，不过却一点成就都没有。

还有一点。她不能不觉察到，在孤女们身上出现了奇怪的变化。她们突然变得迟钝没有精神了，为一些未来的模糊计划而激动，在这些计划里，工作的观念里掺杂着最天真的享乐观念，当然——她们从小生活在寄宿学校里的生活回忆，和她们从片段的阅读里得到的有关劳作的人们的不正确的观念糅和在一起，还有抓住一些通过她们学校的关系，企图能够走入光辉灿烂的人生的微小希望。从这些虚幻的期望里突出地产生了一种痛苦的意愿，不惜任何代价脱离这个可恨的波哥瑞尔卡。

终于在一个晴好的日子里，安宁卡和卢宾卡真的向外祖母宣布了，她们再也不能在波哥瑞尔卡待下去；她们在这里过的是一种可怕的生活，除了教士之外什么人都看不见，而这个教士一看见她们，就感到有义务对她们述说童女们弄熄了她们的灯烛的故事①。这不大对头，这不大合理。

女孩子们大声地说话，她们害怕外祖母，又假装勇敢，这样好克服她们以为一定会碰上的发怒和阻碍。可是使她们惊奇的是，阿丽娜·彼得洛芙娜听了一点也不动气，甚至连一点老年人常有的白费的唠叨的意思都没有。

啊，她已经不再是那个专横的、一来就非常自信地说“我要到克赫特克夫去，还要带上这两个小孤女”的女人了。这种变化并不只是因为衰老无能，也因为她有了一种希求更好更真实的见解。最后的一次打击不但磨光了阿丽娜·彼得洛芙娜的意气，同时也照亮了她精神领域里的某些角落，很明显这是她的思想从未进入过的地方。现在，她明白了，人类有着某种可以长期潜伏的力量，可是一旦觉醒，就会不可制止地将你带到光明的生活道路上去，这种光明，是你在无望的现实黑暗中间盼望了好久的。一旦了解了这种斗争的正当，她是无力加以反对的。的确，她尝试劝阻外孙女，可是这只是无力的、缺乏说服力的尝试。她想起等待着她们的未来就不安，特别为了她自己和这个所谓“社会”毫无联系而更觉得不放心。可是她仍然觉得和女孩儿们分开是一件合理的不可避免的事。“她们会弄成什么样子?”这样的问题时时缠绕着她；不过她现在完全明了了，不管是这个还是旁的更可怕

① 这个比喻出于马太福音第二十五章。

的问题都不可能阻止一个挣扎着要解脱束缚的人。

女孩子们坚持着一桩事情，要从她们的脚上抖掉波哥瑞尔卡的灰尘。最后，经过了一些为了使外祖母高兴的踌躇与延迟，她们走了。

现在的波哥瑞尔卡邸宅完全给笼罩在一种孤独的静寂里。虽然像阿丽娜·彼得洛芙娜这样生性以自己为中心的人，也感到需要伙伴了。可能这还是第一次，她觉得从自己身上挣开了什么，而她自己现在所面临的自由又是那样的无边无际，她所看见的，只是一片虚空。为了遮蔽自己眼前的空虚，她吩咐钉上了大厅和孤女们曾经住过的顶楼。

"倒也好，木柴可以少烧一点了，"她对自己这样说。

她只保留了两个房间，在其中一间里，一个放着神像的大框子摆起来了。另外一间是卧室兼书房、饭厅。为了经济，她辞退了所有的仆人，只留下了她的老管家亚菲米优仕伽，一个上了年纪衰弱的女人，和玛尔珂芙娜，一只眼睛的，兵士的妻子，她管烧饭和洗衣服。

可是所有这些事先的防备都没有多大用处。空虚的感觉照样很快地进入了这两间本来用以隔绝它的房间。阿丽娜·彼得洛芙娜目前碰上的两个敌人是无助的孤独和可怕的空间。而她的余年又永远不能和这两个敌人分开。紧跟着孤独和空间袭来的是身体和精神上的分解，抵抗力愈弱，它就更显出了残酷的破坏作用。

日子就在这种乡下特有的沉闷的单调里过去，既没有舒适的环境又没有事可办，精神也没有寄托。除了外来的原因，使她不能执行家务的管理以外，还内在地存在着一种对直到晚年还要为了琐屑的事务而奔忙的嫌恶。也许她应该克服自己的这种嫌恶，如果她能有一种作为自己努力借口的目标，可是就是没有这样的目标。每一个人都讨厌她，她也对所有的人和一切发生了厌恶。她从前那种活动的热情突然转化为怠惰，这怠惰又逐渐地腐蚀了她的意志，而且引来了阿丽娜·彼得洛芙娜在几月以前做梦也没有想到的癖性。

这个强健、冷静的女人，谁都没有想到说她老的，竟自成了一个废人。对她来说，没有过去也没有将来，只有过着眼前的日子。每天她一多半在打盹，坐在桌子边上的安乐椅里，桌上摆着有气味的纸牌。她一睡就是几小时。然后她的身子就痉挛地抽搐着，她会醒来，向窗外看去，朝远处痴痴地看上大半天，没有一点自觉的思想活动。

波哥瑞尔卡是一座阴沉的邸宅。孤零零的，既没有果园也没有树荫，连一点舒适的意思也没有。甚至邸宅前面都没有一个花园。这是一个一层楼的建筑，矮矮的，年深日久风吹日晒得颜色发了黑。它后面是许多附加的房子，也够破损的，四周围只是一大片田野——无边的田野。一眼望到天边也看不到树林的影子。不过自从阿丽娜·彼得洛芙娜的儿时开始，她就很少离开过乡下，这种单调的风景在她看来也并不觉得可怕。它甚至还能引起她心理的共鸣，唤醒依旧在她内心燃烧着的残余情感。她一生最好的岁月就消磨在这一片光秃的土地上，她凝视的眼睛本能地寻找着这一切。

她凝视着扩展的田野；她盯着那些在风景里成为黑色斑

点的浸湿的小村落；她盯着那些乡下教区的白色教堂；她盯着云影洒在地面上的斑驳的暗影；她盯着那个在耕过的田畦上走着的不认识的农民，她看这个人走得又慢、又不活泼。她凝望的时候，是一念皆无的，或者不如说，她的思路是如此的断续、不相连属，简直就不可能，甚至在短暂时间内停留在任何一件事情上。她只是凝视，一直等到年老的睡意又隐隐地在她耳朵里嗡嗡作响，这时候那田野、教堂、村落和远处的农民就都被裹在迷雾里了。

有时候她显然是想起了什么，不过过去的回忆总是断片、零乱地出现的。她的注意力不可能集中。它从一个遥远的回忆跳到另外一个上面。可是有时候她真会为什么特别事物所激动，并不是欢乐——她的过去是很少欢乐的——而是一些怨恨，一些侮辱，痛苦的不可忍受的。于是会突然发起怒来，烦恼爬进了她的内心，泪水跑进了她的眼睛。她悲痛地哭泣，凄惨的暮年的哭泣，泪水流下来就像做了噩梦似的。不过即使她在流着泪，她的头脑依旧不自觉地照老样子活动，她的思想不知不觉地离开了她心境不好的原因，于是在几分钟以后，这位老太太就会怀疑起自己究竟是怎么样了。

总之，她活着就像自己并没有亲自参加生活，而是完全为了在这废墟上面，还有些零碎不得不收集起来记录一下。只要这些零碎存在，生活就自动逼使衰老的躯壳进行一切活动，这样就可以使半睡眠状态的人不致完全垮掉。

不过如果白天是在昏睡里度过的话，夜晚就是绝对的苦痛了。到了晚上，阿丽娜·彼得洛芙娜就害怕，怕贼，怕鬼，怕妖怪，怕她的教养和生活所造成的一切后果。而这地方的保卫又是非常可怜的，在两个摇摇欲坠的女人之外，波哥瑞尔卡还有一个守夜的人，这就是小跛子，农民费多西优士卡，他为了每月的两个卢布，从村里来为邸宅守夜，经常睡在门廊里，到了指定的时辰就走出去，敲打一块钢板。牛栏附近自然也还住了些庄稼人，男女都有，不过牛栏是在五十码以外，这样，从那儿喊人就很不容易了。

在乡下，失眠的夜晚使人感到特别难受和沉重。到了九点钟，至迟十点，一切活动都停止了。一种充满了恐怖的可怕的寂静降临了。没有一点事可做，而且点蜡烛也是一种浪费。不管你愿意不愿意，总得上床睡觉了，只要茶炊从桌上一拿开，亚菲米优仕伽就会照她在长期农奴生活里养成的习惯，在通往女主人卧房的门前，铺上一条粗毛毡，抓一下脑袋，打一个哈欠，倒头就躺在地板上，死也似的睡熟了。玛尔珂芙娜就总要在女仆的房间里多瞎摸弄一阵子，自言自语地像在骂人。可是最后，她，也不作声了，只要过上一会，你就会听见她断断续续地打着鼾满嘴胡话。守夜人在钢板上打上若干次，声明自己已经到场。接着就沉默好半天。阿丽娜·彼得洛芙娜面对一支牛油蜡烛坐着，企图用玩“耐心”①赶走睡意，可是往往牌还没有理好就打起盹来了。

“一睡着了就很容易失火，”她对自己说，决定上床去睡。可是刚刚躺在羽毛的枕头上，又起了另外的烦恼。整整

① “耐心”是一种纸牌的玩法。

一黄昏那么诱人赶都赶不开的睡意，现在完全离开了她。房间已经闷热得很，现在，从烟道口传进来的热气越来越浓，羽毛枕头变得不可忍受了。阿丽娜·彼得洛芙娜不停地翻来覆去。她想叫人，可是又知道谁都喊不来。四周是一片神秘的静寂，在这样的静寂中间尖耳朵能分得出各种声音。那里发出了什么爆裂的响声，这会儿又像狗儿在啜泣，一下子又像有人在走廊里走着，来了一阵风，从房里吹过，甚至吹在她的脸上。在神像前面点着灯盏，灯光照在房间里，一切都不可捉摸，就像这些都不是实在的东西，只是一些物体的轮廓。从邻室打开的门里漏进了光线，那里的神龛前面点着四五盏灯。耗子在墙纸后面叽叽地叫。“嘘—嘘—嘘，你这讨厌的东西，”阿丽娜·彼得洛芙娜说，马上一切声音又没有了。又来了暗影，从谁都不知道的地方又传来了飒飒的声音。大半夜都在半醒的衰弱昏睡里过去。天快亮以前就没有真正的睡眠。六点钟阿丽娜·彼得洛芙娜早就起了床，在一夜无眠之后疲倦透了。

在阿丽娜·彼得洛芙娜悲惨的生活里更增加了悲哀的是粗粝的饮食和居住的恶劣。她吃得少而且坏，也许是想这样可以补偿因为失察而造成的损失。波哥瑞尔卡的邸宅又是破烂、潮湿的。阿丽娜·彼得洛芙娜把自己关在里面的屋子就从来没有通过气，常常几个星期没有打扫。在这种完全无助和失去了一切舒适和照管的情形下面，衰老慢慢地侵入了。可是她活下去的欲望却变得更强，也许不如说是，她那好吃的欲望又抬头了。跟这个一起出现的是完全遗忘了死。从前，她对死曾经有过恐惧；现在她好像已经完全忘却了。同时，她对一般生活的理想也不过跟农民大同小异，这样她对“舒服日子”的概念就也只能是起码的。她现在坚决地热望着从前她自己不肯享受的一切，美味，休息，跟精明的人们结识。一个标准食客和寄生虫的全部癖好，闲扯，为了得到馈赠而奉承，贪嘴，极快地在她身上发展起来。跟下人们一样，她一面吃着卷心菜汤、靠不住了的燻火腿，一面却在想着哥略夫里奥夫田庄的食物储藏，想着杜布劳理诺的鱼塘里成群的德国种鲤鱼，想着哥略夫里奥夫田庄的丛林里有的是香菌子，想着哥略夫里奥夫田庄的养鸡场里养得肥肥的鸡。

“鸡杂汤或是奶油水芹倒不能说是坏东西，”这样的想法在她的头脑里活生生地浮现，使她流出了口水。到了晚上，听到一点点响声就吓得翻来覆去睡不着的时候，她就会想：“是啊，在哥略夫里奥夫田庄，门锁得牢牢的，守夜人也靠得住。他们一夜不停地敲钢板，你尽可放心大胆地睡觉。”白天里，因为没有一个做伴的人，她只好半天不说一句话，在这种强迫的沉默当中，她不能不想起：“在哥略夫里奥夫田庄人可不少。在那里不管什么烦心的事说说道道的就没有了。”事实上，她一直经常想起哥略夫里奥夫田庄，她对从前田庄的回忆变成了一个聚集着“舒适生活”的发亮的光点。

她愈是经常想到哥略夫里奥夫田庄，她重新生活的欲望就愈浓，她最近经常受到的严重侮辱也愈离愈远终于湮没在遗忘里。俄国的妇女，由于她们那种生活与教养的性质，是极易陷入寄生者的命运的。就连阿丽娜·彼得洛芙娜也逃不脱这样的命运，虽然她的过去生活，好像很可能警醒她使她不致套入这样的缰锁。如果她“当时”没有犯下错误，如果她没有把田庄分给自己的儿子，如果她没有信任约杜施卡，那么直到今天，她可能还是一个严厉、精明的老太太，所有的人都由她支配。不过她犯了不可挽救的错误，于是从一个性急专横的女主人变为一个服从、谄媚的寄生者就只是时间问题了。只要她依旧有着旧时精力的残余，那变化就不显著，可是一旦她明白了不可挽回地注定要陷于无助和孤独以后，一切卑怯的倾向就开始渗入她的灵魂，而她那早已削弱了的意志，也就完全破碎了。约杜施卡，每逢到波哥瑞尔卡来总要受到最冷酷的待遇的，现在突然不为她深恶痛绝了。旧有的伤害差不多已经遗忘了，是阿丽娜·彼得洛芙娜主动讨好、表示亲近的。

这是从讨取开始的。从波哥瑞尔卡出发派到约杜施卡那里去的人，开始还并不频繁，以后就越来越勤了。一会儿是波哥瑞尔卡的水芹收成不好，一会儿又是小黄瓜给雨水搞坏了，一会儿小火鸡又死掉了——这下子你可自由了！接着就来了：“我亲爱的朋友，您肯不肯让人替我送几条杜布劳理诺的鲤鱼来？我过世的儿子帕甫尔就从来不曾拒绝过我这样的要求。”约杜施卡皱起了眉头，不过想想还是不要公开地露出不愉快来好些。鲤鱼自然是有些舍不得，不过他最怕的倒是他的妈妈会咒他。他记得清清楚楚她有一次说过：“我要到哥略夫里奥夫田庄来，教他们打开教堂，把神父喊进来，我就大声地喊：‘我诅咒你！’”就是这个回忆，使他不敢放手去做跟他的本性切合的一些卑劣的把戏。不过在满足他的“好妈妈”的愿望的同时，他并没有忘记，顺便给围绕着他的人们以暗示，上帝命令每一个人背起自己的十字架来，上帝这样做不是没有神圣的目的的，因为不背起自己的十字架的人就会走上邪路，堕落了。他写给妈妈这样的信：“我给您送去了一些小黄瓜，好妈妈，尽我所能的送给您。至于火鸡，我十分遗憾地通知您，除了留下做传种用的以外，就只剩下了公鸡，鉴于它们的大小和您饭桌上有限的需要量，这对您是不大有用的。您是否肯屈尊驾临哥略夫里奥夫田庄跟我一起享用粗粝的饭菜？那时我们就能挑一只‘懒家伙’（懒家伙，的确是，因为我的厨子马特维用最高妙的手段阉了它。）烤起来，您和我，我最亲爱的朋友，就可以痛快地吃它一顿了。”

从那天开始，阿丽娜·彼得洛芙娜就成了哥略夫里奥夫田庄的常客。靠了约杜施卡的帮助，她尝到了火鸡和鸭子；白日黑夜她都睡得甜甜的，饭后她就好好扯上一通宽宽心，这本来就是约杜施卡的拿手好戏，而她因为上了年纪也并不减色的。当她听到约杜施卡因为独居无伴已经讨了一个名叫叶芙波拉克霞的闺女，她本来是一个牧师的女儿，现在就做了他的管家，阿丽娜·彼得洛芙娜并没有就此断了来往。恰恰相反，她立即赶到了哥略夫里奥夫田庄，还没有下马车就带着孩子的急躁冲着约杜施卡嚷：“好，好，你这个老坏蛋，让我们瞧瞧你的皇后，让我们瞧瞧你的皇后。”这一天她过得特别高兴，因为叶芙波拉克霞亲自伺候她吃饭，饭后又替她铺好了床，也因为傍晚的时候，她跟约杜施卡和他的皇后玩了纸牌。

约杜施卡自己也颇为这个大团圆而高兴，为了表示孝心，在她临走的时候，还准备了一磅鱼子酱跟别的一起放进了她的车子。这可算得是极端的尊敬，因为鱼子酱不是家里的出产，要花钱去买的。这种殷勤如此感动了老太太，她再也忍不住了说道："哎，我真要为了这个谢谢你。上帝，也会爱你的，因为在你妈妈的老境里赡养、孝敬了她。哎，我回到波哥瑞尔卡以后，没有什么可烦心的了。我一直最喜欢吃的就是鱼子酱。哎，谢谢你，现在我可以好好吃一顿了。"

第二章

阿丽娜·彼得洛芙娜在波哥瑞尔卡定居下来已经有五年了。约杜施卡在哥略夫里奥夫田庄生了根，动也不想再动。他很有点老了，衰弱而且大大减弱了生气，不过却比往常更无赖，连篇累牍地说谎话空话，因为现在他的“好妈妈”几乎经常和他在一起，而且为了好吃的东西，她几乎成了随时随地不可缺少的听他说废话的人。

你决不可拿约杜施卡和譬如达尔都弗①那样的伪君子等量齐观，或者是和近代法国那种甜言蜜语的喜欢长篇大论地谈“社会基础”的中产阶级相比。不，他是彻头彻尾俄国式的伪君子，只是一个缺少道德标准、除了最基本的常识一无所知的人。他的无知是最彻底的。他说谎，对诉讼和空谈有着非凡的热情，同时还怕魔鬼——一切都是不能成为真正伪君子的反面特征。

在法国，虚伪是教育的产物；它包括了，所谓一部分“好礼貌”，而且永远带着一种明显的政治社会的色彩。有宗

① 莫里哀的喜剧里的人物。

教的伪君子，“社会基础”的伪君子，财产，家庭，政治各方面都有。晚近甚至出现了“法律与秩序”的伪君子。虽然这一类的虚伪还不能算是一种信念，不过它仍旧不失为一面旗帜，周围集中了一批觉得只有走伪君子的路才能有利可图的人。他们有意识地作假，就是说，他们明明知道自己在作假，同时更知道别人肚里也是雪亮的。根据法国中产阶级的看法，世界不是别的，只是一个大舞台，上面演着一出永远不停的戏，戏里面出现的是永远在彼此学样的伪君子们。虚伪教人端庄、有礼、外表优雅和客气。而最重要的是，伪善是一种限制，当然不是限制那些徘徊在社会上层的洁净空气里玩弄伪善花样的人，而是专门限制那些挤在社会这口大锅的锅底的人。伪善禁止社会陷入情欲的放荡，使情欲成为极少数人的特权。如果放荡被限制在一个小小的组织健全的机构之内，它不仅不能为害，而且还能支持、发扬风雅的传统。要是没有相当数量的这种“密室”，在避开堂皇的伪善的当儿培养着放荡的话，那么风雅就要沦亡了。不过一旦到了大家都可以放荡一下，而且和扩展的权利结合起来，能够提出要求，而且坚持这样的要求是自然而合法的时候，放荡可就真正危险了。新的社会层形成了，企图挤掉那旧的，或至少给旧的以相当的限制。对“密室”的要求达到了这样的程度，发生了这样的问题：如果不要它们，将来岂不要简单得多？为了反对这一类不受欢迎的问题和具体要求，法国社会的统治阶级才要来保卫那起源于偶然的作态、归结于强制的法律系统的伪善。

现代法国的戏剧就是用这种对伪善的尊崇作基础的。一个普通的法国戏的前四幕是现实主义的，描画着一切忠诚婚姻标准的崩溃与解体，可是第五幕就永远用一些歌颂着炉边的甜蜜气氛和道德绝对地战胜了不道德的歇斯底里的响亮词句结束。到底哪一个是真实呢？哪一个是假装的呢？两者都是又都不是。在前四幕里，观众在舞台上现实的描画里看见了自己的影子，可是第五幕也同样是观众对理想的道德与纯洁的婚姻生活观念的忠实描写，这样，如果法国的伪善是不道德社会的上层建筑的话，它又完全是整个道德结构的一部分，它支持着这座大厦使它不致垮台。

我们俄国人并没有社会教养的体系。我们并不曾被集合起来训练成为“社会原则”或其他原则的战士，只是像篱边的荨麻似的放任地自由发展着。就是为了这个，我们中间只有少数的伪君子，不过扯谎的人、头脑空洞的迷信者和废话连篇的人倒是很多的。我们用不着为了社会原则玩弄伪善的花样，因为我们不知道社会原则这种东西。我们在绝对自由里生活着，就是说，我们打发枯燥的日子，扯谎，极自然地闲扯，根本不管什么原则。我们到底要为了这个高兴呢还是遗憾，我说不出。我想，如果伪善培养的是怨恨和恐惧，那么无用的谎话引起的就是可厌和嫌忌。因此，最好是对有意识伪善胜于无意识伪善的问题置之不问，反过来也是这样。跟伪善者和扯谎者都断绝关系。

约杜施卡与其说是个伪君子倒还不如说是个话匣子、扯谎者和流氓。他把自己关在乡下的田庄里，就感到了完全的自由。他的嗜好再也找不到别的环境能比这里更自由地活动了。在哥略夫里奥夫田庄他既碰不到直接的阻力，也碰不到那种会使他思索：“我倒想干点坏事，可是人家会怎样讲呢?”的间接限制。没有人用反对的意见来打扰他，没有人干涉他的作为。于是也就没有了约束自己的理由。绝端的懒散成了他对待自己的主要态度。他早就希望有这种摆脱一切道德束缚的绝对自由，他是完全为了恐怕陷于闲散所以才不曾早日乡居。在沉闷的官场空气中混了三十多年，他染上了一个老官僚的一切恶习与嗜好，他不肯使自己的生命有一分钟不消磨在无事忙里。不过他对事物进行了更仔细的研究以后，就得到了这样的结论，无事忙的范围是极易移植在其他领域里的。

事实上，他刚在哥略夫里奥夫田庄住定，就马上发掘出一个绝无枯竭危险的细微琐屑的世界，尽够他搜寻，翻查。他一早就坐在办公桌前，开始处理事务。他先要仔细地核对管家、管牧场的女人和管事的账目。他规定了一套非常复杂的会计制度，银钱进出和财产清单都要使用这种方法。每一个戈贝克，每一点点产品，都要写进二十本账册里，在查账的时候，他总会找出一些毛病，不是少了半个戈贝克就是多了一个戈贝克。最后他就提起笔来向司法部门和检查官提出控诉。这就占了他的全部时间，而且还显出刻苦工作的样子。约杜施卡一直在抱怨来不及做完一切必要的工作，虽然他一天到头都在仔细查看账目连脱下晨衣的时间都没有。一堆堆仔细地归了档但却不曾阅过的报告一直躺在他的台子上面，这中间就有那个管牧场的女人费克拉的年度报表，她的行为早就有些可疑，不过他却抽不出时间对她的账。

他和外面世界的一切联系完全断绝了。他从来没有收到过书籍、报纸，甚至连信都没有。他的两个儿子里面的一个，佛罗顿卡自杀了。他只是简短地在和他另外一个儿子通信时提起，而且也只是在汇款的时候。他陷入一种充满浓重的愚昧、迷信和无事忙的氛围里，一点求得解脱的愿望都没有。即使拿破仑第三逊位的消息，都是在这位皇帝逝世以后一年才从地方警长那里听到的。他听了这个消息并没有好大的兴趣，只是在自己身上画了十字，嘟囔着："但愿他能走上天堂，"接着就大声说道："他从前是多么骄傲啊！谁都不敢走到他身边去！天哪，天哪！这可不大好，对他也不大合适。沙皇跑了去向他致敬！公爵们伺候着他！可是你瞧，上帝来了，一下子就打垮了他所有的骄傲的梦想。"

事实的真相是这样的，他尽管记账、检查，其实他的田庄里的实际情况，他所知道的倒是极为可怜的。就这一点而论，他正是一个典型的官僚主义者。想想看，上级对下属说的这一番话："我的朋友，为了执行我的计划，我有必要知道全俄国每年生产多少马铃薯的确实数目。你能为我计算一下吗？"您以为这样的问题就把下属给难住了吗？您以为至少他也要考虑一下进行这个工作的方法吗？完全不对。他只要这么一办就结了。他画下一张俄国的地图来，界上大小一样的正方形格子，算出每个方块代表多少亩。然后他就去找卖青菜水果的商人，问清楚每亩需要多少马铃薯的种子，再问一下种子与产量的一般比率，最后，靠了上帝的帮助和加减乘除的基本算法，他就得到了结论，在良好的情况下面，俄国每年可以生产多少多少只马铃薯，在不好的情况下面，多少多少。同时他的工作不但会得到上级的赏识，而且还会被记录在某种记录簿的第一百零二卷里。

约杜施卡甚至还找到了一个完全适合他所创造的环境的管家。闺女叶芙波拉克霞是圣·尼可拉教堂执事的女儿。从各方面来说她都是个宝贝。思想并不敏锐，并不机巧，甚至也并不灵敏，但却勤谨、柔顺、态度从容。当约杜施卡把她拉到身边的时候，她只提出了一个要求，答应她不用请准就可以饮用一些冷苹果酒。这样的廉洁甚至连约杜施卡都为之感动了。他立即答应给她苹果酒，此外又加上两桶腌苹果，同时这两项的取用都不必交代。在赏鉴家看来，她外表上是毫无诱人之处的，不过对一个并不挑剔而且知足的人，她也就很可满意了。她有一个宽宽的白脸庞，稀而黄的头发盖着低低的前额，大而无神的眼睛，一条笔直的鼻子，一只瘪嘴，永远带着神秘不可捉摸的微笑，就像在一个国内成长的画家的人像画上可以看到的那样。简单一句话，她一点出色的地方也没有，也许只除了她的两块肩胛骨之间的背脊，它是那样的宽而有力，就连最没有兴趣的人也想好好地在那块地方拍一下子的。她明白这个，可是并不在意，因此当约杜施卡第一次拍着她肥肥的后颈时，她也只不过是扭了一下肩头。

就是在这样单调的环境里，日子一天天地过去了，今天跟昨天一模一样，没有一丁点儿变化，没有看到光明的丝毫期望。阿丽娜·彼得洛芙娜的来临是带来了一点生气的事件。最初，波尔斐瑞·乌拉地米里奇看到他母亲的马车走近时是皱了一下眉头的，可是慢慢地他对她的来访已经有些习惯，甚至都有点喜欢起来了。她迎合着他那说空话的癖好；即使是他也不可能自己对自己一个人讲话。跟“好妈妈”闲扯各式各样的账目和表册却是非常有趣的，而且，他们一旦聚在一起，就从早上一直谈到黄昏也没个够。他们什么都讨论到了——很久以前和目前的收获；在“那些年头”地主的生活方式；多少年前的盐比现在的劲头大；还有黄瓜也已经赶不上从前了。

这种谈话有一种好处，它像水一般的流畅，可是要忘掉也并不费力，这样，就可以重复无数次也依旧有趣味，每次谈起，都能感到一种初次提到的新鲜趣味。这种谈话的场合，叶芙波拉克霞是参加的。阿丽娜·彼得洛芙娜对她已经那样喜欢，她简直就不肯放她走开一会儿。有时候，谈得疲倦了，她们三个就坐下来玩牌，一玩就玩到半夜。他们试着教叶芙波拉克霞留一只空位子玩四人牌戏的方法，可是她弄不懂。在这样的夜晚，庞大的哥略夫里奥夫田庄邸宅就变得生气勃勃了。所有的窗子里都透出了灯光，这里那里都是人影，让一个偶然过路的人看了就会想这里是进行着天知道怎样的庆祝。茶饮、咖啡壶、茶点轮流在桌上摆出来，永远不使桌上空着。阿丽娜·彼得洛芙娜的心满溢着快乐，她不再只做一天的勾留，一来就要在哥略夫里奥夫田庄住上个三四天。在她回波哥瑞尔卡的路上她就在想尽快回来的借口，好在这边舒服一下。

第三章

已经是十一月底了。大地笼罩着一望无际的银装。到了晚上户外就成了大风雪的世界；裂肤的冷风赶着雪花，一下子就吹成了大雪堆，把雪打得一直高上去，什么都给掩盖了，空气里充满了呼号的声音。村庄、教堂、近处的丛林，都消失在旋转着的雪雾里。风在古老的哥略夫里奥夫田庄的果树园里吼着。可是在地主的邸宅里却是又温暖又舒服的。在饭厅里桌上放着茶炊。围着它坐的是阿丽娜·彼得洛芙娜、波尔斐瑞·乌拉地米里奇和叶芙波拉克霞。一边放着一只牌桌，上面零散地摊着纸牌。饭厅的门开着，一面通往神堂，给多少盏神灯照得雪亮；另一面通往主人的书房，那儿神像前面也点着一盏神灯。房间暖极了，闷得厉害，满屋都是橄榄油和茶炊里炭气的味道。叶芙波拉克霞坐在茶炊前面，正在洗茶杯，拿一条抹布擦干。茶炊奏着活泼的乐曲，一会儿使足了劲大声哼着，一下子又好像睡着了，接着又好像打起鼾来。从茶炊的盖底下跑出了一阵阵的蒸汽，把茶壶罩在雾里，坐在桌边的三个人正在谈天。

“你今天当了多少回‘傻子’了？”阿丽娜·彼得洛芙娜

问叶芙波拉克霞。

“我要是不让的话，一回‘傻子’也不会当。您瞧，我是想逗您高兴。”叶芙波拉克霞答道。

“胡说！你还记得上回我用三点和五点打你的时候，你有多么受用。你瞧，我可不是波尔斐瑞·乌拉地米里奇。他处处让着你，一次只给你一张牌，可是我啊，我的宝贝，就用不着这样。”

“是啊，当然啦！您打得不老实！”

“哎，我说！我从来不干这个。”

“不吗？刚才是谁让我给逮着啦？是谁拿一张黑花七和一张红心八就当作一对想混过去？嗯，是我亲眼瞧见，亲手逮着的！”一面说，叶芙波拉克霞一面站起来从茶炊上端开茶壶，转过身来背向着阿丽娜·彼得洛芙娜。

“天哪，看你的这个背脊！上帝保佑你！”阿丽娜·彼得洛芙娜说，不知不觉地露出羡慕来。

“是啊，出色的背脊，”约杜施卡机械地重复着。

“又是我的背脊！你们难道不害羞吗？我的背脊对你们又怎么啦？”叶芙波拉克霞先将背脊向右一扭，然后又扭回左边来，笑了。她的背脊就是她的骄傲。不过几天以前，甚至连厨子萨维立奇，一个老头子，都馋馋地瞅着她说：“哎，哎，多出色的背脊！正像一块炉台！”她跟波尔斐瑞·乌拉地米里奇连提都没有提起过厨子的这些话。

杯子里一次次地倒满了茶，茶炊慢慢沉默下来了。这时候风雪却越来越凶。雪真的像瀑布似的一次次地打在窗玻璃上，从烟囱的烟道里断续地吹进了啜泣的风声。

“风雪看样子真的大起来了，”阿丽娜·彼得洛芙娜说，“听它又号又喊的。”

“啾，让它号去吧。暴风雪号个没完，我们的茶也喝个不够。就是这样，好妈妈，”波尔斐瑞·乌拉地米里奇答道。

“这时候要是有什么人在田里可真够受的。”

“是啊，也许对有些人说是够受的，可是我们担什么心呢？有的人又冷又惨，可是我们又幸福又高兴。我们坐在这里一口口喝着我们的茶，还加了糖、奶油和柠檬。要是我们想在茶里掺点甜酒，我们就掺点甜酒。”

“是啊，可是假如——”

“等一等，好妈妈。我说，现在要是跑到外面去是的确糟透了。大路小道都没有了。什么都给抹掉了。接着——还有狼群！可是我们这里却又温暖又安逸，什么都不怕。我们就一直坐在这里，安安静静的。要是我们想玩局小牌，就玩牌；要是我们想喝点热茶，哎，我们就有茶喝。我们不喝得过量，可是我们可以尽量地喝。而这都是什么道理呢？就因为，好妈妈，上帝施恩给我们。要不是他，皇上的皇上，可能我们现在也在野地里漂泊，在寒冷和黑暗里，穿着一件破烂的小褂，腰里系着根薄带子，穿着一双树皮鞋子呢。”

“啾，嗐！你这是什么意思——树皮鞋子？我们是上等人啊，一点都不假。不管怎样我们脚上总能穿得像样的。”

“您知道为什么我们生在上等人家里，好妈妈？都是为了上帝的慈悲。要不是这个我们现在就得住在一间小草房里，点的不是蜡烛而是柴片，至于茶和咖啡，我们连作梦都不敢想啊。我还得补我那双可怜的小树皮鞋子，您么就得准备喝那没有一点油水的菜汤，叶芙波拉克霞在织布，更糟的是，工头会跑了来赶我们拖着车子出去干活。”

“是啊，像这种晚上工头才不会来呢！”

“谁知道呢，好妈妈？可能军队开了来呢！可能会打起仗来或者起了暴动呢。军队就非开上去不可。譬如说，那天警长告诉我拿破仑第三死了。这你就准知道法国人又搞鬼花样了。自然，我们的兵马上就要开上前线，而你，农民朋友，就得赶着你的车子出去，快！不用管那些冷啊，风雪啊，雪堆的。只要上级有命令，你就去，要是你知道好歹的话。可是我们，您没有瞧见吗，可就不会受这份罪。他们不会连我们带车子一起赶出去的。”

“是啊，谁敢说不对？上帝对我们太慈悲了。”

“我说的正是这个意思。上帝，好妈妈，就是一切。他给我们柴烧，给我们饭吃。这全是他的恩典。我们以为是我们自己买的东西，花的是我们自己的现洋，可是您要是仔细想一想，算一算，想想清楚，那全是他，那全是上帝。如果那不是他的意思，我们就什么都没有了。现在，譬如说，我倒想来几只好吃的小橘子，我自己吃几只，送我的好妈妈一只，每人都送一只。我有买橘子的钱。比如我拿出几个铜子来，说，‘哎，给我来几只橘子，’可是上帝说了，‘停住，人！’那时候，我就成了个什么都没有的可怜虫了。”

大伙儿笑了。

“这全是说说，”叶芙波拉克霞说，“我的叔叔是配索克诺耶的乌斯布耶教堂的执事。您知道他是个最虔信上帝的人。于是我就想上帝应该给他点好处的。可是他在野外碰上了暴风雪，照样还是给冻死。”

“这就是我说的了。如果这是上帝的意思，你就该冻死，如果这不是他的意思，那你就死不了。有让上帝高兴的祈祷，可是也有惹他生气的祈祷。如果这祈祷会让上帝高兴，它就能传到他耳朵里；不然，你就还不如干脆不祈祷。”

“我记得在一八二四年那年出门，还正怀着帕甫尔。正是十二月里，我正在上莫斯科去的路上——”

“先等一等，好妈妈。先让我说完祈祷的事。人总是为了一切东西祈祷，因为他需要一切。他需要牛油、卷心菜、小黄瓜，嗯，一句话，他什么都需要。有时候他并不需要这件东西，可是因为他有人类的弱点，他还是照样为它祈祷。可是上帝是高高在上，看得是清清楚楚的。你要牛油，他给你卷心菜或是洋葱。你盼着温暖的好天气，他给你下雨和雹子。你只有认识清楚，一点也别抱怨。去年九月里，比如说，我们祈祷上帝下霜，这样冬麦就不会烂掉，可是上帝啊，您瞧，没给下霜，我们的冬麦就烂光了。”

“倒真是烂光了的，”阿丽娜·彼得洛芙娜同情地说，“诺文奇农民的冬天收成一个钱都不值了。他们只有把田整个再犁过，再下春天的种子。”

“正是这样了。我们在这里计划、空谈，这么想，那么做，可是上帝一挤眼就把我们的全部计划粉碎了。您，好妈妈，不是要告诉我们一八二四年那年碰上了什么来着？”

“我想说什么来着？我真的记不起来了。我想是要再跟你们说说上帝的慈悲。我忘了，亲爱的，我忘了。”

“哎，要是上帝愿意的话，您下回会想起来的。外面的风雪吼得那种样子，您还是来点果酱吧，我的亲爱的。这是哥略夫里奥夫田庄果园出的樱桃果酱。叶芙波拉克霞亲手做的。”

“我早就尝过一点了。我得承认，樱桃果酱目前对我说是稀罕的东西，多少年前我三天两头吃它，可是现在——你们哥略夫里奥夫田庄的樱桃真不错，那么大，汁子那么多。在杜布劳理诺不管我费了多大劲种它，总是出不来。你在果酱里加了点法国白兰地没有，叶芙波拉克霞？”

“我当然加了。照着您的方法。我还想问您一件事，您是怎么腌黄瓜的，您用小豆蔻吗？”

阿丽娜·彼得洛芙娜想了一下，接着做了个疑惑的表情。

“我不记得了，亲爱的。我想我以前是放小豆蔻的。现在不了。现在我不大腌东西了。不过我以前是放小豆蔻的，对啦，现在我记得非常清楚了。我回家以后翻翻食谱看，也许我能找到。我过去精力好的时候，是样样都记下来的。如果我喜欢哪儿的哪样东西，我就问明白这是怎么做的，写在一张纸上，然后回家试着做。有一回我学来了一样秘密，这是那样的秘密，人家出那个知道它的人一千卢布他还是不肯讲出来。我给了管家四分之一个卢布，她就一五一十地都对我说了。”

“是啊，好妈妈，您当时真是个有办法的人。”

“嗯，我不知道我是不是有办法，不过我倒可以谢谢上帝，我没有把我的产业花光。我还是一直添置着。就算现在，我还在这儿尝我自己的劳动果实呢。哥略夫里奥夫田庄的樱桃树是我种的。”

“谢谢，好妈妈，太谢谢了。我和我的子孙永远感您的恩。这就是我的话了。”

约杜施卡站起来，走向好妈妈身边亲了她的手。

“还得谢谢你，因为你非常关心你妈妈的享受。是的，你的吃喝都好，非常好。”

“哎，怎么能拿我这种饮食来比？您从前的那种饮食啊——那才真了不起呢！天哪，怎样的地窖子呀！简直就没有一点空的地方！”

“是的，我过去也有好东西，我也愿意坦白地说。我家里堆得满满的。至于我的那些地窖子，嗯，那时候家里人口多得多呢，比你们今天张嘴吃饭的要多上十倍。就单说佣人吧。每一个人都得供给吃穿使用。给这个点小黄瓜给那个点苹果酒，一点点，一些，加起来可就够瞧的了。”

“是的，那是好日子。一切都丰盛。粮食、水果，都多得吃不完。”

“我们总是多施肥的，就是这个道理了。”

“不，好妈妈，不是这个道理。那是上帝的慈悲，正是那样的。我记得爸爸有一回从果园里拿来一只苹果，大伙儿看见都愣了，太大了，盘子里都放不下。”

“嗯，这个我不记得了。我知道一般的情况苹果总是出色的，至于和盘子那样大，我可记不清楚了。不过我记得，在杜布劳理诺的鱼池里，我们捉到过一条二十磅重的鲤鱼，是的，我记得这事。”

“鲤鱼和水果，——那时候什么都是大个的。我记得园丁伊凡摘的那些西瓜。简直就有这么大！”

约杜施卡伸出手臂围了个圆圈，装出搂不过来那个想象的西瓜的样子。

“是啊，这才是西瓜。西瓜啊，我的朋友，是要看年成的。今年你收了不少西瓜，而且还挺不错。明年的收成就又坏又少了。有些年份简直一点收成都没有。哎，那就要看土地的运气了。譬如说哥里高里·阿赖克珊得罗维奇的田庄，什么都不生，不生水果也不生浆果——什么都不生。只长西瓜。什么都不生，就是出西瓜。”

“这么说是上帝把西瓜赏给他了。”

“哎，是啊，不错。没有上帝的慈悲你就不能过日子。并且你也逃不开它。”

阿丽娜·彼得洛芙娜喝干了她的第二杯，眼睛向牌桌上瞟着。叶芙波拉克霞也焦急地想摸摸纸牌。不过这个计划又让阿丽娜·彼得洛芙娜自己给弄吹了。她猛丁子又想起了一桩事。

“我要告诉您一个消息，”她说，“我昨天接到了一封孤女们写来的信。”

“您这一阵子就一直不声不响，现在刚想起来？我猜她们的日子一定挺苦。她们是来要钱的吗?”

“不，她们没有来要钱。来，自己看吧。你一定会觉得有趣的。”

阿丽娜·彼得洛芙娜从口袋里摸出一封信递给了约杜施卡，他接过来就大声地念起来：

“外祖母，请您不必再给我们寄火鸡或者母鸡了。也不必再给我们寄钱，把钱存起来。我们不在莫斯科，上哈尔科夫来了。我们走上了舞台，到了夏天还要到市集上去做旅行演出呢。我，安宁卡，在‘潘丽克拉’里初次登台，卢宾卡是在‘潘赛斯’里。我给观众喊出来过若干次，特别是在那一场，潘丽克拉走出来唱‘我准备好了，好了，好……了!’的那一场，卢宾卡也有过一次成功。导演给我定了每月一百卢布的薪水，在哈尔科夫还来了一场福利演出①；卢宾卡每月是七十五卢布，福利演出是在夏天，在一个集市里。此外，陆军军官和律师们还送我们礼物。不过律师们有时候会给你假钞票，你可得当心。您，亲爱的奶奶，波哥瑞尔卡整个都是您的了，我们再也不回来了，我们简直不懂人怎么可以在那里住下去。昨天，我们这里下了初雪，我们和律师们出去坐三马马橇。其中一个真像普赖瓦柯——天哪！简

① 在戏班里演一场或几场戏，大家尽义务，收入交给某一演员，等于我国过去戏班里的搭桌戏。

直就那么迷人！他在脑袋上顶着一杯香槟酒，跳着特瑞派克舞。真有趣，我从前就没有看见过这样好的玩意，另外一个并不十分漂亮，他有点像从圣·彼得堡来的那个雅资克夫。您想想看，他念完了《俄国歌曲故事杰作选》以后，他变得那么神经衰弱，竟在法庭上昏了过去。我们就这样成天跟军官和律师们在一起混。我们出去坐车，上最好的饭店吃、喝，一个钱都不花。而您，亲爱的外祖母，可用不着吝惜。把波哥瑞尔卡出产的一切粮食、鸡和菌子都吃用了吧。我们很愿意寄点钱给您。再会。现在我们的男客刚到。他们又来接我们出去坐马车了。亲爱的！太好啦！再会！

安宁卡

还有我——卢宾卡”

约杜施卡厌恶地吐了口口水，把信还掉。阿丽娜·彼得洛芙娜忧愁地有好半天不作声。

“好妈妈，您还没有给她们回信吧？”

“还没有。这封信我昨天才接到。我特为到这里来给你看的，可是忙着这个忙着那个，我几乎把它给忘了。”

“别回信。最好不回信。”

“我怎么能？我一定得向她们作报告的。波哥瑞尔卡是她们的，你知道。”

约杜施卡也沉思起来。在他的头脑里闪过了一个阴险的主意。

“我一直就怀疑，她们在那样肮脏的地方怎么能保全自己，”阿丽娜·彼得洛芙娜接下去说，“你知道在这种事上是怎样的——一失足，就再也捞不回你处女的名声了！怎样也弄不回来的！”

“她们才不要呢！”约杜施卡大声地回答。

“可是，你知道。名声是一个女孩子最宝贵的东西，我们不妨说。谁肯娶名声不好的女孩子？”

“这年头啊，好妈妈，没结婚的人过着的是结婚的生活。这个年头他们讪笑宗教的教训。他们跟邪教徒一样，没有牧师的恩典就结了婚。他们管这个叫文明结婚。”

约杜施卡突然想起了自己也跟一个牧师的女儿有着罪恶的关系。

“当然，有时候你也没有办法，”他连忙添上一句，“如果一个男人，我们这样说，正在精力旺盛的当口又是个光棍——在危急的情况下面，法律也可以通融的。”

“是啊，当然了。到了逼不得已，连山鸡也会唱出夜莺的歌来的。即使是圣者受了严厉的考验也会犯罪的，何况我们这些俗人。”

“是啊，正是这话了。您知道如果我是您的话我要怎么办？”

“好，告诉我，告诉我吧。”

“我一定坚持让她们把波哥瑞尔卡用完备的法律手续交给您。”

阿丽娜·彼得洛芙娜害怕地看着他。

“嗯，我有一张给我全权管理的证书。”

“只是管理还不够。您应该弄一张有权出卖、抵押的证书，简单一句话，就是能让您自由处置这份产业。”

阿丽娜·彼得洛芙娜低下眼睛来不声不响。

“当然，这种事是需要考虑的。想想吧，好妈妈，”约杜施卡坚持着说。

可是阿丽娜·彼得洛芙娜什么都没有说。虽然年龄多少减弱了她的决断力，她对约杜施卡的暗示可觉得有点不舒服。她怕约杜施卡，又不愿意离开哥略夫里奥夫田庄温暖、宽敞、富裕的环境，可是同时她又觉得约杜施卡提起波哥瑞尔卡证件的时候好像有什么诡计似的，又安排下了新的圈套。情况变得这么为难，她不禁暗地自责不该把信拿给他看。快活的叶芙波拉克霞来解了围。

“唉，我们到底还玩不玩牌呢?”她问。

“是的，来吧，来吧!”阿丽娜·彼得洛芙娜催着他们，很快地跳了起来。她在向牌桌走去的时候，又有了一个新念头。

“今天是几号?”她转向了波尔斐瑞·乌拉地米里奇。

“十一月二十三号，”约杜施卡答道，有点莫名其妙。

“是啊，廿三。你记得十一月廿三是什么日子?你把安魂祭给忘了，对不对?”

波尔斐瑞·乌拉地米里奇脸色发了白，画起十字来。

“啾，上帝!这怎么会!”他说，“真的，是这样吗?别忙。我们瞧瞧日历。”

一会儿他拿来了日历，从里面抽出一张夹着的纸，纸上面写着：

“十一月廿三日。我的爱儿乌拉地米尔的忌日。”

“平安地永眠，亲爱的残烬，一直到快乐的早晨。在上帝面前为你的父亲祈祷，他将在年年此日举行追思仪式的。”

“这样好啦!”波尔斐瑞·乌拉地米里奇说，“啊，佛罗得亚！你不是个好儿子。你是个坏儿子。你好像没有在天上替你爸爸祈祷，于是他才忘记了。我们怎么办呢？好妈妈？”

“这毕竟没有什么严重。你可以明天补做安魂祭的。一次安魂祭跟一次弥撒——我们并在一起举行。这全得怪我，我上了年纪，记性不好了。我是特意来提醒你的，可是在路上忘掉了。”

“啊，怎样的罪过啊！神灯还照样点着总算还不错。这就好像天意让我这样做。今天本来不是节日，可是神灯还一直点着，从圣母节以后就一直没有熄。那一天叶芙波拉克霞跑过来问我：‘我想把边上的神灯熄掉您觉得怎样？’而我，就像内心有一个声音跟我说什么似的想了一会儿说道：‘别碰它们。让它们点着吧。’现在我明白这都是什么道理了。”

“哎，还好，至少神灯还一直点着。这总算给了灵魂一点安慰。你在哪儿坐？你要做我的连手呢，还是跟你的皇后搭伴？”

“可是，好妈妈，我不知道这合适不合适。”

“哎，挺合适。坐下吧。上帝会原谅你的。这不是故意的，没有恶意。只不过是你给忘了。圣人都免不了的。明天，你瞧，我们一天亮就起身，一直站到弥撒作完，再唱安魂曲——一切照着规矩做。他的灵魂一定会高兴，因为好人没有把他忘了，而我们尽了责任也会心安了。就这么办，我的朋友。发愁没有用。我一直说，首先，发愁不会让你的儿子复活；而且，其次，在上帝面前这也是一种罪过。”

约杜施卡给这一番话说得服服贴贴，吻了她妈妈的手。

“啊，妈妈，妈妈，您有金子样的灵魂，真的！要是没有您，我现在可怎么办呢？我就完了，简单一句话。我就会不知道怎么办，那就糟透了。”

波尔斐瑞·乌拉地米里奇吩咐了有关明天纪念仪式的事，大家坐了下来玩牌了。他们玩完了一副，又接下去再玩。阿丽娜·彼得洛芙娜有点火了，而且责备着约杜施卡，因为他每次只发给叶芙波拉克霞一张牌。在发牌的空档，约杜施卡陷入了对亡儿的回忆。

“他有多么好啊，”他说，“没有允许他什么都不肯动。要是他需要纸张，‘能给我几张纸吗，爸爸？’‘可以，你可以拿几张，我的朋友。’不然就是，‘您能不能，好爸爸，吩咐在早点里来点鲤鱼？’‘只要你愿意，我的朋友。’啊，佛罗得亚，我的儿子，怎么说你都是个好孩子，不过你离开了你的父亲可就不好了。”

又玩了几副，约杜施卡又说起他的回忆来。

“再说，他到底出了怎样的事故，我简直就不明白。他安安静静地好好地活着，对我是一种快乐——不能再好了。猛不丁的——哪！多作孽，多作孽！您只要想一想，好妈妈，这算是什么！他的命，天父赏给他的一条命啊。怎么啦？为什么？他缺了些什么？是钱吗？我记得从来没有压过他的津贴。就是我的敌人也不敢说我这个。嗯，如果他的津贴不够，我可没有办法。你爸爸的钱又不是偷来的。要是你的钱不够用，好，想办法省着点。你不能一直吃小甜饼，有时候吃得简单点你也应该满足的。是的，你一定得这样。比方说，有一天你爸爸预计有一笔进款，可是经理跑了来说：'托本劳夫斯科耶的农民不肯交租。'好啦，我没办法。我只能给保安官写张呈文。啊，佛罗得亚，佛罗得亚！不，你不是个好孩子。你扔下了你可怜的父亲。摔下了他这个孤老头子。"

牌玩得越起劲，约杜施卡的回忆就越冗长、越感伤。

"他又是多么聪明！我记得有一次，他出痧子。他那时最多只有七岁。我那过世的沙夏走到他身边，他就说，'妈妈，妈妈，真的只有天使才有翅子吗？''嗯，'她说，'对，只有天使。''为什么？'他问。'刚才爸爸到这里来的时候，他也生着翅子吗？'"

约杜施卡一直还是做"傻瓜"，他手里多到八张牌，这里面有王牌的A，老K，皮蛋。引起了一场大笑，约杜施卡不高兴了，可是他还是温和地一起笑。在全体一致的兴奋中，阿丽娜·彼得洛芙娜突然静了下来注意地听着什么。

"别笑了，安静。有人来了。"她说。

约杜施卡和叶芙波拉克霞听了听，没有听见什么。

"我跟你们说，有人来了。听，听！有人来了，他离开这里不远了。”

他们又听，的确远远有微弱的铃声，给风吹得忽远忽近。五分钟以后铃声已经可以听得清清楚楚。紧接着在院子里有了人声。

“小主人庇奥托 · 波尔斐瑞奇到了，”谁在前厅里说。

约杜施卡站起来，站在那里不动，面色苍白，目瞪口呆像死了一样。

第四章

配顿卡走进来，看起来软弱而没有精神，吻了他父亲的手，又用同样的礼数见了祖母，然后向叶芙波拉克霞鞠过躬，坐了下来。他大约有二十五岁，相当漂亮，穿了一身陆军军官的旅行装。关于他只能说到这里。就连约杜施卡知道的也并不更多了。父子之间的关系并不能说是紧张。倒可以说，其间根本就没有存在着任何关系。照约杜施卡看，配顿卡是个在法律上算是他的儿子的人，同时还得按约杜施卡自己所决定的数目给他一些津贴，正因为这个，他有权利享受尊敬和服从。配顿卡，在他那方面，知道自己有个父亲，可以在任何时候做出使他不愉快的事情。他倒是自愿到哥略夫里奥夫田庄来的，特别在他已经成为军官以后，倒不是为了与父亲会晤对他有多大的兴趣，只是因为每一个并不十分清楚人生目的的人自然都会感到故乡的吸引。不过现在，十分清楚，他回来是为了不得不回来，因而也就没有丝毫露出贵家浪子归来时的那种欣喜的惊愕。

配顿卡的话说得不多。父亲对他喊着："这真是意外！你开了我们一个玩笑，我的孩子！我怀疑哪有在这样深夜里旅行的人——原来就是你!”他听了什么都没有说，有时候勉强地笑一下。至于问到他“你怎么会想到要回家来的?”的时候，他的回答甚至都有些顶撞了:

“我只是偶尔想到，就回来了，不过就是如此。”

“哎，谢谢你，谢谢你因为你到底还没有忘记你的父亲。你回来使我很高兴。我猜你一定也记挂着祖母的吧?”

“是的，我也记挂着祖母的。”

“等一等!也许你想起今天是你兄弟的周年忌日了吧?”

“是的，这个我也想到了。”

说说话就像这样进行了大约半小时光景，于是就很难说清到底配顿卡是回答还是回避着这些问题了。所以，尽管约杜施卡对他儿子那种漠然的态度是忍耐着的，到底也还是忍不住说了:

“哎，我的孩子，你是无情的。简直就不能管你叫作一个情义深长的儿子!”

哪怕配顿卡这回还是不作声，或是温顺地听父亲的话，或者更好些，吻一下父亲的手说上一句“原谅我，好父亲，您知道我路上累了，”一切也就愉快地过去了。可是配顿卡却做得像个忘恩负义的儿子。

“是的，我就是这样，”他粗暴地答道，“请您别吵我了。”

这下子波尔斐瑞·乌拉地米里奇受了那样的刺激，感到那么伤心，简直就不能再沉默下去了。

“你想想我为你吃的苦!”他沉痛地说，“我甚至在这里还一直想要怎样改进这个那个，为了要让你过舒服日子，不缺什么，不用担忧。而你们倒一个劲地讨厌我、避着我。”

“‘你们’是指谁说的?”

“嗯，是你。还有那个死了的，愿他的灵魂平安，他也是一个样子的。”

“哎，我是感激您的。”

“我看不出你的感激——既没有感激也没有感情——什么都没有。”

“我不婆婆妈妈——如此而已。可是你一直把我们俩说到一块儿。我们里面有一个早死了。”

“是的，他死了。上帝处罚了他。上帝处罚了不服从的孩子。可是，我还记着他。他没规矩，可是我还记着他，明天，你瞧，我们要举行纪念仪式的。他冲撞了我，可是我，尽管这样还是记得我的责任的。天哪！这种年头的这些花样啊！儿子来看老子张口就是顶撞。难道我们当初是这样的吗？我记得我们回哥略夫里奥夫田庄的时候，还离开三十维尔斯他，两脚就发抖了。嗯，好妈妈在这里，她是活见证，她会告诉你们的。可是现在啊。我简直就不懂。我不懂。”

“我也不懂。我悄悄地来了，问候了您，吻了您的手，我现在坐在这里也并没有惹您。我喝茶，要是您赏我饭吃，我就吃饭。您为什么啰啰唆唆地提这一套?”

阿丽娜·彼得洛芙娜坐在自己的椅子里留心地听着。她好像是听着从老早，老早，早到不知道什么时候就开始了的同样的老一套。感到父亲和儿子这样的会面没什么好结果，她感到这是自己的责任，插进来说句和解的话：

“好啦，好啦，你们这些雄火鸡！”她说，想给这种情况来个幽默的扭转，“刚见面就已经吵起来了。瞧他们这样跳着扑着，瞧瞧他们！毛都快飞了。天哪，天哪，多野！你们为什么不安静地坐下来好好谈呢，也让你的老母亲高高兴兴地听听。配顿卡，你让一步。我的孩子，你总得让着你父亲点，因为他是你的父亲。即使有时候爸爸给你苦药吃，也只能吃，不许埋怨，得服从、恭敬，因为你是他的儿子。谁知道呢，也许苦药能变甜的——这么对你就是有好处的。而你，波尔斐瑞·乌拉地米里奇，也压压你的火。他是你的儿子，年轻，娇养惯了。他走了七十五维尔斯他不平和布满雪堆的路，他又累又冻又困。现在我们茶喝过了，你就喊开饭，然后我们都去睡觉吧。就这样，我的朋友。让我们都到自己的房间里祈祷一下，也许我们的火气就都平了。然后我们再早起替佛罗得亚的灵魂祈祷。我们做完一场纪念仪式，然后再回家谈谈。你们两个都歇过来了，也都能清清楚楚有条有理地说话了。配顿卡，你跟我们谈谈圣·彼得堡，你，波尔斐瑞，谈谈你的乡村生活。现在，我们去吃晚饭然后上床吧！”

这一番劝告居然发生了效力，倒不是因为它能使人信服，而是约杜施卡觉得自己太过分了，最好还是让这一天安稳结束的好。他站起来，吻了母亲的手，谢了她的教训，吩咐开饭。

这一顿饭是在愁眉苦脸一声不发的情况下吃完的。饭后他们离开饭厅回到自己的房里。邸宅慢慢静了下来。死样的静寂从一间屋子蹓到另一间屋子，最后来到了哥略夫里奥夫田庄主人的书房。约杜施卡按照必需的次数在神像前面做完了跪拜，也上了床。

波尔斐瑞·乌拉地米里奇躺在床上，可是合不起眼睛。他感到儿子的回家不是什么平凡的预兆，各式各样荒诞的训话早已浮上了他的脑子。约杜施卡的高谈阔论具有适合一切场合的优点而且缺乏思想的连贯，只是以断片格言的姿态出现在他的思路里。一旦碰到了特殊的情况，这种格言的洪流就淹没了他，连睡眠也赶不开它。

他睡不着。他成了自己荒唐教训的牺牲，虽然，事实上，他并不曾为配顿卡神秘的到来所扰乱。不论发生怎样的事故他都满有准备。他知道自己对任何事情不会没有准备的，也没有什么能教他从空虚、陈腐的格言缠绕里后退一步。在他说，既无忧愁也没有快乐，没有恨也没有爱。照他看，全世界只是一口大棺材，它的作用只是作为他那没完没了的废话的口实而已。

对一个父亲来说，还有比儿子自杀更伤心的事吗？可是即使碰上佛罗得亚的自杀，他依旧是不动声色的。这是一个非常悲惨的故事，前后一起经过了两年。佛罗得亚整整坚持了两年，起初他表现了骄傲的决心，不要向父亲求助。后来他软弱下来，开始求情、劝告、恐吓。他所得到的回答总是一句现成的格言，像给饥饿的人扔去的一块石头。到底，约杜施卡自己知道不知道他给儿子的是一块石头而不是面包，依旧弄不清楚。反正他只能拿出一块石头，于是就给了他一块石头。佛罗得亚自杀了以后，他举行了一次安魂祭，把他的忌日记在日历里，并且答应自己在每年的十一月廿三日都要举行纪念仪式。有时候，在他耳边有一种模糊的声音说着，一个家庭的争论却用自杀的方法来解决，至少说也是很有问题的；即使是在这种场合，他还是在玩弄着一连串的格言名句，就像“上帝处罚不听话的孩子，”“上帝是反对骄傲的，”随即感到心安理得了。

现在就又是这样！无疑地在配顿卡身上发生了什么不好的事情。可是不管发生了什么，他，波尔斐瑞·乌拉地米里奇，一定要设法处身事外才好。“你明白是怎样卷进去的，那么也就应该知道怎样脱身。”“猫儿想吃鱼，她就让它沾湿了爪子好了。”就是这样。明天他就要对儿子说这些话，不管配顿卡说些什么。要是配顿卡也跟佛罗得亚一样，也会只要面包而拒绝石块呢？要是他也——可怎么办？约杜施卡把自己这种念头赶开了，这是个魔鬼的想法。他翻来覆去，想睡却睡不着。等到睡意好像要来的时候，他脑子里又闪过了一些格言，像“我倒想摸摸天，可是手臂太短”或“无论你怎样伸直身体，也伸不到床外面去”或“除了捉跳蚤，急性子对什么都没有好处”。

他给胡思乱想包围了，呓语纠缠着他，使他摆脱不开。他打算明天用来做灵魂安慰的无聊语句沉重地压在他的身上，他简直不能入睡。

配顿卡同样也睡不着，虽然旅行使他乏透了。他有一件除了哥略夫里奥夫田庄在任何别的地方都解决不了的事，不过这是那样的一种情况，他根本不知道应该怎样着手处理。配顿卡自然完全明白，他的情形是没有希望的，他到哥略夫里奥夫田庄来也只会增加他的困难。但是人类原始的自卫本能战胜全部的理智，逼着他不放过任何一线希望。这就是回家的原因。可是他并不准备磨炼自己，好接受可能到来的一切，他几乎从第一句话开始就跟父亲吵起来了。这次回家会得到怎样的结果？会发生奇迹吗？石头会变成面包吗？这样做岂不更简单些，把手枪对准太阳穴，说，“诸位先生，我不配穿你们的制服。我盗用了团里的公款，我为自己作了公平但却严厉的宣判，”砰！一切都过去了。故少尉哥略夫里奥夫的名字从军官名单上除去了。是啊，这多么彻底而且——多么漂亮！同伴们会说，“您倒了霉，您走过头了，可是您信旧是个值得尊敬的人。”

可是并不立刻走这条路，他把案子拖着，拖到尽人皆知了；然后给了他有时限的假期，要他在期限以内补足亏空。不然——就开除出团！成为他初期服务的一个可耻的结束！于是他到哥略夫里奥夫田庄来了，虽然他清楚地知道他只会得到一块石头而不是面包。

不过也许会出现一个奇迹来扭转一切呢。奇迹有时候会出现的。也许现在这个哥略夫里奥夫田庄消灭了，代之而起的是一个新的哥略夫里奥夫田庄，在这里他就能——。也许祖母会——她没有钱吗？也许，他要是告诉她说碰上了很大的困难，她会给他一些的。谁说得定呢？“拿去，”她可能说，“快点，那么才能在期限以内赶回去。”

他急忙地赶路，急忙地——催着马夫，刚好赶上了车，在期限终了以前两小时赶到团里。“不错，哥略夫里奥夫，”他的同伴们会说，“您的手，高贵的年轻人！我们都把这案子忘掉吧。他不仅留在团里，甚至还提升做中尉，接着就升上尉，这以后就是团部副官（他老早已经做过军需官了）而且，最后，在团的周年纪念日——啊，只要夜晚快些过去就好！明天——哎，明天要怎样就怎样吧。可是他一定得听些怎样的教训啊！天哪，什么话不对他讲啊！明天——可是为什么明天呢？他还有整整一天的时间。他要求给他两天的时间就是为了可以有充分的时间来说动‘他’。没有这种好运气！没有说服感动他的希望！没有用——”

这时候他的思想混乱了模糊了，一个跟着一个，陷入了睡乡。几分钟后哥略夫里奥夫的邸宅就陷入了沉睡当中。

第二天全家一早就起床了。除了配顿卡所有的人都到教堂去了，他是用疲劳做借口不去的。大家做完了弥撒和安魂祭以后才回家。配顿卡，和平常一样，上去吻了父亲的手，可是约杜施卡把手向边上伸出去，大家都看到了他连十字都没有给他儿子画。茶摆出来，接着又摆上了库特亚。约杜施卡神情忧郁，用脚擦着地板，不肯谈话，叹气，不断地合着掌，就像在心里做着祈祷，连一眼都没有看他的儿子。配顿卡呢，生着气，一根根连续吸着纸烟。昨天的那种紧张局面，不但一点没有松弛，变得更为尖锐了。这使阿丽娜·彼得洛芙娜非常不安，她决定向叶芙波拉克霞打听一下是不是出了什么事。

“出了什么事，”她问，“他们彼此跟仇人似的？”

“我怎么知道？我不过问他们的私事的，”这个女人顶了回来。

“也许是为了你。也许我的孙子也在追你呢？”

“他为什么要追我？刚才他想在走廊上拦住我，让波尔斐瑞·乌拉地米里奇看见了。”

“哦，这就对了。”

事实上，虽然情况尴尬，配顿卡的轻浮却丝毫没变。他的眼睛死盯着叶芙波拉克霞丰满的脊梁，而且决定让她明白这种意思。这正是他不上教堂去的真正理由，希望叶芙波拉克霞作为管家，也会留在家里。于是，宅子里一静下来，他就披上了斗篷，躲在走廊里了。过了一两分钟，下女房间的门关上了，叶芙波拉克霞在走廊的另一头出现了，端着一只盘子，上面放着吃茶用的奶油蛋糕。配顿卡拍了一下她的背心，说道，“你的背脊真出色！”就在这一刹那，饭厅的门开了，走出了他的父亲。

“你，混蛋！你要是跑到这里来下流，我就把你扔下楼梯去！”约杜施卡狠狠地骂道。

自然，配顿卡一挤眼就不见了。他不能不感到早晨的这件事对他的情况不大有什么好处。于是他就决定不声不响，留到明天再来解释。可是他也不去使他父亲消除气恼；相反，他装得傻头傻脑，随随便便，不断地抽烟，看见他父亲拼命扇开满屋的烟雾也置之不理；还不时给叶芙波拉克霞送媚眼，她让他一瞅就奇怪地一笑。这，约杜施卡也看见了。

这一天过得很慢。阿丽娜·彼得洛芙娜想和叶芙波拉克霞玩牌，可是没有任何结果。谁都不想玩不想说话；甚至谁都想不出话来闲扯，虽然大家都有一肚皮这种闲扯的资料。最后到了午饭的时间。可是午饭也在沉默里过去。饭后阿丽娜·彼得洛芙娜准备回波哥瑞尔卡去。不过“好妈妈”的这个意图可吓了约杜施卡一跳。

“上帝保佑您，亲爱的！”他说，“您真的把我留下来跟这个——这个混蛋儿子做伴吗？不，不，您不用想。我不答应的。”

“可是又为了什么？难道你们俩中间又出了什么事？你为什么不告诉我？”她问。

“不，还没有什么，不过您会知道的。不，您别走！待在这儿——他这么匆匆地赶回来一定有什么事的。这么，要是出了什么事——您可以做见证。”

阿丽娜·彼得洛芙娜摇了摇头，决定留下来。

饭后，波尔斐瑞·乌拉地米里奇抽身了，事先把叶芙波拉克霞打发到村教士那里去，阿丽娜·彼得洛芙娜也回了她的房间，在她的安乐椅里打盹。

配顿卡一想，这是找祖母碰碰运气最好的机会，就到她屋里去。

“干什么？你是来找老太太玩牌的吗？”她问。

“不，奶奶，我有事来的。”

“嗯，你有什么事？告诉我。”

配顿卡迟疑了一会，接着就说了出来：

“我在牌桌上把公款输了。”

阿丽娜·彼得洛芙娜吃了一惊，眼睛模糊起来。

“多吗？”她用惊惧的声音问道，盯着他。

“三千。”

两人都沉默了一会。阿丽娜·彼得洛芙娜不安地四下里张望，好像在盼谁来解救她似的。

“你知道不知道为了这个他们可以把你送到西伯利亚去？”她最后说道。

“是的，我知道。”

“可怜的东西！”

“奶奶，我想问您借。我可以出好利息的。”

阿丽娜·彼得洛芙娜完全吓住了。

“啾，不，不！”她坚决地说，“我只剩下了买棺材做法事的钱了。现在是我的外孙女们在养活我，还有我的儿子。不，不，不！还是别来找我吧。让我看——为什么不去问你爸爸？”

“啾，在一头洋葱里是挤不出血来的。我的希望全在您身上了，奶奶。”

“想想你说的是什么。我倒情愿，可是让我上哪儿去弄钱呢？我一个钱都没有。不过如果你去求爸爸，你知道，拿出感情，和尊敬来。‘喏，好爸爸，是这么回事。我知道自己犯了罪，我年轻，犯了大错。’你知道，带着笑脸，笑一下。吻他的手跪在他面前，哭两声。他喜欢这个。这样也许他会为了自己的好儿子打开钱包的。”

“这么说您真以为可以去试试？别忙。听着，奶奶，要是您去对他说，‘你要不把钱给他，我就要诅咒你！’他一直是怕您的诅咒的，您知道。”

“不，为什么诅咒呢？你可以去向他请求的。去求他吧，宝贝。在你父亲面前多鞠几个躬又没有害处。他会明白你的处境的，你知道。去吧，一定去求他吧。”

配顿卡，两手叉在腰里，走来走去在盘算着什么。最后他停了下来说：

“不，我不干。他不会给的——这没有用。不管我干什么，就算我碰碎了头——他也不会肯。不过，要是您用诅咒吓他一下。让我怎么办呢，奶奶？”

“我不知道，真的。试试看，也许能让他的心软一点。你怎么会这么胡搞？输掉公款可不是小事情。有什么人给你当上吗？”

“就是这么出了事。我拿了公款在牌桌上输掉了。哎，要是您自己没有钱，就把孤女们的钱给我一些。”

“你怎么啦？你昏了吗？我怎么能把孤女们的钱给你？不，不，我不能。看在上帝的面上，别再跟我提这个了。”

“这么说你不肯。太糟了。我肯出好利息的。您要百分之五的月息吗？不吗？哎，一年就可以加倍？”

“别引诱我！”阿丽娜·彼得洛芙娜喊着，挥起双手，“别找我的麻烦了，看在上帝的分上！要是让你爸爸听见了他准会说我在怂恿你！嗽，天哪！我是个老太婆，我想歇会儿。我刚刚想打个盹他就跑了来提出这种要求来了。”

“那么，好吧，我走了。这么说不成功了？很好。这才是亲骨肉呢。为了三千卢布您的孙子要上西伯利亚了。我去的时候可别忘了给我唱赞美歌。”

配顿卡离开了屋子，砰的一声关了门。他的一线脆弱的希望完了。他下一步该怎么办呢？只剩下了一条路——向爸爸坦白一切。谁知道，可能，可能，会——

“我马上就去办，说过也就算数，”他对自己说，“还是不！我能有什么希望？还是明天吧。是啊，我想还是明天好些。我跟他说了马上就走。”他就这样决定了。一切明天就都可以有个分晓了。

在跟祖母谈话以后，黄昏好像过得更慢了。就连阿丽娜·彼得洛芙娜知道了配顿卡真正的来意以后也变得沉默了。约杜施卡想逗妈妈笑笑，发觉了她陷在自己的思虑中间以后，也沉默了。配顿卡除了抽烟什么都不干。在吃晚饭的时候波尔斐瑞·乌拉地米里奇问他：

“您是不是要告诉我这一次光临的来意呢？”

“我明天告诉您，”配顿卡愁眉苦脸地回答。

第五章

一夜无眠之后配顿卡起床得很早。他那烦恼的思路在希望和完全绝望之间摇摆不定。可能他并不真的了解父亲，不过就一件事他是明确的，那就是在他身上没有一丁点情感，找不到一个可以抓住利用的弱点。等到和父亲面对面的时候，他只感到一种说不出来的滋味。他不知道怎样接近他，先说什么话，这样，一看见他就觉得满身不舒服。从小时候他就一直是这样。他追寻最早的回忆，要完成一件事，宁可事前不做任何准备，也不要靠父亲的决定。现在也是如此。他怎么开头？他怎么提到这事？他要先说什么？他到这里来到底是为了什么？

一种厌恶的情绪抓住了他。不过，他想想自己只能再待几个钟头，而又有一些必须去做的事。他鼓起了自己的勇气以后，就扣上了上衣，断然地走进了父亲的书房，一边对自己轻声地说着什么。约杜施卡在作祈祷。他是虔诚的，每天高高兴兴地花几个钟头在祷告上，并不因为敬爱上帝才企图通过祈祷和他交通，而是为了怕鬼，希望上帝从魔鬼那里把他搭救出来。

他懂得很多祈祷词，并且特别精通礼拜姿势的种种技巧。他懂得怎样动嘴唇，怎样转眼珠，什么时候适于双掌合拢，什么时候抬起手来，什么时候感情流露，什么时候肃静地站着慢慢地画十字。到了适当的时机，眼睛和鼻孔都会潮润起来。不过祈祷并不能使他苏生，不能使他的情操变得崇高，也不能替他的暗淡生活带来一线光明。他能够祈祷，能够做出一切必需的身体动作，同时还能向窗外瞭望，看看有谁不得他的许可走进地窖去。这是一种相当特殊的、独立的，可以在生活常轨以外单独存在的生活方式。

配顿卡走进书房的时候，波尔斐瑞·乌拉地米里奇正跪在那里，双手向上举着。他并没有移动，只是一只手动了一下，表示他的功课还没有做完。配顿卡自己走进饭厅坐下等着，桌子早已安排好准备着吃茶。这半小时就像永远过不完似的，特别是因为他知道父亲是特意让他多等。他那故意做作的冷静慢慢变成了焦躁不安。起初他僵僵地坐在那里，后来就开始走来走去，最后就吹起口哨来。结果，书房的门开了，听到了约杜施卡急躁的喊声：

“要吹哨子的上马厩去。”

过了一会波尔斐瑞·乌拉地米里奇穿了一身黑衣服和干净的衬衫走了出来，好像准备着什么重大的事似的，脸上的气色好得很，放着光，一副柔和愉快的神情，就像刚刚跟上帝打过交道似的。他走到儿子身边，在他身上画了十字，吻了他。

“早安，朋友，”他说。

“早安。”

“你睡得好吗？床铺舒服吗？没有跳蚤臭虫打扰你吗？”

“谢谢您。我睡得很好。”

“啊，谢谢上帝，要是你睡得好的话。只有在自己父母家里才能真正睡得甜甜的。我这是亲身的经验。不管我在圣·彼得堡过得多么舒服，可是总比不上在哥略夫里奥夫田庄睡得那么甜。你就觉得好像睡在摇篮里似的。我们要做什么呢？要不要先喝点茶，还是你想先谈点什么？”

“我们现在就谈吧。过六小时我就得动身了，可能我们还需要时间来考虑。”

“嗷，好吧。不过，亲爱的，我干脆跟你说，我从来不考虑，我随时都有个答案。如果你的要求合理，啊，我是从来不拒绝合理要求的。可能有时候相当困难，我也不是时时都能办得到，不过假使这是合理的，我是不能拒绝的。我就是这样的人。不过要是你的请求不合理，那就对不起了。虽然我同情你，我可不能不拒绝。你看，我的孩子，我可不会做卑鄙的事。我就是你所看到那样的人。哎，那么，我们到书房里去吧。说吧，我在听着。让我们听听是怎么回事吧。”

波尔斐瑞走进书房的时候，让门半开着，自己不坐也不教儿子坐下，他开始在房里踱起步来，就好像直觉地感到事情很伤脑筋，还是一面踱步一面讨论好些似的。人的面部表情可以更易于隐蔽，如果谈话转到了不愉快的境地，也更易于切断，半开的门为的是可以使证人注意；因为好妈妈和叶芙波拉克霞不久一定会到饭厅里来吃茶的。

“爸爸，”配顿卡开头了，“我在牌桌上输了些公款。”

约杜施卡没有说什么，不过他嘴唇发抖，马上习惯地嘴里咕哝起来。

“我输了三千，”配顿卡解释道，“如果我后天不还掉这笔钱，我的结果也许就很不好了。”

“那么把钱补上，”波尔斐瑞·乌拉地米里奇温和地说。

父子俩在房间里沉默地绕了几个圈子。配顿卡想再解释下去，可是觉得喉咙里塞上了一团东西。

“是啊，可是我上哪儿去弄钱呢？”他终于说道。

“我亲爱的朋友，我不知道你的财源。就从赌掉公款的时候你估计过的资财里抽出补上就结了。”

“您知道得很清楚，在这种情形之下，人们是忘记了自己的资财的。”

“我什么都不懂，我的朋友。我从来不玩牌，只除了陪妈妈，我玩一下‘傻子’让老太太消遣消遣。我请你别把我拖进这种肮脏把戏里，我们喝茶去吧。我们喝喝茶，坐一坐，也许谈点什么，不过，看在上帝分上，不要再谈这个了。”

约杜施卡开始向饭厅的门走去，可是配顿卡拦住了他。

“喂，”他说，“我总得想个办法跳出这个窘境。”

约杜施卡苦笑着望着配顿卡。

“是啊，我的亲爱的，你是要这样，”他同意了。

“那么帮帮我吧。”

“啊，这可是另外一说了。你总得想法跳出这种难关，这没有问题，可是怎样脱离，——这可就不关我的事了。”

“可是您为什么不肯帮帮我?”

“第一，因为我没有钱替你这个孬种干出来的事遮掩，第二，这件事前前后后，跟我没有一丁点关系。你明白是怎么卷进去的，那么就应该知道怎样脱身。猫儿想吃鱼，那就让它沾湿了爪子好了。你看，我的孩子，我开头就这么说，假如你的要求是合理的话——”

“我明白。您舌尖上的词儿多着呢。”

“等等，省省你这些不要脸的话吧，让我把想说的话说出来。我这就能让你明白这不仅只是一套词儿。所以，照我刚才说的，如果你的要求是合理的，正当的，那就没有问题，我的孩子。我一直准备着使你满意。可是你要是拿出不合理的要求来，那就很对不起了，我的钱不能塞狗洞乱扔，不，先生，决不。你一点都捞不到，这你也应该明白。你敢对我说这只是一些词儿。我的词儿是非常有现实意义的。”

“可是您想一下，我将来会怎么样。”

“上帝高兴怎样就怎样，”约杜施卡答道，微微抬起了手臂，斜斜地瞧着神像。

父子俩又在房间里兜了几个圈子。约杜施卡勉强地踱着步，好像在恨他的儿子俘虏了自己似的。配顿卡，双手叉在腰间，跟在后面，咬着他的胡子，神经质地笑着。

“我是您最后一个儿子了，”他说，“别忘了这一点。”

“我的孩子，上帝剥夺了约伯的一切，约伯都没有抱怨，只是说：‘上帝赏赐过，上帝又拿去了——但愿您完成您的意旨，啾，上帝!’所以，我的孩子。”

“圣经上讲的是上帝剥夺了约伯，可是现在，您剥夺了您自己的儿子。佛罗得亚——”

“欧，你这是胡说。”

“不，这并不是胡说，这是真理。人人都知道佛罗得亚——”

“不，不，不！我不愿意再听你这些颠三倒四的话了。够了！你要说的全说了。我也把答语告诉了你。现在我们喝茶去吧。我们聊会儿天，然后就吃一顿，然后在你走以前喝点酒——然后上帝保佑你一路平安！你瞧上帝待你多好？天气好些了，路面也好走了。一点点，一点点，一、二，你不知不觉地就到了车站。”

“现在，听着，我求您。要是您有一点点情感——”

“不，不，不！不要再说这个了。我们到饭厅里去吧。我敢说好妈妈不喝茶会不快活的。让老太太等在那里可不大合适。”

约杜施卡拐了个急弯，几乎是向门口跑了过去。

“你走也好不走也好，对我说没什么区别，可是我谈还是要谈下去的，”配顿卡跟在他后面嚷道，“要是我们当着旁人的面谈可就糟得多了。”

约杜施卡回过头来正对着儿子。

“你要我怎样，你这个恶棍？说出来！”

“我要您拿出我输掉的钱来。”

“决办不到！”

“您就这么说定了？”

“你瞧，”约杜施卡庄严地说，指着墙角挂着的神像，“你看见那个了吗？那是祖父的赐福。我就在它前面说，决办不到！”

然后他迈着坚决的步子走出了书房。

“凶手！”跟着他发出了大声地喊骂。

第六章

阿丽娜·彼得洛芙娜早就坐在桌子旁边，叶芙波拉克霞在忙着安排茶具，老太太沉默而思虑重重，好像带着为配顿卡惭愧的神情。约杜施卡还是像平常一样地吻了她的手，她也在他身上画了十字。接着就来了惯例的问候，大家都好吗，昨天晚上全都睡得不错吗，这后面就跟着一贯的单调答案。配顿卡找阿丽娜·彼得洛芙娜要钱而且提醒了她关于“诅咒”的记忆，使她陷入了一种非常不安的心情。“如果我用诅咒恐吓他一下，会有怎样的结果呢？”这个念头一直逼着她。当她听到在书房里已经开始了说话以后，就跟叶芙波拉克霞说：

“亲爱的，你悄悄地到门口去听听他们在说什么好不好？”

叶芙波拉克霞去偷听了，可是愚蠢到没听出一个字来。

“啾，他们不过是在谈天，”她回来以后说。

这会子阿丽娜·彼得洛芙娜再也忍不住了，就走到饭厅里去，茶炊老早已经端了进来。不过这个会谈几乎已经到了尾声，她只听见配顿卡的声音很高而且带着怒意，而波尔斐瑞·乌拉地米里奇的答话则是唠唠叨叨的。

“他又跟他唠叨了，一点不错，唠叨!”她脑子涌进了这个念头，“我记得他一直是这样唠叨的，可是我当时怎么会不了解他呢?”

最后，父子俩在饭厅里出现了。配顿卡的脸红红的，大声喘着气。他的眼睛凶野地瞪着，头发蓬乱，一脑门子汗。约杜施卡就正相反，脸色苍白、憋着气走了进来。他想装得若无其事，可是不管怎样努力，下唇还是打着战。他几乎对他的好妈妈说不成问安的话。

大家都就了座。配顿卡远远地找了个座位，靠在椅背上，叠着腿，点着了一根烟，讥讽地望着父亲。

“您瞧，妈妈，暴风雪缓和下来了，”约杜施卡开了头，“昨天风吼得那么厉害，可是只要上帝一换主意，就是又好又光明安静的天气了。您说我说得对吗，好妈妈?”

“我不知道。今天我还没有出去过。”

“啊，今天我们还要替亲爱的客人送行呢，”约杜施卡接着说，“今天我起得很早，朝窗户外面一看——外面平平静静，好像上帝的天使刚打这儿飞过去，一下子就用他的翅子把这些骚乱给平定下来了。”

可是没有人搭理约杜施卡这些温和的话语。叶芙波拉克霞从碟子里吸着茶，吸得嘞哧嘞哧的。阿丽娜·彼得洛芙娜望着自己的杯子沉默下来。配顿卡在自己的椅子里摇摆着，仍旧用讽刺、挑战的神色斜瞟着他的父亲，好像他费了很大的力气才让自己没有笑出声来。

“就算配顿卡的车赶得不怎么快，今天晚上他也能赶到火车站，”波尔斐瑞·乌拉地米里奇继续说，“我们的马儿并不过度的疲劳，到了莫拉夫叶夫，可以有两小时的时间给它们喂料，然后一眨眼就能拉到地方了。啊，配顿卡，你可是个坏孩子！要是你能跟我们多待上一些时候——真的。我们和你在一起会感到高兴，再过一个星期，你的身体也会好得多了。”

可是配顿卡依旧摇晃他的椅子，拿眼睛瞟着自己的父亲。

“你为什么瞟我?”约杜施卡到底火起来了，“我身上有画吗?”

“我盯着您看，正为了等候底下有什么花样。”

“你用不着空等，我的儿子。我不是早就说过了。我不会改主意的。”

接着是一分钟的沉默，这以后可以清楚地听到一阵轻微的语声。

“约杜施卡!”

波尔斐瑞·乌拉地米里奇无疑是听见了的，甚至他脸上都发了白，不过他装出这个喊声与他无关的神气。

“啊，我亲爱的小儿子，”他说，“我倒想纵着你，不过看起来这似乎不可能——坏运气啊！你从父母跟前跑开，你有了比父母还亲的知心朋友。哎，这是没有办法的。我们想了一下，也就听其自然了。你是年轻人，而年轻人当然喜欢跟年轻人在一起，不喜欢老头子。于是，我只好听他去了，决不抱怨。我只向上帝祈祷，‘就照着您的意旨办吧，嗽，上帝!’”

“凶手!”配顿卡小声地说，不过这一回声音那么清楚，给阿丽娜·彼得洛芙娜听见了，惊恐地望着他。她仿佛看见了什么从眼前掠过。好像是傻斯蒂奥普伽的影子。

“你这是说谁?”约杜施卡问道，激动得打着战。

“啾，是说我的一个熟人。”

“我明白了。嗯，你最好说清楚点。上帝知道你脑子里想的是什么东西，可能你是指我们中间的谁吧。”

所有的人都沉默下来。几杯茶还没有人动过。约杜施卡靠在椅背上，神经质地摇撼着。配顿卡，看到一切希望都没有了，有一种极度痛苦的感觉，在这种情绪的影响下，他什么都干得出来。可是父子俩都用一种形容不出的笑脸对望着。虽然波尔斐瑞·乌拉地米里奇是那么冷酷，可是也快到了不能控制自己的时候。

“你最好还是走吧，趁现在还没有出什么事的时候，”他最后迸了出来，“你早走了就好了。”

“我就要走了。”

“那么还等什么?我看出来了，你是想吵一顿，我倒是跟谁都不想吵。我们在这里安安静静地住着，没有吵架的。你的老祖母在这里。至少你也要替她想想。嗯，告诉我们你为什么回来的?”

“我已经告诉过您了。”

“如果只是为的那个，那你就白费了力气。马上就走，我的儿子。嗨，有人没有?替小主人备马。再准备点炸鸡、鱼子酱，和别的什么，鸡蛋吧，我想。好好拿纸包起来。你到了车站，我的儿子，他们喂马的时候，你可以吃一顿的，一路平安!”

“不，我还不想就走。我得先上教堂去一趟，为被谋杀的上帝的奴仆，乌拉地米尔，做个追思仪式。”

“那是，为了自杀的那个。”

“不，为那个被谋杀的。”

父亲和儿子彼此望着。好像两人都要立刻跳起来似的。不过约杜施卡做了超人的努力，掉转椅子，又面向着桌子了。

“了不起!”他的声音紧张起来，“了不起!”

“是的，为那被谋杀的!”配顿卡残忍地坚持着。

“谁谋杀了他?”约杜施卡好奇地问，仍旧明显地希望自己的儿子能恢复理智。

可是配顿卡，镇定地一下子喊了出来：

“你!”

“我?”

波尔斐瑞·乌拉地米里奇大吃一惊。过了好半天才清醒过来。他赶紧从座位上站起来，冲着神像开始祈祷。

“你，你，你!”配顿卡连说了几遍。

“哎!谢谢上帝，我做完祈祷舒服点了，”约杜施卡说，又在桌旁坐下，“可是，别忙。我，是你的父亲，不会拿你的话做准的，不过这回我们要把事情说说清楚。这么说你的意思是我谋杀了佛罗顿卡?”

“是的，是你。”

“抱歉的很，我不能同意。我想他是用枪打死了自己的。那时候我在哥略夫里奥夫田庄，他在圣·彼得堡，这么着跟我能有什么关系？他在七百维尔斯他以外，我怎么能杀得了他？”

“你好像不明白似的！”

“我不明白，上帝作证，我不明白！”

“那么是谁让佛罗得亚没有一个小钱的？谁断绝了他的津贴？谁？”

“胡说八道！为什么他要违背父亲的意思去结婚？”

“可是你是答应了他的。”

“谁？我？你这是胡说些什么？我从来就没有干过这样的事，从——来——没有！”

“啾，当然喽，你又要起你的老花样来了。你的每一个字眼都有十种解释。来吧，猜猜哪一个解释是正确的。”

“我从来就没有答应过。他写信给我，‘爸爸，我要跟丽达乞卡结婚，’你知道，‘我要，’不是‘我请求你的允许。’嗯，我给他的回信说，‘要是你要结婚，你就可以结婚。我不能拦阻你’。也不过就是这样。”

“也不过就是这样，”配顿卡讥笑地说，“你这算不算答应了呢？”

“那恰恰不算的。我是怎么说的？我说，‘我不能拦阻你。’不过就是这样。不过我是不是答应了，那是另外一个问题。他并没有请求我答应，他只是写着，‘爸爸，我要跟丽达乞卡结婚。’好啦，关于请求答应的话，他并没有说。你要结婚。好，我的朋友，但愿上帝跟你在一起，娶丽达乞卡或是娶别人，我都不能拦阻你！”

“可是你倒能让人家挨饿。那么你为什么不这样写呢，‘我不赞成你的意思，于是，虽然我不拦着你，可是我警告你不能再倚靠着我的经济接济。这样，至少，是要清楚得多的。’”

“不，我永远不让自己这样做的，威胁已经成人了的儿子——决不！我有一条决不妨害任何人的原则。你要是想结婚——结婚吧！嗯，至于后果——我就很抱歉了。你应该自己先料得到的。这就是上帝给你理智的原因。至于我，哥们，我是不愿意在旁人的事情里插脚的。我不仅不让自己干涉旁人，也不想让旁人干涉我，我不要，不要，不要，我甚至不答应这个！你听见了没有，你这个坏种，不孝的儿子，我不答应！”

“你要是高兴，你满可以不答应，不过你可不能封住每一个人的嘴。”

“只要他改悔了也好！哪怕至少他明白冲撞了自己的父亲！嗯，做错了事就该求恕。请求原谅！‘原谅我，好爸爸，原谅我惹您生气。’可是他不肯的。”

“可是他给你写过信。他向你说明，他活不了下去了，他再也支持不下去了。”

“写给父亲的信不该是这样子的。你只能向父亲请求原谅。什么他都做到了，做到了。”

“就算他全做到了，他还是错了。你第一次请求原谅，你觉得父亲并没有原谅你，那你就再请求！”

“嗷，你！”

说到这里配顿卡突然不再摇晃椅子，转过身来，面向桌子，把臂肘支在桌上。

“而现在我，也——”他小声地说。

他的脸慢慢难看起来。

“而现在，我也——”他又说了一遍，突然歇斯底里啜泣了。

“怪谁呢——”

不过约杜施卡没有能够说完他的训词。这一刹那发生了一件出乎意料的事。在他们的冲突中间，他几乎完全忘记了阿丽娜·彼得洛芙娜的存在。不过她已经不再是一个无动于衷的旁观者。相反，你一眼就能看出，她的内心发生了颇不平常的变化，可能已经到了这样的时候，她的一生就像被照亮了似的，在她的眼前残酷地呈现了。她的脸色活泼起来，她的眼睛睁得大大的发着光，她的嘴唇在动，就像拼命想说却说不出来似的。突然，就在配顿卡悲泣的声音响遍了饭厅的那一刹那，她猛地从椅子里站起来，手臂向前伸出，从她的胸膛里爆出了响亮带哭的声音。

“我诅——诅——咒你！”

第四部　小甥女

第一章

约杜施卡终于没有给配顿卡钱。可是，他依然不失为一个慈爱的父亲，就在离别的顷刻，他还吩咐把一些鸡、小牛肉和糕饼放到马车上。然后自己冒着冷风走到门口给儿子送行，殷勤地问着配顿卡坐得是否舒服，有没有包好双脚。重新走进屋里以后，他在饭厅的窗前站了好半天，画着十字，向装走了配顿卡的马车念出自己的祝福。一句话，他恰当的演出了送别的仪式，可是算做好亲属而无愧了。

“啾，配特卡，配特卡，”他说，“你是个坏、坏儿子。瞧你闯的祸。天，天，天哪！哪里还有比安静地、安心地、富裕的、舒服地跟爸爸和老祖母住在一起更好的事？可是不！轰隆一声！砰！我是自己的主人，我肩膀上面也长着一个脑袋！好，你的脑袋！天哪，多麻烦！”

在他那木头脸上没有一块肌肉跳动，他的嗓音里没有一个音节像呼唤浪子回家的音调。可是，现在已经没有一个人听他说话了，因为在房里给他作伴的只剩下了阿丽娜·彼得洛芙娜，而刚受了震惊的她，好像已经丧失了一切的活力，坐在茶炊旁边，张着嘴，直直地望着前面，什么都听不见，脑子里没有了一点思想。

接着生活像平常一样继续下去，充满了无事忙和空话。和配顿卡的期望正相反，波尔斐瑞·乌拉地米里奇相当冷静地接受了母亲的诅咒，好像，并没有对他早已在头脑里作出的决定做丝毫的让步。

这倒也是真的，他脸上多少发了点白，一面喊着一面向母亲那里跑去：

“妈妈，亲爱的！上帝跟您同在！安静点，亲爱的！上帝是慈悲的。一切都会变好的。”

不过他这些话表示了不是对自己而是对她的不安。她的举动是那样的出乎意料，使约杜施卡都忘形了露出吃惊的样子。就在前一天的晚上，他的母亲还是慈祥的，说着俏皮话，跟叶芙波拉克霞玩牌。显然，这全是一时的气恼所致，一切都不是有意的，完全不是真实的。

当然，他一直非常怕母亲的诅咒，可是跟他原来的想法却大大两样。在他那空虚的想象里，早已为自己画出了全部的 mis-en-scene①：神像，点着的蜡烛，他的母亲站在了房子中央，十分可怕，脸色暗淡，说出了她的诅咒。紧接着，电闪，蜡烛熄了，帐幕裂开了，黑暗笼罩了大地，在天上，电光一闪，照亮了站在云端的耶和华郁怒的脸。可是这一切压根儿都不曾出现过，这样说来，他母亲只不过是干出了轻率而愚蠢的事而已。而且实实在在，她也完全没有给他诅咒的理由，因为最近并没

① 法文：舞台的场面。

有可以引起争吵的原因。自从那次约杜施卡对那部马车是否真的属于母亲加以怀疑以后,已经经过了不少变化。(约杜施卡向自己承认,当时自己不对,是有罪的。)阿丽娜·彼得洛芙娜脾气变得更好了,波尔斐瑞·乌拉地米里奇脑子里就只有一个想法:怎样跟自己的好妈妈和解。

“老太太身体很不好,天哪,多么不好呀!她有时候还说胡话呢,”他安慰着自己,“她坐下来玩牌,你还没有注意,她已经睡着了。”

说句公平话,必须承认,约杜施卡倒是为母亲的衰老而担心的。就连他也并没有料到她会死亡,一点计划也没有安排好,连估计一下的时间都抽不出来——妈妈离开杜布劳理诺的时候,她有多少现款,这些现款每年可以收入多少利息,她花了多少利息,又有多少她已经加在本金里了。一句话,他还不曾研究过无数无用的琐事。没有经过这样的手续,他总会觉得有些没头没脑的。

“老太婆又强壮又有精神,”他常常在想,“可是她总不会把钱完全花掉的,不可能。她把产业分给我们以后,她还有一笔可观的钱。可能她已经移转给孤女们一部分。啾,老太婆有钱。是的,她有钱。”

不过他对这些想法也并不怎样认真,没有在他的脑子里留下一些痕迹就消失了。每天的琐琐屑屑就已经够瞧的了,而直至目前也并无迫切的需要增加新的琐事。波尔斐瑞·乌拉地米里奇一直把这事搁开,一直等到那次挨咒,他才明白现在已经应该动手了。

灾难的到来比他所预期的要早得多。配顿卡离开的第二天,阿丽娜・彼得洛芙娜回到波哥瑞尔卡去,从此就没有再到哥略夫里奥夫田庄来。她过了一个月完全孤独的日子,关在自己的屋子里,难得跟佣人们讲一句话。由于习惯,她起床很早,坐在写字台前面。开始玩"耐心",可是难得玩到结尾,就僵直地坐着——呆钝的眼睛盯在窗子上。她在想些什么甚或她有没有思想,是连观察人类灵魂深处神秘最敏锐的老手都猜不透。看起来她好像想要回忆什么,可能是想弄清楚她是怎样走进这四面墙中间来的,可是却想不出。亚菲米优仕伽为了女主人的沉默而吃惊,走到房间里面,整理一下安乐椅上的垫子,想提提这个那个引起话头,可是只碰上了不耐烦的简短答语。

波尔斐瑞・乌拉地米里奇到波哥瑞尔卡来过一两次,请好妈妈到哥略夫里奥夫田庄去,想拿菌子、德国鲤鱼和其他哥略夫里奥夫田庄的好东西引起她的兴趣,不过他的提议引起的不是别的,只是谜样的笑。

一天早晨,她像平常一样想起来,可是办不到,虽然她并没有感到什么特别的痛楚,也没有什么不舒服。她分明以为这是一种常态,一点都没有张扬。就在前一天她还在桌子旁边坐着,甚至还散过步,只是觉得有些困难,而现在,她"觉得有点不适意"而躺在床上。甚至可以说是更舒服了。可是亚菲米优仕伽却给完全吓坏了,不让女主人知道就派人给波尔斐瑞・乌拉地米里奇送信去了。

第二天一早约杜施卡就来了。阿丽娜・彼得洛芙娜的病状相当恶化。他把仆人们叫了来盘问了一通,问到妈妈吃过什么东西，有没有吃得过量。可是这一个月来阿丽娜·彼得洛芙娜几乎不曾吃过任何东西，在头一天干脆就拒绝了一切食物。约杜施卡表现了自己的忧愁，摆着双手，像一个孝子似的先在下女房的炉边烤暖了身子，这样可以不把冷空气带进病人的房间。同时他又吩咐布置了一些事情。他对死亡的嗅觉特别灵敏。关于教士是否在家他也去打听了，这样，碰到危急的情况，就可以立刻请他来。他打听出来，妈妈放遗嘱的匣子搁在哪里，是否锁着，关于这一切情况，自己都感到满意以后，就把厨子叫了进来，替自己要了中饭。

“我吃不多的，”他说，“有鸡吗？好，那么就做点鸡汤。如果有腌肉就来点腌肉。然后再来点炸什么的，就够了。”

阿丽娜·彼得洛芙娜筋疲力尽地张着嘴躺在床上，大声地喘气。她的眼睛睁得大大的。一只手从兔皮被窝里伸出，僵直地垂下来。她分明感到了儿子到来所引起的骚乱，可能他吩咐的那些话也都传进她耳朵里了。放低了的遮阳篷使房里变得幽暗。灯芯在神灯底部闪出了最后的光芒，接着碰到了水面，发出了响声。空气闭塞还含着臭味，烧红了的炉子，神灯发出的臭味和病人的气味，使人窒息到不能容忍的地步。波尔斐瑞·乌拉地米里奇穿着毡靴，像一条蛇似的，溜到母亲床边。他那又高又瘦的身体在朦胧里摇晃着，看了真让人毛骨悚然，阿丽娜·彼得洛芙娜一半吃惊一半害怕地看着他在房里走动，在被窝里缩成一团。

“是我，好妈妈，”他说，“您怎么了？今天您怎么不像样子了。天，天，天哪！难怪我通夜睡不着觉。好像有什么在逼着我似的。‘去看看吧，’我想，‘我们波哥瑞尔卡的朋友过得怎么样。’我一早就起了床，在小车上架上两匹马，我就到了这里！”

波尔斐瑞·乌拉地米里奇殷勤地笑着说，可是阿丽娜·彼得洛芙娜没有回答，在被窝下面缩得更紧了。

“唉，上帝是慈悲的，好妈妈！”约杜施卡接着说，“最要紧的是您自己得站起来。别去理您的病。起来在房间里散散步，就像一个强健结实的人似的。您瞧，就这个样子。”

波尔斐瑞·乌拉地米里奇从椅子上站起来，做出强健的人怎样走路的样子。

“欧，等一下，让我拉开遮阳好好地看看您。欧，可是您的气色好得很呢，亲爱的。只要打起精神来，念念祈祷，打扮打扮，穿上您假日最好的衣裳，那您简直就可以跳舞了。啊，我替您带来了一点非常好的圣水，尝尝吧。”

波尔斐瑞·乌拉地米里奇从口袋里掏出一只瓶子，从桌上找来一只杯子，倒满了递给病人。阿丽娜·彼得洛芙娜努力想抬起头来，可是没有办到。

“我希望孤女们能在这里，”她喃喃地说。

“啊，您要她们干吗？欧，妈妈，妈妈！您怎么会一下子就——真的！刚碰上一点不如意，您立刻就屈服了？什么都会安排得好好的。我们派专人到孤女那里去，一切都误不了。现在，忙什么呢，真的？我们还要好好地过上几年呢，当然要这样。我们还要过得舒舒服服的。等着到了夏天，我们两人都要到树林里去拣野菌和覆盆子，还有那种汁水多的黑醋栗。不然,我们就上杜布劳理诺去捉德国鲤鱼。我们把马车和马给拉出来,坐上去,一,二,三,我们就动身了。又舒服又方便。"

"我希望孤女们能在这里,"阿丽娜·彼得洛芙娜痛苦地又说了一遍。

"当然我们要把孤女们找了来的。可是得过两天。我们要把她们找了来,全找了来。我们全在这儿,坐在您身边。您就是母鸡,我们全是小鸡。只要您好好的,我们什么都办得到。可是您现在是个淘气的女孩子,因为您让自己生了病。这就是您做的坏事。天,天哪!您不壮壮实实的给大家一个榜样,瞧瞧您现在做的是什么?这可不大好,好妈妈,太糟了。"

可是不管波尔斐瑞·乌拉地米里奇费了多大劲想逗妈妈开心,她的精力还是一小时一小时地衰退下去。派出了人进城去请医生,同时因为病人呜咽地坚持要把孤女们找来,约杜施卡亲自给安宁卡和卢宾卡写了信。在信里,把她们和自己的行为比较了一下,自称为基督徒,叫她们做忘恩负义者。晚上医生到了,可是已经太迟。阿丽娜·彼得洛芙娜的命运已经确定了。早晨四点钟光景,死亡的痛苦到临了,到了六点,波尔斐瑞·乌拉地米里奇已经跪在妈妈的床前哭着:

"好妈妈!我的朋友!把您的祝福给我!"

可是阿丽娜·彼得洛芙娜已经听不见他说什么了。她那睁得大大的眼睛,迟钝地向前面望着,好像她想要弄懂什么却做不到似的。

约杜施卡,同样也弄不明白。他不明白,张着嘴的坟墓现在就要把使他与人世发生联系的最后一个活人吞进去。

他带着一贯的忙碌埋头于有关丧礼的一切琐事中间。他举行了安魂祭,安排了未来的安魂弥撒,跟牧师商量事情,拖着蹒跚的步子从这间屋子跑到那间。他不时偷眼向停灵的饭厅里望去,在自己身上画着十字,双臂向天高举,深夜里偷偷地走到门口,去听教堂执事唱那单调的赞美诗。他十分惊喜他在这件事上的开销数目极小,因为很早以前阿丽娜·彼得洛芙娜就已经放开了一笔钱,作为自己的丧葬用费,而且每项用途都开列得清清楚楚。

埋葬了母亲以后,波尔斐瑞·乌拉地米里奇马上就动手摸熟她的财产情况。检查文件时,他发现了十二份不同的遗嘱(其中有一份她称他为"不孝的")。不过这些遗嘱都是阿丽娜·彼得洛芙娜还是一个跋扈专横的女主人时写下的,也都不完整——只是一种草案的形式。

这样,约杜施卡就非常高兴了,因为他用不着使用卑鄙的手段,证明自己是母亲财产的唯一合法继承人。遗产包括了一万五千卢布现款,还有一些零星的动产,这中间就包括了那辆几乎造成母子不和的有名的马车。阿丽娜·彼得洛芙娜把自己和被保护人的账目分别记载得清清楚楚,使人一眼就能看出哪些属于她,哪些属于孤女们。约杜施卡立刻就指出了某些部分是应该由他合法继承的。他把有关监护方面的文件封存起来,把母亲有限的几件衣服分给了仆人,把马车和两头牛都打发到哥略夫里奥夫田庄去了,这两项在财产清单上都是标明了"我的"字样的。然后他举行了最后一次安魂祭就开路了。

"等着主人到来吧,"他向齐集在回廊里送他起身的人们说,“如果她们来了,她们就该受到欢迎;如果不来——也随她们的便。至于我,已经尽了我的力了。我把有关监护的文件都整理了出来,一点都没有藏掉。一切都是当众办得清清楚楚的。妈妈遗下的钱依法是属于我的。我送到哥略夫里奥夫田庄去的马车和两头牛依照法律也应该是我的。可能我还有些财产留在这儿。不过,我是不会计较的。上帝吩咐我们给孤女们留下。我为失去了母亲而感觉到遗憾,她是一位好老太太,一个慈祥的人。畈,好妈妈,您可不对,亲爱的,扔下了我们这些可怜的孤儿。如果上帝愿意把您召唤回去,我们也就该服从他的神意。但愿,至少您的灵魂会在天堂上快快乐乐的,至于我们——哎,我们是无足轻重的。”

紧跟在第一个死亡之后很快地就来了第二个。

约杜施卡对儿子命运所持的态度是相当费解的。由于他根本不订报纸;又没有人和他通信,所以他就不可能知道任何配顿卡受审的情况。而且他也不大想知道。对他最重要的是避开一切烦扰。他把自己深深地埋在琐屑事物的沼泽当中,一切都完全围绕着他自身的福利与保险金。世界上有很多这样的人。他们离开了人群独立地生活着,不懂得怎样从事一种事业,也不想这样做,到了末了,就像雨点落在水面上激起的水泡似的消失了。他们没有朋友的关系,因为朋友的前提就得承认共同利益的存在;他们也没有任何事务上的联系。波尔斐瑞·乌拉地米里奇在衙门里一口气干了三十年。然后,在一个晴好的日子里他失踪了,并没有引起任何人的注意。

等到自己的用人知道了以后他才听说儿子的命运。可是即使到了这种时候，他依旧假装不知道，这样，有一次叶芙波拉克霞提到配顿卡，他就挥挥手让她走开，说：

“不，不，不！我不知道。我什么都没听说过，我也不想听到任何有关他那桩龌龊案子的消息。”

不过到了最后，他到底还是听到了配顿卡的消息。他收到了他的一封信，说他就要出发到一个最边远的省份去了，并且请求父亲按照他这种新处境继续给他一份津贴。第二天一整天波尔斐瑞·乌拉地米里奇是在一种显见的烦恼中。他从一间屋子跑到了另一间，向小祈祷室里窥探，在自己身上画着十字，还叹着气。不过到了傍晚，他鼓起了勇气，写下了下面这封信。

我的犯罪的儿子，庇奥托：

作为一个忠诚守法的公民，我简直就不应该回你的信。不过作为一个有人类弱点的父亲，出于一种同情，我不可能对一个因为自己的错误而陷入罪恶漩涡的孩子，不给予忠告。

简单地说，关于此事我的意见就是如此。给你的处罚是严厉的，不过你也是罪有应得。这是从今以后在你的新生活里应该时刻在念的第一件最重要的事。你必须忘却一切别的妄想甚至因此引起的记忆，因为在你目前的情况里，这一切只能使你烦恼，引起你邪恶的怨言。你已经尝过自高自大的苦果了。现在你可以尝尝谦虚的滋味，更由于今后你已经再也没有别的路可走，那你就更有充分理由这样去做。不要抱怨责罚,因为当局不但不会责罚你,而且还替你安排了自新的道路。要感激这个,并且努力改正自己的过失——这就是你必须时时牢记的,而不是把时间白白地浪费掉,顺便告诉你,我是从来不这样的,虽然我从来没有被控过。那么遵守我这个谨慎的劝告,掀开生活新的一页吧。满足于当局出于好意认为必需加在你身上的一切吧。我,在我这一方面,要向造物主祈求使你能获得坚定和谦虚。就在我写这封信的当天,我还到教堂去过,为你做过热情的祈祷。现在,我祝你新的旅程幸福。我是愤怒但仍钟爱你的父亲。

波尔斐瑞·哥略夫里奥夫

不能确定这封信有没有寄到配顿卡的手里,不过信发出后还不到一月,波尔斐瑞·乌拉地米里奇就接到了官方的通知,他的儿子在去流放地的途中生了病,死在一所医院里了。

约杜施卡剩下了孤独的一个人,不过起初他还不了解,这个新的损失使他的生活变成了绝对的空虚。阿丽娜·彼得洛芙娜一死,他不久就明白了这个,那时候他是一天到晚完全用在算账核计上的。他读遍了死者所有的文件,把每一个戈贝克算了进去,追寻这个戈贝克与监护项下的戈贝克的关系,既不希望,如他所说,占人家的便宜,也不使自己受到损失。在这种忙碌之中,他从来不曾想过这个问题:他做这一切工作是为了什么目的,而将来谁来享受他这些辛勤聚积的果实?

他一天到晚伏在桌面上,思索、批判死者的一切安排,他现在完全把精力集中在这上面,就开始逐渐忽略了自己田庄的账目了。

邸宅陷入了完全的静寂。仆人们总是喜欢待在下房里,几乎完全不到这座房子里来,在主人房里的时候,也只是蹑手蹑脚地走路,细声细气地说话。这个地方和这里的主人都带着一股被遗弃与死亡的气氛,很有些阴惨可怕。笼罩着约杜施卡的忧郁日益加浓了。

第二章

在四旬斋期间,演出活动停止了,安宁卡回到哥略夫里奥夫田庄来。卢宾卡不能陪她一起来,因为她在整个四旬斋期间都有工作,到罗姆内、以祖木、克内孟施克这些地方去了,她要在这些地方举行音乐会,演唱她的全部音乐会节目。

在她短短的艺术生活里,安宁卡的外形大大进步了。她已经不再是那个单纯、贫血有些痴呆的女孩子,在杜布劳理诺或波哥瑞尔卡的房间里走出走进,哼着小调,笨拙地摇晃着,好像替自己找不到一个地方似的。她现在发育得挺好,态度从容,甚至可以说有些出众。人们第一眼就可以断定她是敏于应对的。她的外表的变换给了波尔斐瑞·乌拉地米里奇一个愉快的惊奇。在他面前站着一个高高的、发育得很好的女人,有着可爱的淡红皮肤,高耸的、发育良好的胸部,精神饱满的眼睛,浓密的淡色发辫一直垂到颈部——一个完全明白自己是个Bellė Hélène[1]的女人，所有的军官都命定要跟在她后面叹气的。

① 美人海伦——法语。

她一早就到了哥略夫里奥夫田庄，立刻走进一间屋子，再出来的时候，就穿了一身华贵的丝长袍。她走进饭厅的时候，丝袍的长裾带来了一阵沙沙的声音，她巧妙地拎着衣裾在椅子中间走着。虽然约杜施卡最爱的是上帝，可是这也并不妨碍他对美色的喜爱，特别是高高、丰满的女人。于是他首先为安宁卡画了十字，然后就那样用力地吻了她的双颊，同时还用古怪的眼色盯住她的胸部，使安宁卡忍不住微微地笑了。

他们在茶桌旁边坐下。安宁卡抬起了双臂伸了下懒腰。

“啾，舅舅，这里有多闷啊！”她开始说，打了个小小的呵欠。

“瞧你，刚来了一会就已经闷了，你跟我们住些日子，那时候再瞧，可能你不再觉得那么闷了，”波尔斐瑞·乌拉地米里奇答道，他的眼睛里突然闪烁着一片油光。

“不，这儿一点好玩的东西都没有。有什么呢？四面全是雪，没有邻居。这儿附近驻扎着什么团部没有？”

“是的，是有一个团的，也有邻居；可是说老实话，这并不使我感到兴趣。不过，如果你——”

波尔斐瑞·乌拉地米里奇看着她，话没有说完，可是咳嗽起来。可能他是故意停下来的，希望能挑起她女性的好奇来。总之，在她的嘴唇上又掠过了和上次一样的微笑。她把双肘倚在桌上，定睛看着叶芙波拉克霞。这一看使叶芙波拉克霞的脸整个红了起来，她正在擦着杯子，她那双大眼睛偷偷地看着安宁卡。

“我的新女管家——非常勤谨的，”波尔斐瑞·乌拉地米里奇说。

安宁卡轻轻点了点头，喉咙里开始发出轻微的响声：

“Ah，ah！que j’aime-que j’aime-que j’aime-les mili-mili-mili-tairés！”（啊，啊！我怎样的爱——我怎样的爱——我怎样的爱——军官们！）她唱的时候，嘴唇也在颤动。

来了一阵沉默，在这中间约杜施卡的眼睛温柔地低了下来，啜着玻璃杯里的茶。

“天哪，多闷！”安宁卡说，又打了一个呵欠。

“闷啊闷的！你一直说这个。你别忙呀，在这儿多待一些时候。我们马上就把雪橇备好，你可以坐着玩个痛快。”

“舅舅，您为什么没有当骠骑兵呢？”

“因为，我的朋友，每一个人的命都是上帝注定了的。有人当骠骑兵，有人就做文官，有的做商人；有的是——”

“欧，是的，等等，等等。谁能全记得住这些？上帝把这些全都注定了，是吗？”

“啊，是啊，我的朋友，上帝。嘲笑他可不大合适。你知道圣经上怎么说吗？‘没有上帝的意旨——’”

“是说的头发吗？是的，这个我也知道。可是麻烦的是，现在大家都戴假发了，我想谁也没有料到这个。此外，舅舅，您瞧我的辫子多好看！您不觉得好看吗？”

波尔斐瑞·乌拉地米里奇不知怎的蹑着脚尖走了近来，用手摸弄着她的辫子，有好一会。而叶芙波拉克霞，手里端着满满的茶碟，嘴里咬着一块烤面包，向前靠过来说，“西龙①，我猜?”

“啾，不是西浓，这是我自己的。哪一天我放下来给您瞧，舅舅。”

“是的，你的头发不错，”约杜施卡说，他的嘴唇分开迸出一个讨厌的笑来。然后他又想起，一定不能使自己受到这种诱惑，说道，“啾，你这个顽皮的姑娘！一天到晚忘不了辫子和衣裾，可是你总不想问问正经的?”

“啾，是说外祖母吗？她死了，不是吗?”

“是的，我的朋友，她死了。她又是怎样死的啊！平安，静寂，谁都没有听见她的声音。这就是我说的那种有价值的人生结束。她想着大家，给了大家祝福，叫来了牧师，领了她最后的一次圣餐，突然变得那么平静，那么平静！接着她开始叹气了。叹了一口，两口，三口气，我们还没有知道，她就没有了。”

约杜施卡站起来，转向了神像，合了掌，做起祈祷来。泪水涌进了他的眼睛，他装得那么像。不过安宁卡却分明不是那种感情用事的人。她倒真的发了一下愁，可是却是为了别的原因。

“你还记得吗，舅舅，我们小的时候她一直是怎么用发酸的牛奶喂妹妹和我的？不是后来，后来她可太好了。我是说

① 西龙——叶芙波拉克霞因为外行，把法文的 chignen 说成了 chillon，意思是假发。

她还有钱的时候。”

“啾，好啦，过去的让它过去吧。她拿发酸的牛奶喂你，可是你并没有为这个出了什么毛病，愿上帝跟你在一起，你想不想到她坟上去看看？”

“好，我挺愿意。”

“可是你知道，你最好先洁净一下自己。”

“您这是什么意思，洁净？”

“你知道——一个女戏子。你以为老太太当时愿意吗？这么在你给她上坟以前，你一定得参加一下弥撒，洁净一下自己，你知道。你看，我会吩咐他们明天早晨做一次弥撒，以后——你就可以去上坟了！”

虽然约杜施卡的提议是那么荒谬，却使安宁卡一时颇感狼狈。不过她很快就生气地拧紧了眉头，锋锐地说道：

“不，我现在就去——我就这个样子去！”

“嗯，我不明白，随便你吧。不过我劝你：让我们明天早晨做了弥撒，然后吃早点，再备好一对灵便的小马，架在小车上，然后再一起去。你看，这么一来你就洗净了你的罪恶，你外祖母的灵魂就会——”

“啾，舅舅，可是您多蠢。上帝明白您是怎样地胡说。您还一定要这样呢。”

“这么说你不爱听？嗯，别怪我，我的宝贝。我是个直率的人，你知道。要是提起真理，我总要对人家说真理，也愿意听人家说真理的。虽然有时候这会让人不高兴，虽然有时候真理是严酷的，我还是要听它。人是必须听它的，因为——它是真理。这么着，我的宝贝。你跟我们一起，照着我们的方式过一个时期。你就会看出，这要比抱着个吉他赶集好得多了。”

“天知道您在说些什么，舅舅，‘抱着个吉他!’”

“哎，要不是吉他，就是个风笛什么的。还有，是你先顶撞我，说我蠢。这样我，一位老年人，当然应该对着你说出真理来了。”

“好吧，就算它真理吧。我们用不着辩这个。不过请您告诉我，外祖母留下了什么没有?”

“啊，当然，她留下的。不过合法继承人亲自到过场了。”

“那就是您，更好了。她就葬在哥略夫里奥夫田庄吗?”

“不，靠近波哥瑞尔卡，在圣·尼可拉司教堂里。这是她自己的意思。”

“我要去了。我能在这里雇马吗，舅舅?”

“为什么要雇呢? 我自己有马的。你又不是外人，我不妨说，外甥女，我的小外甥女。”

波尔斐瑞·乌拉地米里奇开始活泼了起来，带着一脸 en famille（和家属在一起）的笑。“一辆小车，一对出色的小马——谢谢上帝，我还不穷，我不妨说! 我跟你一块去好不好? 我们去上坟，然后再到波哥瑞尔卡去，这儿那儿去看看，我们想着这个那个的，谈着这个那个。你们有一个挺好的小田庄，你知道。有好些不错的地方呢。”

“不，我还是一个人去，我想。您为什么去呢? 还有，配顿卡也死了，我听说？”

“是的，我亲爱的朋友，配顿卡也死了。我一方面替他难过，非常难过——都难过得哭了；可是——这全是他自己的错误。他一直不尊敬自己的父亲，上帝就因为这个才责罚他的。而上帝又有那么博大的智慧，他所做的一切，你和我都没有办法挽回。”

“当然，我们没有办法。可是让我不明白的是，您为什么没有感到活下去的可怕。”

“我为什么要怕？你瞧我前后左右有多少精神的支柱。”约杜施卡做了一个姿态，指着那些神像，“这儿有救星，还有我书房里的救星。神像室简直就是一个真正的天堂。你瞧我有多少个保护人。”

“不过照样，您永远是孤独的。这真可怕。”

“如果我害怕，我就跪下来，作祷告，恐惧就全无影无踪了。又为什么要害怕呢？白天是光亮的，到了晚上我就每间屋子都点上了神灯。从外面暗地里看来，就好像这座宅子里开着跳舞会呢？怎样的舞会呢？都有哪些客人？都是些保护神，上帝挑选的。这就是我的客人！”

“您知道，配顿卡没死以前给我们写过信。”

“啊，当然喽，他也是亲戚。他没有忘记亲戚倒还算是好事。”

“是的，他给我们来了信。那是在审判完毕、刚宣布了判决之后。他告诉我们赌输了三千卢布，您不肯给他钱。可是您是有钱的，舅舅，对不对？”

“啊，我的宝贝，计算旁人口袋里的钱很容易。有时候我们以为谁的金子堆成了山，可是等你走近了一看，才明白他只有买灯油和蜡烛的钱——不是为他自己——是为了上帝。”

“嗯，那么说我们比您还阔了。我们拿出了自己一部分钱，又在我们的绅士朋友中间捐了一笔钱。我们一起凑了六百卢布给他寄了去。”

“你说的那些‘绅士朋友’是什么人?”

“欧，舅舅，我们是女演员，您知道。不是您自己还提议要我们洁净一下自己吗?”

“我不喜欢你这么说话。”

“您又能怎么样呢?不管您愿意不愿意，您又不能挽回已成的事实。照您的说法，这里面上帝也有份的。”

“至少你可不能亵渎。你随便说什么都可以，可是不要亵渎，我不能容忍这个。你们把钱寄到哪儿去了?”

“我忘了。寄到哪一个小城。他给我们写了地名的。”

“我没有能知道，如果还有钱，我是应该在他身后拿回来的。他不可能一下子都花光的。嗯，我不知道，我一点都没有捞到。我猜是到了狱卒和看守的手里了。”

“我并没有向您要回来，舅舅。我只是谈起来顺便提到罢了。这真惨，舅舅，一个人为了三千卢布送了命。”

“这并不完全是为了三千卢布。你除了‘三千’‘三千’的，还有别的话要说吗?可是上帝——”

约杜施卡又摸着了话头，正要开口仔细解释，上帝是怎样——用了不可知的方法——这一切，可是安宁卡又随随便便地打个呵欠，说：

“嗽，舅舅，这儿多么厌烦啊。”

这一回波尔斐瑞·乌拉地米里奇真的生了气，不响了。他们两个在饭厅里踱了好一会。安宁卡打呵欠，波尔斐瑞·乌拉地米里奇每走一步在自己身上画一个十字。最后说车子已经备好了，又来了那套一贯的送别亲人的喜剧。哥略夫里奥夫披上了他的皮袄，走到大门口去，吻了安宁卡，对着仆人们喊道：“她的脚！好好地把她的脚给包起来！还有毯子呢，你们把毯子带来了吗？你们可别忘了！”这当儿他一直不断地向空中画着十字。

安宁卡到了外祖母的坟上，请神父唱了弥撒，当唱诗班开始唱出“永恒的纪念”时，她哭了一下。仪式的背景是颇为悽惨的。靠近阿丽娜·彼得洛芙娜坟墓的教堂是最寒碜的那一类。墙上有不少处灰泥都落了下来，露出了大片砖头。钟声微弱而空虚，神父的法衣都露了线。墓地罩在白雪下面，因此必须扫清到坟上去的道路。还没有立碑。除了个白十字架以外什么都没有，就边坟上的几行标记都没有。墓地是一个在离开一切建筑都很远的孤寂的地方。离开教堂不远，就是神父和教堂管事的住家，四围是一望无际的毫无生气给白雪掩盖了的田野。到处可以看见从雪里伸出来的小树丛。一阵三月里的刺骨寒风在院子里扫过，刮跑了教堂里的歌声，吹打在神父的法衣上。

“谁想得到，小姐，这一区最有钱的女地主会埋在我们这个贫苦的乡村，坟上只有这样一个寒碜的十字架？”神父做完了安魂祭以后说。

一听这些，安宁卡又哭了。她记起了诗人的句子：“这里曾经开过盛宴，现在却摆着柩车！”眼泪不住地从她的面颊上流了下来。然后她到了神父的家，在那儿吃了茶，跟神父的妻子说了话。她又想起了另外一句诗：“苍白的死亡望着所有的人们。”她又哭了，悽悽惨惨地哭了好久。

没有人去通知波哥瑞尔卡的人小姐回来了，因此房间都还没有生火。安宁卡身上穿着皮袄，走遍了所有的房间，在外祖母的卧室和神像室里都站了一会。在卧室里她看见了一张床架子，上面堆着一堆肮脏满是油渍的枕头，有些连枕套都没有了。桌子上零乱地放着一些纸片，地板没有扫过，厚厚的灰尘掩盖了一切。安宁卡坐在外祖母平常坐的安乐椅上，沉思起来。首先想起来的是过去的回忆；接着它们就被目前的景象给挤掉了。前者是以转瞬即逝的片段出现的，没有在她脑子里做过瞬间的停留；后者倒是更为牢固的。就在很短时期以前，她还想逃开波哥瑞尔卡，觉得这是一个可恨的地方。现在她心里却充满了再在这里住下的病态的愿望了。

“这里安静，这里并不舒服，又不体面；不过这里是安静的，那么安静，就好像周围的一切都死了。空气和房间都足够用的。”

她望着外面无尽的田野，有了一种愿望，想飞跑着一直穿过它们，没有目的也没有原因，只是为了使自己气喘急促，胸部发痛。而在那边，她刚刚逃开而且必需回去的那种半游牧生活——在那边等着她的又是什么？她在那边能够得到什么？除了这些回忆就没有别的了：充满臭气的旅馆，从饭厅和弹子房传来的那种永远不停的骚扰，邋遢的门房，在麻布上画出来的布景前面和暗淡的灯光下面的舞台排演，通风和潮湿的环境。这引起了一种讨厌的感觉，然后还有，军官们，律师们，淫荡的腔调，和永远不停的鼓噪！这些人什么话不对她讲！这批人怎样猥亵地摸弄她！特别是那个有胡子的人，喝酒把嗓子都喝哑了，通红的眼睛，身上永远有一股马房的气味。天哪，他对她讲过怎样的话啊！安宁卡一想到这里就打了个冷战，闭起了眼睛。然后她又恢复了过来，叹了口气，走进神像室里去了。现在神像架子里只有不多的几张神像，只剩下无可置疑是属于她母亲的几张。其余的，她外祖母的，约杜施卡，作为一个合法的继承人，都搬到哥略夫里奥夫田庄去了。那些曾经放过神像的空位置，就像骷髅的眼窝似的瞪着。神灯也没有一盏。约杜施卡全给拿走了。只留下了一段黄蜡烛，像孤儿似的，插在被遗忘的小锡蜡签上。

“大老爷本来想把神像架子也拿去的。他要确定这是否真正是小姐的嫁妆，”亚菲米优仕伽报告着说。

“嗯，他本来可以拿去的。告诉我，亚菲米优仕伽，外祖母临死以前很痛苦吗？”

“不，并不怎么痛苦，她只不过躺了一两天。她就是这样自己过去了。她并没有真的害病什么的。她也没有说什么，只不过提起过你和你妹妹一两次。”

“这么说波尔斐瑞·乌拉地米里奇把神像也拿去了吗？”

“是的，他拿去了。他说这是他母亲的私产。他还拿去了那辆马车和两头牛。我猜他是根据了太太的文件，认为这些是属于你外祖母而不是属于你的。他还想牵走一匹马，可是费突里奇不肯给他。‘这是我们的马，’他说，‘在波哥瑞尔卡多少年了。’于是波尔斐瑞·乌拉地米里奇就把它留了下来。他害怕了。”

安宁卡在院子里走过，仆人房、谷仓、牛栏她都看了一眼。在一片潮湿的粪土上站着二十头瘦牛和三匹马。她吩咐拿了些面包来，嘴里说着：“我来付钱，”给了每头牛一片面包。

接着管牛栏的女人把小姐请进房去。桌子上放着一罐牛奶，在墙角靠近炉子的地方，拿一面矮矮的壁板拦着，那后面遮着一头新生的小牛。

安宁卡尝了一点牛奶，跑到小牛旁边，亲着它的鼻子，可是很快地擦了自己的嘴唇，说这头小牛的鼻子真可怕，黏糊糊湿得要命。最后，她从皮夹子里掏出三张黄钞票，分给了老用人们，预备动身了。

“你们预备怎么办呢?”她在马车上坐舒服了以后问那个上了年纪的费突里奇说，他现在算是个管事，跟在年轻的主人后面，双手叠在胸前。

“唉，我们能干什么呢？我们会活下去的。”费突里奇简单地回答。

安宁卡又发了一下愁。费突里奇的话里好像有点讽刺的味道。她等了一会，叹了口气，说道：

“唉，再会吧。”

“我们以为你会回来跟我们住在一起，”费突里奇说。

"不，那又有什么用呢？不管怎样——你们住下去吧！"

她的眼睛里又流出了泪水，别人也都哭了。她觉得很特别；离开这地方并没有什么值得惋惜的，没有什么依依不舍的回忆，可是她还是哭了。还有那些人，也哭了。她除了一般的话以外，并没有对他们说什么别的——只是一般的问答——可是他们的心依然是沉重的，他们看她走了觉得悲哀。她已经坐在车里了，包盖得好好的。大家都叹了口气。"好运气！"她的车子开动以后，人们从后面喊着。经过教堂的墓地，她又停了下来，一个人走到墓地去，没有牧师伴着，自己顺着打扫出来的路去。已经相当暗了，教堂管事的房里已经开始点上了灯火。她一只手扶着立在坟头的十字架。她并没有哭，只不过是轻轻地摇晃着，并没有想什么特别的事，理不出什么确定的思路来。可是她不快活，怎么着也不快活。并不是为了外祖母，而是为了自己的缘故。她这样站了一刻钟，突然间，她眼前浮出了卢宾卡的影子，这当儿可能她正在克雷孟舒格和一群人在一起吵吵闹闹，快乐地唱着：

"Ah, ah! que j'aime, que j'aime!
Que j'aime, les mili-mili-mili-taires!"
"啊，啊，我怎样地爱，我怎样地爱，
我怎样地爱，这些军——军——军官们！"

她几乎支持不住了。她奔回自己的马车，坐下来，吩咐车夫越快越好赶回哥略夫里奥夫田庄去。

第三章

安宁卡回到舅舅家里时，她是阴郁的，也不想说话，虽然她的确有点饿了，（匆忙之中，舅舅没有给她一点鸡让她带在身边）一看见茶桌已经早安排好了，倒是非常高兴的。自然，波尔斐瑞·乌拉地米里奇很快地就打开了话匣子。

“啊，你到了那里吗？”

“是的，我到了那里。”

“你在坟上做了祈祷吗？安魂祭举行了没有？”

“都做了。”

“这么说神父在家了？”

“他当然在家，不然谁来做安魂祭呢？”

“啾，对，当然啦。还有那两个教堂执事，他们也在场吗？他们唱了‘永恒的记忆’吗？”

“是的，他们唱了。”

“是的，永恒的记忆！愿她平安地安息。她是个善良、慈祥的女人。”

约杜施卡在座位里站起来，对着神像做起祈祷来。

“嗯，你觉得波哥瑞尔卡怎么样，一切都好吗？”

“我不知道，真的。我想一切都挺合适的。”

“当然，‘我想。’你一直是‘想’，不过你要是好好看一下，你就会觉得这个不对那个也不对了。我们就是这样判断别人的事情。又‘想’又‘猜’！不过不论怎么说，你们有一个挺不错的小田庄。先母把一切都整理得井井有条。她甚至在这上面还用掉了自己一大笔钱呢。唉，帮孤女们的忙也是应该的。”

听着这样一套颂扬，安宁卡忍不住要逗逗她好心的舅父了。

“舅舅，您为什么从波哥瑞尔卡牵去了两头牛呢?”她问。

“牛，什么牛？啾，你是说那头黑毛的和花点的吧？嗯，我的宝贝。它们是属于我母亲的。”

“而您又是她的合法继承人?啾，嗯，您可以牵走的。您要不要我送一头小牛犊子给您?如果您也要的话，我是会送给您的。”

“嗨！瞧她激动的这个样子！我们来谈正经的，你觉得牛应该属于谁?”

“我怎么能知道?它们是在波哥瑞尔卡的。”

“我倒真的知道。我有证据那两头牛是属于母亲的。我找到了一张她亲笔写的备忘录。‘我的’，写得明明白白。”

“啾，别提这个了。这是不值得谈论的。”

“在波哥瑞尔卡还有一匹小马，‘小老头’，你知道。嗯，关于‘小老头’我倒吃不准。我想‘小老头’应该是母亲的，可是我吃不准。我不知道的事我是不能硬说的。”

“我们不提这个了，舅舅。”

“不，为什么不提呢？我是个一清二楚的人，宝贝，我喜欢把事实弄得明明白白。为什么不讲讲清楚呢？谁都不愿意失掉自己的东西。我不愿意，你不愿意。好啦，那么让我们来讲讲清楚看看到底谁对。要是真要谈的话，我坦白地告诉你：你的我不想要，可是我也不能让我自己的丢掉。因为，你虽然不是外人，可是我还是——”

“还是您连神像都拿走了，”安宁卡忍不住说了。

“是的，还有那些神像。法律上属于我的一切我都要。”

“现在那些神像框子看起来上面好像有很多洞洞了。”

“那你又有什么办法呢？你只能就照这种样子祈祷。上帝，你知道，并不需要你的神像框子，需要的是你的祷词。如果你是诚心的，你的祷词就能传到他耳朵里，就算是在次等的神像前面祈祷也不要紧。可是如果你只是祈祷而心不在焉，左顾右盼，点头招呼，那就算是顶出色的神像也不顶用的。”

尽管如此，约杜施卡还是站起来感谢上帝，为了他自己的神像都是“出色”的。

“嗯，如果你不喜欢那些旧的神像框子，那么就做些新的，装上新的神像代替那些拿走了的。先母自己出钱请来了那些旧有的神像，现在是由你去置办新的了。”

波尔斐瑞·乌拉地米里奇甚至都嗤嗤地笑了，在他看来，他的理由是那么简单而清楚。

“不过请您告诉我，我现在怎么办呢?”安宁卡问。

“嗯，等一下。先歇息过来，舒舒服服地靠靠，睡睡。我们来把问题谈一下，从每一个角度来研究，那时我们就会看出有什么办法来了。我们两个在一起总能想起点什么主意来的。”

“妹妹和我都成年了，我想?”

“是的，成年了。很对。你现在可以料理自己和自己的田庄了。”

“至少为这个也得谢谢上帝。”

“我有幸祝贺你。”

波尔斐瑞·乌拉地米里奇站起来走过去吻她。

“您多滑稽，舅舅，总是吻。”

“为什么我不吻你，你又不是外人，应该是这么说，你是我的外甥女。我喜欢亲人，宝贝。我总是要帮亲人的，近的远的，两重、三重、四重的表亲，我永远要帮他们的。”

“您最好还是告诉我应该怎么办。我一定要进城去找所有的官员吗?”

“是的，我们一起进城，我们来办一下事——什么都误不了。不过在这以前，先休息一下。在这里住一阵子。你又不是住在旅馆里，是住在你舅舅家里啊，我应该说。尽够你吃、喝，而且为了你那爱吃甜的嘴，我们什么都不缺。你要是不喜欢这样菜，那么就另换一样。一定要啊，别客气！如果你不想吃卷心菜汤，就要鸡汤。要牛排，鸭子，猪肉。找叶芙波拉克霞就是。我在这里吹起猪肉来了，真的我还不知道我们到底有没有。我们有吗?”

叶芙波拉克霞，正端着一碟热茶送到嘴边，肯定地点着头。

“嗯，你看，猪肉我们也有，总而言之，你心里想什么，就有什么。”

约杜施卡又走到安宁卡身旁，像一个好亲戚的样子拍着她的膝盖，而且真像是出于无意似的让自己的手在那儿歇了一会儿，于是安宁卡本能地退缩了。

“不过我非走不可了，”她说。

“这正是我刚才要说的。我们要讨论一些事情，把问题谈好，然后做了祈祷和祝福再走，可不是——跳呵！蹦啊！奔啊！越想快倒越慢。你可以赶着去救火，可是我们的房子并没有烧着啊。嗯，卢宾卡不能不赶着上市场，可是你有什么要赶的？我还想问你一件事，你要在波哥瑞尔卡住下去吗?”

“不，我在那里是无事可做的。”

“我就正要说这个。搬到这里来，到我宅子里来。我们住在这里，快活一下。”

约杜施卡用那样的涎眼望着安宁卡，使她忸怩起来了。

“不，舅舅，我不想跟你一起住在这里。太闷了。”

“欧，你这个小傻子！你为什么一个劲地说‘闷哪，闷哪’的？你说闷，我倒敢说你根本不知道这里有什么闷的。要是你忙着干些工作，要是你懂得怎样管理自己，那你就永远不会觉得闷了。拿我说吧，我简直就没有留过神时间是怎样飞过去的。平常日子我忙着田庄的事务，我瞧瞧这个，又张一下那个，计划一桩事，讨论另一桩事。还不等我知道，一天就过去了。到了假日——就上教堂去！你也可以这样做的。跟我们一起住上一阵子。我们会找点事让你做的。你空下来的时候可以跟叶芙波拉克霞玩牌，不然就去滑雪橇——爱滑多么快就滑多么快。到了夏天，我们就到森林里去拾菌子。我们还可以在草地上喝茶。”

“不，舅舅，用不着白费时间来说服我。”

“真的，你应该住下来的。”

“不，可是我出去了一趟，现在觉得累了，如果可以的话我倒想上床了。”

“好，你当然可以去睡的。我已经替你预备了一只舒服的小床了，什么都安排得好好的。要是你想去睡，那么就去吧。不过我倒劝你再从头考虑一下。我想你最好是跟我们一起在哥略夫里奥夫田庄住下来。”

第四章

安宁卡过了不安的一夜。在波哥瑞尔卡压倒了她的那种歇斯底里心情依旧存在。一个仅仅活着的人有时候会突然发觉自己的生活里有某种讨厌的溃疡在溃烂。这是从哪儿来的，是怎样形成的——不是一个人总能向自己解释的。往往给它的解释并不是真正致病的原因。可是连解释也并不需要。这种溃疡的存在已经够了。这种突然发觉的影响，对每一个人都同样痛苦，但却根据每个人不同的气质，产生不同的实际后果。有的人恢复过来，从而得到在新基础上开始新生活的决心和鼓舞。其余的人却只感到一时的痛苦，而引不起彻底的改善，不过比起良心受了刺激看到前途还有希望的人还更痛苦些。

安宁卡不是那种发觉了溃疡因而产生自新动力的人。可是作为一个聪明人，她认识到逼着她永远离开波哥瑞尔卡的那种模糊的光荣工作的理想，和她目前乡下女伶的地位之间还存在着一道深渊。非但不是平静劳作的生活，她反而过着一种充满了风波的日子，尽是日以继夜的放荡，无耻的淫猥与讥嘲，和空虚徒劳无尽的忙碌。不是她一度生活过的那种艰难严厉的环境了，她现在过的是比较舒适、安定的生活。她现在每一想起就不能不因羞耻而脸红。她几乎不曾注意到那种逐步的转变。她原想到一个好地方去，可是走错了门。当然，她的希望也是不大的。在波哥瑞尔卡的顶楼上她曾经做过多少回梦，梦想做一个真诚的女孩子，工作，渴望着知识，坚强地忍受困难，一切都为了做好。（这是真的，在她说“好”就从来没有过一定的解释。）不过一旦她踏上了独立生活的道路，残酷的现实马上就粉碎了她的梦景。光荣的生活自己不会找上门来，只有不断地追寻才行。先期的历练也多少有助于这种追寻。可是安宁卡的气质和教养都没有为她提供这样的条件。她的气质里并没有激情的迹象，只是敏感而已。她的教养为她准备的本钱（她想在这上面建立起光荣劳动的生活）是那样的靠不住和糟糕，简直就不能做为认真工作的基础。她只受过音乐厅和那种小学教育，这两者的比重，更多倒还是偏于音乐厅方面。这是一大堆乱七八糟的东西，有这种五光十色的问题，一群鹅的问题，披着围巾的舞步，庇卡地的彼得的说教，美人海伦的业绩，“给费理采之歌”，还有规定对学校教师以及赞助人等的感恩。这一大堆乱七八糟，在她的灵魂里，只剩下了极恰当的称作 tabula rasa① 的东西。那里面简直什么都没有；它自然丝毫没有可能给她找到美好生活的开端。不管她有了怎样的准备，引起的不是工作的热情而是对社交生活的向往；向往着受到景慕者的包围，

① 拉丁文:没有写字的黑板。

听着他们的阿谀，向往着走入社会的喧嚣、虚荣的漩涡。

如果她曾经仔细分析过自己，当她在波哥瑞尔卡刚刚计划开始光荣劳动的生活，挣脱埃及奴役枷锁①的时候，就会发现自己梦想的并不完全是工作，倒是希望给一群称心如意的人包围着，用空话打发了自己的日子。当然，她梦想着的人是聪明的，他们的话语也是诚恳严肃的，不过懒散的生活却永远占着重要地位。她的所谓贫困就是素朴整洁，艰苦仅只相当于没有奢侈。这样，当她那劳动生活的梦想实现了，被邀加入乡下剧院工作的时候，她毫不踌躇，即使梦想和现实的差异是很大的。她赶紧温习从学校里知道的海伦和美尼劳斯的关系，再用著名的多锐斯公爵生活的一些传记材料加以补充，就决定足够在四乡戏院和市集里创造舞台上的“美人海伦”和“海洛尔斯坦公爵夫人生活的插曲”了。为了问心无愧，她就想着在莫斯科遇到的一个学生一直重复说着的话，“神圣的艺术！”她拿这个当作自己的口号，因为这是最容易的办法，至少也可以使她所挑选的道路显得正当——这是她一生本能地倾向着的道路。

女伶的生活使她彷徨无主了。孤零的一个人，没有适当准备的指导，没有一个明显的目标，只是天性喜欢热闹、虚荣、喝彩，她很快就发现自己被包围在拥挤着很多人的混乱中间，这个来了，那个去了，没有分明的次序和闲聊。这些人有着天差地远的性格和观点，于是亲近这个和亲近那个的

① 指以色列人在埃及为奴的事。

动机就不能一样。即使如此，他们都是她的圈子里不可缺少的部分，因此，就真的谈不到什么动机问题了。

她的生活变成了旅馆的大门，每一个寻欢作乐的有钱的年轻人都能敲门请进。很明显，谈不到挑选意气相投的伴侣，只能为了排遣无端的寂寞，碰上什么人，就混在一起。她那“神圣的艺术”真的把她扔进了泥潭，可是她的头脑眩晕了，看不出自己所处的地位，不管是门房肮脏的脸，还是黏滑、破烂的台上一切，还是那种旅馆、饭店的喧嚣、臭气、吵扰，以及她的景慕者的淫猥的举止——所有这一切，都不能发生清醒的作用。甚至她都没有注意到她一直只和男人们厮混在一起，而在她和有声价的女人们之间有着永久的隔阂。

这次到哥略夫里奥夫田庄来让她多少清醒了一下。

那天早晨，刚刚到达以后，她就开始觉得不舒服了。她是那么高度的敏感，马上就吸收了新的经验，很快地使自己适应新的环境。于是，她一来到哥略夫里奥夫田庄，就觉得自己是一位“小姐”了。她突然记起，她还有一些自己的东西：她自己的家，她自己的坟墓。她充满了希望想看到从前环境里的自己，想呼吸到最近才躲开的地方的空气。可是她的印象马上就给在这里接触到的现实赶开了。她这种经验正像一个人带着笑脸走进一群久未见面的朋友当中，突然发现大家都用冷淡的态度对待他的热情问候似的。约杜施卡向她身上盯着的下流眼色提醒了她，她的地位是有问题而不易转变的。在听了波哥瑞尔卡农民天真的问话，听了波哥瑞尔卡的神父和他的妻子的虔诚的叹息和劝告，听了刚才约杜施卡无礼的教条之后，她在一个人空下来咀嚼这一天中间印象的时候，她知道旧日的“小姐”永远不会再回来了，从今以后，她只是一个可怜的乡下戏院的女戏子，而俄国女戏子的地位比起娼妓来也好不了多少。直到目前，她就好像是在梦里过活似的。她在“美人海伦”里半裸着出台，要在“潘丽可拉”里表演沉醉的光景，在“海洛尔斯坦公爵夫人生活的插曲”里唱出各种下流的句子，甚至还得遗憾于没有把 la chose① 和 l'amour② 在台上表演出来，想象着她的屁股颤动起来有多么迷人，她的每一个动作都是多么诱惑。可是她却从未认真想过自己的行为的真实意义。她只是企图使一切都来得“诱人”和漂亮，同时又满足了在城里驻扎的团里的军官。可是这一切都有什么意义，她的颤动的屁股在军官中引起了怎样的感觉，她没有考虑过。军官们是决定城市风气的因素，她明白自己的成功全要靠他们。他们会硬闯进幕布后面，会没规矩地在她还没有穿好衣服的时候敲她化妆室的门，会用情爱的词儿缠她——这一切在她看来都平常得很，是她的职业引起的一种不可避免的事件。她只问自己一个问题，她扮演的角色是不是“迷人”。

直至目前她都没有想到过，她的肉体和灵魂都是公开的，可是现在一下子又觉得自己是个“小姐”了，她带着绝对的嫌恶回顾自己的过去，就好像她被剥光了在广场上示众似的；

① 法文：那玩意儿。
② 法文：爱情。

就像所有那些坏透了的家伙，满身是酒和马房气味的，突然把她抱在怀里，她的身子碰上了一些潮湿的手的摸索，碰上了垂涎的嘴唇，在那赤裸的身体的曲线上溜来溜去野兽一般贪婪而迟钝的肉欲的眼睛。

她能到哪里去呢？她怎样才能扔掉那已经在她的肩头开始留下痕迹的重载呢？这个问题在她的头脑里拼命地折腾——折腾，自然喽，因为她找不到答案，而且事实上也并不去找答案。这次在哥略夫里奥夫田庄的停留，也是一种梦境，她过去的生活是一场梦，她目前的觉醒也是一场梦，一些事使这个小姑娘心神不安，而她也变得多愁善感了——就是这样。这都会过去的。有快乐的时候，也有不快乐的时候——它们就是这样轮替着的。两者只是这样地滑过去，不过并不能更改既经决定了的人生道路。要给生活换一条新的道路，要变换它的路线，不但需要精神上、同时也需要体力上的勇敢。这几乎和自杀一样。在立意自杀之前，一个人会痛斥自己的生活，他一定会认为自杀是唯一的出路，可是死亡的工具却在他手里颤抖，刀子在脖子上不致命地划过，子弹，没打中前额，打到下面去了，仅仅造成了残废。安宁卡的情况就是如此。她一定要杀死她过去的生活，虽然杀死它，她自己却必须活下来。正常的自杀，只要一扳枪机，就能达到“完结”的目的，而特殊的自杀，却只有在经过了长久严格甚至是艰苦的努力之后，才能达到所谓新生的目的。

一个早已为舒适的生活习惯腐化了的娇养的人只要一望到新生就会目眩眼花。他本能地回过头去闭起眼睛。然后带着一肚皮的耻辱责备了自己缺乏勇气以后，又重新拾起了方便的道路。

嗽，劳动的生活是光荣的事情！可是只有坚强的人才能这样生活，此外就只有那些因为原罪①，被迫如此的人。只有这两种人不会被它吓倒；因为前面的一种人懂得劳动的意义和它无尽的力量，能够在这里面找到快乐；后者呢，因为劳动首先是他们的责任，后来又养成了习惯的缘故。

安宁卡一分钟也不想在哥略夫里奥夫田庄或波哥瑞尔卡逗留。这倒不难，因为她衷心喜欢的那种演戏职业加强了她要离开的决心。她是请准了假回来的，并且事先排定日程，甚至都预定了离开哥略夫里奥夫田庄的日期。对意志薄弱的人说，生活上外来约束可以相当地减轻它的负担。遇到了困难的情况，他们就本能地抓住那些约束，拿它们作为自己行为的辩解。

安宁卡决定了尽可能早日离开哥略夫里奥夫田庄，如果舅舅还是连哄带骗的话，就拿必须在限期报到的理由对付他。

她早晨起床以后就在宽阔的哥略夫里奥夫邸宅里多少个房间里悠闲地走着。她觉得这些房间是阴沉、讨厌、荒凉的。有一种衰败死亡的气息。一想到要在这里住下就使她非常恐惧。“决不！”她一直带着一种说不出的激动重复着说，“决不！”

① 这是基督教教徒的一种说法，由于亚当和夏娃的堕落而生的人类的一种天生的罪恶。

第五章

第二天，波尔斐瑞·乌拉地米里奇还是用暧昧的亲切态度向她问好，简直不可能看出他是向她表示好感呢还是想吸干她的血。

“哎，你‘总是想马上赶回去’，你睡得好吗？你现在又忙着想上哪儿去？”他打趣地问她。

“是的，舅舅，我是怕来不及，真的。我是告假出来的，您知道，我一定要准时回去报到的。”

“又是去扮演小丑吗？我可不答应。”

“不管您答应不答应，我是非走不可。”

约杜施卡悲哀地摇着头。“你死去的外祖母会怎么说呢？”他用一种善意的责备口吻问。

“外祖母在世的时候就都知道的。可是您为什么用那种词儿呢，舅舅？昨天您说我抱着吉他上市场，今天您又说扮小丑了。我不答应您这样对我说话，听见了吗？”

“唉——唉！真理伤人！哎，我还是喜欢真理。我想如果真理——”

“不，不，我不要听，我不要听。您的真理和胡说我都不要。您听明白了吗？我不要您对我这样说话。”

“好，好！瞧她生气了！啾，你这个小蹄子！我们还是趁早喝茶去吧。我想现在茶炊已经在桌子上唱小曲了。”

波尔斐瑞·乌拉地米里奇想用玩笑和打趣补救自己刚才失口说出的“扮小丑”，甚至还想拥抱她一下来表示和解。不过在安宁卡看来，这一切都是那么愚蠢，那么讨厌，她就用嫌恶的表情拒绝了他的靠近。

“我跟您说正经的，舅舅，我马上就要走了，”她说。

“哎，那么，让我们先去喝了茶，然后再谈。”

“可是为什么一定要先喝了茶再谈？为什么不现在就谈？”

“因为。因为每一样事都要到了时候再作。第一件，然后另一件，我们先去喝茶聊聊，然后我们再谈正事。时候多着呢。”

她也只有隐忍下来。他这些废话真是无法制服。他们过去喝茶。约杜施卡恶意地拖延着时间，沉着地啜着他的茶，在身上画着十字，拍着大腿，废话连篇地谈论着他过世的好妈妈，等等。

“哎，现在我们可以谈了，”他终于说道，“你想在这里多住些时候吗？”

“顶多一个礼拜。回剧团以前我还要上莫斯科去一趟呢。”

“一个礼拜不短了，我的宝贝。一个礼拜里你可以做不少事，也可以做很少的事。这全要看你怎么进行了。”

“我们顶好还是试试看多办点事，舅舅。”

“这正是我要说的。你能办很多事，也可能办得很少，有时候你以为办得很少，可是你还没有来得及仔细看，什么事都已经料理到了。就拿现在说吧，你急着想上莫斯科去，你说你在那里有事；到底是什么事呢，也许连你自己都不知道。不过我的看法是这样，你还是把全部时间花在这里，真正办些事，不用到莫斯科去了。”

“不，我一定要到莫斯科去，因为我想去看看能不能在那里登台。至于办事，您不是说一个礼拜当中可以办得很多吗？”

“这全看你怎么办了，我的朋友。你要是办得得当，一切都会顺顺当当的，可是你要是办得不合适，唉，你就会碰上周折，事情可就拖下去了。”

“好，您指导我吧，舅舅。”

“就是这样。用得着的时候，就是‘您指导我吧，舅舅，’可是如果用不着了，那么就‘这儿真闷，舅舅，我要走了。’你不能说我这话没有道理。”

“不过请您告诉我应该怎么办。”

“等等，别忙！所以，我不是说过吗，用着舅舅了，他就是亲爱的，心肝，宝贝，要是用不着他，他就不好了。可是你永远不信任你的舅舅，不肯这么问他，‘您觉得怎么样，好舅舅，我应该不应该上莫斯科去？’”

“您多滑稽，舅舅！莫斯科我是非去不可，我问您的意见，您要是说不呢？”

“嗯，如果我说不，那么就留在这里！说这话的可不是外人。是你的舅舅，你也可以听你舅舅一句话的。嗽，我的朋友！你有一个舅舅可算福气不小。至少有个人替你想，在必要的时候劝告你呀。想想那些什么亲人都没有的人。没人同情他们，没人劝告他们。他们就全靠自己活着。他们要是出了事——生活里面会出很多事的呢，我的宝贝。”

安宁卡本想回答，可是知道这一定要火上浇油，于是就不响了。她坐着，她的眼睛绝望地望着舅舅，他这时候正滔滔不绝地往下说呢。

“我想告诉你，”约杜施卡接下去说，“我不愿意你赶那些集，不，我一点都不愿意。虽然你听着我谈起吉他不顺耳，可是我还得说——”

“不过只说‘我不愿意’不顶事。给我想个出路。”

“跟我住在一块儿。这就是出路。”

“不，永远不！”

“为什么？”

“因为我在这里无事可做。在这里我能做什么呢？早晨起来，喝茶，一面喝着一面想快开早点了，吃早点的时候想午饭。午饭的时候想午茶。接着是晚饭，然后睡觉。不，人在这里住下去会死的。”

“他们全是这样的，我的朋友。首先我们喝茶，喝完茶要吃早点的就去吃。譬如我，我就不要吃早点，于是我就不吃。然后中饭，然后午茶，然后上床。嗯，这里面我看不出有什么可笑、该反对的。可是如果我——”

“没有什么要反对的；可是这不称我的心。”

“不过假使我冲撞了谁，判断错了或者骂了人，好，那么，才真正该反对。可是喝茶，吃早点，吃午饭——天哪！我想，不管你有多聪明，不吃饭你也活不下去的。”

“对，一点不错，可是这不称我的心。”

“不过别光拿你自己的码尺来衡量一切。听长辈的话。‘这个我喜欢，那个我不喜欢。’现在，你可不能再这样说了！相反地你应该这么说，‘如果上帝喜欢这样，’或者‘如果上帝不喜欢这样。’这么说就对了。譬如我们这么说，在哥略夫里奥夫田庄，我们不按照上帝的意旨生活，如果我们违反他，如果我们犯罪，怀疑他的智慧，如果我们猜忌，并且还干别的坏事，哎，这么着我们就真的犯罪了，该当受到谴责了。不过，也一定要先证明一下，我们真的不会按照上帝的意旨办事。你来了就说，‘这不对我的劲。’好，拿我来说吧。有很多事不对我的劲。就拿这一样来说吧，我不喜欢你这种样子对我讲话，你这么瞧不起我的招待。可是我不吭气。我想用和缓的方法让你省悟，也许你会明白过来的。也许在我打趣着，说着轻松的话的时候，你的守护天使就来了，领着你上了正道。你知道，我的朋友，我关心的不是我自己的幸福，是你的。啊，我的朋友，你多么坏！如果，譬如说，我的言行有地方冲撞了你，哎，那你是有理由抱怨的。虽然，只要是长辈说的教训，小辈都应该听，可是如果我冲撞了你，你发脾气我也不在乎。我这里还是平平静静舒舒服服的。我不说一句话，只是在想，怎样才能让你和别人更好更舒服些，这样大伙都会欢欢喜喜的了。可是瞧瞧你拿什么来报答我的好心！你说话不可以轻率的随口就说，先得想一下，然后祈祷上帝，恳求他的指示。然后假如，让我们打个比方——"

波尔斐瑞·乌拉地米里奇就用这种调子扯了很久。他的话就跟浓浓的口水似的不断地流。安宁卡带着本能的恐惧和思虑望着他，"这一大堆话怎么就没有噎着他？"尽管说了这么一大篇话，她的亲舅舅并没有一个字讲到有关阿丽娜·彼得洛芙娜死后她应该怎么办。她想法在吃中饭和午茶的时候提出这个问题来，不过每一次约杜施卡都张下了不同的网，于是安宁卡就只好懊悔自己又提起了这问题，苦闷地想："到底有完没有？"

午饭以后，波尔斐瑞·乌拉地米里奇进去睡中觉的时候，安宁卡一个人和叶芙波拉克霞待在一起，忽然涌上了一个念头，想跟舅舅的女管家谈谈。

她想知道为什么叶芙波拉克霞住在哥略夫里奥夫田庄不感到可怕，是什么给了她这种力量，忍受她舅舅从早到晚嘴里不断流了出来的无意义的话语。

"你觉得哥略夫里奥夫田庄这个地方气闷吗，叶芙波拉克霞？"

"为什么我们要觉得气闷呢？我们又不是贵族。"

"可是照样——总是孤孤单单的——没有娱乐，没有消遣——"

"我需要什么消遣呢？我闷了，就朝窗外看看。我跟爸爸住在一起的时候也并不更开心的。"

“可是，我想，在家总要好些。你有朋友，去找她们，玩玩什么的。”

“啊，这有什么用!”

“跟舅舅在一起。他说的是那种无聊的话，而且说起来就没完。他一直是这种样子的吗?”

“一直是这样的，一天到晚这种样子。”

“这不使你讨厌吗?”

“怎么会？我并不听的。”

“可是完全不听是不可能的。他会看出来，不高兴的。”

“他怎么能知道？我瞅着他。他不住嘴地说，我也不转眼地看，这时候我就想自己的心思。”

“平常你总想些什么?”

“什么都想。要是我要腌小黄瓜了，我就想小黄瓜。要是我想打发谁进城，我就想城里。不论家里需要什么，就都是我想的题目。”

“嗯，我看出来了。你是跟我舅舅住在一块，可是你永远是孤独的。”

“是的，可不就等于孤零零的。除非他有时候也想玩玩牌。嗯，我们就玩牌，可是就在这种时候，他也常常玩到一半就停下来，推开牌说起来了。我就瞅瞅他。阿丽娜·彼得洛芙娜活着的时候倒还热闹得多。她在场的时候，他不敢说得太多，因为老太太常常打断他的话头。可是现在就毫无拘束了。”

"嗯，哎，叶芙波拉克霞，这就正是可怕的地方。这真可怕，一个人说着连他自己都不知道是什么的话，不知道他为什么要说这些话，不知道可有说完的时候。你瞧着不害怕吗?"

叶芙波拉克霞望着她，就好像被一个新奇的见解打动的似的。

"不只是您如此，"她说，"这儿有好些人也为了这个不喜欢他。"

"真的吗?"

"是的。连仆人们在内。他们里面没有一个人能待得长。他几乎每个月都更换他们。连办事员也在内。都是为了这个。"

"他也折磨他们吗?"

"简直可怕。醉汉们——他们待得住，因为醉汉听不见。哪怕你吹号角呢，可是他们好像把耳朵塞了起来似的。不过糟糕的是，他又不喜欢醉汉。"

"啾，叶芙波拉克霞，他还想哄我在这里住下来呢。"

"对了，小姐，您要是真能在这儿住上一阵子才好呢。也许您在这儿他还有点羞耻。"

"不，谢谢你。我可没有那份耐心看着他。"

"是的，当然啦，您是上等人。您可以照着自己的意思生活，提到这个我猜您得按着别人的音乐伴奏跳舞吧。"

"啾，当然是这样。"

"是的，我想是这样。我想再问您一件事。做女演员好吗?”

“挣面包和牛油给你自己吃。这是一件好事。”

“还有这是真的吗，波尔斐瑞·乌拉地米里奇告诉过我，不认识的人可以搂女演员的腰?”

安宁卡脸红了一下。

“波尔斐瑞·乌拉地米里奇不懂这些，”她生气地说，“这就是他胡说八道的原因。他好像就不知道舞台上只是做戏，不是真的。”

“可是，就连他，就是说波尔斐瑞·乌拉地米里奇，他第一眼看见你的时候，嘴里都流了口水。‘我的外甥女，’又是‘亲爱的，’又是‘宝贝儿，’简直就像个花花公子。还有他那不害臊的眼睛简直都要把您给吞下去。”

“叶芙波拉克霞，你为什么乱扯呢?”

“我?啾，我不在乎。您在这儿待下来，您自己就明白了。我——我不在乎。我可以不干仍旧回到爸爸那里去。反正这儿闷得很，您这点是说对了。”

“您要是以为我要在这儿待下来那你可就太傻了。不过有一点是对的，哥略夫里奥夫田庄的确是个无聊的地方。你在这儿待得愈久，就愈觉得闷。”

叶芙波拉克霞沉思起来了，接着打了个呵欠说:

“我跟爸爸在一起的时候，我是非常非常瘦的。现在，您看我多壮实，像一座炉子。这么说，无聊究竟对人有益处。”

“你不会忍受多久的，不管怎么说。记住我的话——你不会。”

谈话就在这里结束。

幸亏波尔斐瑞·乌拉地米里奇没有听见这些话，不然他可就又抓住一个发挥宏论的新的好题目了。

波尔斐瑞·乌拉地米里奇整整把安宁卡给折磨了两天。他一直说着，“等等，用不着忙！安安静静的，平心静气的。念你的祈祷，接受你的赐福，”等等。他让她厌倦得要死。终于，在第五天上，他预备陪她一起进城了，虽然他又找到了另外一个折磨外甥女的方法。

她穿着皮大衣在门廊里等他，而他，就像要刁难她似的，整整磨了一个钟头，穿衣，洗脸，拍大腿，画十字，走来走去，坐下，吩咐事情。“唉——，要注意——是这个意思。可别出什么岔子——你明白。”

他就像不只是离开哥略夫里奥夫田庄几个钟头，而是永远不回来了的样子。把大伙都累垮了以后，在门口的人马都等了一个半钟头以后，他自己的嗓子到底也嚷干了，他才决定动身。

马儿在旅馆里吃燕麦的时候，在城里的事就全办完了。波尔斐瑞·乌拉地米里奇拿出了一本账簿，上面写着阿丽娜·彼得洛芙娜故世的时候，孤女们有两万或稍微不到两万的五分息的证券。接着撤销监护的请求书递了上去，附着孤女们成年的证件，马上签发了命令，撤销监护，存款和土地两者都移转给合法的所有人。同一天的黄昏，安宁卡签署了约杜施卡准备好的全部文件和清单，一切都弄好以后，叹了一口气，总算完了。

剩下来的几天安宁卡是在极度的不安里度过的。她想马上就离开哥略夫里奥夫田庄，可是他舅舅却用玩笑来应付她，这听起来是好意的，却暴露了一股无法克服的愚顽。

“你自己说要住上一个礼拜的。那么就住下来吧，”他说，“我不懂你为什么这么急。你用不着付房钱，你是受到免费的欢迎的。你心里想什么就有什么，茶，饭，一切。”

“不过：舅舅，我非走不可了，”安宁卡恳求着。

“你简直是坐立不安，可是我不给你马，”约杜施卡打趣着说，“我就是不给你马，你就得当我的犯人。过了这个礼拜，我就什么话都不说了。我们去做弥撒，吃上一顿，喝点茶，聊一会，然后我们彼此好好看上一眼，然后——一路平安！不过，也许我们还要再到坟上去一趟。最好还是跟你外祖母告别一下，你明白。也许她的灵魂会指引你呢。”

“这我倒愿意，”安宁卡同意了。

“那么我们就这样。礼拜三一早我们参加这里的弥撒，接着在你动身以前吃一顿，然后让我的马把你拉到波哥瑞尔卡去。从那里到德佛里基你可得用你自己的马。你自己是个女地主了，我不妨说，你有你自己的马的。”

她只好同意了。粗俗的力量可不小。它在你不提防的时候就能把人抓住，当一个人瞪着眼睛不知所措的时候，老早就已经被它抓在手心里了。在脏水坑边走过的时候，我们捏起了鼻子不喘气。在一种饱和了无聊的废话和粗俗的空气当中，我们只好对自己实行同样的办法，使自己的视力、听觉、嗅觉和味觉都不起作用，压下一切感觉，让自己变成石头。

不然我们就会有给粗俗的毒气憋死的危险。

安宁卡懂得这个，也许迟了一点。反正，她决定了，自己从哥略夫里奥夫田庄的囚禁当中的解脱过程听其自然发展好了。她已经给约杜施卡那种不可抗拒的废话完全压垮，她简直就不敢抗拒，只能听他像个好亲属似的拥抱她、抚摸她的背脊，一面说着：

“哎，现在你是一个乖乖的小妞儿了。”

她一碰上他那发抖的满是骨头的手在她的背上摸过，就本能地想缩拢来，可是一想“这个礼拜过完以后他要是还不放我可怎么办?”就只好忍下来了。

还算幸运，约杜施卡一点都不吹毛求疵。可能他已经看出了她动作里面的不耐烦，可是却并不在意。显然他是坚持这种两性关系的原则的，简单说来就是，“吻我，不管你爱不爱我。”

盼望了很久的脱身日子终于来到了。六点钟左右安宁卡就起了床，可是约杜施卡起得更早，已经都准备好了。他早已做过了晨祷，穿着晨衣、拖鞋毫无目的地从一个房间走到另一个房间。他显然是激动的，遇见安宁卡的时候，就斜着眼瞟她。天差不多已经大亮了，可是天气很坏。天上满布着大片的黑云，落着寒冷的冰珠。沿着村庄的路上变成黑色，满布着泥潭——是一种由于融雪道路不能通行的预告。刮着强烈的南风，这是融雪气候的另一种表现。树木已经脱掉了积雪的外衣，光秃潮湿的树梢凄凉地摇摆着。院子里的谷仓显得又黑又湿。波尔斐瑞·乌拉地米里奇把安宁卡领到窗口，把春天来临的画面指给她看。

“真值得离开吗?”他问,“说来说去,住下来岂不是更好些?”

“欧,不,不!”她带着惊恐地喊。“坏天气就会过去的。”

“不见得。要是你现在动身,我保不定七点钟以前到不到得了波哥瑞尔卡。在这里化雪的日你不能走夜路,你知道。所以无论如何,你就非在波哥瑞尔卡过一夜不可。”

“欧,不!我晚上也要走的。我马上就动身。我是不怕的,您知道。还要等到一点钟?舅舅,亲爱的!让我马上走吧。”

“外祖母会怎么说呢?‘我的外孙女就是这样的!’她会说的,‘她到了这里,胡闹一阵,甚至连我的祝福都不要。’”

波尔斐瑞·乌拉地米里奇停止了。他左右脚掉换了好半天,然后看了安宁卡一眼,就低下了眼睛。分明是他又拿定了什么主意。

“等一下,我有样东西给你看看,”他终于说,从口袋里掏出一卷纸来递给安宁卡,“这个,念一下吧。”

安宁卡读了:

“我今天祷告过,我恳求我那好心慈悲的上帝把我乖乖的小安宁卡留给我。好心慈悲的上帝说,‘用你的手臂搂住乖乖的小安宁卡丰满的腰围,让她紧紧地贴着你的心。’”

“嗯?”他问,脸色有一点苍白。

“呸,多么下流!”她回答,惊惶失措地望着他。

波尔斐瑞·乌拉地米里奇脸色变得更苍白了，从牙缝里嘶嘶地说：

“我想，非骠骑兵不可！”接着在自己身上画了个十字，拖着脚步离开了房间。

过了大约十五分钟他回来了，好像没事人似的又说起笑话来了。

“嗯？”他问，“你要在佛普里诺停留吗？你要不要去向你的老奶奶告别？去告别吧，我的宝贝，去告别吧。你记着你的老奶奶是很好的。永远不要忘了你的亲人，我的宝贝，特别是那些，可以说，为了我们死都情愿的人。”

他们参加了弥撒和安魂祭，在教堂里吃了点库特亚，就回家了，再吃了些库特亚以后就在茶桌旁边坐下。波尔斐瑞·乌拉地米里奇，好像特意刁难她，啜茶的时候比平常来得更慢。讨厌地慢吞吞地说话，在狼吞虎咽的间歇高谈阔论。他们吃完茶的时候是十点钟左右，安宁卡恳求地说：

“现在我可以走了吗，舅舅？”

“还有一顿吃呢，还有午饭呢？你真以为舅舅会让你空着肚子走路吗？不成，不成。在我们哥略夫里奥夫田庄不作兴有这种事的。嗐，好妈妈要是知道了我让亲外甥女一口东西不吃就走路，她就不会再理睬我了。想都不要想。啊，这不可能的。”

她又不能不屈服了。一个半小时过去，可是连午饭的信息都没有。每一个人都做着自己的事。叶芙波拉克霞，她那一大串钥匙叮当地响着，在院子当中餐具室和地窖之间跑来跑去。波尔斐瑞·乌拉地米里奇对办事员解释着什么事，用无意义的吩咐不断地拍大腿让他烦得要死，都是为了消磨时间。安宁卡，只剩下了自己，在饭厅里来来回回地走着，看着钟，计数着自己的脚步，后来又数着钟的滴答声——一、二、三。她不时向窗外看一眼，看见那些水潭越来越大了。

终于刀叉盘子开始响了起来。侍役斯蒂潘走进了饭厅，在桌子上铺上了台布。看样子约杜施卡的无事忙有一部分不自觉地传布到他身上了。他懒懒地把一只只盘子移来移去，向玻璃杯上呵气，仔细地看，一只只举到光亮的地方瞧瞧。午饭恰恰在一点钟开始了。

“哎，你是要走了，”波尔斐瑞·乌拉地米里奇开始了谈话，态度和当前的情景正好合适。他面前放着一盆汤，可是他碰都不碰。他那样深情地望着安宁卡，连鼻子尖都变红了。

安宁卡匆忙地大口喝汤。后来他终于拿起了汤匙浸到汤里，可是又换了主意，把汤匙放回台布上面。

“我上了年纪，你可得原谅我，”他开始唠叨起来，“你能大口地喝汤，我可得慢慢来。我看到人们不看重上帝的赐予的时候就不高兴。上帝赏给我们面包是为了维持生活的，可是看看你糟蹋了多少。看看你撒的这一片碎渣。总而言之，我喜欢彻底而小心地做事，这到底总要来得比较保险。可能我的动作不够快会让你不高兴，我不能从铁环里跳过去，随你的便怎么说吧。唉，我能怎么办呢？你要是觉得讨厌，也只好由你。我知道你会有短时间的不高兴，然后就原谅了我这个上了年纪的人了。记住，你不会永远年轻下去的。你不会一辈子都能跳环。生活会让你长经验，添智慧。那时候你就会说，‘也许舅舅到底是对的。’因此，我的宝贝，你现在听我说话的时候，也许你要想，‘舅舅没有用。舅舅是个老啰唆。’可是等你到了我这个年纪，可就要换一种说法了。你会说，舅舅不错。舅舅可爱。舅舅教给我是对的。”

波尔斐瑞·乌拉地米里奇在自己身上画了十字，喝了两满匙汤，然后放下汤匙靠着椅背，好像又要开始独白似的。

“吸血鬼!”已经到了她的舌尖，可是她忍住了，倒了一杯水，一口喝下去。约杜施卡意识到了她的精神状态。

“这么说，你不喜欢这个？嗯，不管你愿意不愿意，最好还是听舅舅的话。我早就想跟你谈谈你这种急性子脾气，可是总抽不出时间。我不喜欢你这种急性子。这里面免不了浮躁，也就缺乏判断力。你离开你的老奶奶的时候，你不应该让老太太一天到晚忧心挂念，而自顾撇开她走了。我真的不明白你为什么要那样做。”

“嗽，舅舅，还提那个干什么？事都已经做了。您这可不大好。”

“别忙，这不是我的意思——好呢还是不好——我想说的是，即使一件事已经做了，也还可以挽回，或者重新做过。不只是我们人类如此，上帝有时候也改变他的措施的。他下雨，他又给了我们好天气。这样，假定——真的，舞台可不是个好地方——假定你决定了留下来。”

“不，舅舅，我们别再提这个了，我求你。”

“我还有一件事想告诉你。你这种三心二意可够坏的，而更坏的是你对长辈教训的那种轻蔑态度。我为了你好才说的，可是你倒说，‘我们别再提这个了。’舅舅是和善慈爱的，你倒要骂他。可是你知道是谁把舅舅给了你的？嗯，告诉我——谁？”

安宁卡困窘地望着他。

“上帝把舅舅给了你的，就是他。这是上帝办的事。要不是上帝，你现在就只剩下孤零零的一个人了，你也不懂怎么办事，怎么递申请书，向哪里去递，以及能在这上面期望点什么。你会在森林里迷了方向。谁都会来欺骗你，虐待你，侮辱你。你看？靠了上帝和你舅舅的帮助全部的事务一天里都办完了。我们进城，递进了一份申请书，弄到了必要的批准。你看，我的宝贝，舅舅多会办事？”

“是的，舅舅，我是感激您的。”

“嗯，如果你感激我，就别骂我了，照我的话去做吧。我是为了你好，虽然你常常会觉得——”

安宁卡简直不能控制自己了。要想躲开舅舅的教训只剩下了一个办法——假装原则上同意了他留在哥略夫里奥夫田庄的建议。

“好吧，舅舅，”她说，“我要考虑。我自己也觉得一个人离开亲戚很远住在外面不大合适。不过我现在还不能决定——我还得再想想。”

“啊，我很高兴看到你明白了我的意思，可是干吗还要再想想呢？我们把马儿解下来，把你的箱子从马车上搬下来——要想也就是想这些事罢了。”

“不，舅舅，您忘了我还有个妹妹。”

很难说，到底是她的话说服了波尔斐瑞·乌拉地米里奇，还是这一幕戏只是为了要做给人看。波尔斐瑞·乌拉地米里奇自己也不明白安宁卡是否真的应该留在哥略夫里奥夫田庄，还只是出于自己一时的高兴。总之，从这一刹那开始，午餐就以活跃的速度进展着了。安宁卡对他所说的一切都表示同意，并且用这样的态度答话，不致引起更多滔滔不绝的废话。虽然如此，午饭吃完的时候，时钟已经指在两点半的地方了。安宁卡从饭桌上跳起来，就好像是在蒸汽浴室里出来似的，跑到舅舅跟前告别了。

十分钟以后，约杜施卡穿着皮袄和熊皮靴子。送她到大门口去，并且亲自照顾把年轻的小姐安置在小雪车里。

“下坡的时候稳着点，听见了吗？留神别在申基诺斜坡把她给翻下来！”他大声对车夫喊着。

安宁卡终于坐好了，包好了身子，马车的皮车篷也系好了。

“你还是留下来吧！”约杜施卡又喊道，希望当着聚拢来的众仆人面前，一切都要像个好亲属的样子。可是安宁卡已经觉得自由了，突然涌起了一个天真的念头，想开个玩笑。她在马车里站了起来，着着实实一个字一个字地说出：“不，舅舅，我不要！您简直是个可怕的东西！”

约杜施卡装作没有听见，可是他的嘴唇发白了。

第六章

安宁卡逃出了哥略夫里奥夫田庄的囚禁，她是那样高兴，简直就不会想到那个人，由于她的离开，已经割断了跟这个世界上一切活人的联系。她只想着自己。她咀嚼着逃走的滋味。自由的感觉是如此强烈，当她再度到佛普里诺去上坟的时候，已经不再有一丁点初来时流露出来的那种神经激动了。她平静地听着安魂祭，在坟前鞠躬，没有洒一滴眼泪，十分情愿地接受了神父的邀请跟他一起去喝茶。

佛普里诺地方神父的住宅是布置得非常简朴的。唯一像样点的房间，用作接待室的，看起来空阔而又凄凉。靠墙放着一打左右的漆椅，罩着毛布，到处全是洞眼，还有一只同样质料的沙发，靠背鼓了出来，正像一个旧时代将军的胸膛。一面墙上两窗之间放着一张普通的桌子，盖着肮脏的桌布，上面放着许多乡民的忏悔册子。后面露出了一只墨水瓶，里面插着一支羽毛笔。一个放着神像的框子，是这家世传的东西，还有一盏点着的神灯。都挂在房子东面的角落里。神像框子底下有两口罩着褪色的淡褐布、装着这家人的布衣被单之类的箱子，这是主妇的陪嫁。墙上没有糊纸。一面墙的当中挂着几张主教的银板照相。这间房子里有一种特别的气味，好像多少代苍蝇甲虫都在这里遭到了不幸似的。神父自己，虽然是个年轻人，在这种环境当中却变得颇为憔悴。他那稀疏的亚麻色的又长又直的头发，从头上直垂下来，正像垂拂的杨柳枝条。他的眼睛，一度曾经是蓝的，现在已经没有了光彩。他的声音打着战，胡子是楔形的，羊毛布法衣宽松地披在身上。他的妻子，也挺年轻，因为多产，看起来比丈夫还衰老些。

即使如此，安宁卡依旧看得出，甚至这些贫穷、萎缩、被折磨透了的人看着她的时候，不像在看一个普通的教民，却带着怜悯，就像她是一头迷失了的羔羊似的。

“您是去看您的舅父的?”神父开始说话，从他妻子擎着的茶盘里仔细地取下一杯茶来。

“是的，我在那里住了差不多一个礼拜。”

“波尔斐瑞·乌拉地米里奇现在是本区的首户地主了，他的权力也最大。可是看起来幸运并没有临到他。首先，死了一个儿子，接着另一个也死了，现在他的母亲又过世了。我很奇怪他没有坚持留你和他住在一起。”

“舅舅要我住下来的，可是我不愿意。”

“为什么呢?”

“我情愿自由地生活。”

“自由，小姐，当然并不是坏事，不过也有它的危险性。您要是想到您是波尔斐瑞·乌拉地米里奇最近支的亲属，您是可以放弃一点那样的自由的。我想。”

“不，神父，自己的面包味道是更好些的。当你觉得不受任何人的恩惠的时候，生活是要舒服得多的。”

神父用他那暗淡的目光望着她，就像想问她，“啊，您真的知道‘自己的面包’是什么意思吗?”可是他没有这份勇气来困恼她，于是他只是在自己身上把法衣更拉紧了一些。

“您做女演员薪水拿得多吗?”神父妻子问道。

神父可吓坏了，甚至给他妻子递了眼色。他以为安宁卡会生气，可是她并没有生气，连声音都不打颤地答道：“目前我每月能拿一百五十卢布，我妹妹挣一百。可是我们就要有福利演出了。一起在内，我们俩每年净得六千卢布。”

“为什么妹妹挣得少些？她不行还是怎样?”神父妻子接着问。

“不，她演的是另一种类型。我有一条好嗓子，我唱歌。观众要更欢迎些。妹妹的嗓子弱一点。于是她大都在轻松歌舞剧里演出。”

“这么说，连戏台上也要分神父、执事，剩下来的就都是下级职员了吗?”

“是的，不过我们俩的收入是平分的。这是我们打开头就有的谅解——所有的钱都是平均分配的。”

“像好姊妹似的？啊，没有比这个更好的了。那要有多少呢，神父？要是你拿六千用月数一除，那要有多少呢?”

“五百卢布一个月，再拿二来除，每人每月是二百五十卢布。”

“天哪，好大的一堆钱哪！我们一年都用不了的。我还想问您一件事，人家不拿女演员当真正的女人看待，是真的吗?”

神父吓成了那种样子，他的法衣都敞开了；不过看到安宁卡听了这个问题不大在乎，就自己想着，“呃——呃，她真是个不好对付的人。”又定下心来。

“你说‘不当真正的女人’是什么意思?”她问。

“嗯，她们又接吻又拥抱。我听说她们不管愿意不愿意，都得这么做的。”

“不，她们不接吻——她们只是装出接吻的样子来。至于她们愿意不愿意，那就完全不在问题以内了，因为一切情节都要按照剧本来做的。不论剧本上写了什么，她们都得照着做。”

“是的，可是尽管剧本上写的有——您知道——有时候，一个淌口水的大鼻子向您身边蹭过来。他看起来让人想吐，可是您却非预备好了嘴唇让他吻不可。”

安宁卡的脸上涨满了红晕。她的记忆里突然一闪，出现了那个勇敢的帕普柯夫上尉淌口水的脸，他真的“向自己身边蹭过来过”的，而天啊！甚至没有按着剧场的规矩。

“你误解了舞台上出现的一切。”她冷淡地说。

“当然，我们从来没有进过戏院，不过我敢说那里有好多花样呢。神父和我经常谈到您，小姐。我们替您难过，非常抱歉，真的。”

安宁卡沉默了。神父拉了一下自己的胡子，好像他也终于集起了足够的勇气想说些什么了。

“自然，必须承认，小姐，每一种行业都有它好的一面，也有它不好的一面的，”他终于参加了谈话，“不过我们人类的缺点是欣赏前者却企图忘掉后者。我们又为什么要忘记呢？因为，小姐，我们都想尽量忘记甚至会提醒我们的责任心和过去纯洁生活的回忆。”他叹了口气又添上说，“而最要紧的，小姐，您一定要牢牢守住您自己的宝物。”

神父用警告的眼色看了安宁卡一眼，他妻子悲哀地摇了摇头，就像在说：“那是没有多大可能的。”

安宁卡不知道怎样答复这些忠告了。她一点点地看出来，这些单纯的人谈到她的“宝物”，和驻扎在许多城市里的团里军官有意地对她谈到 la chose① 有同等的价值。现在她已经非常清楚，在舅舅家里和神父这里，她都被看作一种特殊的人物，可以谦虚对待，可是得有个距离，以免玷污了自己。

“神父，你的教堂为什么这么穷呢？”她问道，更换了话题。

“这个地方没有什么能使它富裕——这就是它贫穷的原因。地主全在政府里服务，农民们经济情形又不好。一起算进去，也不过只有二百多一点乡民。”

“我们的钟，您瞧，是很糟的。”神父妻子叹气说。

“是啊，钟和一切。我们的钟，小姐，只有五百磅重，尤其糟的是，它破了。它敲不响，只是咳嗽。这么穷简直是罪过。过世的阿丽娜·彼得洛芙娜答应过铸一口新钟的，她要

① 法文：那事情。

是不死，很可能现在我们已经有一口新钟了。”

“你为什么不告诉舅舅说外祖母已经答应给你一口新钟呢?”

“我跟他说过的，小姐，而且我必须承认，他非常和善地听了我的陈诉，可是他不能给我一个满意的答复。他说他没有听母亲讲到过这个：他过世的好妈妈从来没有提起过这件事。他说，只要听母亲说起过，他是非常愿意实现她的愿望的。”

“他不可能没有听到的，”神父妻子说，“全区都知道的。”

“于是我们就这个样子过活。起初我们至少还有过指望，可是现在，我们没有剩下什么希望了。不用提我们自己的需要，有时候连做法事的东西都没有——既没有圣饼又没有红酒。”

安宁卡想站起来告辞，可是桌面上又出现了一只新的托盘，上面放着两只盘子，一盘菌子，一盘里放着一点鱼子酱，还有一瓶白葡萄酒。

“一定请赏光吃一点——这是我们最好的东西了。”

安宁卡答应了，很快地吞下了些菌子，可是不肯喝白葡萄酒。

“还有一件事我想问一下，”神父妻子接着说，“我们这个村里有一个女孩子，是一个农民的女儿，在赖施且夫斯基那里做活。她曾经在圣·彼得堡做过一个女伶的丫头。她说女伶的生活是非常舒服、快乐的，不过一个女伶每月一定要领一张特别的执照。这是真的吗?”

安宁卡瞪着她不懂是什么意思。

“那是为了能有更大的自由，”神父解释道，“不过我想她说的不是真话。正相反，我还听说过有许多女伶由于她们的服务还从政府领年金呢。”

安宁卡确信情况已经从不佳发展到糟透了的阶段了，就站起来告辞。

“我们想您现在会放弃演戏了，”神父妻子坚持着说。

“为什么？”

“是的，不过——您是一位小姐。您已经成年了，您自己有一所田庄——还能比这再好吗？”

“您又是您舅父的继承人，您知道。”神父添上了一句。

“不，我不要住在这里。”

“我们是多么盼望着啊！神父跟我常常都在谈论我们年轻的女主人。我们想您一定会回波哥瑞尔卡住下来的。到了夏天这个地方可真不错呢。您可以到森林里去拾菌子，”神父妻子怂恿着说。

“就在干旱的夏天我们这儿都有好多菌子，”神父应和地说。

最后安宁卡离开了。她到了波哥瑞尔卡以后，第一句话就是，“马！请马上把马备好！”不过费突里奇仅只耸了耸肩膀。

“喊马有什么用？还没有喂过它们呢，”他叽咕地说。

“可是为什么？嗷，我的天，好像人人都商量好了跟我过不去！”

“对啦，我们商量过了。我们又怎么能不商量，明摆着在化雪的日子，晚上不能赶路。反正，您一定会在泥坑里整整陷上一夜的，这么着，还是陷在家里好些，我想。”

外祖母的房间已经烘得很暖了。卧室也收拾好了，一只茶炊已经在桌子上喷着气。亚菲米优仕伽从阿丽娜·彼得洛芙娜的茶叶罐底下把剩下的茶末子收集拢来。茶叶刚刚泡出味道来的时候，费突里奇站在门口，拢着手臂，冲着年轻的女主人。他旁边站着看牛的女人和莫尔柯芙娜，看样子好像只要一挥手他们就预备逃得无影无踪似的。

费突里奇是第一个说话的人。

“茶叶是老太太的——只在罐底，还剩下了这么一点。波尔斐瑞·乌拉地米里奇本想连这也拿走的，可是我没有答应他。‘也许，’我说，‘小姐会回来，想喝点热茶。这么就让它留在这里，等她自己买了新的再说吧。’嗯，我并没有跟他争起来——他甚至还说笑话呢。‘你这个老流氓’他说，‘你自己想喝掉它的！别忘了，’他说，‘把这个罐子送到哥略夫里奥夫田庄来。’就是明天他派人来拿我也不会奇怪的。”

“那时候你给了他就是了。”

“为什么要给他。他自己的茶够多的了。现在，至少，我们，等你喝过了还能喝一点。还有一件事，小姐，您要把我们转到波尔斐瑞·乌拉地米里奇那儿去吗？”

“为什么，我从来没有这个意思。”

“对了。您知道，我们要造反的。即使，如果，让我们这么说，我们要归哥略夫里奥夫田庄的主人来管，我们全都要递辞呈的。”

“为什么？舅舅真的那么可怕吗?”

“不，他并不可怕。可是他折磨你，他满嘴都是废话。他能把一个人说进坟墓里去的。”

安宁卡忍不住笑了。从约杜施卡的演讲里渗出来的分明是肮脏的东西，不仅是废话而已。这就是一个发臭的伤口，从里面不停地流出脓血来。

“您自己打算怎么办呢?”费突里奇接着问。

“什么，我自己要有什么打算吗?”安宁卡说，有点为难了，觉得又会不得不听那种关于“宝物”的教训了。

“您真的不肯放弃舞台吗?”

“不——我还没有想到这些。可是我养活自己又有什么害处呢?”

“我瞧不出抱着一只风笛走遍了市场给醉鬼取乐有什么好处。真的，您是一位小姐呢。”

安宁卡没有回答，只是皱紧了眉头。在她脑子里起了一阵痛苦的思想，“天哪，我几时才能离开这里?”

“当然喽，您自己更懂怎样留心自己。不过我们想您会回来跟我们住在一起的。房子挺暖和，宽阔得足够玩捉迷藏。是过世的太太亲自布置的。要是您觉得气闷，那么您就可以去坐雪橇。到了夏天您可以到森林里去拾菌子。”

“我们这里有各式各样的菌子——有的是，”亚菲米优仕伽咬着大舌头怂恿着说。

安宁卡把臂肘拄在桌面上，想不去听这些话。

“这里有一个姑娘,”费突里奇残酷地接着说,“她在圣·彼得堡当过丫头。她说所有的女戏子都得有特别执照。每个月头她们都得上警察局去缴验许可证。”

安宁卡再也忍不住了。她竟自一天到头都得听这样的话。

“费突里奇!”她痛苦地喊,“我哪点得罪了你?为什么你要拿我开心?”

这已经到了她忍受的最高限度。她觉得什么东西憋得她要死。再说一个字——她就要垮了。

第五部　荒唐的家庭乐趣

第一章

配顿卡的不幸事件发生以前不久，阿丽娜·彼得洛芙娜有一次到哥略夫里奥夫田庄来，看出了叶芙波拉克霞身上所起的变化。阿丽娜·彼得洛芙娜是在农奴管理的历练中成长起来的，遇到女奴的怀孕一向要仔细地进行一种并不枯燥的调查，甚至还被看作一种进益，于是她就对这种事养成了一双锐利的眼睛。她仅是看了叶芙波拉克霞一眼，而这女人，就一言不发，扭过涨红的脸去，完全默认了自己犯下的罪恶。

“请过来，请过来，我的小姐。瞧着我，怀孕了，呃?”这个经验丰富的老太太盘问着年轻的罪犯。不过她的声音里并没有谴责的意味，正相反，倒带着点开玩笑，甚至是挑逗，好像老太太又嗅到了一阵亲密、美好的往昔的气息。

叶芙波拉克霞，又害羞又得意，还是不说话，可是在阿丽娜·彼得洛芙娜追究的目光下面，两颊的红晕更深了。

“不止一天我早就看出来你走起路来硬硬的，摇摇摆摆，弄得裙子团团转，简直就像个贵妇人！不过，我的宝贝，你这种摇摇摆摆转动裙子可都骗不了我。隔着五维尔斯他我就看透了你这种幼稚的把戏！是风把你给吹胖了吗？打哪天开始的？现在都说出来吧。把一切都告诉我。”

紧接着是详尽的盘查，和毫无逊色的详明的解释。最初的征象发生在哪一天？看定了产婆没有？波尔斐瑞 · 乌拉地米里奇是否知道替他准备下了的幸福？叶芙波拉克霞有没有很好地注意自己的身体？她是不是留心不再拿重东西？结果是这样的，叶芙波拉克霞怀孕到今天已经五个月了；到目前为止她还没有看定了产婆；这事已经告诉了波尔斐瑞 · 乌拉地米里奇，可是他什么表示都没有。只是合着掌，嘟囔着什么，瞅着神像，暗示一切都是出于天意，而天父也为一切都做好了准备。叶芙波拉克霞不怎么留心；她举过一只茶炊，当时当地就感到在她身体内部有什么东西断了似的。

“你是有头脑的，我得说，”当自白结束以后，阿丽娜 · 彼得洛芙娜用忧愁的调子说，“我看我非自己费心不可了。你真是的！一个女人已经到了第五个月头还没有预备好产婆！可是至少你为什么不去找优丽塔看看呢，你这个傻子，你？”

“我是想要去的，可是老爷不喜欢优丽塔，您知道。”

“废话，姑娘，废话！优丽塔有没有得罪老爷跟这事丝毫没关系。他用不着吻她呀，他有这个必要吗？不，这是没有办法的事。我只好自己来管了。”

话都到了舌尖，她真想抱怨一下，到了这个年纪还要她受这种辛苦，可是当前的话题是那样诱人，她只张了一下嘴唇，弄出一下响声，就又说下去了：

“啊，我的姑娘，现在你已经缠在里面了。尝你的苦药吧，试试看，看是个什么味道。来吧，试试吧。我自己就养了三个儿子一个女儿，还埋掉了三个小东西——我是应该懂得的。对这帮坏男人来说，我们简直连奴隶都不如!”她接着说，拍了一下自己的后颈。

突然，她停了下来，想起了一个新的念头。“天啊！那不是在四旬斋期里吗！别忙，等一下，让我们算一下。”

她们开始扳着手指算着，算了一回两回三回——真的是在斋期里面。

“原来就是这么一回事啊。他就是这样的圣人。别忙，让我逗他个要死。可该够他受的！我要逗逗他。不逗我就不是人，”阿丽娜·彼得洛芙娜打趣着说。

真的，就在当天，大伙都来吃晚茶的时候，阿丽娜·彼得洛芙娜开始跟约杜施卡开起玩笑来了。

“看我们的圣人玩了个什么把戏。也许真是风把你的皇后给吹胖了的。嗯，哥们，你让我吓了一跳，我得说。”

起初约杜施卡还装出讨厌的样子来回答母亲的嘲弄，等到听出阿丽娜·彼得洛芙娜的话里没有恶意，他就一点点地高兴起来了。

“您真是个贫嘴，好妈妈，您真是，”他也打趣起来，虽然却避开了本题。

“为什么说我贫嘴？我们顶好还是正正经经地谈一下吧。这不是开玩笑，你知道。这是一种‘神圣的东西’，就正是这样。虽然不大合法，可是——不，我们得慎重地考虑一下。你觉得怎样；她在这里待下去，还是你送她进城?”

“我不知道，妈妈，我什么都不知道，亲爱的，”波尔斐瑞·乌拉地米里奇推诿地说，“您真是个贫嘴，您真的是。”

“啊，我的姑娘，别担心。我们抽空谈一下就是，就是我们俩。我们来想办法，把一切都安排得好好的。这些坏男人——他们只要满足自己的兽欲，而我们，可怜虫，我们就受了大罪了。”

阿丽娜·彼得洛芙娜真是碰上了拿手好戏。她费了整整一个黄昏和叶芙波拉克霞商量问题，好像可以永远谈下去似的。就连她的双颊也变得鲜艳，眼睛也像年轻人那样。

“你知道，我的宝贝，这是什么？这是神圣的事，是的，”她坚持着说，“因为，即使不大合法，却依旧是自然的。可是你最好还是留点神。如果正碰在斋期当中——上帝保佑你！我可要把你给逗死，我要让你受不了的。”

优丽塔也被找了来一起商量。首先，得讨论真正重要的事；要不要通便，或者下腹部要不要用水解膏来按摩。然后她们又回到最有兴趣的题目上来，又搬起她们的指头算了起来——正是斋期当中的一天！叶芙波拉克霞脸红得像朵芍药，也不否认，不过为自己的被动地位抗辩着。

“我有什么办法呢？”她说，“他要我怎样我就只好怎样。如果老爷命令我们去做什么，我们，这些可怜虫，就只好服从。”

“瞧她满嘴的假道学。我敢打赌，你自己——”阿丽娜·彼得洛芙娜打趣道。

这个女人在这场事件当中真是如鱼得水。阿丽娜·彼得洛芙娜从自己过去的生活里回忆起一连串事情，免不掉要一五一十地复述一篇。首先她谈到了自己的妊娠，在傻斯蒂奥普伽身上她吃了怎样的苦头；后来，在怀着帕甫尔·乌拉地米里奇的时候，怎样乘车上莫斯科去，到了每个站头都要换马，以免误了拍卖杜布劳理诺的日子，结果几乎弄得身归极乐，等等，等等。在她每次分娩时都有着这样那样的惊人事件。只有约杜施卡一个人是出生得顺顺利利的。

“我一点儿也没有觉得沉重。”她说，“我一直坐着想，‘天哪，我真的怀孕了吗？’后来时候到了，我只是躺下来歇了几分钟，我简直就不知道是怎么回事——就养了他了。他是我生得最顺利的孩子，最最顺利的。”

底下就是女奴们的故事，有些是她如何亲自“当场捉住了”的，其余的是怎样被她的心腹人告发了的，这当中优丽塔一直是个领袖。她这种老太婆的记忆忠实地保留下这些非常清晰的记忆。在她全部单调的过去生活里——一直致力于积累，不论是小东西还是大规模的积累，跟踪放荡奴仆的行径就成为唯一能碰响她生命的弦的香艳因素。

这正像是一本枯燥的杂志的 belles-lettres-lettres[①] 栏，读者只期待从这里读到论干燥的雾，关于奥维德[②]的坟墓这类的文章，而忽然看见了：“瞧这辆三马马车，快活地飞跑，”或是这一类富有生气的快乐或悲哀的歌子。下女房里的这些

① 法文：纯文艺栏。

② Ovid：罗马诗人（公元前四三——一七）

简单的爱情事件的结局往往是严厉甚至是残酷的。女的嫁到遥远的村庄里，必然是嫁给一个有一大家人的鳏夫；犯罪的男方降职作看牛人，甚至被送到军队里去服役。阿丽娜·彼得洛芙娜回忆到这些故事的结尾时就逐渐淡忘了，（有教养的人们的记忆往往都宽恕了自己的过去）。不过那些私访出来的浪漫的私通场面却一丝不苟地在她眼前展开。这也没有什么奇怪。从前人对私访这类事件的极大兴趣，正相同于今天“黄昏的故事”之类的连载，这类文章的作者不去立即完成男女主角共同的愿望，却在最动人的地方断掉，并且写下“且待下回分解”来。

“这帮丫头给我找了数不清的麻烦。有的直到最后一分钟还要装着，想出种种方法来骗过我。可是不，我的宝贝，你骗不了我。我自己就是个老行家，”她甚至是严厉地添上说，像是在威胁谁似的。

最后谈到了所谓“外交”性的怀孕故事，在这中间阿丽娜·彼得洛芙娜不是以惩戒者的姿态出现，却做了同党和遮掩的人。

举个例，她的父亲，庇奥托·伊凡尼奇，已经是个七十岁的步履蹒跚的老头子的时候，也还养着一个“外宅”，“大了肚子”；为了种种的顾虑，有必要把“大肚子”的事对老头子隐瞒起来。刚好碰上了厄运，阿丽娜·彼得洛芙娜这时正和弟弟庇奥托·彼得洛维奇闹不和，他也是因为某种“外交”上的理由，正想访出这件怀孕的事，使他父亲知道他的外宠的情况。

“你们猜猜看？我们几乎是当着爸爸面前把一切弄好了的。老人家睡在床上，我们两个就在他身边，静静地进行着工作，轻声说话，蹑脚走道。我用我自己的手堵住了她的嘴巴，这样她就喊不出来，收拾了被单，然后就接下了她的小孩——他是个又大又漂亮的家伙呢——送进弃婴收养所里去了。等到一礼拜后弟弟知道了，他也只有气死。”

还有过另一桩“外交”性质的怀孕。她的小姑瓦尔瓦拉·米克海洛芙娜也牵扯在内。她的丈夫参加了远征土耳其的战争，这当儿她没有十分谨慎。她像发狂了似的跑到哥略夫里奥夫田庄来，喊着，“救救我，嫂子！”

“嗯，虽然那时候我们的感情不好，我并没有让她看出来。我用最亲切的方式欢迎了她，使她安静下来，让她定心，就装作她是来看我们的，把一切安排得好好的，让她丈夫到死也一点都不知道。”

阿丽娜·彼得洛芙娜的故事就这样一个个地说下去，而且也再没有一个说故事的人能找得到这样留心的听众。叶芙波拉克霞一个字都不放松地听着，就像在她面前真正展开了神奇的童话。至于优丽塔，作为当时很多事件的参与者，只不断从嘴角发出了响声。

优丽塔也高兴起来，觉得好久没有这样舒服了。她的一生是不安定的。还是孩子的时候，她就已经燃起了奴性的野心。睡着醒着，她都在梦想获得主人的青睐，好骑在自己同辈的头上。可是她的梦永远没有实现。她刚把脚踩到高一层的梯子上，就被一种不可见的神秘力量扯回来，扔进地狱里去。她完全具备贵族奴仆的一切才能。她是刻毒的，语言凶狠的，而且随时都准备背叛，可是也奴性地准备到任何地方去做任何的事，这样就又冲淡了她恶毒的一面。从前，在必须到下女房里打探个水落石出，或者去处理什么暧昧的事时，阿丽娜·彼得洛芙娜就很高兴利用她，虽然她一直都没有喜欢过她，也不曾派她去管过什么重要的事。这时候优丽塔就要大声地抱怨，说着尖刻的话，可是谁也不去听她唠叨，因为她是一个出了名的坏女人，随时都要把自己和别人都咒得万劫不复的，可是一转眼的工夫，只要一个眼色，她就心甘情愿地跑来，蹲坐在主人跟前，准备听主人的吩咐去做事了。

这样她就一直混下来，一直想高升可是一直没有高升，一直到农奴制废除了，才结束了她那奴隶的野心。

在优丽塔年轻的时候，有一件事激起了她绝大的希望。波尔斐瑞·乌拉地米里奇，有一次到哥略夫里奥夫田庄来的时候，跟她亲昵起来，于是，按照惯例，她居然生了一个孩子。这就引起了阿丽娜·彼得洛芙娜对他的愤怒。这以后他回家的时候，他们的关系有没有继续维持下去是不清楚的；反正，当约杜施卡决心长期盘踞哥略夫里奥夫田庄以后，优丽塔的希望就可悲地粉碎了。他刚到家她就到他跟前去说个没完，诋毁阿丽娜·彼得洛芙娜，说她干尽了种种坏事。主人十分殷勤地听了她的话，但却给了优丽塔一个白眼，分明是忘记了她昔日的“功绩”。她的希望受了打击和欺骗，优丽塔搬到杜布劳理诺去了，在那边帕甫尔·乌拉地米里奇因为恨着好哥哥波尔斐瑞·乌拉地米里奇，就很高兴地把她收留下来，甚至让她当了管家。在那里经过了一个长时期，她的情况好像已经改进了。帕甫尔·乌拉地米里奇坐在阁楼里，一杯杯喝着烧酒，她就匆忙地在仓库和地窖之间跑来跑去，一大串钥匙叮当地响着，一面鼓动着她的舌头。她甚至跟阿丽娜·彼得洛芙娜都吵过架，差点儿没让这个阴险的女佣人把老太太赶进了坟墓。

不过优丽塔背叛的天性，不能满足于平静的“好日子”，这是在帕甫尔·乌拉地米里奇那样地沉溺在烧酒当中，已经可以清楚地看到他的末日的时候。波尔斐瑞·乌拉地米里奇这时候又认识到了优丽塔不可估计的价值，打了个榧子又把她召唤回来。他吩咐她一刻都不要离开他的猎物，一点也不要反驳帕甫尔，就在他痛恨哥哥波尔斐瑞这一点上也不去管他，同时尽量减少阿丽娜·彼得洛芙娜的干涉。这是约杜施卡随手犯下的家庭罪恶之一，不用事先的策划，自然而然的，就像是应该如此似的。用不着说，优丽塔十分忠实地执行了他的命令。帕甫尔·乌拉地米里奇一直恨着他的哥哥，他越恨得厉害，他的烧酒就喝得越多，也越不能留心阿丽娜·彼得洛芙娜关于“善后”的忠告。快死的人的每一个动作，每一句话都马上报告到哥略夫里奥夫田庄，于是约杜施卡，掌握了全面的情况，就能决定从埋伏里跳出来的准确时刻，在他造成的局面里以主人的姿态走将进去。他也真的做到了！他在恰当的时刻到了杜布劳理诺，来接收送到他手里的田庄。为了酬谢她的功劳，波尔斐瑞·乌拉地米里奇送了她些料子做一件呢衣，可是他却从来不许她近身。

优丽塔又从显赫的顶点跌进地狱深处。看来这好像是她最后的失足了。不会再有人向她打个榧子，请她去做事。为了表示特别照顾，并且看在她“在好兄弟临终的日子里看护有功”，分配给她宅里的一个角落，这里是农奴解放以后全部留下来的年老有功的仆人的住所。到了这个时候，优丽塔完全屈服了，等波尔斐瑞·乌拉地米里奇选定了叶芙波拉克霞，她不但没有表示一点顽强，甚至是最先跑了去向主人的新宠致敬的，还吻了她的肩膀。

而现在，当她自己也向被遗弃的命运低头了的时候，在叶芙波拉克霞怀孕的事件里，她又碰上了一次好运。这完全是突然想起在下房里有这么一个合用的人，什么人打了个榧子，就把优丽塔叫来了。的确，招手的并不是主人自己。不过他没有表示留难就已经很客气了。优丽塔从叶芙波拉克霞手里接过了茶饮，祝贺她踏进哥略夫里奥夫邸宅。稍微倾侧着一些身体，端着茶饮，轻巧地走进了波尔斐瑞·乌拉地米里奇已经坐在里面的饭厅。主人没有说话。另外有一次，她把茶炊端进来的时候，隔开很远她就喊着：“躲到一边去，主人，不然我就要烫着你了。”她以为他甚至还笑了呢。

优丽塔被招来参加家庭会议的时候，最初她还拘泥着，不肯坐下。可是阿丽娜·彼得洛芙娜和善地向她一嚷，“坐下——好不好？你还要什么花样？上帝让我们一律平等——坐吧。”优丽塔坐下来沉默了一会儿。可是不久，她的舌头活动起来了。

她，也有她的记忆的。她的脑子里装满了农奴时代留下来的肮脏东西。除了执行一些微妙的任务像探访下女房里的艳闻之外，优丽塔还负责哥略夫里奥夫邸宅里的医药职务。一切洗肠全由她包办，同时还管放血和敷芥子膏。她甚至还替老主人乌拉地密尔·米克海里奇和阿丽娜·彼得洛芙娜洗过肠，还有小主人——每个人都洗过。她保留了这些最值得感谢的记忆，现在就有了足够给她的全部回忆活动的无边无际的领域。

一种新的神秘气氛使哥略夫里奥夫邸宅活跃起来。阿丽娜·彼得洛芙娜不时从波哥瑞尔卡过来看她的“宝贝儿子”，对目前还无以名之的准备工作加以督促。黄昏以后，三个女人就来到叶芙波拉克霞的房间里，吃一点家制的果酱，玩玩牌，并且谈着常会引起当前的女主角面红耳赤的旧事，直至夜深。极小的事情，一些琐屑，都成为无穷无尽谈论的口实。叶芙波拉克霞拿来一些覆盆子果酱，阿丽娜·彼得洛芙娜就开始讲当初她怀着女儿桑雅的时候，连覆盆子的味道都受不了的故事。

“覆盆子一拿进房里，我就扯着嗓子喊了，‘出去，把这该死的东西拿出去！’等我满月以后，一切又都好了；我又喜欢覆盆子了。”

叶芙波拉克霞取来了一些鱼子酱——阿丽娜·彼得洛芙娜就又想起了有关鱼子酱的旧事。

“我也碰上过一件有关鱼子酱的真正怪事。那是我婚后一两个月时候的事，突然我有了一种那么强烈想吃鱼子酱的欲望，不管要付什么代价我简直是非吃不可。我会偷偷地跑到地窖里去吃个痛快。有一回我跟我丈夫说，‘乌拉地密尔 · 米克海里奇，我一直吃鱼子酱是怎么回事?’他对我笑笑，你知道，说了，‘我的宝贝，因为你有了小孩了。’一点都不假，正好九个月以后，我就生下了傻斯蒂奥普伽。”

可是波尔斐瑞 · 乌拉地米里奇依旧装出没事人的样子，从来没有承认他和叶芙波拉克霞的情况有什么关涉。他这种态度很自然地让女人们很不自在，所以他一露面，她们就不谈了，于是他就陷入完全孤立的状况。他在黄昏时走进叶芙波拉克霞的屋子想坐下来谈谈，她们就毫不客气地把他赶了出去。

“去吧，你这个家伙!”阿丽娜 · 彼得洛芙娜快活地说，“你干的好事。现在这儿没有你的事了，是女人们的事了。现在轮着我们了。”

约杜施卡极温顺地退了出去。虽然嘴里还要怪他的好妈妈对他不客气，他心里倒在暗地高兴，她有这么好的兴致来管这件棘手的事，同时他自己还可以站在一边。如果不是他妈妈插进手来，天知道为了遮掩这件下流事件，他要费多少手脚，只要一想这个，他就要厌恶地吐口水。现在，感谢阿丽娜 · 彼得洛芙娜的经验和优丽塔的技巧，他希望这场“麻烦”不致外扬，而他自己，可能，在全部事件结束之后才会知道那结果。

第二章

波尔斐瑞·乌拉地米里奇的愿望并没有实现。先是遭到了配顿卡的不幸，接着就是阿丽娜·彼得洛芙娜的死。眼看着已经没有利用某些丑恶阴谋挽救自己的指望了。他不能借口行为不检开除叶芙波拉克霞，因为阿丽娜·彼得洛芙娜已经把这桩事弄得远近皆知。优丽塔也不是怎样可靠的人。虽然她是个机警的女人，可是如果信任了她，一定就会给自己招来了法律上的麻烦。这在约杜施卡平生还是第一次，诚心诚意懊悔自己的孤独无依；他第一次模糊地认识到四周的人，并不全是可以随意摆布的小角色。

“为什么她不过一阵子再死呢?”约杜施卡怨着他的好妈妈，“她满可以不声不响把一切都安排得好好的，然后——再随她的便！如果到了要死的时候——你也没有办法。我替老太太难过。不过假使这是上帝的意旨，我们这些人的眼泪、医药、连我们自己全算上，这一切在上帝的威力前面只不过等于零罢了。老太太活得也不算短了。她也有过她的好日子——她这一辈子都是女主人，还给孩子留下了上等的田庄。她一直活到老年——啊，这也很不错了。”

跟平常一样，他那懒散的思想，不惯于集中在有实际困难的事务上，一下子就溜到了方便的话题上去，引起了无穷无尽不受阻碍的废话。

“只要想想，她是怎样死去的呢！啊，就连圣者怕也不过死得这样的，”他跟自己撒谎，虽然，并不清楚，他到底说的是谎还是真话，“没病没痛——就是这样。她叹了口气，我们还没有发觉，她就去了。欧，好妈妈！她那笑脸，那发光的面庞！她的两只手叠在一起就像要做祝福似的。她闭上了眼睛就——再会了！”

可是就在他胡言乱语的兴头上，就有什么突然刺他一下。又是那桩肮脏事。呸，呸！“真的，她怎么不多等一会儿呢！只不过是一个月左右，现在，瞧她干了些什么吧！”

也有一度他想装得不闻不问，就跟回答妈妈一样地回答优丽塔的问话：“我不知道，我什么都不知道。”

可是优丽塔，一个厚脸皮的女人，突然意识到自己的威力，可不是这样就能打发得走的了。

“难道我不知道？难道是我惹的麻烦？”她切住了他。他立刻明白了从这一刹那起，他那奸夫和自己通奸后果的旁观者双重身份可喜的结合已经绝不可能了。

灾祸越来越近了，不可避免，明明白白。它残忍地跟着他——最糟的是——它使他的懒散思想麻痹了。他用尽了方法想使自己脱离对灾难临近的忧虑，使它淹没在废话的洪流里，不过他只获得了部分的成功。他想躲在天理无私的背后，照他自己的习惯，使它成为一个可以永远缠紧、解开的线团。

不是有这个比喻吗，要不是上帝的旨意，一根头发也不会脱落，还有建筑在沙子上面的房子的故事；正当他那懒散的思想源源滚入一种神秘的深渊的时候，他很有把握可以无尽无休地解他的线圈了，可是暗地里突然迸出了一个字眼，就弄断了线头。啊！这个字眼就是“私通”，它指出了约杜施卡连对自己都不愿意承认的罪恶行为。

他企图忘却这种不幸，或者排除它，一旦这许多努力都显然无用的时候，他终于明白已经不能脱身了，于是他的灵魂里充满了忧闷。他在屋子里走来走去，什么都不想，只觉得身体内部有什么在颤抖、发痛。这是他懒散的思想第一次遭受挫折。直到目前，不管被自己的懒散、空虚的幻想带到哪里，总会有无尽的地盘，足够容纳一切可能的联想。就连佛罗得亚和配顿卡的死，就连阿丽娜·彼得洛芙娜的死，都没有破坏他懒散的思想和言语的泛滥。这些是通常、熟知的情况，碰上的也是通常熟知的形式——安魂祭、丧宴等等。这些他都谨守成规地做了，于是也就给了他一种辩护，可以说，在天理人情面前都是无可非议的。可是私通——这又是什么呢？啊，这就等于他全部生活的受审，他内心虚伪的揭露。虽然他过去被公认为讼棍，甚至是吸血鬼，可是这些流言的法律根据是微弱的，他满可以放心地回嘴，“拿出证据来！”可是现在，猛然地——奸夫！一个公认、判决了的奸夫。他甚至没有拿出任何办法来，他是那样地信任着阿丽娜·彼得洛芙娜；他甚至没有造出一个故事来掩盖它。何况又是在斋期里发生的。多可耻！

经过了这样的内心独白，即使是混乱的，也还引起了类似良心觉醒的情形。不过问题却在这里，约杜施卡是否会沿了这条道路发展，还是他那懒散的思想即使在如此严重的情况下还能发生的一贯作用，替他找到一条生路，可以爬出去而不受任何伤害。

在约杜施卡为自己精神的空虚而苦恼的时候，叶芙波拉克霞却经历了预料不到的内心变化。分明是分娩的期待为她解除了一向忍受着的精神上的桎梏。在那以前，她对一切都是冷淡的，把波尔斐瑞·乌拉地米里奇看作“主人”，自己和他的关系不过仅仅是个下属。现在，第一次，她抓住了一个明确的看法。她逐渐明白，目前发生了这样的情况，她是其中最重要的角色，不能随便被人排挤的。结果，连她那一贯是平板、呆笨的脸也活泼起来变聪明了。

在她半自觉的生活当中，给了她一些清醒作用的第一件事是阿丽娜·彼得洛芙娜的死。不论老太太对叶芙波拉克霞即将分娩的事实抱着怎样奇怪的态度，可是这中间多少还有一些同情，丝毫没有约杜施卡那种卑鄙的推诿。于是叶芙波拉克霞开始把阿丽娜·彼得洛芙娜当作自己的保护人，好像觉得自己会遭到什么有计划的袭击似的。因为不是出于自觉意识的，而是遍布在她全身使她感到模糊的不安，这种袭击的预感更强固了。她的思想并不够灵活，因此不能告诉她这种袭击从何而来，以怎样的方式出现；不过她的直觉已经那样激动，只要一看见约杜施卡就会引起满心说不出来的恐惧。“是的，袭击就是从这儿来的，”在她的灵魂深处发出了这样的反响——打击就来自这只装着死灰的棺材，她一直就像一个佣妇似的伺候着这只棺材，不知道由于什么奇迹，这只棺材就成了她的孩子的父亲和老爷！这种思想在她心里唤醒的情绪是接近仇恨也不可避免会变成仇恨的，它的不会立刻变成仇恨，完全是给阿丽娜·彼得洛芙娜的同情和兴趣引到别的方向上去的缘故，她一直不断地谈话，就不曾给叶芙波拉克霞一个思索的机会。

可是阿丽娜·彼得洛芙娜回了波哥瑞尔卡，接着就完全消失了。叶芙波拉克霞心里的焦急不安变得越发严重了。

哥略夫里奥夫邸宅陷入的沉寂只被偶尔一种悉索的声音打破，这说明约杜施卡正在偷偷走过走廊，到每个门外面去偷听。也有的时候，哪个仆人从院子里跑来，砰地关上了下女房间的门。不过接着沉寂依旧从四面八方侵袭进来。这是一种死一样的沉寂，使叶芙波拉克霞完全充满了迷信和痛苦。又因为她已经快到了临产的时候，连整天忙于家务琐事之后应该有的睡意都没有了。

她有一两次想对波尔斐瑞·乌拉地米里奇表示爱恋，想引起他的同情，但这种企图只招来一些短促的、生气的场面，使她这种感觉迟钝的人也感到痛苦。她只有坐下来，拢起了手臂想着什么。这就是说，他是惊慌了。至于引起惊慌的原因却一天天地多起来。阿丽娜·彼得洛芙娜的死使约杜施卡可以自由活动了，又给哥略夫里奥夫邸宅添了一个新的搬弄是非的因素，这，就成了约杜施卡此后的唯一安慰。

优丽塔看得出波尔斐瑞·乌拉地米里奇的恐惧，而由于他那懒散、空虚、背信的性格，这恐惧又是接近于仇恨的。此外，她也非常清楚，他这个人不但不能有一点爱情，就连单纯的怜悯也没有，他的留用叶芙波拉克霞，只是因为，感谢她，使他的日常生活能在正轨上顺利地进行。有了这些简单的材料，优丽塔当然能够培养约杜施卡，一听到提起即将来临的“灾祸”就会在心里激起仇恨的感情。

不久，叶芙波拉克霞就给闲话的网包了起来。优丽塔动不动就向主人“打报告”。有一次她对家里食物的浪费提出了意见。

“我真怕，主人，您的储藏用得有点太快了。刚才我到地窖里去拿腌肉。我记得一只新桶刚打开不久，可是——您能相信吗？我朝桶里一看，桶底只剩下两三片了。”

“真的吗？”波尔斐瑞·乌拉地米里奇说，盯住她看。

“我要不是亲眼看见，我自己也不会相信的。真可惊，成堆的东西用掉了！牛油、大麦、泡菜——一切东西。别人拿麦片粥和鹅油给下人吃，可是我们的下人就一定得用牛油一起吃，还是甜牛油呢。”

“真是这样吗？”波尔斐瑞·乌拉地米里奇说，简直吃惊了。

另一次她随便走进来“报告”主人麻布的使用情况。

“主人，我想您真的拦住叶芙波拉克霞了，真的。当然，她是个没有经验的姑娘，可是，拿麻布来说吧。她成堆地浪费在被单和做襁褓上，这全是好麻布呢，您知道。”

波尔斐瑞·乌拉地米里奇只用凶猛的眼睛盯了她一下，

可是她的“报告”已经把他整个的躯壳扔进激动里面了。

“当然，她关心自己的小孩，”优丽塔用甜蜜的调子接着说，“她以为是什么了不起的人物，要生下一个太子来呢。可是我在想，他，我指的是婴儿，满可以睡在粗布的襁褓里——这样的一个妈妈。”

有时候她只是逗弄着约杜施卡。

“您知道吗，主人，我想问您什么？”她开始说，“您要怎样处置婴儿呢？您把他认作自己的儿子，还是，跟别人一样，把他送到弃婴收养所去？”

听见这话波尔斐瑞·乌拉地米里奇那么凶狠地扫了她一眼，她马上就不响了。

在每个角落里都增长着的仇恨当中，时辰越来越近，一个小小的、哭着的“上帝的奴仆”的出世，无论怎么说都会给哥略夫里奥夫邸宅伤风败俗的纷乱空气带点秩序来，同时也会增添了这个世界上“上帝的奴仆”的数目。

黄昏时候七点钟光景。波尔斐瑞·乌拉地米里奇刚打完饭后的小盹，坐在书房里把一行行的数目字写到纸头上。他正为这样的问题忙碌着：到目前为止，如果他的好妈妈阿丽娜·彼得洛芙娜没有挪用了在他降生那天祖父赏给他的一百卢布票子，而存在银行里小波尔斐瑞名下的话，现在一共该有多少现款了？算算并不多——只有八百卢布的票子。

“这并不算多大一笔钱，可以这么说，”约杜施卡懒散地沉思着，“不过到了困难的时候，要是知道有这么一笔钱，倒也不错。随便哪天你要用了——你去拿了来就是。你用不着向谁鞠躬，求谁帮忙——只要取出你自己的钱来就是，祖父给你的钱。啾，好妈妈！您怎么可以这么轻率地就用了？”

波尔斐瑞·乌拉地米里奇把最近麻痹了他思索无聊废话的能力的惊恐给压制住了。叶芙波拉克霞怀孕使他陷入了困难的地位，还有阿丽娜·彼得洛芙娜猝然的死，为这些事件所唤醒的一点良心，逐渐地又消失了。他的懒散思想又起了作用，经过很大的努力以后，真的，约杜施卡终于又把一切有关“灾难”临头的思想淹没在他那无底的废话深坑里。不能说他是有意地下了决心，倒不如说是出于直觉的。他内在的本能使他重新回到自己最喜欢的公式里：“我什么都不知道，什么我都不答应，一切我都禁止，”这条公式，无论碰到任何困难，他都要运用。这一回也不例外，它结束了使他受到暂时打扰的内心骚乱。

现在，临近的分娩和他没有关系了，他的脸上装出了一种淡漠、难以揣摩的神情。他简直对叶芙波拉克霞不闻不问，甚至提起她来连名字都不喊了。他要问起她来就说：“那个女人怎么样了——还病着吗？”他表现得那样刚强，就连优丽塔这个做了一辈子奴隶，有很丰富察言观色本领的女人，也都明白了跟一个无所顾忌、什么都做得出的男人斗争简直是不可能的。

哥略夫里奥夫邸宅陷入了黑暗当中。只有约杜施卡的书房和叶芙波拉克霞所住的厢房还闪烁着微光。约杜施卡的房间里一片寂静，只是有时听见算盘珠的声音和铅笔划过纸面的微响。

突然，在死一样的沉寂里，他听见一声遥远但却刺心的呻吟。约杜施卡战抖了，他的嘴唇打着战，铅笔晃了一下。

“一百二十卢布加上十二卢布十个哥贝戈，”波尔斐瑞·乌拉地米里奇轻轻地说，他是想努力压下给呻吟引起的不快。

可是这时候呻吟越发来得勤了。终于弄得他心神不安。想工作下去是那样困难，他就离开了书桌。起初他还走来走去想不去听它；可是慢慢地好奇心占了上风。他小心地开开门，把头伸进邻室的黑暗里，留心期待地听着。

“天哪，我想我是忘了点我们忧患的宽慰者、圣母面前的神灯了。”他忽然闪过了这个念头。

突然他听到走廊里传来了匆促的脚步声，就退回书房，小心地关上了门，装模作样地蹑着脚走到神像前面。

过了一会他已经装好了“恰当的姿势”，这样，门打开了，优丽塔跑了进来，就看见他正合着掌在做祈祷。

“我担心叶芙波拉克霞的性命靠不住，”优丽塔说，一点都不因为打扰了约杜施卡的祈祷而踌躇。可是波尔斐瑞·乌拉地米里奇头也不回，他的嘴唇开始动得更快了，没有回话，但却挥了下手，好像是在赶掉一只打扰着的苍蝇。

“您挥手有什么用？我说叶芙波拉克霞情形不对了。她会随时死掉的，”优丽塔粗暴地坚持着说。

这时候约杜施卡回转身来面向着她，不过他的脸很平静、充满热情，好像刚才跟上帝有过交通，丢开了一切人间的烦恼，简直不懂人们为什么要打扰他的样子。

“虽然做完祈祷就发脾气是罪过的，可是我是一个人我还是不能不说。我跟你们讲过多少回了，我念祷词的时候不要来打搅我?”他用一种恰合他那种虔敬神态的声音说，而且只许自己摇一下头来表示一个基督徒的不满。“唉，出了什么事?”

“还会出什么事?叶芙波拉克霞现在阵痛着，生不下来。好像您就没有听见似的。欧，您啊!至少也要去看看她啊。”

“有什么可看的?难道我是医生吗?我能给她出个主意还是怎样?我什么都不知道，我一点也不知道你们的事。我知道宅子里有一个生病的女人，可是她为什么生病、她生的是什么病，这个，我坦白地说，我从来没有过打听一下的兴趣。如果病人危险了，把牧师找了来，我只能给你这一个忠告。去请牧师来，跟他一起祷告，把神灯点起来。然后我来陪牧师喝茶。”

波尔斐瑞·乌拉地米里奇很高兴，在这个紧要关头他自己表现得这么好。他对准了优丽塔的眼睛看，好像想说:“好，反驳我吧，假使你办得到的话。”

就连她也给他这种镇定弄得无话可说。“您还是去一趟，看一眼，”她又说了一遍。

“我不想去，因为我在那儿没有什么可做。如果这是正经的事，用不着请我就去了。如果为了正经事我得走五维尔斯他路，那我就走五维尔斯他，如果是十维尔斯他，我就走十维尔斯他。风里雨里，我还是去。因为我知道有正经事要办，不管我愿意不愿意我一定得去的，”

优丽塔以为自己是在梦中，在梦里看见撒旦本人站在她面前发言。

“请牧师去——这才是正事呢！祈祷——你知道祈祷在圣经上是怎么讲的？‘祈祷可以治疗痛苦。’它就是这么说的。那么就这样做吧。把牧师请来，一起祈祷，我啊，在这期间也会祈祷的。你们可以在神像室里祈祷，我就在书房里祈求上帝施恩。靠了大家的努力，你们在一边，我在另一边，我们也许终于可以使我们的祷词上达天听的。”

牧师，已经派人去请了，可是在他到来之前，叶芙波拉克霞，在痛苦里，生下了一个孩子。从匆忙的脚步和关门的砰响，波尔斐瑞·乌拉地米里奇明白已经发生了什么决定性的事了。的确几分钟后，就听见匆促的脚步声从走廊上传来，优丽塔奔了进来抱着一个用麻布包着的小东西。

“这儿！瞧！”她胜利地喊着，把孩子直送到波尔斐瑞·乌拉地米里奇鼻子前头。

一刹那间，约杜施卡好像是迟疑了一下。他向前一俯，眼睛里闪了一下亮光。不过这只是一刹那。接下来他就神经质地昂起头，挥着手了。

“不，不！我怕。我不喜欢这个。走吧，走吧！”他开始结结巴巴地说，脸上是说不出来的反感。

“至少您为什么不问一下是男是女？”优丽塔抗辩着。

“不，不。干什么？这跟我没关系。这是你们的事情，我什么都不知道。我什么都不知道，我也不想知道。走开，看在上帝分上，走吧！”

优丽塔又觉得是在做着一场噩梦，撒旦就站在自己跟前。

这可触怒了她。

“我把他放在您的沙发上。您来照顾他吧!”这是一个威胁。

不过约杜施卡可不是那种能够动摇的人。优丽塔威胁着的时候，他老早面向神像，双手朝天高举着了。显然他是在恳求上帝饶恕所有的人，那些有意犯罪的，那些无意犯罪的；那些嘴上犯罪的，和那些行动犯罪的；他感谢上帝，他自己既非罪人又非奸夫，上帝发了慈悲，已经引他上了正路。甚至他的鼻子都为自己情感的庄严而打战了。优丽塔仔细地看了他一会，厌恶地哆着嘴走掉了。

“上帝收去了一个佛罗得卡又另给了一个佛罗得卡，”在约杜施卡的脑子里颇不相干地闪过了这个念头，不过他立刻感觉到这种胡思乱想，厌恶地打断了这个念头。

没有好久神父来了，唱起了赞美诗点起了香。约杜施卡听见在唱诗的执事，慢吞吞地唱着，“啾，热诚的女保护者!”然后就和起来唱了。不久优丽塔又奔到门口，嚷道，“已经给他取名佛罗地米尔了!”

这件偶然的事跟自己适才的胡思乱想奇异的偶合使约杜施卡感动了。他在这里面看见了上帝的意旨，这一回他并不去打断这个念头：

“啊，那么感谢上帝！他收去了一个佛罗得卡又另外给了一个。也只有上帝能做这个。你在这里丢了点什么，以为准是没有了，可是上帝，如果他高兴，就加上一百倍还给你。”

最后说是茶炊已经放在桌上，神父也在饭厅里候着了。

波尔斐瑞·乌拉地米里奇已经相当平静严肃，哥略夫里奥夫田庄的神父，亚力山大神父，是一个和气的人，他企图用圆滑的手段和约杜施卡交往。在地主的邸宅里，除了每月一日举行例行的仪式以外，每礼拜和每个主要节日的前夜都要举行全夜夜祷。这就等于说每年有一百卢布以上的收益。亚力山大神父并没有不把这个放在心上，他也没有忘记教堂土地和约杜施卡土地的界线还没有划定，而约杜施卡，在经过教堂的牧场时，总要说上几次："天！多出色的草地！"于是，牧师对待约杜施卡的圆滑态度里，还揉和着几分恐惧，每次牧师到邸宅里来，总要显露出来的。他要拼命装得愉快，虽然他实在没有一点快活的理由。当波尔斐瑞·乌拉地米里奇谈到了天道、来生等等涉及异端的话时，这位教士，虽然并不怎样赞同，可是也没有认为它们亵渎和不敬，只是将它们归之于贵族特有的大胆精神而已。

约杜施卡走进来时，神父连忙给了他祝福，也同样迅速地把手收回去，好像唯恐吸血鬼会咬上一口。他正想向他祝贺新的小佛罗地米尔的诞生，可是又拿不定约杜施卡对这事抱着怎样的态度，他决定还是不向他祝贺。

"外面有雾呢，"神父开始说，"一般相信——这里面好像有着不少迷信的因素——这种天气说明化雪的天气快到了。"

"这也可能变成结冰的天气。我们在这里预告化雪，可是上帝也许给我们来一阵严寒。"约杜施卡反驳着说，带着忙乱的高兴神气，在桌子前面坐下来，这次是由管事普洛克霍尔伺候着的。

“人们在渴望的当口真的会拼命去取得不可能取得的东西；去迎接不可能接近的东西的，结果就为自己招来了忏悔的理由，甚至是真正的苦恼。”

“就为了这个我们应该克制自己的胡猜和预测，满意于上帝的赐予。如果他赐给我们温和的天气，我们就得满足于温和的天气；如果他赐给我们严寒，那就让我们来欢迎严寒。我们就要吩咐把炉子烧得比平常更热，旅行的人就把自己紧紧裹在皮大衣里，你看——我们就都暖暖和和的了。”

“一点不假。”

“目前有许多人专门在一个问题上兜圈子。他们不喜欢这个，不满意那个，旁的事也不顺他们的心，可是我是不赞成的。我自己不预测将来，我也不喜欢别人这样。这只是一种精神上的骄傲——我就总是这样说。”

“这也是真的。”

“我们都只不过是这个世界上的旅客，这就是我的看法。啊，至于喝杯茶、小小吃上一顿，还是怎样，倒是可以的，因为上帝给了我们身体和手脚。就连政府也并不禁止我们这样做的。‘如果你愿意，你可以吃，’就这样讲，‘可是要闭紧你的嘴巴。’”

“同样的完全正确。”牧师说，为了彼此之间的谐和而高兴，用空茶杯的底敲着茶杯碟子。

“照我的理解，上帝给人类理智并不为了让他们钻研不可知的一切，倒是为了不使自己犯罪。如果我，譬如说，一时情欲冲动，或是有了别的什么欲望，我就求救于自己的理智，并且说，‘教给我，怎样克服我这种欲望，’我做得很对，因为在这种情况之下，理智真的会有很大的用处。”

“不过，信仰总是更优越些。”牧师作了一些小小的修正。

“信仰是一件事，理智是另一件。信仰指示了目的，理智可以寻求途径。探求是沿着许多不同方向进行的，直等到最后得到了一些结果。譬如说所有这些药品，膏药、草药、药剂，——这一切都是理智发明的。不过我们应该使这些发明都符合信仰，为了济世而不是带来灾害。”

“这一点我也不能不表示同意。”

“有那么一本书，神父，我前些日子读过的。书里说人们千万不能轻视理智的作用、如果后者是由信仰所指引的话，因为一个人如果没有了理智，很快就会变成激情的玩物；我甚至这样想，人类第一次的堕落都是由于化身毒蛇的魔鬼遮暗了人类的理智的缘故。”

牧师先生对这一点也没有表示异议，可是他却没有附和，因为他目前还不清楚约杜施卡葫芦里到底卖的是什么药。

“我们不难看到人们不但思想上犯罪，甚至还为非作恶，全都是为了缺乏理智的缘故。肉欲啊，如果更缺少理智，人就要坠入深渊了。男人想望甜蜜的东西，他想望欢乐和愉快，特别是从女人身上获得的。如果没有理智帮忙，你怎么能维护自己呢？再譬如，让我们这样说，如果我有理智，我就用樟脑这里擦擦，那里擦擦，不知不觉地，欲望就消失了，就像从来没有过的一样。”

约杜施卡沉默下来，好像想听一下牧师的反响，可是牧师仍旧摸不清约杜施卡的目的，于是只是咳嗽了一下，文不对题地回答：

“我的院子里有些鸡——因为季节的变换变得很不安分了。它们又跑又跳，简直不知道怎么好。”

“这全是因为鸟兽爬虫都没有理智的缘故。鸟是什么呢？它是无忧无虑的——只是飞来飞去。譬如有一天，我从窗口望出去，看见一些麻雀在肥料堆上啄食。对它们说肥料就足够了，可是人就不行。”

“可是有些场合，甚至圣经都用鸟类作例呢。”

“在某些场合，这是实在的。当只有信仰没有理智可以使人获救的时候，我们一定要照鸟类行事，向上帝祈祷，作诗。”

波尔斐瑞·乌拉地米里奇沉默下来了。虽说他性喜唠叨，虽说当日的情况宜于详细讨论，可是关于这个题目最合适的谈论方式分明还没有在他心里成熟。

“鸟儿是不需要理智的，”他终于开口了，“因为它们没有欲望。或者，进一步说，它们虽有欲望可是从来谁也没有要求它们对自己的行为负责。鸟儿过的是自然的生活。它们没有需要自己照管的产业，没有合法的婚姻，因此也就不会守寡。它们既不对上帝也不对当局负责。它们只有一个领袖——公鸡。”

“公鸡！不错。对它们来说公鸡是一种土耳其的皇帝。”

“可是人类却将自己的生活安排成这种样子，他把自然给他的自由放弃了，因此他就需要更多的理智：首先，使自己不陷入罪恶，其次，不引诱旁人。我说得对吗，神父？”

“简直是不灭的真理。圣经教导我们挖掉诱惑的眼睛。”

“是的，你只是照着字面解释，那就是如此，可是也许有一种方法，用不着挖掉眼睛也能避免罪恶，那就是时刻留神使眼睛不受诱惑。你必须经常倚靠祈祷，压制放纵的肉欲。拿我来说吧。我可以说自己身体很好精力也是旺盛的。嗯，我有一些女佣人。可是这一点都没有引起我的烦扰。我知道，没有佣人我过不下去，好了，我就留下了她们。我有各式各样的男女佣人。家里缺不了下女，从地窖里拿点东西，倒倒茶，取些食物来之类——哎，上帝保佑她！——她做她的活，我干我的事，这样我们自然在一起过得很好。”

在说话的时候，约杜施卡想注意牧师的神色，而后者，也注意着约杜施卡的。不过可喜的是，他们中间隔着一根点燃的蜡烛，因此他们可以称心如意地彼此看个够，可是除了烛光之外什么也看不见。

“再说，我是这么看的。如果你跟女佣人一亲昵，她们在家里主意可就大起来了。这时候你就会碰上口角、混乱、争吵、无礼。我是愿意躲开这些的。”

牧师那样凝固地望着，后来眼睛都发花了。他明白，要讲礼貌，就得在谈话中间不时地搭搭腔，哪怕只是一个字也好。于是他就摇了摇头，嘟囔着：

“这——”

“再说，你的行为如果跟别人一样，就像我那个好邻居，安配脱夫先生，举个例，或是我另一个邻居，乌绰宾先生，那你就会不知不觉地犯了罪了。乌绰宾就是那样子可耻地养了六个孩子。可是我就不要。我是说，如果上帝把我的守护神夺去了，这就说明是他的圣意，他要我做一个光棍。再说我如果由于天恩做了光棍，那我就得谨守清规，不染污我的床榻。我说得对吗，神父?”

“这可不容易，先生。”

“我知道这不容易，可是我还是要遵守。人家说这不容易，我倒要说越难越好，只要上帝与你同在！我们不可能人人都过得甜蜜安乐啊。我们中间一定要有人以上帝的名义忍受苦难的。你如果在这里放弃了什么，你可以在那里拿到的。这里，就是所谓苦难，而那里呢，美德。我对不对?”

“简直不能再正确了。”

“谈到美德——这也并不都是完全一样的。有的美德伟大，有的就很渺小。您以为怎样?”

“是的，很可能，有渺小的美德也有伟大的道德。”

“这正是我说的了。如果一个人行为谨慎。如果他嘴里没有坏字眼，如果他不说空洞的话，如果他不谈论旁人的长短，如果，在这些以外，如果他又不触犯别人，不拿不是自己的东西——这个人就良心干净，一尘不染。如果有谁暗地里诋毁他，他就让它去。根本就不睬它。”

“碰到这种情况，基督教的教训就提出了原宥的办法。”

“是的，同时还要原谅。我就一直是这样的。要是谁说我的坏话，我原谅他，甚至我还要在上帝那里为他祈祷。他是上算的，因为为他而做的祈祷上达天听了；而我呢，也是上算的，因为祈祷之后，我就把这一切全忘了。”

“这是不错的。再没有别的能像祈祷那样可以使人安心了。忧愁、愤怒，甚至是病痛，在它面前都会逃掉的，就像暗夜在日光前面一样。”

“嗯，那么就谢谢上帝吧。我们必须永远这样做人，这样我们的生命就会像一支放在灯里的蜡烛——四面八方都能看得到。这样我们也不会受到误解，因为并没有因由。就拿我们来说吧。刚才我们就坐在这里，聊着天，谈论着这个那个——谁能说我们不对？现在让我们去做祈祷，然后——上床。到了明天我们再起身。对不对，神父？”

约杜施卡站起来，弄出了很多响声，把椅子向边上一推，表示谈话已经结束了。牧师也站起来准备抬起手臂来祝福，不过波尔斐瑞·乌拉地米里奇，为了表示特殊的亲切，抓住神父的手紧紧地握着。

“这么说，已经给他取名乌拉地米尔了？”约杜施卡说，冲着叶芙波拉克霞的房间悲哀地摇着头。

“为了纪念神圣的乌拉地米尔公爵，先生。”

“哎，谢天谢地。她是个不错的忠诚的仆人，可是说到智慧——哎，她可并没有多少。这就是这些人通奸的原因。”

第三章

第二天波尔斐瑞·乌拉地米里奇整天待在书房里，祈求上帝的指引。第三天，他走出来吃早茶了，没有跟平常一样穿着他的晨衣，而是全身节日的打扮，他要处理重要事务的时候就总是这样穿戴的。他脸色苍白，但却露着内心的平静；他的唇上浮着一抹慈祥的微笑；他的眼睛看来十分柔和，对一切都肯宽恕似的。鼻头因为得意而微微发红。

他沉默地喝下了三杯茶，每喝一口转动一下嘴唇，合着双手，望着神像，看样子即使昨夜已经做过了夜祷，他依然期待着神像立即给他援助与说情，最后他把优丽塔找了来，在等候中间，又在神像前面跪下，这样可以使自己再一次和上帝交通，坚强自己，同时也可以使优丽塔明白地看出，将要发生的事并不是他而是上帝作的。可是优丽塔在看了约杜施卡一眼以后，就看出了隐藏在他灵魂深处的诡诈。

“啊，我已经向上帝祷告过了，”波尔斐瑞·乌拉地米里奇说，同时为了表示遵从神的意旨，低下了头伸开了手臂。

“这好啊，”优丽塔回答，可是她的声音带着那样深的含义，使约杜施卡不知不觉地抬起了眼睛。

她像平常那样站在他的面前，一只手按着胸口，另一只手托着下巴。可是她的脸上闪烁着隐忍的笑。约杜施卡摇摇他的头表示了基督徒的谴责。

“我猜上帝已经施恩给你了，”优丽塔接着说，对他的警告姿态并不在意。

“你总是亵渎，”约杜施卡咆哮起来，“我有多少次好意地警告过你，可是你还是老样子。你生了一条好说话的舌头，恶毒的舌头。”

“好像我没有说过什么。通常人们祈祷以后，就意味着已经领受过上帝的恩典了。”

“就正是这个——‘好像’！可是你为什么一直唠叨着‘好像’呢？你为什么不学着在必要的时候闭起嘴来？我在讲正经话而她倒在那里‘好像’！”

优丽塔没有答话，只是调换着左右脚，好像是说已经背得出波尔斐瑞·乌拉地米里奇要对她讲的话。

“听着我说，你！”约杜施卡开始说，“昨天我向上帝祈祷了一整天，还有今天一天，还有——随便你从哪个角度来看吧——我们一定要抚养佛罗得卡的。”

“当然了，你一定得抚养他。他并不是一条小狗，我不妨说。你不能把他扔在水塘里的。”

“别忙！让我说一句。你这个祸害星。这就是我要说的。不管你怎么说，我们都得抚养佛罗得卡。第一，我们替叶芙波拉克霞着想也要这样做，其次我们也应该把他教养成个好好的人。”

波尔斐瑞·乌拉地米里奇瞟了优丽塔一眼，希望她会表示愿意跟他好好地谈一下，可是她却态度淡漠甚至还有些嘲讽的意思。

“你是要我把他送到育婴堂里去？”她问道，直盯着他看。

“啾，啾，”约杜施卡说，“你下起决断来倒快得很。啾，优丽塔，优丽塔！你做起事来一直是匆忙的不经过适当的考虑。你一直轻率地讲话。你怎么知道呢？也许我不想把他送进育婴堂呢。也许我替佛罗得卡作了别的打算呢。”

“嗯，要是你真的这样，也并不错啊。”

“这就是我想说的。一方面我同情佛罗得卡，可是另一方面，如果你仔细地考虑过，你就会看出不可能把他留在这里。”

“当然，人们会怎么议论呢？他们会说，‘哥略夫里奥夫邸宅里怎么会出来了一个小娃子呢？’”

“是的，人们会这样说而且还会说什么别的话的。再说，住在这里对他也没有什么好处。他的母亲年轻，她会把他给带坏了的。我上了年纪，虽然我跟这事没什么关系，可是，看在他母亲办事勤谨上，我也会纵容他的。这是没有办法的，你知道，这个小家伙为了淘气应该要挨打，可是你又怎么下得了手？又是这样，又是那样，女人的眼泪，哭号，等等。我说的对不对？”

“是的，很对。这是很麻烦的。”

“我希望的是，我们的宅子里安安静静的。我希望看到佛罗得卡到时候长成一个真正的人，一个上帝的奴仆，一个沙皇的好子民。如果上帝希望他成为一个农夫，我是愿意他懂得怎样耕种、收割、砍树的——什么都懂一点。如果他命里应该更好一点，我愿意他懂得点手艺，或是什么行业。育婴堂出身的孩子有时候还能作到教师呢。”

“育婴堂出身的吗？马上就能作到将军呢，我猜。”

“啊，我并没有说将军，可是照样——也许佛罗得亚将来会变成名人的。至于他们在那里所受的教养，那是太好啦。我自己样样都清楚的。干净的床铺，健康的奶妈，雪白的麻布衣裳，奶头，奶瓶，尿布，一句话，应有尽有。”

“是的，不能再好了！对私生子来说！”

“再说假如他被留在乡下作养子的话，啊，那也不坏啊。他会从小就养成劳动的习惯。劳动，你知道，跟祈祷是同样可贵的。我们，你看，照着普通的方式祈祷。我们站在神像前面，画着十字，如果我们的祈祷感动了上帝，他就会给我们赏赐。可是农民——他们要劳动。他有时候倒也想照样祈祷，可是没有时间。可是上帝看到了他的辛苦，也要给他赏赐的，就跟为了我们的祈祷给我们犒劳一样。我们不能大家都住在皇宫里参加舞会跳舞。我们当中有的人一定要住在满是烟的小屋子里，照管大地母亲，伺候她。至于快乐又在哪里呢，这就有两种推测。有的人住在皇宫里过着奢侈的生活，可是流着眼泪；别的人住在土墙后面，吃着面包和苹果酒，可是觉得自己跟住在天堂上一样。我说的对吗？”

“如果你自己觉得是住在天堂里，那可就不能再好了。”

“这么着，我亲爱的，我们就这么办。把佛罗得亚这个小强盗抱来，舒舒服服暖暖和和地包好了，马上带他到莫斯科去。我给你们预备一部篷车，两匹好马。路又平又直又好，没有水坑没有陷阱。你们高高兴兴地赶路。可是要留神，一切都得办得漂漂亮亮的，要按着哥略夫里奥夫家的气派来办，完全得按照我的口味。奶头要干净，奶瓶、衣裳、被单、毯子、尿布，——什么都要带得够。如果他们不肯发给你，就来找我跟我讲。你到了莫斯科，就找一家旅馆住下来。尽量要吃的、茶炊、茶等等。欧，佛罗得卡，宝贝！你给我找了多少麻烦！要跟你分别我的心都碎了，可是没有办法，我的孩子。等你长大了，你就明白了，这都是为了你好，你会为了这个感谢我的。”

约杜施卡微微抬了抬手，动了动嘴唇，说明他心里在祈祷。可是这并不曾妨碍他斜刺里向优丽塔瞟着，注意着她脸上那种讽刺的颤动。

“嗯，什么——你想说什么吗？”

“不，没有什么。当然，你知道——他会感谢他的恩人的——如果他找得到他们的话。”

“欧，你这个坏东西！你以为我们不拿一张相当的证件就把他留在那里了吗？怎么，当然了，你会带回一张证件来的，根据这张证件我们就能找到他。他们把他抚养成人，教给他知识，然后我们就带着证件到了那里，说‘现在，把我们的孩子还给我们吧，我们的佛罗得卡。’有了这张证件我们就可以把他从海底捞回来。我说得对不对？”

优丽塔没有回答。她脸上那种讥刺的颤动更明显了，这就触怒了波尔斐瑞·乌拉地米里奇。

“你是个坏东西，”他说，“魔鬼附在你身上。呸，呸！好了，够啦。明天，天亮以前，你就把佛罗得亚抱走，还要快，这样好让叶芙波拉克霞听不见你，马上动身上莫斯科去。你知道育婴堂在哪里吗？”

“我送过不止一次了，”优丽塔干脆地回答，好像在暗示过去的事。

“嗯，如果你已经跑熟了——那就更好了。你一定完全明白那里的一切情形。一定要把他留在那里，在主管面前深深地鞠躬——就像这样。”约杜施卡站起来鞠了躬，双手一直碰到地板。

“求他们好好看待他。一定要把证件拿到，别忘了！我们凭着这张证件无论哪里都能找到他。我给你两张二十五卢布票子花用。我懂得这一套的——你得这里塞点钱，那边留两个卢布什么的。啊，啊，人们多么罪过啊！我们都是人，不是别的，是人！我们都喜欢糖、喜欢好吃的东西。哎，连我们的佛罗得卡也是这样！你瞧他——他还没有我指甲大——瞧我已经为他用了多少钱了。”

约杜施卡在自己身上画了十字，深深地给优丽塔鞠躬，默默地要求她好好照顾这个小流氓。

这样，就这么简简单单地决定了这个私生婴儿的前途。

第二天早晨，年轻的妈妈正在昏迷里翻来覆去的时候，波尔斐瑞·乌拉地米里奇已经站在饭厅窗前了，动着嘴唇，在窗玻璃上画着十字。一辆盖着席子的小马车从院子里开了出去，它把佛罗得卡带走了。

马车爬上了小坡，从教堂旁边驶过，向左一拐就消失在村落里了。约杜施卡又画了个十字叹气了：

“那天牧师还说起化雪的天气，”他跟自己说，“可是上帝却给了我们严寒。还是这样一场严寒呢。我们一直就是这样子。我们做梦，在空中建起楼阁来，我们骄傲地想这想那，以为胜过了上帝和他的智慧，可是一眨眼，上帝就使我们这种精神上的骄傲烟消云散了。”

第六部　荒寂的邸宅

第一章

约杜施卡的苦闷是从他一向浸淫自如的废话源泉开始枯竭的时候开始的。在他的周围形成了一种空虚。有的人死了，有的人离弃了他。连安宁卡也甘心于流浪女伶的悲惨前途而舍弃了哥略夫里奥夫邸宅的丰盛饮食。留下来的只有叶芙波拉克霞一个人。可是叶芙波拉克霞的聊天本领是很有限的，而且，更严重的是，叶芙波拉克霞现在几乎已经完全换了一个人。她的变化使约杜施卡悟到自己的幸福日子已经一去不可复返了。

直至目前，叶芙波拉克霞一直是那样无依无靠，让波尔斐瑞·乌拉地米里奇可以放心大胆地虐待，她的思想是那样的落后，她的性格是那样的软弱，这就使她一直不曾有过遭受压迫之感。在约杜施卡高谈阔论的时候，她只是冷淡地盯着他看，自己想着别的事情。可是现在她突然明白了一样重要的事。彻悟的觉醒首先产生了厌恶，虽然突然而不甚明确，但却猛烈而不可克制。

安宁卡的小住对叶芙波拉克霞显然是不无影响的。跟年轻女伶的随便谈话实在使她纷乱不安了。在从前，她做梦都没有想到这是值得奇怪的事，为什么波尔斐瑞·乌拉地米里奇碰到一个人马上就用空虚得出奇的废话的网紧紧缠住对方。现在，她悟出约杜施卡并不是在说什么，其实倒是在困恼对方，这样就很有必要使他住嘴，使他明白已经到了歇歇的时候了。于是，从今以后，她听着他那无穷无尽的废话，马上就明白了约杜施卡说话的唯一目的只是折磨、困扰、唠叨得对方心烦。

“小姐自己说过她不懂他为什么有那么许多话要说，”叶芙波拉克霞自己思索着，“不，这是他内心的卑鄙使他如此。他明白谁好欺负，在他手心里面。于是他就要称心如意地要你了。”

不过这还只是次要的。安宁卡这次回来主要的后果，是搅动了叶芙波拉克霞思想未启发以前一直闷在心里的青春的本能，现在就突然燃烧起来了。很多东西对她都明确起来——譬如，为什么安宁卡不肯在哥略夫里奥夫田庄住下来，为什么她会直率地说：“这个地方是可怕的！”她之所以如此，因为她年轻，还想咀嚼生活的滋味。叶芙波拉克霞，同样，也年轻的，她当然是年轻的！只是看起来她的青春好像已经在一堆脂肪的重压下粉碎了，而事实上，它却表现得相当勇敢，它在召唤她，引诱她；它的火焰一会儿隐下去，一会儿又燃起来。她从前觉得约杜施卡倒还可以，可是现在她明白了自己的错误。“这个老梆子，他多么无耻地骗了我！”她脑子里闪过了这个念头。“要是现在跟一个又年轻又漂亮的真正的爱人住在一起可有多么好？他紧紧地抱着我，吻我，在我耳边轻轻地说着知心的话。这个老不死的，他怎么会把我搞上的？波哥瑞尔卡的小姐一定有一个情人的，我想准是。不然她怎么会拎起裙子就不顾命地跑了。我么，就只能坐在这里，在一座监牢里，跟这个老头子拴在一块儿。”

自然，在叶芙波拉克霞公开反抗以前也还经过了一段时间；可是一旦踏上反抗的道路，她可就没有停下来过。她心里卷起了一阵风暴，她的仇恨每分钟都在增长。约杜施卡那边却还一点都不知道她的思想情况。叶芙波拉克霞一开始是一般地不满，比如“他毁了我的一生。”然后就来了比较。“在玛祖里那，”她在想，“配拉该优仕卡跟她的主人住在一起做他的管家。她从来不做一点事，可是穿着丝织的衣裳。她在一间舒服的小屋子里坐着，做着串珠刺绣。现在我多么恨你，你这个老鬼；我多么恨你，我恨你！”最后她就哭了起来。

除了这个，还有一个愤怒的主要原因，那是很有用处的，因为它可以成为向约杜施卡宣战的好理由。这就是她的分娩以及儿子佛罗得卡的失踪。

小孩抱走的时候叶芙波拉克霞还是相当不在乎的。波尔斐瑞·乌拉地米里奇曾经马马虎虎地宣布过，说婴儿已经托付给可靠的人了，他并且送给她一条新围巾作为安慰。生活又上了正轨，叶芙波拉克霞又钻进了烦琐的家务，使出了比从前更大的精力，好像是补偿她在母性生活方面的失败似的。不过，不论她心里依旧憋着母亲的感情也好，或者仅只是一时的兴会，反正她又记起了佛罗得卡，正巧在这个当口叶芙波拉克霞又嗅到了自由的气息，于是她开始感到还存在着另外一种不同于哥略夫里奥夫邸宅的生活。这真是一个太值得利用的机会了。

“想想这个该死的干了些什么!”她想，有意要引起自己的愤怒，“他把我的亲儿子抢去了。简直就跟在水塘里淹死一条小狗一样。”

她的脑子里逐渐充满了这样的念头。她相信自己一直在热烈地想望着自己的孩子。她对波尔斐瑞·乌拉地米里奇的憎恨又从这种增长得极快的新的迷恋里得到了滋养。

“至少，现在我应该可以有个安慰，佛罗得卡，佛罗地优式卡！我亲爱的小儿子。你现在到哪儿去了？他准是把你送到什么困苦的乡下女人那儿去了。上帝诅咒他们，这帮该死的贵族。他们把小孩带到世界上来，他们又把他们当作小狗扔在沟里，谁也不管他们。我倒情愿抹脖子也不能让这个不要脸的老畜生来糟蹋我。”

她的仇恨现在成熟了。她觉着自己有一种触怒他、折磨他，把他的好日子破坏掉的愿望。战争开始了，这是一种最受不了的战争，口角，挑衅，找碴。这是可以征服波尔斐瑞·乌拉地米里奇的一种仅有的战术。

第二章

一天早晨，波尔斐瑞·乌拉地米里奇坐下来吃茶的时候，碰上了使他不愉快的意外。他正在滔滔不绝地说着废话，这时候叶芙波拉克霞，手里端着一碟茶，牙缝里咬着一块糖，静静地在听，不时地鼻子里哼上两声。热烘烘的刚出炉的烤面包摆上来了，他正开始发挥自己的一种理论，大意是说面包有两种，看得见的面包，也就是我们吃的，给我们身体以营养的一种；还有一种看不见的，精神上的面包，我们是为了自己灵魂的好处才吃它的。突然，叶芙波拉克霞非常不礼貌地在他的演说中间插了嘴。

“人家说配拉该优士卡在玛祖里那日子过得那么舒服，”她开始说，整个身子转过去朝着窗户，带着极不敬的冷淡摇晃着她架起来的双腿。

约杜施卡听了这出乎意料的话有点吃惊，不过还并不认为这有什么特别重要。

“要是我们很久不吃看得见的面包，”他照旧说下去，“我们就觉得肚子饿；可是我们如果有一个时期不吃精神上的面包——”

“我说，配拉该优士卡真的在玛祖里那住得挺舒服呢，”叶芙波拉克霞又插了嘴。

波尔斐瑞·乌拉地米里奇，颇为吃惊了，愕然地望着她，可是显然觉得有些不对，只是捺着性子没有骂出口来。

“要是配拉该优士卡过得舒服，让她舒服去就是，”他柔和地回答。

“她的主人，”叶芙波拉克霞挑拨地说下去，“给她安排得又好又安逸，不逼她做活，让她穿绸衣裳。”

约杜施卡更吃惊了。叶芙波拉克霞的话是那么荒唐可笑，这完全是出乎他意料之外的。

“每天换一件衣裳，今天一件，明天一件，节日还有别的衣裳。她上礼拜堂去的时候坐的是一辆四马马车。她走在前面，主人跟在后面，牧师看见她的车子走近，就敲起钟来。她坐在自己的房间里。如果她的主人想跟她一起坐坐，她就在自己的屋子里接待他。她的丫头给她消遣，不然就自己做做串珠刺绣。”

“嗯，这又怎么样呢？”波尔斐瑞·乌拉地米里奇问，终于恢复正常了。

“我只是讲讲配拉该优士卡过得多么舒服。”

“而你，你过得不好吗？天，天，你这不是不知足吗！”

如果叶芙波拉克霞不来回答他的问话，波尔斐瑞·乌拉地米里奇就可以大放一通空论，把她那愚蠢的暗示给淹没了。他会重新说起废话来。可是叶芙波拉克霞却分明没有住嘴的意思。

“这我可不能说，”她回了嘴，“我的日子不好算坏。谢天谢地我还没有拿被套来做衣服。去年你替我买了两件印花布的衣裳，每件花了五个卢布。多大方！”

“还有呢子衣服呢？最近那条围巾又是给谁买的呢？天，天！”

叶芙波拉克霞没有回答，只是把臂肘撑在桌面上，斜瞟了约杜施卡一眼，这一眼里满溢着那样的轻蔑，他受不惯这个，好像是给什么可怕的东西吓倒了。

“你知道上帝对忘恩负义的人要怎样处罚吗？”他轻轻地哼着说，希望提到上帝会使这个女人清醒过来。不过他的话并不曾安抚了这个反抗者。她立刻就切断了他。

“用不着拿话来哄我！”她说，“也用不着把上帝扯进来。我不是小孩子。够了！我受够了你的虐待了。”

波尔斐瑞·乌拉地米里奇不响了。他的茶还没有碰过。他的脸色苍白，嘴唇发抖，好像想要龇牙一笑都办不到似的。

“这都是安宁卡玩的鬼花样，”他最后说，虽然并不明确自己这句话的意思，“就是她，这条毒蛇，煽动了你。”

“你说的是什么鬼花样？”

“我就指的是你跟我说的那种话。她，她教给你的。再没旁人了！”他愤怒地喷出口沫来，“给她绸子衣裳穿！这个不要脸的东西！你知道，你这个不要脸的东西，哪些像你这种身份的人才穿绸子衣裳？”

“告诉我，我就知道了。”

“那些最——最淫荡的娘儿们。只有这些人才穿绸子衣裳呢。”

可是叶芙波拉克霞并不以为然。正相反，她反倒用莽撞的答辩回了嘴。

“我不明白你为什么说她们淫荡。人人都知道是主人们要她们这样做！如果一个当主人的勾引了我们当中的谁，她就跟他住在一起。你跟我也并不那么正经，我们干的事和玛祖里那的主人和他的皇后干的一样。”

“啾，你！呸，呸，不难为情！”

约杜施卡十分惊慌失措地看着他背叛了的伴侣。一股空话已经到了他的舌尖，可是他平生还是第一次涌起了一种模糊的疑虑，觉得有时候就连说话也会不起作用了。

“嗯，我的朋友，我看今天再跟你谈下去也没有用了，”他说着，站了起来。

“今天，明天——永远都没用了！你的专制算是完蛋了！我已经听够了你那一套；现在到了你听听我的时候了。”

波尔斐瑞·乌拉地米里奇做出一个姿势好像要握紧拳头扑到她身上去，可是她那样坚决地挺起了胸膛，他软了下来。他回过头来朝着神像，虔诚地举起了双手，嘟囔着祷词，迈着沉重的脚步退回自己的屋子去了。

这一整天他都觉得不舒服。他对于将来倒还没有明确的恐惧，可是一想什么东西已经打进了他那有条不紊的生活，而且不曾受到惩戒，可让他大为狼狈了。他没有出来吃午饭，说是身体不好，用一种柔和微弱的声音吩咐把饭拿进他的屋里。茶后的黄昏，在他这一辈子里还是第一次这样静静地度过的，他站起来，按着自己的习惯去做祈祷。他的嘴唇想念出那老一套的祷词，可是却做不到。他那激动了的头脑跟不上祈祷。一种纠缠的折磨人的焦虑在他身上蔓延开来，他不自觉地伸长了耳朵想听听这一天最后的尾声。这种尾声还流连在这所庞大的邸宅的每一个角落里。终于连人们的呵欠声都听不见了，邸宅已经陷入了死一样的沉寂，他这时再也忍耐不住了。偷偷地蹑手蹑脚走过了走廊，他走到叶芙波拉克霞的门口，把耳朵凑上去听。她只有一个人，约杜施卡听见她打了呵欠说："上帝！救世主！圣处女，"她一面说一面搔着背脊。

约杜施卡试了一下门钮，可是上了锁。

"叶芙波拉克霞，亲爱的，你在吗？"他喊道。

"在这里，可是不是为你预备的！"她说得那么粗野，他听了就立刻缩回了自己的屋子。

第二天早晨又有过一次谈话。叶芙波拉克霞有意选了喝早茶的时候向波尔斐瑞·乌拉地米里奇发动她的攻击。她直觉地感到一个吵闹的早晨会使全天都充满了不安和痛苦。

"我倒想瞧瞧别人怎么过日子的，"她用一种谜一样的姿态开始说。

约杜施卡的脸色变了。"来了，"他脑子里闪过了这个念头；可是他管住了自己的舌头等待下文。

"跟一个漂亮的年轻朋友住在一起可多好，真的。两人在房间里走来走去，你望着我，我望着你。彼此不说一句赌气的话。'我的宝贝'和'我的心肝'——全部的对话就是这样。又可爱，又高尚!”

波尔斐瑞·乌拉地米里奇特别痛恨这种话题。虽然他为了必要不得不容忍了通奸，可是他依旧把求爱看作一种魔鬼的诱惑。可是这一回，他是捺着自己的性子的，尤其是因为他要喝茶。茶壶已经在茶炊上开了好半天了，可是叶芙波拉克霞好像是忘记了把茶倒进杯子里。

“自然，我们女人当中有不少是愚蠢的，”她接下去说，放肆地在椅子里摇摇摆摆，用手指在桌上敲着，“有的人愚蠢到这种地步，为了一件印花布衫什么都肯干；还有的什么都没有得到就把自己给断送了。‘苹果酒，’你说过的，‘随你的便喝吧。’这真是勾引女人的好东西!”

“难道这只是为了利益的缘故——”约杜施卡硬着头皮怯怯地说了一句，眼睛望着已经冒出热气来的茶壶。

“谁说只是为了利益的缘故？难道我是个自私的女人吗?”叶芙波拉克霞发怒地喊道，突然转变了方向，“你是想为了我吃的面包也骂我一顿吗?”

“我不骂你。我只是说人不只是为了利益才——”

“我说！要说就说得有道理。好一个念头！我是为了利益才做事的！请您允许我问一句，除了苹果酒和小黄瓜我从你那里还得过什么好处?”

“啊，不只是苹果酒和小黄瓜——”约杜施卡压制不住自己，冒险地说了。

“我还得了些什么？说给我听听看，说给我听听看!”

“是谁每月给你爹妈送四袋面粉的?”

“四袋。还有什么?”

“燕麦片，大麻子油和别的——”

“这么说你是舍不得送给我那可怜的父母亲坏燕麦片和大麻子油? 嗽，你!”

“我并不是舍不得这些。是你——”

“现在你怨起我来了。我是连吃点面包碴也不能不挨顿骂的，什么事都得怪我。”

叶芙波拉克霞再也按捺不住，哭了出来。同时茶也一直在翻滚，于是波尔斐瑞·乌拉地米里奇非常恐慌了。他压下了他冒上来的火气，坐在叶芙波拉克霞身边，在她背上拍着。

“好了，好了，算了吧。倒茶吧。有什么好哭呢?”

叶芙波拉克霞又抽噎了几下，绷着脸呆呆地望着前面。“你刚才还提到过年轻人，”他接着说，尽量在他的声音里添上些爱抚的调子，“哎，究竟我也并不那么老，我老吗?”

“亏你想得出! 别混我了。”

“来，来。我呀——你知道不知道——我在圣·彼得堡服务的时候，我们上司还想把他的女儿许给我呢!”

“一定是个老处女——不然就是个残废。”

“不，她是个相当看得过的年轻小姐呢。她唱得多好，唱得多好!”

“也许她唱得不错，可是你搭不上调子，”她回嘴说。

“不，我——”

波尔斐瑞·乌拉地米里奇可窘透了。他准备背着自己的良心表示一下，自己在求爱上也有两下子。于是他就开始相当笨重地摇摆着身子，甚至想拦腰拥抱起叶芙波拉克霞来。可是她坚决地从他张开的手臂里退了回去，发怒地喊道：

“饶了我吧，别来碰我，你这个妖魔！不然我就用开水来烫你。我也不想喝你的茶。我什么都不要。只要想一想——我吃了你一片面包就想来责难我。我要离开这里！耶稣作证，我要离开的！”

她砰的一声关上了门跑出去，把波尔斐瑞·乌拉地米里奇一个人留在饭厅里。

约杜施卡完全惊慌失措了。他开始自己倒茶，可是他的手抖得那么厉害，不能不喊一个佣人来帮一下忙。

“不，这不行。我一定要想个办法，处理一下，”他轻轻地说，紧张地在饭厅里走来走去。

不过他还是想不出什么办法来，也处理不了什么。他的思想太习惯于自由地从一个幻想跳到另一个幻想上去，于是极简单平凡的事件就使他手足无措了。他刚想集中自己的思想，就从四面八方袭来了一大堆琐事，把实际的问题挤到了外面。一种奇怪的昏迷状态，一种精神上、道德上的贫乏整个控制了他。温柔的幻觉经常把他从残酷的现实上引诱开来，这样他就可以毫无阻碍地随意处置安排。

他完全孤独地过了一天，因为吃午饭和晚茶的时候叶芙波拉克霞都没有露面。她整天都待在神父那里，晚上很晚才回家来。约杜施卡苦恼极了。他什么都不能干，甚至都失却了一贯对琐屑的兴趣。一种压制不住的念头折磨着他：“不管怎样，我一定得想办法，我一定要。”他再也不能做无谓的计算，甚至连祈祷都不能念了。他觉得一种奇怪的病就要向他袭来。他不少次在窗口停下来，希望把自己波动的思想集中在什么上面，或者分散一下自己的心思，可是这一切都是无效的。

清晨。树木光秃秃地站在那里，小草还没有长出来。黑色的田野一望无际，到处点缀着白色的雪块，道路又黑又湿，路面上水壑在发亮。这一切在约杜施卡看来好像都隔了一层雾似的。被雨打湿了的下房附近没有一个人，虽然所有的门都半开着。在邸宅里他也喊不到什么人，虽然他经常听到像远处关门之类的声音。“要是能隐身可多么好，”他自己在想，“好去偷听这帮仆人背地里讲我什么。这帮流氓是感谢我的恩典呢还是口出怨言。你一天到晚填饱他们的肚皮，可是他们照样哇哇地吵，想多要一些。可是前几天我们开了一桶腌黄瓜，而——”可是还不等他开始探索什么虚幻的问题，不等他计算桶里装着多少腌黄瓜，一个人能消耗多少腌黄瓜，关于叶芙波拉克霞的刺心的念头就把他拖回到严酷的现实面前，打乱了他的全部计算。

“她连一句话都没有跟我说就走了，”他想道，眼睛看着远处，拼命想望见神父的家，这时候叶芙波拉克霞很可能正在那儿谈得高兴。

午饭摆好了。约杜施卡一个人坐在桌边慢慢地啜着稀汤（她知道他痛恨稀汤，特意把汤煮得跟水一样）。“我猜神父一定给叶芙波拉克霞的突然来访弄得苦恼不堪了，”他想。“她吃起来可够受，一定要为客人另预备一份菜，可能是一盆烤肉呢。”他的思想再度飘到别的事情上去，然后脑子里就开始考虑起这一类的问题来了：叶芙波拉克霞会吞掉多少匙卷心菜汤？多少匙麦片粥？关于叶芙波拉克霞的来访，神父会跟他的妻子讲些什么？只剩下他们俩人的时候会讲她什么坏话？所有这一切，食物和谈话，都在他眼前活灵活现地出现了。

“我猜他们大家是在一只盆子里喝汤的。好主意！她要解解闷倒选了个好地方。外面又湿又泞——正是容易生病的天气。她就要回来了，弄了一裙子泥，这个坏东西！是的，我一定，我一定得拿出个办法来！”他所有的冥想不可避免的一定要用这个句子结束的。

饭后，他跟平常一样躺下睡午觉，不过翻来覆去地睡不着。叶芙波拉克霞天黑了以后才回来，她那样悄没声地钻进她的屋子里去，根本就没有让他看见她进门。他吩咐过仆人，她一回来就报告给他知道，可是他们谁都不说一个字，好像他们中间有着默契似的。他又试过一次努力想进她的房，可是仍旧碰上了下了锁的门。

第二天早晨吃茶的时候叶芙波拉克霞出现了，不过这一回她的话更可惊，含着更多的威胁意味。

“唷，我的小佛罗得亚上哪儿去了？”她开始说，故意做出要哭出来的声音。

波尔斐瑞·乌拉地米里奇战栗了。

“只要我能短短的看他一眼，只要让我看见这个离了娘的宝贝吃着怎样的苦！可是也许他早就死了。”

从约杜施卡的嘴唇上轻轻地传出一声祷词来。

“这又跟这一带旁人的情形不一样。配拉该优士卡养下了一个女儿以后，他们给小孩做了细洋布和绸子的衣裳，还给她做了一只桃红色的小床呢。赏给奶妈的‘萨拉番’① 和头巾比我一向有的都多。可是这里——啾，你呀！”

叶芙波拉克霞一下子就扭过头去朝着窗口，大声地叹了口气。

“人家说得不错，所有的贵族都是可恨的，”她说下去，“他们弄出孩子来，然后就扔进沼泽里去，就像扔小狗一样。他们又哪里在乎这个？他们是对谁都不负责的。难道天上没有上帝吗？就是狼也不会这么做的。”

波尔斐瑞·乌拉地米里奇觉得好像坐在针尖和钉子上一样。他忍耐了很久，可是最后终于忍不下去了，咬着牙说道：

“这是我听你教训的第三天了。”

“嗯，为什么只许你说话呢？别人也有权利说句话的。是的，先生！你曾经有过一个孩子。你把他怎么处置了？我敢说你是把他送到一间肮脏小草房里一个可怜的乡下女人手里，让他死在她手里拉倒。我猜孩子现在一定邋里邋遢地躺在哪儿，咂着一瓶变酸了的牛奶，没人照管，没人喂他，没人给他衣裳穿。”

她流了眼泪，用围脖的下部擦干了。

---

① 是一种乡下姑娘穿的没有袖子的衣服，有两条像工人装那样的背带。

“波哥瑞尔卡的小姐是对的；她说在这里跟你一起是可怕的。这真可怕。没有娱乐，没有开心的事，除了恶劣的、卑鄙的行为以外就没有旁的。待在监牢里的犯人倒还好一些呢。至少，如果现在我有一个小孩，我也可以有个安慰啊。可是你却从我手里把他给抢走了。”

波尔斐瑞·乌拉地米里奇坐在那儿痛苦地摇着头。隔一会就呻吟一声。

“嗷，多难受！”他最后说。

“难受？啊，这是你应得的报应。真的，我要上莫斯科去看看我那小宝贝佛罗得亚。佛罗得亚，佛罗得亚！宝—宝—宝贝！主人，我能上莫斯科去一趟吗？”

“这没有用，”波尔斐瑞·乌拉地米里奇用空洞的声音回答。

“那么我就不管你答应不答应自己去了，没有人能阻止我的。因为我是——一个母亲！”

“你算得上哪门子母亲呢？你是一个妓女——你就是这种货色，”约杜施卡最后迸出口来，“你干脆告诉我你要我怎样。”

叶芙波拉克霞，显然，并没有准备有这一问。她盯着约杜施卡，没有说话，好像思忖着自己真的需要他做些什么。

“这么说你已经喊起我妓女来了？”她说，哭了出来。

“是的，妓女，妓女，妓女！呸，呸，呸！”

波尔斐瑞·乌拉地米里奇火透了，跳了起来，从屋里跑出去了。

这是他最后的一次振作。以后他就开始迅速走向崩溃了，可是叶芙波拉克霞依旧继续进行她的攻势。她有着强大的力量，愚蠢的倔强性，有时候这真是可惊的，因为它一直对准着一个目标，那就是烦扰、耍弄、折磨他。后来饭厅的界限对她说已经太狭窄了。她侵入了书房，并且就在他这个圣地里攻击约杜施卡，从前，在主人“忙碌着”的时候，她是想都不会想走进去的。她就这样走进来，在窗前坐下，向前面望着，在窗柱上擦着肩胛骨，然后开始向他展开了攻击。她特别喜欢反复地恐吓着说要离开哥略夫里奥夫邸宅。事实上，她从来就没有认真地想过实行她的恐吓，而且如果有谁向她提起回到她父母家里，她还准会吃惊的。不过她觉得波尔斐瑞·乌拉地米里奇最怕的就是她的离开，而她就不惜花费时间和精力来利用他这个弱点。她小心地并且兜着圈子接近这个题目。她常常坐上一会，抓抓耳朵，然后再说话，好像是出于回忆的心情似的：

“今天，我想，父亲那里要做烤薄饼了。”

听到这样的序曲，约杜施卡的脸色都会气得发青的。他刚刚准备静心从事一种复杂的计算，如果邻人的牛都死光了，而靠了上帝的帮助他自己的却无恙，并且奶量增加一倍的话，这样他可以从牛奶上赚多少钱。

“他们为什么要做烤薄饼呢?”他问，勉强做出笑脸，“天哪，今天是祭日啊！我竟自忘了这个，岂不是笨透了？现在家里什么可以纪念先母的东西都没有。多么罪过！”

“我倒想吃爸爸的烤薄饼。”

“为什么不呢？吩咐他们去烤起来。把厨子玛尔亚或者优丽塔找来。优丽塔会烤出色的薄饼呢。”

“也许她有什么旁的事顺了你的心了，”叶芙波拉克霞尖刻地说。

“不，可是，她烤起薄饼来简直了不起。她把薄饼烤得又松又软——妙极了！”

波尔斐瑞·乌拉地米里奇显然是想抚慰叶芙波拉克霞，可是没有用。

“我想吃的不是你的而是爸爸的薄饼，”她回答，装出被娇养惯了的样子。

“唉，这也不难。把车夫找来，让他在车上驾上两匹马，赶到爸爸家去就是了。”

“不，老爷，这不成。如果我钻进了圈套，这是我自己的不是。谁用得着像我这样的人呢？你自己那一天还管我叫妓女呢。这没有用！”

“天哪，天哪！你这样冤枉我不罪过吗？你知道冤枉好人上帝要怎样处罚吗？”

“你真的喊过我妓女的！你喊过的！你当着这座神像的面喊过的。我多么恨你的哥略夫里奥夫！我要从这里跑开。我要的，上帝可以作证！”

在进行这场热烈对话的时候，叶芙波拉克霞的姿态是相当放肆的。她在椅子里摇晃着，挖着鼻子，搔着背痒。她显然在演一出滑稽剧。

“波尔斐瑞·乌拉地米里奇，我很想告诉你一件事，”她顽皮地说下去，“我想回家。”

“你是想回家看看父母吗?”

“不，我是说在那里住下来。”

“怎么了？有人得罪了你吗?”

“不，不过——我不想永远在这儿待下去。并且，这地方太闷了——简直可怕。这所房子就像一块荒废的地方。仆人们躲在厨房和他们的下房里，只剩下我一个人坐在房子里。说不定哪天我就要给谋杀了。到了晚上，我上床的时候，每一个角落里都发出奇怪的声音来。”

日子一天天过去，可是叶芙波拉克霞从来不想把她的威胁付诸实施，在波尔斐瑞·乌拉地米里奇身上，威胁却并没有减少效力。他逐渐明白，尽管他一天到晚辛辛苦苦，就这么说吧，他还是完全无助的，如果没有人替他管家，他就会没有饭吃，没有干净被单，没有像样的衣裳。到目前为止他一直不了解他周围的一切都是人为的。他过日子的方式是这样的，一经安排好了，就永远不会变的。邸宅里一切都以他为中心，为了他才存在的；一切都按时进行，一切都安排在适当的位置；简单说来，到处都是机械似的准确，他根本已经习以为常。就因为这种钟表式的有条不紊，他可以放心地说废话、转念头而不跟残酷的现实接触。当然，这个人为的天堂是非常靠不住的；可是约杜施卡，从来只关心他自己，并不清楚这个。在他看来他的生活是建筑在石底的地基上，一直不变的，永恒的。而突然，由于叶芙波拉克霞的傻念头，这座大厦就要垮了。约杜施卡可真正吓坏了。“她要是真的走了可怎么办?”他恐慌地想着。他开始想出各式各样荒谬的计划来留住她。他甚至决定了向叶芙波拉克霞难以控制的孩子脾气让步，这种念头从前他是绝对不会想到的。

“唔，唔，唔!”他想，一想到他会和车夫阿尔克西普或者办事员伊格奈特打交道，这种可能性可憎地赤裸裸呈现在他眼前的时候，他不禁厌恶地吐出了口水。

不久以后，他终于明白自己这种畏惧是没有根据的。于是他的生活就走上了新颖而颇出意料的局面。叶芙波拉克霞并没有离开他，她甚至缓和了她的攻击，可是为了补偿这个，完全遗弃了他。五月到了，天气是出色的，叶芙波拉克霞很难得露一下面。她跑进来一会儿，一转眼又不见了。到了早晨，约杜施卡在老地方找不到自己的衣服，他想要一条干净被单，就必须先跟仆人进行长期的交涉。茶饭不是开得太早就是来得太晚，伺候他的是喝醉了的仆人普洛克霍尔，他穿了一件污秽的外套走进来，发出了特别难闻的鱼和烧酒的味道。

虽然如此，波尔斐瑞·乌拉地米里奇还是高兴的，因为叶芙波拉克霞现在不来折磨他了。当他知道有专人负责以后，他甚至对家务的混乱都安之若素了。混乱倒不比要他亲自仔细过问日常生活的大小事件更为可怕。他带着惊恐想象着要他开始管理，吩咐，指导的那个时刻。为了预防这可怕的时刻的到来，他努力克制有时涌到口边的抗议，闭起眼睛不看家里的混乱情况，缩在后面闷声不响。

同时在邸宅里公开的放荡行为已经扎了根。跟随好天气的到来，在一直是安静沉闷的领地上弥漫着一种新的生活。到了黄昏，所有的仆人，年轻的和年老的，都到了村里的街上。年轻人唱着歌，玩着手风琴，高兴地笑着，叫喊着玩捉迷藏。

办事员伊格奈特穿了一件血红的衬衫、一件窄得出奇、胸前永不扣起的背心，活像一只凸胸鸽子似的挺着胸，车夫阿尔克西普拿到了节日穿的绸衬衫和丝绒背心，分明是在互相竞争，都想征服叶芙波拉克霞的心。小妞自己从这个人跑到那个人身边，一会儿对办事员、一会儿对车夫表示好感。波尔斐瑞·乌拉地米里奇简直不敢向窗外望去，唯恐看到了爱情的场面；可是他却不能不听见外面进行着的一切。他不时听到在玩捉迷藏时阿尔克西普作耍地拍在叶芙波拉克霞背上的响声。有时候他也听到这一类片段的对话：

“叶芙波拉克霞·尼奇梯施娜！叶芙波拉克霞·尼奇梯施娜！小姐！”醉醺醺的普洛克霍尔站在邸宅的台阶上喊。

“你要什么？”

“茶叶柜的钥匙。主人要茶呢。”

“让他等着吧，这个稻草人！”

第三章

在一个很短的时期里，波尔斐瑞·乌拉地米里奇完全丧失了跟外界接触的愿望。他再也不关心闯进他生活里的那些混乱状态。他只希望一个人安安静静地待在他最后的避难所——书房里，再也不对生活有更好的要求。他完全失去了从前那种对左右的人挑剔、折磨的习惯，他是又胆怯，又显得阴郁地谦和。他和现实的一切联系都切断了。他只希望什么都不去听、不去看。叶芙波拉克霞可能一连几天不露面，仆人们可以随意行动，在院子里闲荡，这些跟他再也没有了关系。从前，如果办事员在呈阅的各项家务管理报告里偶然出些小错，他会唠叨得他要死。目前，有时候报告晚了几个星期，他也并不生气，只除了他偶尔需要一些数字，来进行一些异想天开的估计。可是他一个人待在书房里的时候，就可以随心所欲地进行漫不经心的空虚冥想。他两个兄弟都死在酒上。他，同样地，也耽溺在昏醉中间。不过他的昏醉是精神上的。他把自己关在书房里，从清晨直到深夜在一些想入非非的问题上绞尽了脑汁。他精心结撰了一些荒唐的计划，在虚构的听众前面演说，脑子里一想到谁，就替他虚构一幕场景。

在这种幻想的扮演和人物的迷宫里，起着主要作用的是一种病态的攫取欲望。

波尔斐瑞·乌拉地米里奇一直有一种强烈的倾向，喜欢找旁人的碴，告上一状，不过由于他不切实际，并没有能够得到真正的好处。有时候倒是他头一个吃苦。他这种倾向现在已经转移到抽象、幻觉的世界里，在这里，受到压迫的人不再有抵抗的能力，也用不着为自己辩护。强与弱之间的分界线不存在了。在这个世界里，没有了警察和司法人员，或者不如说，有是有的，但是完全为了保卫他自己的利益而存在的。在这一片幻想的水平上，他可以自由地把全世界都绊在他那阴谋、挑剔、琐细的磨难的网里。

他喜欢折磨旁人，蹂躏他们，使他们难受，吸他们的血——至少，在他的想象里是如此的。他检阅了一下自己产业上每一样收益的项目：木材，牲口，谷物，牧场，在每一样上建立起复杂的榨取、掠夺的奇妙机构，再加上最复杂的赚头，从罚款、高利贷、灾荒、囤积、分红里得到的，——一个真正的天堂，不过却是一个地主所能想出的最肮脏的天堂。这里的一切都是擅自决定的，多付了或者少付了，再一个多付或少付的戈贝克都能作为理由，把全部手续更改过，这样，就有了无穷的变化。一旦他的倦怠的脑子再也不能进行这些作为他的幻想基础的错综复杂的计算细节时，他就把自己的想象运用在更有弹性的事物上面。他回想那些不只是最近，而且远在儿时的冲突和口角，他把这些回忆处理得异常巧妙，自己永远以胜利者的面貌出现。他报复了那些在工作上胜过他、深深刺伤了他的虚荣心，因而使他决定辞职的旧的同事们。他报复了那些倚仗身强力壮逗弄、欺侮他的同学们；报复了保卫自己的权利，抗拒了他的要求的邻人们；报复了冲撞了他或者仅是对他不够尊敬的仆人们；报复了为了修整波哥瑞尔卡用掉了那么多“依法”属于他的金钱的“最亲爱的妈妈”阿丽娜·彼得洛芙娜；报复了给他取了约杜施卡外号的哥哥傻斯蒂奥普伽；也报复了姑母瓦尔瓦拉·米克海洛芙娜，因为她不期然地生下了小孩，致使家族永远丧失了哥夫瑞优仕基诺的产业。他向活人、死人都施行了报复。

他逐渐使自己陷入了真正的昏醉。他脚下的地面消失了，他肩上生出了翅膀，他的眼睛发着光，他的嘴唇发颤，吐着泡沫，他的脸苍白得要命，显得非常可怕。他周围拥挤着成群的鬼物，他在幻想的战斗中和他们作战。

他的生活变得如此丰富和没有挂碍，于是就再也没有了旁的想望。整个宇宙都踩在他的脚下，这就是他那卑鄙的思想能够想象出来的宇宙。他能无穷无尽地变化着一个简单的题目，一次次地拾起来，每次都给它一种新的形态。这是近于心醉神迷的一种洞察一切的力量，跟降神会里出现的那种情形没有什么两样。不受阻碍的想象产生了一种幻梦的真实，由于经常精神上的狂乱，这现实变得具体、几乎真实了。这并非忠诚和坚信，却是一种没有约束的精神上的放荡，一种出神的状态，他的舌头会不知不觉地说出话来，他的身体会自动地做出种种姿态。

波尔斐瑞·乌拉地米里奇是快乐的。他关上了门窗，这样就可以什么都不听见，他拉下了窗帘，这样就什么都不会看见。他进行一切与他的幻想世界毫无关涉的例行工作的时候，总是赶紧做完拉倒，几乎是带着厌恶的。当一直醉醺醺的普洛克霍尔来敲他的门报告中饭已经开出时，他就不耐烦地跑进饭厅，三口两口地吞下他那三道菜，就又钻进他的书房里去了。他的举止行动里有了些新的东西，——一种腼腆与嘲弄的混合，好像对他遇到的有限几个人又害怕又轻视。他起身得很早，马上就开始工作。他缩减了做礼拜的时间，冷漠地念着祷词，并不思索它的意义，画了十字，随随便便机械地作出其余礼拜的动作。分明在他脑子里连地狱和那一套错综复杂的刑罚的观念都没有了。

同时，叶芙波拉克霞则沉溺在肉欲的满足里。在办事员伊格奈特和车夫阿尔克西普之间徘徊不定，同时也要盯红脸的木匠伊利优夏几眼，他带着一批工人在修理地窖，她没有留心邸宅里的情况。她想主人一定在玩一套“新的喜剧”，在快乐的仆人群中发出了不少有关主人的一些轻松谈论。可是有一天她凑巧走进饭厅，正碰上约杜施卡在匆忙地吞着剩余的烧鹅，突然一种恐惧来到了她的身上。

波尔斐瑞·乌拉地米里奇穿着一件油腻的换装衣，从破洞当中露出了布衬头。他脸色苍白一身邋遢，脸上一片好些天没有剃过的胡子。

“亲爱的主人，怎么啦？怎么搞的？”她恐惧地朝着他。

波尔斐瑞·乌拉地米里奇只是一半羞怯一半嘲弄地笑笑，他的笑的意思是："我倒愿意看看你现在还能拿我怎么样。"

"亲爱的主人，怎么搞的？告诉我，你怎么样了？"叶芙波拉克霞重复了一遍。

他站了起来，用满溢着仇恨的眼色望着她，说道，每一个字说出来的时候都要顿一下：

"要是你，你这个坏女人，敢——走进我的书房——我就弄死你！"

第四章

经过了这一场以后，约杜施卡的生活表面上变好了一些。既然没有实际上的阻碍，他就完全沉溺在孤独当中，因此他连夏天是怎样过去的都没有留心。

已经到了八月下旬，天短了起来；不停地落着细雨，土地变得泥泞了。树木看起来十分凄凉，黄叶洒满在地上。院子里和仆人房里是一片完全的寂静。仆人们都静静地坐在屋里，一半为了天气的缘故，一半也因为他们终于明白了主人身上发生了什么变化。叶芙波拉克霞完全觉悟过来，忘掉了绸子衣裳和她的情人们，一来就在下女房里坐上半天，盘算着不知道自己该怎么办。醉醺醺的普洛克霍尔逗弄她，说她在图谋主人的性命，说她给他吃了毒药，逃不了要给送到西伯利亚去的。

这时候，约杜施卡坐在自己的书房里，陷入了沉思。雨点不住打在窗玻璃上的声音把他催入了半睡眠状态——正好让他展开自己的幻想。他幻想自己是隐身的，正在视察自己的产业，由在约杜施卡父亲手下当过管事的年老的伊尔亚陪伴着，这人的骨头在村教堂的墓地里已经腐烂了好久了。

“伊尔亚是个聪明的家伙，”波尔斐瑞·乌拉地米里奇对自己分辨，非常高兴他能从坟里爬出来，“是个老家人了！现在像他这样的不多了。现在他们只会说闲话乱动，可是一碰上有事，他们就一点都不顶用。”

念完了一句恰当的祷词以后，约杜施卡和伊尔亚就从容地上了路，走过牧场、峡谷、小山凹和山坡，不久就到达了乌可赫夫斯柴那荒地。他们站下来茫然了好一会，简直都不相信自己的眼睛。他们眼前展开了一片出色的松林，林梢在风里摇摆着。有些树身那样粗，两个甚至三个人都抱不过来。这些树干是挺直的，光滑的，上面盖着庞大张开的树顶——充分地说明了精力旺盛和长寿的象征。

“怎样的树林子啊，哥们!”约杜施卡狂喜地喊道。

“这片森林是一直禁止砍伐的，”伊尔亚解释道，“你过世的祖父米克海尔·瓦亚里叶维奇带着一批捧着神像的人在林子周围走过的。瞧这些树长得多高。”

“你猜这片林子有多大?”

“当时它占了整整七十戴斯亚丁①，您知道，那时候的戴斯亚丁要比现在的大一倍半呢。”

“你说每一戴斯亚丁里面有多少棵树呢?”

“我说不上来。这只有上帝有数。”

“我猜每戴斯亚丁少不了有六七百棵。我是说现在的戴斯亚丁。等一下！让我们就算它六百棵——或者，让我们说，

① 每戴斯亚丁等于一千零九十二公顷。

六百五十棵吧，那么在一百零五戴斯亚丁里就有多少棵树了?”

波尔斐瑞·乌拉地米里奇拿了一张纸，把一百零五用六百五十乘了一下，得出了结果是六八二五〇棵。

“喏，你瞧，假使我把这些木材全部卖掉，你看我每棵树卖得上十个卢布吗?”

老伊尔亚摇了摇头。

“十个卢布太少了，”他说，“你瞧这些树。每棵树能做两根水车轴，一些厚的、薄的木板，还有柴火呢。你说一根水车轴能卖多少?”

波尔斐瑞·乌拉地米里奇假装弄不清楚，虽然老早他就把一切都算得清清楚楚了。

“瞧，”农民接着说，“一根轴值十卢布，可是如果运到了莫斯科，它就能按着分量卖到金子一样的价钱。这是好大个的轴呢。就算你套上三匹马也很难拖得动。再想想看还可以做出来的第二根轴、木板、板条、柴火、树枝。二十卢布，我想是，一棵树的最低价钱了。”

波尔斐瑞·乌拉地米里奇听着，贪婪地咀嚼着他说的每一个字。这个伊尔亚真可以算是一个又聪明又忠实的仆人，他选了多么好的助手！老瓦维罗，伊尔亚的副手——他也在教堂墓地里睡了不少年了——也配得上他的上司。他的管账叫斐尔伽，约莫六十年以前妈妈从佛罗格达田庄带来的；看森林的那些人，同样，也都是忠实勇猛的，看守谷仓的狗也够厉害。连人带狗都准备为了主人的利益跟魔鬼本人拼命。

“我们来算算看，哥们。如果把全部森林都卖掉，能有多少进款呢?”

波尔斐瑞·乌拉地米里奇又在心里盘算起来，一根大轴，一根小些的轴，一块厚板，一些板条，加上柴火和树枝的价值。他加了起来，乘了一乘，一会儿抹掉了零头，一会儿再一起加起来。纸上填满了一排排的数目字。

“总数在这里了，哥们,”约杜施卡说，给伊尔亚的鬼魂看了一个简直是荒唐的数字。老仆人给弄得眼花缭乱了。

“这岂不是太多了些?”他说，沉思地耸了耸肩膀。

可是波尔斐瑞·乌拉地米里奇早就很有把握开心地吃吃笑了。

“你真是一个怪家伙，哥们!”他说，“这不是我说的，是数目字说的。有一种叫作算术的科学。它从不撒谎的，哥们!嗯，乌可赫夫斯柴那也差不多了。现在我们来看看理塞—雅美吧，哥们。我好久没有到那边去了。我非常怀疑农民们是不是都成了贼骨头。那边有个叫格兰卡的看守——我知道，我知道。格兰卡是个挺好的忠实的看守，一点都不假。虽然如此，你知道。我觉得他好像也不如从前了。”

他们不声不响也没有被人看见就穿过了一片桦树林子，突然停了下来，屏住了呼吸。路边上翻了一辆农民的小车，农民就站在车边，尴尬地望着折断的车轴。他已经在那儿站了一会了，他咒骂着车轴和自己，不住地拿鞭子抽那匹马。最后他看出来他不能就这么在这里待上一整天。他四下里看看，留心地，听听路上绝不会有人走过。然后就选了一棵合适的桦树，摸出了一把斧头。这时候约杜施卡一动不动地站在那里盯着看。小桦树摇晃着，摆了几下就跟一捆被镰刀砍断的稻谷似的突然躺在地上。这个贼正想从树干上砍下车轴那么长一段下来，恰恰就到了约杜施卡决定动手的时候。他偷偷地摸到他身边，一挤眼的工夫就夺过了他手里的斧头。

“啊！”这个当场被逮住了的贼只来得及喊出这样一声来。

“啊！”约杜施卡也学着他喊了一声，“谁允许你在这里偷木料的？‘啊！’你刚砍倒的是你自己的桦树吗？”

“饶了我吧，老爷！”

“我很早以前就饶恕了每一个人了，哥们。在上帝面前我自己就是一个罪人，我可不敢给旁人定罪。判了你罪状的是法律，而不是我。把你砍倒的这棵树扛到宅里去，付出一个卢布的罚款。同时，我还得拿走你的斧头。用不着担心，它是保存在可靠的手里的，哥们。”

为了能够向伊尔亚证明他对格兰卡的怀疑有着充分的根据而高兴，约杜施卡就神游到守林人的茅屋里，狠狠地教训了他一顿。在回家的路上，他捉到了三只正在吃着他的燕麦的农民的鸡。

回到书房里面，他又工作起来，在他的头脑里又突然产生了一套奇特的家政管理方法。这套方法是以下列的假定为根据的，那就是一切人类突然都偷窃起他的森林来，而且放任牲畜糟蹋了他的田地。这不但没有让约杜施卡沮丧，正相反，他高兴得一直搓着自己的手。

"就让你们的牲口在我的地上吃草吧，砍倒我的树吧。这对我倒只有更好，"他重复地说着，大大的高兴了。然后他就拿了一张干净的纸，重新开始算起账来。需要解决的问题如下：第一，在每一戴斯亚丁里可以生长多少燕麦，而如果农民的鸡把燕麦都啮出来的话，罚款的总数可以达到多少？还有，其次，在理塞·雅美一共有多少株桦树，如果农民们把它们给非法地砍伐了，那罚款的数目又是多少？"一棵桦树，虽然砍了下来，"约杜施卡开心地想道，"到头来还能搬回家里当柴烧的——不花钱的木柴，你瞧！"

在纸上出现了长长的一行行的数目字。约杜施卡是那样疲劳和激动，他满身大汗地从桌边站立起来，躺到沙发里休息了。这时候他的幻想也没有停止工作，只不过是选取了一个简易的题目而已。

"妈妈是个聪明的女人，妈妈真是的，"波尔斐瑞·乌拉地米里奇想着，"她懂得怎样对人苛求，也懂得怎样宽待人——这样人家才会那么服服帖帖地听她使唤。可是她还是免不了犯罪。啾，是的，她犯的罪可不少。"

约杜施卡的念头刚转到阿丽娜·彼得洛芙娜身上，她本人就直接从坟墓里走出，来到他的面前了。

"我不明白，我的朋友，我不明白你要在我身上找出什么错来，"她不高兴地说，"好像是我——"

"我明白，我明白，"约杜施卡没礼貌地拦住了她，"我来坦白地跟您谈个明白。譬如，您当初为什么不拦着瓦尔瓦拉·米克海洛芙娜姑母呢？"

“可是我又有什么方法拦住她？她到了成人的年纪，她完全有自主的权利了。”

“嗷，不，让我说，好妈妈。她弄了个怎样的丈夫啊？一个老酒鬼，不大像个人，我不妨说。但是他们还养了四个孩子。这些孩子都是打哪儿来的，我要问你。”

“可是你这话说得多奇怪，我的朋友。好像这都要我来负责似的。”

“不管有没有责任，您总是能够影响她的。您应该好好地看待她，您会使她自己觉得惭愧的。可是您的作法却正好相反。您一个劲地骂她，说她不要脸，您还疑心几乎左邻右舍全都是她的情人。当然她就闹出乱子来了。这真可惜。哥略优仕基诺领地本来应该归了我们的。”

“你简直就忘不了哥略优仕基诺，”阿丽娜·彼得洛芙娜说，显然给他的话弄得呆住了。

“哥略优仕基诺在我又算什么？我什么都不需要。只要我有足够的钱来买一支教堂用的蜡烛和神灯里的油，我就满意了。可是公道又怎么说呢，好妈妈，公道？是的，好妈妈，我倒情愿什么话都不讲，可是对您我却不能不说老实话。在您的良心里是有罪的，一桩大罪，真的。”

阿丽娜·彼得洛芙娜没有回答，也看不出她是生了气还是仅仅有点为难。

“还有，”约杜施卡说下去，妈妈的为难显然引起了他的高兴，“您为什么要给斯蒂潘哥哥买一所房子？”

“我不能不买，我的朋友。我不能不分给他点什么，”阿丽娜·彼得洛芙娜说，企图替自己辩护。

“可是他把房子给卖掉了，自然是。好像您就不明白他似的！您知道他是个浪荡的人，一个无礼的、臭嘴的无赖。瞧您还想把佛罗各答村也给了他呢。一座小巧的田庄，就跟一个剥了皮的鸡蛋似的，还有一小片出色的林子和一个小小的湖——上帝和它在一起！还算好，我刚巧在场，拦下了您没有干出这件冒昧的事来。啊，好妈妈，好妈妈，您怎么会？”

“可是他是我的儿子啊，你明白？儿子！”

“我知道。我挺清楚。可是，我还要再说一遍，您不应该这么做的。您为房子付了一万二——钱到哪儿去了？而哥略优仕基诺起码也要值一万五呢。这样损失就很可观了。”

“嗯，够了，够了。别跟我生气了，我求求你！”

“我并没有生气，最亲爱的妈妈，我只不过是主持公道罢了。真理就是真理——我是讨厌虚伪的。我跟真理同生，跟真理在一起生活，也要跟真理同死的。上帝爱真理，他一定也要我们爱它。就拿波哥瑞尔卡的事来说吧。我永远要说您在这上面投资的钱太多了。”

“可是我自己住在那里的啊。”

约杜施卡清楚地在妈妈脸上读出了“你这个愚蠢的吸血鬼！”；不过他假装没有看见。

“嗯，是啊，您住在那边——还有——神像架子是放在波哥瑞尔卡的。这是属于谁的，我倒想知道。还有小马和茶叶盒子。爸爸还在世的时候，我亲眼在哥略夫里奥夫邸宅里看见过那个茶叶盒子的。多么好看的一个小盒子！”

“嗯，不过——”

“不，最亲爱的妈妈，让我说。当然，这看起来不过是一件小事，可是这儿一个卢布，那儿半个卢布，到后来就成了一个大数目。让我拿正确的数目字来让您明白一下。数目字是神圣的，它们从不扯谎。”

波尔斐瑞·乌拉地米里奇跑到桌边去，企图最后断定好妈妈使他遭受损失的确切数字。他拨弄着算盘，在一张张纸上写满了一行行的数目字，使自己有充分的把握来宣告阿丽娜·彼得洛芙娜的罪过。不过算她运气，他的飘忽的念头不可能在一件事上留连得太久。他自己也不觉得，一个新的念头就闯进了他的脑子，好像是出于魔法，使他的思路转到完全不同的方向上去了。他妈妈的影子，一分钟以前在他眼前还那样鲜明，现在突然消失了。他忘记了她，他的观念混淆起来，别的观念走进了他的脑子。

波尔斐瑞·乌拉地米里奇很久以前就想计算他的农作物可以给他带来多少财富。现在恰好的时机来到了。他明白农民一直是贫困的，总是希望问他借粮秣，总是要付他债款的利息。他也明白农民们特别不吝惜自己的劳力，这并不“花费他什么”，同时从来不认为在抵债上有什么价值。在俄国有很多贫穷的人，唳，有多少啊！有多少人不知道明天会给他们带来什么，他们困乏的眼睛无论转到哪里，除了绝望与空虚之外什么都看不见，他们到处只听得见一种吵嚷：“还债！还债！”约杜施卡就把他的网撒在这些没有办法、绝对贫困的人群里，感到非常的高兴，有时候还到达了狂热的程度。

到了四月，农民照例没有了吃的。“你们把自己的粮食全都大口地吃光了，我的好人，”波尔斐瑞·乌拉地米里奇想着，“你们大吃了一冬，到了春天，你们的肚子就饿瘪了。”他刚结清了去年收成的账目。谷子在二月里打完，三月里粮食进了仓，详细的数量前几天也在多少本账簿里登记了。约杜施卡站在窗下等待着。在远处的小桥上出现了坐在小车上的农民福卡。在到哥略夫里奥夫田庄转弯的路角，他忙不迭地摇着缰绳，而且因为没有马鞭，就在他那匹憔悴的老马身上打了一拳。

“他上这里来了，”约杜施卡轻声说，“瞧那匹马。它还能抬起腿来倒真不容易。不过你要是能好好把它喂上一两个月，它会变成一匹挺像样的马的。你能卖得二十五卢布，甚至都能卖上三十呢。”

这时候福卡的车已经赶到了下房。他把牲口拴在篱上，扔给它一把稻草，过了一分钟，又出现在下女的院子里，左右脚替换着站在那里。波尔斐瑞·乌拉地米里奇一贯是在下女的院子里接见这一类客人的。

“嗯，朋友，日子过得怎么样?”

“求求老爷，我需要一点谷子。”

“怎么啦？你自己的已经吃光了吗？多糟呀！你要是少喝点烧酒，多做点活，祈祷祈祷上帝，土壤就会有反应的。现在只长一粒谷子的就要长两粒了。这么一来你就用不着借贷了。”

福卡没有回答，含糊地笑了笑。

“你以为上帝离开我们很远，他就看不见了吗？”波尔斐瑞·乌拉地米里奇接着教训下去，“上帝在这里，那里，无处不在的，我们现在在这里说话，他也并没有离开我们。他什么都听得见看得见，他只是做出什么都不看见的样子。‘让我的子民们按照他们的办法过日子，然后再看他们到底心里有没有我。’而我们这些罪人就利用了这一点，我们不肯挖腰包替上帝买一根蜡烛，倒不住地跑酒馆。就因为这个上帝让我们没有收成。我说得不对吗，朋友？”

“您说得太对了，老爷。无法否认的。”

“好了，你瞧，现在你明白了。你怎么能明白的呢？因为上帝打你那儿撤销了他的恩典。要是你有一个好收成，你还是会犯老毛病的，不过因为上帝——”

“是的，老爷，如果——”

“别忙，让我说一句。上帝使那些不拿他放在心上的人又记起他来。总是这样的。而我们却不能抱怨，应该明白上帝这样做都是为了我们的好处。我们如果总把他放在心上，他就永远不会忘记我们。他会赏赐我们一切，谷子、燕麦、马铃薯——多得我们吃不了。他还会照管我们的牲口。瞧瞧你的马只剩下了皮跟骨头，你如果饲养着鸡，他也会保佑它们好好的。”

“您说得挺对，老爷。”

“人的第一个本分就是尊敬上帝，第二个本分就是尊敬上司，尊敬那些被沙皇封赠过的人们——譬如说，贵族们。”

“照我看，老爷，我——”

“就正是了，‘照我看’。可是只要你稍微想一下，那么你就明白完全不是这么回事了。现在你来借谷子，你就非常恭敬、殷勤。可是两年前，你记得，我需要收割的人手，跑到你们农民那里去请求帮忙的时候，你们是怎样回答的？‘我们还得收割自己的庄稼呢，’你们说。‘不像从前——’你们说，‘我们得替地主干活的那种时候了。现在我们自由了！’自由啦，可是没有谷子！”

约杜施卡看了福卡一眼，可是福卡动都没有动。

“你们太骄傲了，因此你们就没有好运。拿我说吧。上帝给了我祝福，沙皇对我另眼相看。可是我不骄傲。我怎么能骄傲呢？我能算什么呢，不过是个虫豸、蠹鱼，什么都算不上。上帝因为我的谦虚看上了我，给我祝福。他在我身上加上了恩惠，还让沙皇赐我皇恩。”

“波尔斐瑞·乌拉地米里奇，我觉得有农奴制度的时候我们的日子好得多呢，”福卡说，扮着一个拍马的角色。

“是的，哥们，对你们农民说，那是好日子啊。你们什么都不缺，谷子、干草、马铃薯。可是为什么要想从前呢？我是不怀恨的。那回的收割人手我早就忘记了。我只不过是说到了顺便提一提罢了。让我想想看——你不是说要谷子吗？”

“是的，我要的，老爷。”

“你是想来买一点，是不是？”

“我怎么能？我想在新谷下来以前借一点。”

“天，天！这年头就是有钱也买不到谷子啊。我真不知道拿你怎么办好。”

波尔斐瑞·乌拉地米里奇考虑了一会儿，好像真是为难住了。

“我可以借给你一点谷子，我的朋友，”他终于说了，“我的谷子是不卖的，我不愿意拿上帝的赏赐做交易。不过我倒愿意借给你一点谷子。今天我借给你，明天你借给我。今天我有的是。拿去吃就是。你要是要六蒲式耳——就拿六蒲式耳去。你要是要三蒲式耳——你就拿三蒲式耳。也许赶到明天，我会在你的窗子下面敲敲说，‘亲爱的福卡，借给我点谷子，我没有吃的了。’”

“嗽，老爷，您会来找我吗?”

“我不会的。只不过是这么说说。这个世界是看见过更大的翻覆的。出过一个拿破仑，报纸上登了那么许多关于他的事。就是这么回事，哥们。说来说去你要多少谷子呢?”

“如果办得到，就是六蒲式耳吧。”

“啊，我可以给你六蒲式耳。只不过让我警告你一下，这一阵子谷子贵得要命。我们要这么办。我给你四个半蒲式耳①，过八个月你得还我六蒲式耳。我一点利钱都不要，只收那么一两蒲式耳谷子——”

约杜施卡的条件让福卡目瞪口呆了。他好半天说不出话来，只是耸着肩膀。“这岂不太多了点，老爷?”他最后说道，显然是吓坏了。

“如果嫌太多，就找别人去吧。你瞧，我的朋友，我又不

① 一个蒲式耳约合三六公升。

是逼着你，我只是跟一个朋友似的向你提出一个建议。我又不是把你请了来的，我请了你吗？你自己上这里来的。你跑了来有事求我，这就是我的回答。是不是这样，朋友？”

“是的，挺对，不过您不觉得利息太重了点吗？”

“啊，啊，啊！我还以为你是一个公正可敬的庄户人呢。好，那么你就跟我说，我靠什么生活？我怎么开销？你知道我有多大的开销吗？我的好人，这简直就没个完。我这里付一笔，那里又来了别的负担，碰到第三个地方又得摸出现洋来。每一个人我都得使他满足。大家都跟着波尔斐瑞·乌拉地米里奇，都想求他点什么，而我就得尽我的力量敷衍他们。再说，如果我把谷子卖给商人，我马上就能拿到现钱。钱哪，我的朋友，是神圣的东西啊。有了钱我就能买证券，把钱放到稳妥的地方，拿利息。没有任何顾虑，你知道，什么麻烦都没有。只要扯下利息单来就能拿钱。可是谷子你就得留心了，得好好地照顾，这个那个的、事可多了。干了又是一笔损失，耗子还要偷吃呢。不，哥们，钱才是顶好的东西——什么都比不上的！我正该放聪明些，把一切都变成钱，就躲开你们这群人了。”

“欧，波尔斐瑞·乌拉地米里奇，跟我们在一起吧。”

“嗯，我的好人，我倒愿意这样，可是我再也受不了了。我要是还有年轻时候的精力，我当然要和你们在一起，钉着干。现在算了，是歇歇的时候了。我要到圣·塞尔奇阿斯神庙去，我要在神圣的翼护下找个隐蔽的地方，谁都不用想听到我的消息。那我可有多么舒服！一切都平平安安的，又安静又正派；没有吵杂，没有争吵——像在天堂里一样。”

总之，不管福卡的一切抗议，波尔斐瑞·乌拉地米里奇总把这交易安排得符合自己的利益。还不只是如此。正在福卡同意了借款条件的当口，约杜施卡的脑子里又闪过了一个念头。又出现了一片舍来庇克哈草地的景象。这并不怎么大，只不过有一戴斯亚丁左右可以割草。

“你瞧，我帮了你的忙，于是你也要帮帮我，”波尔斐瑞·乌拉地米里奇说，“这可不能算利息，只是帮一下忙。上帝帮了我们大家的忙，于是我们也得照样彼此帮忙的。你一下子就能把这一戴斯亚丁的草给割好的，而我可就太感激了。你瞧，哥们，我是一个爽快人。你替我干一个卢布的活，我就——”

波尔斐瑞·乌拉地米里奇站了起来，面向教堂，画着十字，表示这个交易已经结束了。福卡也站起来，同样地画了十字。

福卡走掉了。波尔斐瑞·乌拉地米里奇拿出一张纸来，取过算盘，算珠开始在他那灵巧的手指下面跳动起来。逐渐地产生了一大堆的数字。全世界都给迷雾包围起来。约杜施卡的手带着疯狂的速度从纸面移到算盘，又从算盘移回纸面。一行行的数字就变得越来越大。

第七部　结　局

第一章

是十二月中旬了。一片静寂僵冻的田野，上面覆着一望无际的白雪。马匹，虽然只是拖着空车，在彻夜卷起的雪堆里行进也是极为困难的。通往哥略夫里奥夫田庄的道路连一点痕迹都没有留下。

波尔斐瑞·乌拉地米里奇对客人的来访变得那样不惯，在初秋的时候就把邸宅前面的入口和所有通到那里的门路都封锁起来，只留下了仆人们的入口和边门，好让他们能和外面的世界来往。

一天早晨，钟刚敲着十一点，约杜施卡穿着换装衣站在窗前无目的地向前看着。从一清早，他就在房里走来走去，沉思着一桩重大的事，不停地计算着幻想的进益。终于，他给数字搅昏了，疲倦起来。邸宅前面的大果园和后面的村落都掩盖在雪里看不见了。在昨天的风雪之后，空气变得冰冷起来，在阳光照耀下，白雪闪闪地发光，闪得波尔斐瑞·乌拉地米里奇不能不眨着眼睛。院子里静寂无人。不管是下房还是靠近畜棚的地方都没有一点动静。甚至村庄本身都那样静寂，好像死亡偷偷地来到了人们的身边。唯一引起约杜施卡注意的是从牧师住宅上面飘起来的一缕轻烟。

“十一点了，牧师的妻子饭还没有烧好，”他想，“这帮穿黑衣裳的家伙总是大吃大喝的。”

拿这个作为起点，他的思想就漂了开去。这是礼拜天还是节日，是不是斋日，牧师妻子可能在烧些什么菜呢？可是突然他的思路又岔开了。通往波哥瑞尔卡村的路上老远地方的小山上面出现了一个黑点，逐渐移近越来越大了。波尔斐瑞·乌拉地米里奇留神地看着。“来的会是谁呢，农民呢还是别的什么人？除了农民还会是谁呢？是的，是个农民！他是来干什么的？要是为了木材，那么，那格劳弗卡森林是在村子的那一边的。这个无赖准是想要偷点木料。要是他想到磨房去，那么，他就应该向右转了。也许他是来找牧师的吧。什么人快死了，也许，已经死掉了？不然就是生下了一个孩子？可能是谁呢？秋天娜尼拉怀了孕，可是在她说来却又太早了。如果是一个男孩，就得经过人口登记。那格劳弗卡上次调查人口的时候人数是多少呢？可是如果是个女孩子，她就不必登记，而且——说来说去，离开了女人还是不行。呸！”

约杜施卡吐了口口水望着墙角的神像，好像是求他保佑自己躲过邪魔似的。

如果这个黑点不见了，他的胡思乱想就很可能继续发展下去，可是它却越来越大，最后转上了通往教堂的沼泽堤岸。这时候约杜施卡看得清清楚楚，这是一部两匹马一前一后拖着的小马车。它随后爬上了山坡，从教堂边上过去。“也许是主教吧，”他忽地想道，“这就是牧师住宅里午饭还没有烧好的原因了。”接着马车向右一转，一直向邸宅开来。波尔斐瑞·乌拉地米里奇本能地拉紧了旧浴衣离开了窗口，好像惟恐被旅客看到似的。

他猜得不错。马车开到邸宅旁边，在边门外面停了下来。一个年轻的女人挺快地从里面跳了出来。她的衣裳穿得不大当令，一件宽大的棉大衣，边上镶着羔皮，与其说为了温暖还不如说是为了好看。她分明是冻坏了。没有人出去接她，这个生客跳着走到下女房的入口。几秒钟后，下女房外面的门砰地关上了，接着就是又一道门，再是一道门，一直到邻近下女房入口所有的房间里都充满了匆促的脚步声和砰砰的关门声。

波尔斐瑞·乌拉地米里奇站在书房的门口留神地听着。他好久没有看到生人，简直和人类做伴他都已经完全不惯了，于是他多少觉得有点狼狈。过了将近一刻钟，跑步和关门的声音还在继续，可是并没有告诉他来的是谁。来客无疑是一位亲属，她分明觉得有出入自由的权利。可是他又有什么亲属呢？他试图回忆一下，可是他的记性迟钝了。他有过两个儿子，佛罗得卡和配顿卡；他有过一个母亲，阿丽娜·彼得洛芙娜——这是好久、好久以前的事了！前一个秋天，娜得卡·盖尔基娜，他过世姑母瓦尔瓦拉·米克海洛芙娜的女儿，在哥略优仕基诺住了下来。会是她吗？怎么会，不对的。她老早就想闯进哥略夫里奥夫邸宅里来，可是没有成功。

“她不敢的，她不敢！”一想到她想闯进来就燃起了怒火，约杜施卡反复地说着。“可是还会有旁的什么人呢？”

正当他忙碌地在猜测时，叶芙波拉克霞小心地走到门边上，宣布说：

“波哥瑞尔卡的小姐，安娜·茜米奥诺芙娜到了。”

的确是安宁卡，可是变得认不出了。她不再是那个美丽、活泼、轻快的女孩子，有着玫瑰色的面颊、大大的灰眼睛、高胸脯，一直垂到下额的浓密的浅色的发绺的、在阿丽娜·彼得洛芙娜死后不久到哥略夫里奥夫田庄来过的那个女孩子，而是一个衰弱、憔悴的人，有着凹进去的胸部，下陷的双颊，一张肺病鬼的脸，呆滞无力的动作——一个弯腰曲背的人，几乎是个驼子。就连她那出色的发辫都带着悲惨，她的双眼，闪着热病的光芒，在她那憔悴的脸上显得特别的大。只有她这对眼睛还保留着一些昔日的美丽。叶芙波拉克霞盯着她望了好久认不出来，最后终于看出来了。

“是你吗？”她喊了出来，拍着手。

“我。嗯？”

安宁卡恬静地笑了，像是想要添上一句，“是的，生活跟我开了一个恶劣的玩笑。”

“舅舅好吗？”

“舅舅？他好得很。他活着，这是无疑的，可是我们却难得看见他。”

“他怎么了？”

“就是这样——完全都是为了孤独的缘故。”

“你是说他不再像从前那样的高谈阔论了吗？”

“他现在真的安静了，小姐。他过去是说个没完，可是突然沉默了下来。偶尔我们听见他在书房里跟自己说话，有时候甚至还笑呢，可是只要他一出来，就不说话了。人家都说他过世的哥哥斯蒂潘·乌拉地米里奇也犯过这个毛病。起初挺快乐，后来就突然沉默起来了。您，小姐，您好吗？”

安宁卡只是摆了摆手作为回答。

“还有您的妹妹也好吗？”

“她已经在克雷切特甫大道边上她的坟里躺了一个月了。”

“上帝慈悲吧！在大道边上！”

“当然啦，自杀的人他们都葬在这种地方的。”

“天哪！一位小姐——却断送了自己的性命！这是怎么回事呢？”

“是的，开头的时候她是一位‘小姐’，然后她就服了毒，就是这么回事。而我，是一个怯懦的人，我想活下去，就投奔你们来了。不会很久的，嗷，用不着害怕。我也就要死了。”

叶芙波拉克霞盯住她看，好像没有听懂似的。

“你为什么要盯着我？我真的那么可怕吗？唳，别管我的外貌。反正，以后我会告诉你的——过些时候。现在，给车夫钱打发他走，再告诉舅舅我来了。”

她掏出了一本破旧的笔记本，拿出了两张黄钞票。

“我所有的财产全在这里了，”她添上说，指着那只小箱子，“都在这里了，包括继承了来的和自己的东西。我很冷，叶芙波拉克霞，非常冷。我病得很重，我身体里面没有一根骨头不痛的，天气这么冷，好像故意跟我作对。我在车子里的时候，只想着一件事，到哥略夫里奥夫田庄来，死在那里，至少也能死在温暖里面。我想喝点烧酒。你能拿点来吗?”

“您最好还是喝点茶吧，小姐。茶炊马上就预备好了。”

“不，茶等一会再喝。现在我想喝点烧酒。不过先别跟舅舅提起烧酒。慢慢都会明白的。”

他们正在饭厅里安排吃茶的时候，波尔斐瑞·乌拉地米里奇来了。现在轮到安宁卡被舅舅的憔悴和不正常的衰老完全吓坏了。波尔斐瑞用一种奇异的姿态接待了安宁卡，并不冷漠，可是好像全然无动于衷。他的话很少，好像是迫不得已才说的，正如一个演员在回忆从前演过的戏里的台词，并且心不在焉，正像一个把注意力集中在严重紧迫的大事上的人，被拖开来去过问一些琐事似的。

“这么着你是回来了?”他说，“你想吃什么，茶呢还是咖啡?吩咐佣人们拿来吧。”

在从前的家庭聚会里，约杜施卡一直是扮演着情感激动的角色的。这一回倒是安宁卡充满了感情、真正的感情。痛苦一定已经深深地陷入了她的身心，因为她一下子就投入了波尔斐瑞·乌拉地米里奇的怀抱，热烈地拥抱了他。

“舅舅，我投奔您来了!”她喊道，迸出了眼泪。

“嗯，欢迎你来。我有不少空房间。在这里住下吧。”

“我病了，舅舅，病得很重、很重。”

“如果你病了，你一定得向上帝祈祷!我每逢不舒服，总是用祈祷来治疗的。”

“我投奔了您来，舅舅，是要死在这里的。”

波尔斐瑞·乌拉地米里奇用疑问的眼色望着她，一个简直看不出来的微笑掠过了他的唇边。

“这么说，是你的表演把你拖到了这个地步？”

“是的，是我的表演把我拖到了这个地步。卢宾卡死了，我——我还活着。”

约杜施卡听到了卢宾卡的死讯，虔诚地在自己身上画了个十字，轻轻地念着祷词。安宁卡挪到桌边坐下，下巴靠在手掌里，望着教堂，继续痛哭着。

“——听着，哭泣和绝望，无疑是一种罪恶，”波尔斐瑞·乌拉地米里奇教训道，“你可知道一个基督徒在这种情况下应该怎样吗？不是哭，而是顺从和希望——一个基督徒是应该这样做的。”

可是安宁卡又向后靠在椅背上，双臂绝望地垂下来，重复地说道：

“啊，我不知道，我不知道，我不知道！”

“如果你为了妹妹把眼睛都哭出来，”约杜施卡继续教训着，“这还是一种罪恶。因为热爱自己的兄弟姐妹虽然是桩好事，可是，假如这是上帝的意旨，把一个或者几个人召唤回去——”

“啾，不，不！舅舅，您的心是慈悲的吗？您的心是慈悲的吗？告诉我！”

安宁卡又扑到他怀里，拥抱着他。

“哎，我是慈悲、慈悲的。跟我说，你需要什么吗？你想吃点什么还是喝点茶、咖啡？想吃什么就要什么。尽管吩咐。”

安宁卡突然记起她第一次来的时候舅舅老是问她，“你想吃牛肉、猪肉、马铃薯吗？”她明白自己不可能得到别的安慰了。

“谢谢您，舅舅，”她说，自己又在桌边坐了下来，“我并不特别想吃什么。您给我吃什么都会使我满足的。”

“如果是这样，那就太好了。你要上波哥瑞尔卡去吗？”

“不，舅舅，我就想跟您住在一起。您不反对吗？”

“愿上帝跟你在一起，我当然不反对。我问一声波哥瑞尔卡只是为了也许你想去一下，那就得准备一下马匹和车辆啊。”

“不，过些时候，过些时候吧。”

“好得很，那么。过些时候你再去。现在你可以和我们住在一起。你可以帮忙管管家，因为我只剩下一个人了，你瞧。这位皇后，”约杜施卡说着，简直带着仇恨，指点着倒茶的叶芙波拉克霞，“一天到晚在下人房里跑来跑去，有时候简直就没人伺候，这所房子里连一个人都没有。哎，现在暂时再会吧。我要回到自己的屋子里去。我要做祈祷，做点工作然后再做祈祷。就这样吧，我的朋友。卢宾卡死去已经很久了吗？”

“快一个月了，舅舅。”

“那么我们明天一早上教堂去，为上帝的新近过世的仆人卢宾卡做一场弥撒。这么我们先再会吧。喝点茶，你要是想吃便饭，就吩咐佣人给你拿来。我们午饭的时候再会，谈一下，聊聊天。如果有什么要办的事，我们就来办，如果没有，就不用。”

第一次家人相会就是这样的。这场相会过去以后，安宁卡就进入了她在可厌的哥略夫里奥夫邸宅的新生活，在短短的一生中间，她这是第二次搁浅在这个地方。

第二章

安宁卡的下坡路是走得很快的。这倒是真的，她第一次来到哥略夫里奥夫邸宅，唤醒了她是一位“小姐”的意识，提醒她在这里有着自己的窝巢和坟墓，提醒她不要给旅馆酒店的肮脏和喧嚣缠住。提醒她自己还有个藏身的地方，在这里可以不受带着酒气和马房味道的讨厌呼吸的侵袭，躲开那些粗嘎的声音、充血的眼睛、淫猥的手脚。可是哎呀！她一看不见哥略夫里奥夫田庄，这些纯洁的意识就从她的思想里消失了。

安宁卡从哥略夫里奥夫田庄一直到了莫斯科，想替自己和妹妹在国立剧院里谋得一个职位。为了这个，她跑去乞求妈姆的帮助，这就是说，她读过书的那个寄宿学校的女校长，还去看过一些同学。妈姆一开头对她是很和气的，可是当她一旦发现从前的学生在乡下剧院里演过戏，她的愉快的态度就变得傲慢和冷酷了。至于安宁卡的同学，差不多都结了婚，她们用无礼的惊异眼色看她，使她颇为惊讶了。她们中间只有一个，比旁人生性善良些，问过她一句话，分明为了表示自己的同情：

“告诉我，亲爱的，这是真的吗，你们女演员上装的时候，军官们要替你们系胸衣的带子?”总之，她想在莫斯科立足的企图是失败了。真实的原因是，她并没有具备在首都获得演出成功的必要条件。她和妹妹卢宾卡都属于那一类虽然活泼但却不怎么有才能的女演员，一生一世只能扮演一种角色的。安宁卡在《潘丽可拉》里获得过成功，卢宾卡在《潘塞斯》和《旧式上校》里也得过好评，而无论她们再钻研什么新的角色，很奇怪地只能是过去成功演出的翻版，不然，更多的时候就遭受了完全的失败。安宁卡于是不得不常常复演“美丽的海伦”。她常常在她那极淡色的头发上罩上火红的假发，把紧身衣的下摆做到齐腰，可是她依旧是平凡无奇，甚至连低级趣味都够不上。她从“美丽的海伦”改演“海洛尔斯坦公爵夫人”。在这出戏里，她那平凡的演技又配上了一份完全荒谬的舞台装置，于是结果就简直可悲了。最后她担任了在《白奴》里扮演克拉瑞蒂的角色。可是她的演出过火到了这样的程度，就连并不十分高雅的外省观众也为她台上的举动震惊了，她其实是把舞台弄成了下流的泥沼了的。一般公认安宁卡是个聪明的女演员，有一条挺不错的嗓子，又由于她的漂亮，在外省就拥有了一批观众。不过也就是如此而已。因为缺乏个性，她就不能保持经久的成功。即使在外省的观众当中，她的知音也多半是军官们，这些人最大的欲望是获得后台的亲近。只有靠了有势力的捧场人向一些戏院经理施行压力她才能获得首都演出的签约，即使如此，观众照样还会给她一个不值得羡慕的绰号，“酒馆歌女”。

这样，姊妹俩就只能回到外省去了。在莫斯科，安宁卡收到卢宾卡寄来的一封信，说她们的剧团从克雷施托夫到赛莫瓦尔诺夫城去了，这个消息使安宁卡颇为高兴了，因为她和那里的一位地方自治会领导人物熟识，这人对她迷恋到了这样的程度，用他自己的话来说，他是“预备盗用自治会的基金，只要能够满足她所有的愿望”。

事实上，她一到赛莫瓦尔诺夫，安宁卡就发现妹妹已经举止相当阔绰准备脱离舞台生活了。卢宾卡的崇拜者，地方自治会的官员伽甫里诺·斯蒂潘尼奇·列尔金，是一个退职的骠骑兵上尉，不久以前还是丰姿楚楚的，目前可是有些发胖了。这人的外表，举止，姿态如果分别地来看倒是显眼地华贵的，可是总起来就会给人一种强烈的印象，这个人简直肆无忌惮。卢宾卡张开双臂迎接了安宁卡，告诉她已经在宿舍给她预备好了一间房间。

安宁卡，依然保留着哥略夫里奥夫田庄一行的影响，对这个建议非常反感。姊妹俩尖酸地拌了几句嘴，不久就分开了。安宁卡不由得想起了佛普里诺牧师的话，他跟她说过，想保卫处女的“光荣”，在演员这一行里是困难的。

安宁卡住在一所旅馆里，和妹妹断绝了一切关系。复活节过去了。下个星期戏院就要开幕，安宁卡发觉她妹妹的位置早给一个从喀山来的娜丽莫娃补上了，这是一个平平的女演员，可是摇晃起身体来却是毫无顾忌的。安宁卡还是照旧扮演潘丽可拉，迷昏了赛莫瓦尔诺夫的观众。她回到旅馆的时候，发现了一个信封，里面放着一张一百卢布的钞票和一张简单的便条，写着："如果发生了什么事，你照样可以再拿到这个数目。商人库基舍夫，杂货商。"安宁卡火了，跑去跟旅馆老板吵起来。他告诉她说库基舍夫有这种欢迎新到女伶的特别习惯，而且除了这一点以外是个无害的人，犯不上去得罪他的。安宁卡把钱封在信封里，第二天就送了回去，又恢复了镇静。

可是库基舍夫却远较旅馆老板所说的更为顽强。他是列尔金的朋友，和卢宾卡也很合得来。他很富裕，同时又是市委员会的一员，因此有动用本市经费的便利。跟列尔金一样，他也相当的大胆。按照市侩的趣味，他有着诱人的外形，使人联想到甲虫，照一支歌曲所说，玛霞在田里没找到浆果却找到了它：

"一只黑甲虫，头上是
美丽的卷发，漂亮的胡子，
他的睫毛是深褐色的，
我自己情人的小像。"

有着这样可喜的外貌，他就觉得自己有进攻的权利，何况卢宾卡又明白地答应了帮他的忙。

卢宾卡，显然已经不可挽救了，而且她的名誉传到姐姐耳里也绝不是可喜的话题。据说，每天晚上在她的房间里有一伙人狂欢作乐从夜半直到早晨，卢宾卡主持着，以"吉普赛"的姿态出现，半裸着，（列尔金，到了这时候就要向他喝醉了的友人们喊，‘瞧，这才算是胸脯哪！’）披散着头发。她和着伴奏的吉他唱道：

“跟情人一起可多么好，
他有着多可爱的小胡子！”

安宁卡听到这些关于妹妹的传说十分担心了。使她最吃惊的是卢宾卡居然以吉普赛的姿态唱出“有着多么可爱的小胡子的情人”的小调，正像莫斯科那个有名的玛曲优夏一样。安宁卡一向对妹妹有清楚的认识，要是她听说卢宾卡在《旧式上校》里的对句唱得出色无比的时候，她就会相信这是很自然的事决不怀疑。库尔斯克、泰姆波夫、潘查这些地方的观众都没有忘记卢宾卡用她那柔和的小嗓子多么天真地唱出来的暧昧透顶的唱辞。可是卢宾卡会照吉普赛的样子唱歌——对不起！胡说！她，安宁卡，能照那样唱，这是无疑的。这是她的一派，她的拿手，在库尔斯克每一个看过她在《拟人化的俄国罗曼史》里的表演的人，都会乐于作证的。

安宁卡取过了吉他，把条纹的带子套上肩头，在椅子上坐下，叠起腿来，开始唱道：“伊——呃克！伊——阿克！”这才真正和吉普赛玛曲优夏一点不差呢。

不管到底怎样，有一点是确定的，卢宾卡的生活是奢侈的。而列尔金，担心在沉醉的幸福里插进一声不谐和的调子，早就设法动用了地方自治会的公款。先不用提在卢宾卡家里喝掉外加泼在地板上面的大量香槟，为了满足她那日益增长的任性和浪费，无论什么都得准备齐全。首先是从莫斯科米浓哥娃夫人那里订制的服装，然后就是福尔特的珠宝。卢宾卡倒是很会打算的，决不轻视值钱的东西。她的放荡决不妨碍她喜爱金银珠宝，特别是奖券。无论怎样，这并不是一种愉快的生活，而是一种极端的放荡和不断的沉迷。

可是有一件不愉快的事。卢宾卡不得不讨警察局长的好。他虽然是列尔金的朋友，他可有时候要显显威风，卢宾卡知道总是什么时候他不满意她的招待，因为第二天警察就要上门检查执照。她屈服了。到了早晨，她就用烧酒和点心招待本区的警察长，到了傍晚，她就自己动手为他准备他特别爱吃的瑞典潘趣酒①。

库基舍夫瞧着这份无尽的豪华嫉妒得要命。他涌起了一种欲念，也来过一下同样的生活，照样搞这么一个情妇。这样就能解决了外省生活的单调。头一天晚上他跟列尔金的皇后在一起，第二天晚上就陪着自己的皇后。这就是他生活的梦想，一个傻瓜的野心，他愈愚蠢就愈是拼命地努力。为了实现他的希望，安宁卡似乎是最合适的人选了。

可是安宁卡却不肯屈服。虽然她也有过多少个追求者，而且和他们的关系也颇为随便，可是热情的激动对她说仍旧是新鲜的。有一次她甚至想和当地悲剧演员米劳斯拉夫斯基恋爱了，他为她颠倒得厉害。可是米劳斯拉夫斯基这个人却是这样的没脑筋，天天喝得醺醉，就从来没有向她表白过爱

① 一种柠檬汁、糖和葡萄酒的混合饮料。

情，只是盯着她看，当她走过时呆头呆脑地打呃儿。于是恋爱就永远不会有成熟的日子。其余的追求者在安宁卡看来不过是些不可少的装饰品，一个乡下女演员由于职业的关系命定要和他们来往的。她顺从了这种情况，也利用他们小小的恩惠，就像喝彩、花束、坐马车、野餐等等，可是超过这种所谓外表的放荡，她是不干的。

她一直坚持着这种处世之道。整个夏天她都坚守着贞洁的生活，嫉妒地保卫着她的光荣，好像要让佛尔庇诺的教师看看，在女戏子里面也可能有道德的毅力的。她有一次甚至决定向省长告发库基舍夫，他好心客气地听着她的控诉，称赞了她的勇敢。可是他看出了她的控诉对省长本人就是一种间接的攻击，他添上说，因为自己就已经使尽了力量控制着内心的敌人，于是他十分怀疑他对她是否可以有任何帮助。听了这个，安宁卡红了脸走掉了。

同时库基舍夫做了如此巧妙的安排，使公众对他的追求发生了兴趣。人们突然认为库基舍夫是对的，而波哥瑞尔斯卡雅第一，她竖在广告上的艺名，倒简直是个假道学。一群党羽组织起来了，特意为了要制服这个倔强的新起演员。开始行动的是一批戏院常客，他们逐渐开始只在她的化妆室左近徘徊，把巢穴安在隔壁娜丽莫娃小姐的房间里。然后，并不直接表示敌对态度，只是在她出台的时候，用一种绝然的冷淡对待她，就像她并不是明星演员，只是个什么不重要的毫无光彩的角色。这群党羽最后坚持要经理把安宁卡的戏删掉若干交给娜丽莫娃来演。而最奇怪的是，这个卑鄙阴谋的主要分子是卢宾卡，而她的知心朋友则是娜丽莫娃。

到了秋天，安宁卡惊异地发觉自己被迫接受了《美丽的海伦》里奥瑞斯特斯的角色，而完全由她主演的戏只剩下了一出《潘丽可拉》。那原因是娜丽莫娃不敢和她竞争这个角色。更加上，经理通知她说，鉴于观众对她的冷淡，她的月薪要减到每月七十五卢布，本年度的一次福利演出，她也只能拿到一半的收入。

安宁卡丧失了信心，因为薪水这样少，她只有从旅馆移居到小店里去。她给两三位经理写过信请求工作，可是得到的答复总是一样的，他们那里已经挤满了要求演出潘丽可拉的人，此外，他们又从可靠方面听到她的执拗的坏脾气，因此不能估计她能有任何成功的希望。

安宁卡现在是靠她最后的储蓄生活了。再过一个礼拜她就要搬到小店里去和克罗夏薇娜住在一起了，她是演帕尔塞尼斯的，是一位警官赏识的女演员。她开始不能不沮丧了，特别是自从每天都有一只神秘的手向她的房间里送进一张便条，永远写着同样的话，“潘丽可拉，顺从吧。你的库基舍夫。”而正在这个紧要关头，卢宾卡最料不到地跑了进来。

“请告诉我，你是为了哪个王子留着你的宝贝的?”她粗率地问道。

安宁卡吃了一吓。最使她吃惊的是，佛尔庇诺的牧师和卢宾卡对处女的贞操都使用了“宝贝”这个相同的字眼。分别只在于牧师把它看作“人生的基础”而卢宾卡则认为这只是“坏男人”会为之颠倒的无足轻重的小事而已。

然后她不由自主地盘问自己，“宝贝”到底是什么东西呢？难道它真正是宝贝，真正值得深藏密锁吗？啊，她对自己的问题，找不到满意的解答。一方面，没有了贞操是相当可耻的，另一方面——啊，该死！难道说她一生的全部意义、全部价值就在于用毕生的奋斗保持这份宝贝？

“只有六个月，我就到手了三十份债券，”卢宾卡接下去说，“还有多少东西。瞧我穿的是怎样的衣裳！”

卢宾卡转了一个身，拉了一下前身，又拉拉两边，展览着自己。这件衣裳的确是值钱的，缝制得特别好。是直接从莫斯科米农哥娃寄来的。

“库基舍夫的人不坏呀，”卢宾卡又说起来，“他会把你打扮成一个洋娃娃的，他还会送钱给你。你就可以一脚把戏院踢开。你可唱够了。”

“永远不！”安宁卡激动地说。她还不曾忘记“神圣的艺术”这个词儿。

“如果你愿意，你还是可以干下去。你会重新恢复原来的薪水，还能再压过娜丽莫娃去。”

安宁卡不响了。

“嗯，再见吧。他们在楼底下等我呢。库基舍夫也在那里。你来不来？”

可是安宁卡依旧保持着沉默。

“嗯，考虑一下吧，假使还有什么值得考虑的话。你考虑好了，就来看我。再会。”

九月十七那天，是卢宾卡的生日，赛莫瓦尔诺夫剧院的广告宣布了一次庆祝演出。安宁卡又扮上美丽的海伦出场了，同一天夜里的奥瑞斯特斯一角是由波哥瑞尔斯卡雅第二，卢宾卡扮演的。为了使这对姊妹的成功完美无憾起见，让娜丽莫娃扮了克利翁铁匠。她穿了紧身衣上台，披着一件短上衣，脸上涂着煤烟，手里拿着一片铁板。观众得意极了。安宁卡刚在台上露面，观众就涌起了那样一片喝采的声音，她很久就不习惯这种喝采声了，几乎哭了出来。在第三幕里，她夜半醒来那一场，她几乎是裸体的站在沙发上面，整个戏院就成了一个呻吟的人海。观众当中有一个完全激动起来的人，他冲着走上台来的米理劳斯喊道，“滚开，你这个该死的！”安宁卡明白观众已经饶恕了她。至于库基舍夫，他穿着大礼服，白领结和白手套。幕间休息的时候，无论朋友和生人他一律慷慨地用香槟招待，体面地谈着他的成功。最后，戏院经理，满脸高兴地在安宁卡房间里出现了，跪在她面前说道：“现在，小姐，您是一个好孩子，您依旧得到您从前的薪水和相应次数的福利演出。”

所有的人全都捧她，向她祝贺，坚决地表示他们的同情，于是她，开头还有些腼腆，不安，为压抑的忧郁心情而烦恼，突然悟到她已经完成了自己的使命了。

散戏以后，全体都去为卢宾卡祝寿，在那里，又重复进行了祝贺。在卢宾卡的房间里挤着那么大一群人，烟草雾使房里呼吸都困难起来。他们坐下来吃晚饭，香槟开始大量地流着。库基舍夫紧紧地挨着安宁卡。这就使她有些难为情，可是他的殷勤再也不使她感到厌恶了。看起来倒挺可笑，可是也有些得意，她这么容容易易地就掌握了这么一个高大有力的男人，他是能毫不费力把一块马蹄铁弄弯再拉直的，而她却可以随意吩咐、支使他。晚餐充满了滥醉和毫无拘检的狂欢，在这中间头脑和内心都不起什么作用，结果也只能是头痛和呕吐。只有那个悲剧演员米劳斯拉夫斯基显得神情忧郁，谢绝了香槟，要喝普通的烧酒，一杯接一杯地吞下。安宁卡，已经有好些日子不喝酒了，可是库基舍夫却一定要逼着她喝。他下了跪恳求她：

“安娜·茜米奥诺芙娜，轮到您了。我求您，为了您的快乐，为了友谊和爱情。赏我们脸吧。”

他这种愚蠢的形态和言语使她讨厌，可是她又不能拒绝，还没有来得及想一下，她早已天旋地转了。卢宾卡，她是那么大量，亲自请姐姐唱一支“跟情人一起可多么好”。安宁卡唱得那么动人，全体一致大声喊道：“啊，这简直就跟吉普赛玛曲优夏一模一样。”接着卢宾卡唱了一支另外一路的淫荡的歌，马上就使大家看出来，这一路的歌才是她的本行，简直就没有人能比得上她，正像安宁卡的吉普赛歌是无比的一样。收场由米劳斯拉夫斯基和娜丽莫娃来了一出“假面表演”，悲剧演员背诵了“乌果里诺”里的几段（“乌果里诺”是波里佛哀的五幕悲剧），娜丽莫娃跟着演了一段尚未刊行的巴尔可夫的悲剧。结果是那样出人意料，娜丽莫娃的表演使两姐妹黯然无色了，她几乎成了当晚的女英雄。

天已经大亮了，库基舍夫才辞别了迷人的女主人，搀着安宁卡上了她的马车。虔诚的市民们已经做完了晨祷归来。

瞧着安宁卡衣着华丽，脚步不稳的样子，他们阴沉地嘟囔着说："别人从教堂里出来，他们倒在灌着酒水。这批没好下场的！"

安宁卡离开了妹妹那里，并没有回旅馆，而是到自己小巧、舒适、布置华丽的下处去的。跟着她的是库基舍夫。

整个冬天在无可形容的骚乱中度过。安宁卡过着完全放荡的生活，如果她一旦提醒自己她的"宝贝"，也只能引起她对自己的讪笑而已，"我从前多傻！"库基舍夫，对自己搞上一个像卢宾卡那样的情妇的"理想"的实现感到非常得意，拿着自己的钱任意挥霍。他为竞争心所煽动，列尔金订了一件长袍时他就订上两件；他买一打香槟，自己就买两打。卢宾卡自己也开始嫉妒起姐姐来了，因为她这一冬已经积蓄了四十张奖券还有数目可观的珠宝。不过她们又重新和好了，并且决定把彼此的积蓄合并在一起。

安宁卡一直在希望着什么，在跟妹妹的一次密谈中间，她说：

"等到这一切都过去以后，我们就回到波哥瑞尔卡去。有了钱，就能替我们自己建立一个家了。"

"你以为这种生活能有结束的一天吗？傻子！"卢宾卡讥诮地回了一句。

安宁卡又碰上了不幸，库基舍夫不久又忽然想起了一个新的"计划"，随即开始用一贯的顽强态度坚持起来。这个粗俗而且分明是浅薄的人，梦想如果他的皇后能够"陪伴"他，就是说，如果她能陪他喝烧酒，他就到达了快乐的巅顶了。

“让我们来干一杯，好太太！”他继续地折磨着她。他一直是彬彬有礼地称呼安宁卡的，很看重这样的事实，认为她生来是一位贵族，同时又希望证明自己在莫斯科的商店里工作过，也绝不是白费的。

安宁卡有好一阵子是加以谢绝的，借口是列尔金从来不曾强迫卢宾卡喝过烧酒。

“可是她为了心疼列尔金先生还是喝的，”库基舍夫反驳道，“我还想问问你，宝贝，你想拿姓列尔金的作榜样吗？他们是姓列尔金的啊，可是你我，我们姓库基舍夫。于是我们就要按照姓库基舍夫的方式喝我们的。”

库基舍夫还是照着他自己的意思行事。安宁卡有一回从她的“心爱的”手里接过一杯绿色的酒来灌了下去。毫无疑问她眼睛里出现了金星，呛着了，咳嗽起来，变得天旋地转，于是使库基舍夫开心极了。

“请允许我说一句，宝贝，你喝得不在行！你喝得太快了，”当她多少平静了一点以后，他就教给她，“酒杯要这样擎在你的小手里，这样！然后你把它凑到唇边，慢慢地——一、二、三——上帝祝福我们！”

于是他就平静地、严肃地喝下了杯里的酒，就像他往一只酒桶里倒烧酒似的。他眉都不皱，只拿了一小块黑面包，在盐碟里蘸了一下，啃起来。

于是库基舍夫就成功地实现了他的第二个“计划”，甚至都开始计划起新的来了，这下子就可以把姓列尔金的完全打垮。当然他又想了出来。

“你知道，”他突然宣布，“夏天一到我们就和列尔金他们到我的磨坊里去，带上些吃的，到河里洗澡去。”

“别做梦！”安宁卡生气地抗议说。

“为什么不呢？我们洗洗澡，然后喝点鸡尾酒，歇一会，然后再洗澡。这可有多么开心。”

库基舍夫的第三个计划有没有实现不大清楚，不过这种酗酒放荡的生活整整搞了一年则是无疑的。这期间地方自治会和市政府关于列尔金和库基舍夫两位先生并不曾表示过些微的不安。为了观瞻起见列尔金到莫斯科去过两次，回来以后就宣布他卖掉了自己的一座森林。有人问起四年前他跟吉普赛女郎都玛施卡同居的时候、已经把这座森林卖掉了的时候，他就回答说当时卖掉的是另一处林子，并且，为了使他的故事看起来真实，他还替新近卖掉的森林地产的名字添上了些详尽的说明。至于库基舍夫呢，他散播了这样的故事，说他从外国走私运来了一大批刺绣，因此赚了一大笔钱。

第二年九月里，警察局长向库基舍夫商量一笔一千卢布的“借款”，而库基舍夫竟自愚蠢到加以拒绝。于是警察总监就开始秘密地和副检察长进行谈判。（后来在审讯的时候，库基舍夫在堂上供称：“他们两个每天晚上都在我家里大喝香槟，”）在九月十七日那天，库基舍夫“纳宠”的周年纪念日，他和别人又在给卢宾卡做生日，一位市参议员跑了进来告诉库基舍夫说，市政委员会已经发出了逮捕他的拘票。

“他们一定是查出了什么！”库基舍夫大模大样地说，不再多说就跟着送信的人到参议会大厅去了，由那里进了监狱。

第二天地方自治会也紧张起来。委员们开会，一次两次地吩咐清点库存款项，最后得到了结论，他们的库存也被人盗用了。传讯时列尔金到了场，苍白，忧郁但却“高贵”！当损失查出，而且列尔金分明已经没有了脱身的希望时，他走到了窗口，从口袋里掏出一把左轮，将一粒子弹打进了自己的太阳穴。

事件在市内引起了相当大的骚动。人们怜悯列尔金，说，“至少他死得体面！”可是对于库基舍夫的一般评论则是，“他生下来就是一个开铺子的，他到死也还是一个开铺子的！”他们提起安宁卡和卢宾卡只不过说，“毛病全出在她俩身上”，并且认为把她俩关起来也没有什么不对，好让这种不要脸的得到惩戒。

检查官，总算没有逮捕她们，可是进行了那样残酷的恐吓使她们吓坏了。自然也有些好心人劝她们把值钱的东西藏起来，可是她们听了却没有放在心上。为了这个，原告检查官（两个机关聘用了同一个检查官），一个大胆的家伙，为了讨好委托人，有一天由传票人陪伴着，就到了两姐妹的家里，开了一张清单。除了她们的衣服和一些金银首饰，从上面的刻字可以知道是观众赠送的礼品以外，把所有的东西都查封了。卢宾卡到底还把一卷钞票藏在胸衣里，这是头天晚上给她的。这是一千卢布，姐妹俩要靠它维持茫茫来日的生活。

为了等待库基舍夫的审判，她们被留在城里住了四个月。

然后审判开始了，姐妹俩，特别是安宁卡，要忍受无情的监查。库基舍夫的玩笑简直开得可怕。完全没有必要，他把一切细节都得意地宣扬出来，显然他是想当着赛莫瓦尔诺夫的妇女们出出风头，轻率地把一切都宣布了。检查长和起诉律师，又年轻又想给闺秀们取乐，抓住这个机会尽力把审判过程弄得十分轻薄，当然，他们达到了目的。安宁卡晕过去好几次，可是起诉律师毫不介意，照样狠狠地盘问她。调查终于结束了，两造各执一词。到了深夜陪审官宣布了库基舍夫有罪，不过认为情有可原。有鉴于此他被判流放到西伯利亚西部。审判结束以后，姐妹俩得到了离开赛莫瓦尔诺夫的许可。这也正是时候，因为那一千卢布已经快用光了。此外，克雷施托夫戏院的经理暂时聘用了她们，又要求她们立即在克雷施托夫登台，威胁她们如果延迟就要取消合同。被起诉律师请求查封的细软和文件渺无下文。

这就是她们漠视自己“宝贝”的下场。受了折辱、践踏，受到每一个人的轻视，姐妹俩对自己的力量丧失了一切的信心，也丧失了光明前途的一切希望。她们变得憔悴、邋遢、怯懦。而安宁卡，在库基舍夫的诱导之下又学会了喝酒。

事情愈来愈糟。她们刚在克雷施托夫下车，就立刻碰上了“保护人”。卢宾卡被波普可夫上尉带走了，商人萨布温内则带走了安宁卡。不过快活日子不再有了。

波普可夫和萨布温内两人都是粗俗、爱吵、又相当吝啬的。过了三四个月，他们变得相当冷淡了。姐妹俩在舞台上的成绩甚至还赶不上情场。那个经理本来看在她们在赛莫瓦尔诺夫的丑事的号召力上，才把她俩邀来，现在发觉他的算盘意外地打错了。就在初次登台的那天，姐妹俩刚在台上露面，顶楼的观众席上就有人喊“你们这两个犯人!”于是这个名字从此就粘在她们身上。这就决定了安宁卡和卢宾卡的舞台命运。

她们现在过的是一种阴郁、沉闷的生活，没有了一切精神上的乐趣。观众是冷淡的，经理向她们瞪眼，“保护人”也不肯替她们说情。萨布温内跟库基舍夫过去一样，梦想着他怎样“强迫”自己的皇后陪自己喝鸡尾酒，她怎样在开始时会装出恐惧的样子，逐渐才顺从了。可是当他发现她在喝酒的艺术上早已是个老手的时候就不禁大怒。他仅有的满足就是让安宁卡表演“痛饮烧酒”给朋友们看。波普可夫，同样，也不满意，声说卢宾卡越来越消瘦了。

“你骨头上本来有过肉的，”他会这样说，“告诉我，你把它丢到哪儿去了?”

为了这个，他不仅对她毫不客气，喝醉了还要常常打她。

到了冬季末尾，姐妹俩既没有了“真正的”爱慕者也失掉了“靠得住的职业”。她们还赖着不肯离开戏院，可是现在谈不上《潘丽可拉》也谈不上《旧式上校》了。卢宾卡比较还兴致好些，安宁卡，是更敏感的，就完全崩溃了。她好像忘掉了过去，对目前也没有了感觉。此外，她开始可疑地咳嗽起来，分明已经染上了暧昧的病。

下一个夏季是可怕的，慢慢地姐妹俩给带到旅馆里去，为了一点低廉的定价就委身于过路的绅士们。耻辱和挨打接踵而来，可是姐妹俩拼命也要活下去，简直固执得跟猫一样[1]。她们使人想起了那种可怜的狗，虽然被一顿打得瘸了腿，依旧爬回自己心爱的老地方，一面走一面哀叫。在舞台上留下这样的女人可不怎么合适了。

在这些黑暗的日子里，仅有一次安宁卡的生活里闪进了一线微光。米劳斯拉夫斯基，那个悲剧演员，从赛莫瓦尔诺夫寄给她一封信，在信里他坚持要把他的手和心献给她。安宁卡看了这封信哭了。她整夜在床上翻来覆去，到了早晨她草草地写了回信，“为什么？只为了我们可以在一起喝酒吗?”此后压在她身上的黑暗就更强了，而且无尽的、卑贱的荒淫生活又开始了。

首先清醒过来的是卢宾卡，或者不说清醒，至少她也本能地感到自己已经活得够了。眼前没有工作可以作。她的青春、美丽和刚刚萌芽的才能，这一切好像不知道怎样一来都消失了。她们在波哥瑞尔卡还有个家，这件事她就从来没有想起过。这好像成了遥远、模糊、遗忘了很久的事。她们从来没有对波哥瑞尔卡发生过好感，而目前她们对这地方的厌恶却只有更深。甚至她们几乎要挨饿的时候，这地方的引诱也是比任何时候都淡薄的。她要拿怎样的身份在那里出现呢?这只能是被人用各式各样的酒醉淫猥的气息当作“动物”侮辱过的身份。这些该死的气息浸透了她的全身。她到处都感觉到它们。更可怕的是，她对这种讨厌的气息已经如此习惯，

① 据说猫是有九条性命的，故云。

它简直就变成了她本身的一部分。安宁卡也有同样的情况。不论是饭馆的臭气、小店的骚音还是醉鬼的下流言语在她们都并不厌恶，于是她们真的是回了波哥瑞尔卡，她们一定会失去了那种“生活”。何况，就在波哥瑞尔卡，她们也要有所凭借才能维持生活。她们在世界上漂流了这些年，就从来没有听到波哥瑞尔卡给她们带来任何进益。也许这个田庄是神话里的。也许那些人全死了，那些虽然辽远但却如在眼前的、曾经亲眼看见她们被外祖母阿丽娜·彼得洛芙娜用发酸的牛奶和烂腌肉养大的人们。

事实已经很清楚，替卢宾卡想想，还是死掉最好。这种念头一旦来到人的心里，就会使人着迷。姐妹俩清醒过来的时候也并不少，可是在安宁卡，伴随俱来的是歇斯底里的发作，啜泣，眼泪，于是很快就又过去了。卢宾卡的天性更冷静些。她不哭也不诅咒，可是她觉得自己是个“荡妇”的念头常常折磨着她。同时卢宾卡比较更有理智些，很清楚地看穿了在她们这种生活方式里是连一点好处也没有的。她往前看看，除了羞辱贫穷和街头以外，再也没有了别的路走。羞辱是一种习惯性的事物，是可以忍受的，可是贫穷——却永远无法忍受！还是马上把一切都做个结束好些。

“我们非死不可，”她有一回对安宁卡说，她的声音的冷淡和沉着就跟两年前她问她为了谁留着自己的“宝贝”时一样。

“为什么?”安宁卡反驳说，颇有些恐惧了。

“我是正正经经地说的。我们非死不可，”卢宾卡又说了一遍。“懂不懂，醒醒吧，想一想!”

“好吧——我们死吧，”安宁卡同意了，完全不了解她这个决定的凄惨意义。

就在当天，卢宾卡切下了一些火柴头，和成了两杯药水。她自己喝掉了一杯，另外一杯给了姐姐。可是安宁卡马上丧失了勇气拒绝喝掉它。

“喝呀，你这个婊子，”卢宾卡喊了出来，“姐姐，最亲爱的，宝贝，喝吧!”

安宁卡几乎吓疯了，在房间里跑起来，本能地掐住了自己的嗓子好像想掐死自己似的。

“喝呀，喝呀——你这个野鸡!”

两姐妹的艺术生涯结束了。当天傍晚，卢宾卡的尸首被抬到田里去埋掉了。安宁卡还活着。

第三章

安宁卡很快就给约杜施卡的老巢带来了一种波希米亚[①]人的生活气息。她起床很晚，午饭以前一直在房间里走来走去，不穿戴，不梳洗，头里作痛，咳嗽得那么厉害，每次发作都要使坐在书房里的约杜施卡浑身震颤，吓上一跳。她的房间一直是乱七八糟的，床上乱糟糟的，衣裳乱堆在椅子和地板上。起初，只在午饭和晚茶的时候她才和舅舅见面。哥略夫里奥夫田庄的老爷穿着一身黑衣裳从自己的房里走出来，话说得很少，吃起饭来，还是那副老样子，慢得叫人冒火。他分明是在观察她。饭后开始了十二月里来得很早的朦胧的暮色。安宁卡喜欢看灰色的冬日余晖的逐渐消失和暗下去的田野；她喜欢看那逐渐侵入屋内的暗影，一直到最后整个邸宅都陷入了无边的黑暗。在黑暗里她永远觉得舒服，很少点起蜡烛。她只许点燃起坐间尽头的一支蜡烛。这是用廉价的棕榈油做的，点起来一面发爆还滴着烛泪，它微弱的闪光形

① 波希米亚是捷克西部吉普赛人最多的地方，这种生活气息就指的是漂泊流浪放荡不羁的生活气息。

成了小小的光环。邸宅里总要有一阵子饭后的骚扰。洗碟子的人手里的碟子碰得发响，抽屉开关都发出了响声；可是不久就会听到越走越远的脚步声，然后就开始充满了死一样的沉寂。波尔斐瑞·乌拉地米里奇去饭后小睡，叶芙波拉克霞躲在自己房间里的床上。普洛克霍尔到下房去了，于是只剩下安宁卡孤零零一个人。

她从这间屋子走到那间屋子，嘴里哼着什么，想使自己疲倦，不过主要还是想赶开自己的思想。走到了起坐间，她就把眼睛盯在蜡烛的光环上，又从那里走开，她企图在黑暗里选择某些使自己眼睛可以凝视的地方。可是她尽管作了这些努力但是旧事依旧不断涌上心头。她看到了糊着廉价墙纸的化妆室，看到那只躲不开的穿衣镜和潘可夫第二少尉送来的同样躲不开的花束；安放着乌黑潮得滑手的布景道具的舞台；她自己，在舞台上跳跳蹦蹦——跳跳蹦蹦，正是这样，虽然她过去自以为是在表演：装修得杂乱无章的戏院大厅，罩着破旧紫丝绒的包厢——这个大厅，从台上看来是整洁甚至华丽的，但是事实上它是又黑暗又阴郁。最后——来了军官们，军官们，无穷无尽的军官们。接着她又看见了那有着讨厌气味的过道，点着暗淡冒烟的煤油灯的旅馆；散戏以后，为了换装打扮好再出一下风头匆忙跑进去的自己的房间，从一早起床上就一直乱七八糟的房间；盛满了脏水的洗脸架，扔在地上的被单，忘记在一把椅子上的换洗内衣。后来她又看见自己在一家公共餐厅里，那里充满了厨房的气味，摆好了刀叉的餐桌，雪茄烟气，嘈闹，人群，酗酒，放荡。然后又是军官们，军官们，无穷无尽的军官们。

这就是她曾经一度认为是自己成功胜利，兴旺的年度的回忆。

紧跟着这些又来了别的回忆，其中最显著的是一个充满了恶臭的小店，冬天水蒸气凝聚的墙壁，不牢靠的地板，木板夹墙，裂缝里露出来的臭虫发亮的肚皮。闹酒吵嘴的夜晚，旅行的先生们从干瘪的钱夹里匆匆掏出三卢布的钞票来，商人们几乎是手里拿着鞭子使那些“女伶”打起精神来。到了早晨——头痛，呕吐，绝顶的灰心。最后——哥略夫里奥夫田庄。

哥略夫里奥夫邸宅就是死神本身，残酷的，空着肚子的，一直在那里等待新的牺牲者的死神本身。两位舅舅死在这里，两个表兄弟在这里遭到了致命的伤害。还有卢宾卡！虽然卢宾卡事实上是为了“自己的事”死在克雷施托夫的什么地方，可是她的伤痛的根源还是要追溯到她在哥略夫里奥夫田庄的生活的。一切死亡、中毒、毒害的根源全在这里。在这里，用腐烂的腌肉给孤女们吃，在这里她们第一次听见仇恨的字眼，和对人类尊严的轻蔑。没有一件最细小的孩子气的过失逃掉过责罚。什么事都瞒不过那个铁石心肠的、偏执的老妇人，不许多吃一口面包，没有一个破碎的泥娃娃，没有一件破衣裳、一只破鞋子。违反了规矩和吩咐立刻就得到打骂的惩罚。然后，当她们得到了自由可以为所欲为，当她们知道可能逃开这个讨厌地方的时候，她们就逃跑了——哎！没有人拦住她们，也没有人能够拦住她们，因为在她们的想象里，再没有比哥略夫里奥夫田庄更坏更讨厌的地方了。

啊，只要这一切都可以忘却，只要人们能在梦境里过另外一种生活，创造一个神奇的世界把过去和现在都赶开，那多么好啊！可是，啊，安宁卡亲身经历的现实抓得那样紧，它的死不放松的掌握把安宁卡微弱的想象力给扑灭了。她企图幻想长着银翼的天使，但是办不到。在天使后面库基舍夫、列尔金、萨布温内、波普可夫这些人冷酷地出现了。天啊！难道一切都完了？难道连欺骗自己的能力也没有了吗？难道这是在彻夜的狂欢、酗酒、放荡里失去的？这种过去是无论如何也得杀死的，这样才不会使她的血液中毒，撕裂她的心。这是必需粉碎、彻底消灭的。

发生的这一切是多么奇怪和残酷！甚至连想象一下未来、想象逃避现状的门径，想象能够改变现实的一切事物都变得不可能了。什么都不可能发生。而最不堪忍受的是，虽然在外表上她还是个活人，事实上她已经死亡了。当初她真该和卢宾卡一起死掉。可是不知道怎样一来她却活了下来。重重的耻辱四面八方向她袭来怎么会没有把她碾碎？她简直成了怎样一条渺小的虫豸，居然能从压在她身上的大堆石块里爬了出来！

她苦闷地呻吟着，在起坐室里跑来跑去，企图扔掉使人焦灼的记忆。熟习的人影在她眼前浮动，海洛尔斯坦公爵夫人摇摆着她的大衣，克拉瑞提·安高特穿着新娘的长袍，前胸有一条一直开到腰际的裂口。美丽的海伦在前身后背两侧都开着裂口。除了淫猥和裸体之外没有别的。她的生活里有的就是这种东西。这许多难道都是真的不成?

七点钟左右家里又有了生气。可以听见准备茶水的声音了，最后传来了波尔斐瑞·乌拉地米里奇的声音。舅舅和甥女坐在茶桌上交谈着刚刚结束的当天的一切；不过每天发生的事并没有多少可谈，于是谈话就很简短。喝完了茶吻过了安宁卡的前额以后，约杜施卡就又爬回自己的洞窟里，安宁卡就到叶芙波拉克霞房里玩牌。

到了十一点放荡的生活开始了。确定波尔斐瑞·乌拉地米里奇已经睡熟，叶芙波拉克霞就在桌上摆上各式各样的腌肉和一瓶烧酒。接着就来了毫无意义的淫荡小调，胡乱弹着吉他，安宁卡唱完一支歌或是说完一段无耻的话以后就喝酒。开头她按照库基舍夫的方式喝酒，冷静地，每干一杯一定要说一句“上帝保佑我们”，不过后来她逐渐陷入了悲哀，开始叹气，咒骂了。叶芙波拉克霞望着她发生了怜悯：

“我瞧着您，小姐，”她说，“我多么替您抱屈，多么抱屈。”

“陪我一起喝酒，那么你就不会抱屈了，”安宁卡接嘴说。

“不，我怎么能?为了您的舅舅，他们几乎不承认我教士女儿的身份，现在如果我又——”

“嗯，这么说只好算了。我给你唱一个‘小胡子’吧。”

她又弹起吉他来，又来了那种喊声，“伊—啊克!伊—欧克!”到了深夜睡眠会突然降临，使她暂时忘却了过去，消除了痛苦。到了第二天，陷入衰弱、半疯狂状态的她再从睡眠的重压下面爬出来，重新生活。

在一个这样下流的晚上，安宁卡正给叶芙波拉克霞唱她的猥亵歌曲，约杜施卡憔悴得异常可怕的苍白的脸在门口出现了。他的嘴唇发抖，给烛光一照他那下陷的眼睛就像两只瞎窟窿。他的双手并在一起祈祷着。他在吓傻了的女人们面前站了几秒钟，然后慢慢地转过脸走出去了。

第四章

有许多家族是给不可避免的命运压垮的。这种情况在散布全俄的小地主阶层里尤为显著。他们没有工作可做，和公众生活没有联系，在政治上也没有地位，一度曾经在农奴制的庇护之下过活，可是现在，没有了靠山，就只能在败落的邸宅里苦度余年了。在这些不幸家族的生活当中，成功和失败都来得十分意外，就像完全出于偶然似的。

有时候一阵幸运就像阵雨似的突然向一个这样的家族泼来。倒了楣的下级军官和他的太太平安地退隐在边鄙的村庄里，会突然交上好运养下了一群儿子，强健、干净、机灵、活泼，有接受新生活的能力——男孩子和女孩子——简单一句话，都是“懂事的”。男孩子以优良的成绩在学校里通过了多少考试，还没有离开学校就已经建立了社会关系，找到了赞助人。他们在恰当的时候表现了谦虚（“j'aime cette modestie,”① 他们的长辈这样夸奖他们），在恰当的时候他们又

① 法文：我喜欢这样的谦虚。

表现了独立（“j’aime cette indépendance!”①）他们擅于见风使舵，不过他们从来不做不留退步的事，于是撤退起来就又自由又容易了。这些成功地创造了我们的新历史的人物用拍马奉承开场，几乎没有例外用不忠收梢。至于女孩子们，她们也顺着她们的路线，尽力于家庭革新的事业，那就是说，她们都顺利地结了婚，然后就在衣着艺术上表现了如许的才能，毫不费力就在所谓——社交界里获得了显著的地位。

由于这种偶然的情况，成功降临在贫困家族头上。经过了英勇奋斗的第一批人养育了整洁的下一代，他们的日子过得更好，因为道路不但没有破坏反而践踏得更为平坦了。下面的几代还是成功的，一直等到出现了没有过奋斗经验，却以为天生就有终生快活的权利的家族。

近来，由于老一代的堕落，产生了对所谓“新人”的要求，因此而有不少家族得到成功的实例。即使在从前，也偶尔有人会平步青云，飞黄腾达，不过这种情形是难得的，理由是，首先，在这个进门处写着“在这里每天有肉饼吃”字样的幸福园地的围墙上没有出现过裂缝，其次，因为想要闯进这个园地，就必须具有真正的能力。可是现在裂缝有了不少，而想要闯进也简单得多了，因为对于新进不再要求大的优点，除了“新”这一点以外，别的就没有什么了。

除开这些幸运的家族，另外也还有不少家族，除了不幸和绝望以外家神什么都没有赐予他们。正像悲惨的阴影一样，

① 法文：我喜欢这样的独立。

恶习和不幸包围了他们，咀嚼他们肉体的这种恶毒影响，使整个家族受到了破坏，一直腐蚀到内心，使世世代代都遭到了毁灭。有这样的门第，生下来就是柔弱的人、醉鬼、无聊的荡子、懒虫和无能的废物。时间越久，这门第就越加堕落，一直到最后产生了像约杜施卡两个儿子那样可悲的柔弱性格，遇到生活的首次冲激就毁灭了。

这种不祥的命运紧紧追随着哥略夫里奥夫家族。多少代以来，他们的家史就标识着这么三种特性，懒散、绝顶的无用、习惯的酗酒，前面两点的后果是精神上的愚蠢、空谈、胡思乱想，第三点就好像是他们在生活上失败不可避免的结论。波尔斐瑞·乌拉地米里奇亲眼看见不少这种厄运的牺牲者的毁灭，据说，他的祖父母和曾祖父母都发生过同样的情形。他们全是无赖、没脑子的人、毫无用处的醉鬼，因此如果不是阿丽娜·彼得洛芙娜在这种昏醉的混乱中间像流星似的出现了一下，哥略夫里奥夫家族无疑早已陷入完全悲惨的命运了。只靠了她个人的精力，这个女人使家族获得空前的兴旺。虽然如此，她的劳力依然落了空。她不仅没有将自己性格的某一部分传给孩子们，并且自己也陷入了懒散、空谈和精神上的空虚，死掉了。

直至目前，波尔斐瑞·乌拉地米里奇还是坚决不受酒的诱惑。可能他是为兄弟们的命运吓坏了，有意识地戒了酒，也许是他沉醉在疯狂的白日梦里已经得到了满足。不过邻人都把他看作醉鬼也不是没有来由的。有时候他自己感到在生活中间缺了些什么，懒散的冥想给予他的的确不少，但却不是一切。它并没有提供强烈的麻醉感觉，这种感觉会把他的现实意识消灭干净，使他永远沉入空虚里去的。

而现在盼了许久的机会自己出现了。自从安宁卡到了以后，约杜施卡晚上就感到从邸宅的另一头传来一种模糊的骚乱。他猜想了好久，还弄不清楚那种神秘声音的来由。他终于发现了事实的真相。

安宁卡想第二天一定会有一顿申斥。什么都没有。整整一早晨波尔斐瑞·乌拉地米里奇还是依旧躲在自己的书房里，可是他出来吃午饭的时候，不仅替自己斟酒，反而倒了两杯，冲着另外一杯羞怯地一笑。安宁卡接受了这个无言的邀请。

“照你讲卢宾卡已经死了？”在吃午餐的时候约杜施卡好像想起了什么似的问道。

“是的，舅舅，她死了。”

“哎，愿上帝使她的灵魂安宁！抱怨是一种罪过，不过纪念她一下倒也应该。我们要不要纪念呢？”

“要的，舅舅，我们纪念纪念她吧。”

他们又多喝了一杯，然后约杜施卡不说话了。他分明依旧不习惯和人们相处。饭后安宁卡行了一个家常礼数，吻了舅舅的脸，他也拍了拍她的面庞，说道：

“你原来就是这样子的。”

同日傍晚，吃茶的时候，比平常要拖得长些，波尔斐瑞·乌拉地米里奇带着古怪的笑容对着甥女望了一会，最后说道：

“我们要不要来点腌肉？”

“好，如果您高兴的话。”

“是的。当着舅舅的面总比偷偷摸摸好得多。至少，舅舅可以——”

约杜施卡的话没有说完。可能他是想说舅舅会不许她喝酒，可是有什么阻止了他使他没有说下去。

从这时开始，每天傍晚在饭厅里总要来上一些冷肉。窗外的百叶窗拉了下来，仆人们退去了，只剩下了舅舅和外甥女两个人。起初约杜施卡还不能和安宁卡步调一致，可是稍稍历练之后就能赶上她了。他们坐下来慢慢地啜着烧酒谈天。谈话一开始是沉闷和冷淡的，他们的头脑越冲动，谈话就越有生气，后来总要引起一场混乱的争吵，争吵的主要原因永远是有关哥略夫里奥夫家族的牺牲者的回忆。

争吵是安宁卡引起的。她用无情的顽强态度重翻家庭的旧账，逗弄约杜施卡，说他和阿丽娜·彼得洛芙娜成为哥略夫里奥夫家族悲剧的主因，这种逗弄使她感到很大的悦乐。每个字里都含着那样尖酸的味道和燃烧的仇恨，使人很难了解她那精疲力尽、蹧蹋得不像样的身体里怎么可能依旧有这么多的生命力。安宁卡的攻击弄得约杜施卡恼怒不堪，可是他的抗拒是微弱的，只是气呼呼地喊出一些困窘的话来。有时候，安宁卡横得过份了，他就嚷起来并且诅咒着。

成天累日地重复着这样的场面，没有一点变化。这可怜的家史的每一个细节很快都谈光了，可是它依旧紧紧地吸引住两人的思想。过去的每一个插曲都引起他们内心的伤痕作痛，他们不断提起那些伤心的往事、细细研究和夸张、得到了沉痛的愉快。不论过去或是现在安宁卡没有一根能够倚靠的道德支柱。一面是贪鄙的吝啬，另一面是精神上的空虚，除此以外，什么都不存在。她的年轻的心渴望着温暖和爱情，可是得到的是石块而不是面包，是责打而不是诱导。命运的作祟，使她进了那个残酷的学校，那里没有教给她严肃地面向生活，反而给了她分享甜蜜毒药的激切热望。青春制造了健忘的奇迹，使她的心没有变硬，使仇恨的种子没有滋长。青春使她沉醉在生活的渴望里。就是这个原因，她才能多少年来一直过着骚乱的、见不得人的放荡生活，把哥略夫里奥夫田庄放在脑后。现在，末日将近，她的心开始发痛了。现在安宁卡还是第一次彻底明白了自己过去的生活，开始对它有了真正的仇恨。

酒一直喝到深夜，如果不是思想和言语都陷入了昏醉的混乱，很可能产生可怕的后果的。可是酒精一旦在这些破碎的心灵里打开了痛楚的源泉，它同样也能使它们平静下来。夜越深他们的谈话就越支离，他们的仇恨就更显得无力。喝到最后痛楚没有了，周围的一切都在他们眼前消失了，另外出现了一种闪烁的虚空。他们变得语言迟缓、眼睛闭拢、肌肉僵硬了。舅舅和甥女这时候就站起来迈着蹒跚的脚步回到自己的屋里去。

当然，这些深夜酗酒的场面是保守不了秘密的。不久在仆人们的心目中，犯罪的观念和他们分不开了。庞大的哥略夫里奥夫邸宅为生命所舍弃了。就在早晨也没有一点响动。舅舅和甥女起床都很晚，直到午饭以前安宁卡撕裂心肺的咳嗽，夹杂着咒骂的声音响彻了整个邸宅。约杜施卡恐惧地听着这悲苦的声音，心里隐隐约约感到自己的末日快来到了。

好像所有哥略夫里奥夫家族的牺牲者现在都从这座冷落的邸宅的墙角和裂缝里爬了出来。到处都摇晃着灰色的鬼影。这儿是老乌拉地密尔·米克海里奇，戴着他的白睡帽，扮着鬼脸讯问着巴尔可夫；这儿是傻子斯蒂奥普伽和鬼鬼祟祟的帕甫尔；这儿是卢宾卡和哥略夫里奥夫世系最后的子孙，佛罗得亚和配顿卡。这些人都是酗酒、荒淫、厌倦和忧伤的。

在这些鬼魂上面徘徊着的是一个活生生的鬼影，波尔斐瑞·乌拉地米里奇·哥略夫里奥夫，这个衰败家族最后的一个代表人物。

第五章

对过去和过去的牺牲者不断的回忆无疑会在约杜施卡身上发生影响。自然的后果——是畏惧吗？——不，倒还不如说是良心的觉醒。他发现自己有一颗良心，健忘和耻辱虽然减弱了良心的敏感，可是到底不能使它消灭。

一颗麻痹的良心的觉醒通常是充满了痛苦的。它没有带来一点平静，没有过新生活的希望，只有无穷无尽毫无结果的折磨。一个人看到自己被禁闭在一所狭小的监牢里，变成一个在忏悔的痛苦中过活的无助的人，再也没有了回到生活当中去的希望。没有旁的方法可以使啮咬着自己的苦痛平静下来，惟一的出路是在地牢的石壁上碰碎自己的头颅。

在约杜施卡漫长无用的一生当中，他从没有想到可怕的悲剧会和自己的生活交织在一起。他过惯了和平安静的日子，嘴上经常挂着祈祷，他从未想到这样的生活方式会带来如许愁苦。他更想不到自己就是这些悲剧的根源。突然残酷的真相在他的良心前面显露了，可是已经太迟了——太迟了——他——来不及做任何补偿来减轻自己一生当中的罪恶。他和社会没有了接触，年纪老了，一只脚已经踏在坟墓里，简直没有一个人带着慈爱的怜悯靠近他。他为什么是孤独的？他为什么在身边只看到冷淡和仇恨？为什么跟他有关的一切都要毁灭？这座哥略夫里奥夫田庄一度曾经住满了人，活像一个挤满鸟儿的鸟巢。怎么现在会没有剩下一点踪迹、一根羽毛？在这里养大的小孩，现在活着的只剩下了他的甥女，她的回家只是为了嘲弄他，给他致命的打击。就连叶芙波拉克霞那样单纯的人也恨他。她住在哥略夫里奥夫田庄，为了波尔斐瑞每月把食物送给她父亲，那个教堂的执事，可是无疑她是恨他的。他夺去了她的孩子，因此也使她痛苦。他的一生弄成了怎样的结果呢？他为什么撒谎，说空话，迫害旁人，积聚财富？谁来继承他的财产呢？谁来享受他一生的成果？谁？

我要重复地说，他的良心觉醒了。约杜施卡焦灼不安地等待夜晚到来，不仅因为到那时候他可以滥饮一醉，同时也可以使自己的良心湮没。他恨那个“淫荡的姑娘”，她用那么冷酷的嘲讽揭他的伤口，可是他不由地就被吸引到她身边去，就像他俩之间还有没有说完的话没有揭开的伤口似的。每天傍晚他要安宁卡把卢宾卡的死重述一遍，每天傍晚毁灭自己的念头都在他的脑子里越发成熟。起初，他只是偶然才想到这个念头。不过等到他更明显地认识了自己的罪恶以后，这个念头就在他心头越陷越深，不久就变成他眼前无涯的黑暗中间唯一的光点了。

同时他的身体也很快地坏下去了。他咳嗽得很凶，有时候还引起了哮喘，这种病本身就叫人受不了，更何况又加上他所受的精神上的痛苦。那些将他的兄弟们送进坟墓的病状都出现了。他听见了帕甫尔兄弟的呻吟，就像他兄弟在杜布劳理诺邸宅的阁楼上喘息的时候一样。可是约杜施卡对于生活依旧是顽强地执着。他的瘦弱下陷的胸膛坚持着抵抗每小时都在增强的痛苦。好像他的身体也表现了出乎意料的精力，来对他的罪恶加以报复似的。

“就这么完了吗?”每逢发病以前他总充满了希望地怀疑着。可是死亡的到来是迟缓的。显然为了加速末日的到来，必须使用暴力。他生命中的一切问题都已经解决了——对他来说生命是痛苦而又无用的。他所需要的是死亡，可是，使他悲哀的是，死亡却来得很慢。当一个人一心一意地请求而死亡却戏弄地迟迟其来时，倒是颇为刻薄恶毒的。

三月末，“受难周①”已经快过去了。不管约杜施卡是怎样的沮丧，在这一段神圣的日子当中，他照样还保持了从儿时就养成的虔敬姿态。他的思想不知不觉地转向了严肃的方面，除了完全宁静之外，他心里没有别的愿望。在这样的心境中，他就不再在夜里狂饮，却陷入了忧郁的静寂。

饭厅里只剩下了波尔斐瑞·乌拉地米里奇和安宁卡坐在那里。夜祷和福音书的诵读刚刚结束，房里依旧飘散着香烟气味。钟敲了十下，仆人们都已经去睡了，凄凉深沉的静寂布满了邸宅。安宁卡，双手抱着脑袋，陷入了沉思。波尔斐瑞·乌拉地米里奇坐在对面，沉默而忧愁。

① 受难周——复活前的一个星期。

“受难周”的夜祷永远给安宁卡留下了不可磨灭的印象。她还是孩子的时候，听到牧师念出“他们用荆棘编作冠冕，戴在他头上，拿一根苇子放在他右手里”①，以后她就十分伤心地哭了，她常常跟着教堂执事用颤抖的最高音唱出：“光荣归于您的长期受难，啾，上帝！光荣归于您！”仪式完毕以后她总是感情激动得全身发抖地跑到下女房里，在那儿，在越来越浓的暮色中（阿丽娜·彼得洛芙娜不许在没有活作的屋子里点蜡烛。）她给婢女们讲“我们上帝的受难”的故事。沉默的泪水从奴仆的眼睛里流下来，她们长长地叹气了。可怜的仆人们诚心诚意地认为她们的上帝和救主离她们不远，相信他会复活，真的会复活的。安宁卡也这样认为和相信。在他们痛苦受难的生活后面，所有这些穷苦的人们的心里都看到了发光的自由的王国。就连一向是那么可怕的老太太在“受难周”里也显得文雅了。她不再唠叨也不再提醒安宁卡说她是个孤女。相反的，她用好言好语抚爱她，劝慰她。可是安宁卡上了床以后也还是不平静的，她睡了以后翻来覆去跟自己说着胡话。

接下来，她就过学校生活和流浪生活了，学校生活空虚，流浪生活痛苦。即使做了跑江湖的女伶，安宁卡依旧嫉妒地看着这些“神圣的日子”，唤回儿时的声音，好使她像小孩一样的叹气和哭泣。可是现在，她清楚地看见了自己的一生，她毁了自己的过去，她明白了前途没有忏悔也没有了饶恕，

① 见新约马太福音第二十七章第二十九节。

信仰和泪水的源泉都枯竭了以后，这时候十字架的磔刑故事对她真有不可磨灭的印象。她小时候周围是阴郁的暗夜，可是在黑暗的后面，她却意识到光明的存在。现在她眼前除了一片漫漫的永夜之外就再没有别的了。她既不叹气也不烦恼，甚至连想都不想。她只是沉入了一种极端麻痹的状态里。

波尔斐瑞·乌拉地米里奇，同样，从他的儿时开始，就尊敬着这些“神圣的日子”，不过，他是个真正的偶像崇拜者，他所看到的只是仪式而已。每年到了耶稣受难日，他总要把牧师请来念诵福音书，他也叹着气，抬起手臂来，泥首叩拜，在手里拿着的蜡烛上刻下记号①，记住念诵过的章节的数目，可是什么都不了解。只有到了现在，安宁卡唤起了他犯罪的感觉，他才第一次懂得，福音书里的故事就是说明“真理”受到可怕残忍的虐待……

自然，如果说这个发现使他对自己的生命有了明确的结论是不免有些夸张的，可是，毫无疑问这在他心里引起了一种接近绝望的混乱。他的过去是他思想混乱的源泉，他越是不知不觉地浸沉在过去里，他的思想就越是混乱。

他过去的生活里有很多可怕的事，可是他说不清楚。这就像一座大山，一直静静的给穿不透的幕布遮蔽着，可是现在突然向他移了过来，随时都要把他碾碎似的。他害怕的是自己可能碾不死，他觉得必须加速高潮的到来。他这个想法已经考虑了很久了。“礼拜六我们要进圣餐，”突然他想起了

---

① 当念诵福音书的时候，人们手里拿了点着的蜡烛站着。

这个念头。“应该给好妈妈上坟去，和她告别才好。”

“我们走到墓地上去好吗?”他转向了安宁卡，对她说明了自己的意图。

“怎么，你如果高兴，我们可以坐马车去的。”

“不，不坐马车，不过——”波尔斐瑞·乌拉地米里奇说，可是突然停了下来，好像想到安宁卡会阻止他似的。

“我害了我过世的好妈妈。我，是我害死了她!”

这个念头使他痛苦，“告别”的愿望在他心里越发强烈了，告别不只是一种套语，而是要扑在坟上用极痛苦的心情哭上一场。

“照你说，卢宾卡的死并不能怪任何人了?”他突然问道，好像想让自己高兴起来似的。

安宁卡开头没有注意他这句话。可是过了两三分钟，她感到一种不可抗拒的力量把她扯回卢宾卡的死亡问题上去，并且拿这件事来折磨起自己来。

“她还这么说来着，‘喝下去，你这个婊子?’”当她又详细地讲了事件的经过以后，他说。

“是的，她正是这么说的。”

“你没有喝?”

“没有。我还活着，这您是看见的。”

他站了起来在房间里来来去去踱了多少回，分明是心情激动。最后他走到安宁卡身边，抚摩她的脑袋。

“我的可怜的、可怜的安宁卡!”他轻轻地说。

一碰到他的手，她就发生了一种可惊的变化。她先是吃了一吓，然后她的面部开始抽动，突然从她的胸膛里爆发了一阵激烈的、歇斯底里的不近人情的哽咽。

“舅舅，您是好人吗？告诉我，您是好人吗？”她简直尖声地叫起来。

她的嗓子嘶哑了，她流着泪，抽抽噎噎的，反复地质问着她回到哥略夫里奥夫田庄来的那一天问过他的问题，那问题他曾经那么荒唐地答复过的。

“您是好人？告诉我，回答我，您是好人吗？”

“你听到晚祷时牧师念过的话吗？”等她最后平静下来，他说，“欧，他[1]受过怎样的磨难啊！只有这样的磨难才能——可是他还是宽恕，永远宽恕了！”

他又踱起步来，他的灵魂被苦痛撕裂了，他脸上布满了汗珠。

“他宽恕了所有的人，”他大声地对自己说，“不只是当时那些给他喝苦胆调和的酒[2]的人，并且还有那些在现在和未来的世纪里做出同样事情来的人。怎样的恐怖啊！”

他突然在她面前停了下来说：

“而你——你宽恕了吗？”

她没有回答，只是扑在他的怀里紧紧地抱住他。

“你一定要宽恕我，”他说下去，“为了每一个人——也是为你自己——为了那些再也不在这里了的人。出了什么

① 指耶稣。

② 见新约马太福音第二十七章第三十四节。

事?”他喊，狂乱地四下里张望。“他们都上哪里去了?”

筋疲力尽，他们回到了自己的屋子。可是波尔斐瑞·乌拉地米里奇不能入睡。他在自己的床上翻来覆去，一直想起压在他心头的一个负担。突然他清楚地记起两小时以前在他的脑子里闪过的话，“我一定要走到妈妈的坟上去向她告别。”

一种叫人精疲力尽的不安情绪攫住了他。最后他爬起来穿上了晨衣。天还黑着，整个邸宅笼罩在完全的静寂里。波尔斐瑞·乌拉地米里奇在房间里来回走了一会，在前面点着神灯的戴着荆棘的王冠的救主像前站下来，望着他的脸。最后他决定了怎样行动，也许是在半昏迷状态里下的决心。他偷偷地走到前厅，打开了外面的门。

外面凶猛地刮着三月里的大风雪，一阵阵雨雪吹得他睁不开眼睛。波尔斐瑞·乌拉地米里奇困难地在路上前进，踩过一个个水坑，完全失去了对风雪的感觉。他本能地把晨衣紧紧地裹在身上。

第二天一早，从靠近阿丽娜·彼得洛芙娜下葬的教堂墓地的村子赶来了一个送信的人。他带来了在路边发现冻死了的哥略夫里奥夫田庄的主人尸体的消息。仆人赶紧走进了安宁卡的房间。她昏迷在床上，不省人事了。赶紧派出了一个人送信给娜戴资达·伊凡诺芙娜·嘉尔基娜（瓦尔瓦拉·米克海洛芙娜姑母的女儿），她是从秋天开始，就一直留心着哥略夫里奥夫田庄发生的一切事情的。

译后记

卢那察尔斯基写过一篇关于谢德林的文章，在指出他是属于出生于十九世纪后半期觉醒得最早的俄国作家中间的一个以后，接下去提出了一连串问题，设想了最早的觉醒者面对严峻的生活现实可能采取的种种不同对策。看见了黑暗的现实以后，是用沉默加以隐瞒、或虽能大声疾呼但对人民的觉醒并不抱有真正的希望？或虽英勇地进行了战斗，却怀着悲观的殉难者心情，不相信这种努力会使现实产生任何微小的改变？甚或去找一个能使自己安度一生的“好职业”，在现实面前闭起双眼，却以得能保持清醒的良心而聊以自慰？……卢那察尔斯基认为，谢德林是一个非常勇敢的人，但并不是一个浪漫主义者，他是一个十足的现实主义者、实干家。怎样从这个停滞时期的绝境中挣扎出来而又能保持自己的尊严，谢德林必须面对并回答这个严峻的问题。

米哈依尔·叶夫格拉福维奇·萨尔蒂科夫-谢德林（一八二六—一八八九）出生于一个贵族地主家庭，从小就接触了农奴制的种种罪恶表现。他在为权贵子弟所设立的学校里学习，接受了别林斯基的影响，并开始写作，不久就遭到逮捕和流放。流放的生活使他能写出外省散记这样的作品，得到车尔尼雪夫斯基和杜勃罗留波夫的热情的赞赏。他们从作品中看出作者对人民的爱，并称外省散记为一本高贵、出色的书。

谢德林后来参加了著名的现代人和祖国纪事编辑部工作，并起了很大的作用。他赢得了高度的“赞赏”。反动报纸的“评论”说，“祖国纪事不是别的，就是谢德林。”

在一八六八—一八八四年祖国纪事工作时期，谢德林发表了许多重要作品，长篇小说《哥略夫里奥夫家族》就是其中之一。这部作品的单行本出版于一八八〇年，但更早发表的是作为特写的几章。这几篇特写曾引起屠格涅夫很大的兴趣，鼓励作者完成一部长篇，继续把约杜施卡的功业描写下去。谢德林还曾为先后写成的几篇特写拟题为一个家族的历史片段，说明了作品产生的过程。

哥略夫里奥夫家族描写的是六十、七十年代俄国地主庄园和生活在这里的形形色色的人物。这曾是当时许多作家注意集中的题材，是现实生活给作家提出的课题。描写这个题材的不同作家几乎毫无例外地都是从旧垒出来的叛逆者。他们都清楚地知道旧垒必将倾圮，它的旧主人必将灭亡。但他们是怀着不同的感情面对这一现实的。有的作家如屠格涅夫，当描写这些场景时，就不能不使人感到其中含有一种浓郁的低回、依恋之情。通过现实主义的创作方法，无情地鞭挞了俄罗斯农奴制的屠格涅夫的美丽的画笔，给我们留下的景象，在谢德林的笔下是看不到的。读者看到的是更阴冷、绝望的农奴主的必然没落的命运，几乎没有任何事物可以预防、阻止这必然的没落。他写下的绝不是挽歌，他对自己出生的阶级是充满了仇恨的，因此可以认为，在叛逆者群中，他是更为清醒、坚决的。他写出了在农奴制的制约下，“贵族之家”里不可能产生任何真正的人，这些道德败坏的地主家族的成员只能相继死亡，随以具来的则是这一制度的彻底崩溃。他用艺术家的画笔达到了这个结论，一个严酷但有极大说服力的结论。

谢德林在作品中创造了约杜施卡这个深刻完美的艺术形象。作家用全力集中概括了他所痛恨的丑恶品质——掠夺、奸诈、伪善、贪婪。他把最强烈的憎恨倾注于他所塑造的这个人物身上。这就使约杜施卡在文学的画廊里成为使人不易忘记的突出形象。列宁非常喜欢谢德林的作品，曾多次在斗争中引用约杜施卡来抨击政治上无耻的两面派、变节者。这就足以说明，艺术典型的生命力是强大的，几乎不因时日流逝、时世变迁而有所减色。同样也可以说明，谢德林这部重要作品至今仍有其存在的充分的理由。

译　者

图书在版编目（CIP）数据

哥略夫里奥夫家族/（俄罗斯）谢德林著；黄裳译
.-- 济南：山东人民出版社，2022.2
（黄裳集．译文卷．Ⅳ）
ISBN 978-7-209-12052-4

Ⅰ．①哥… Ⅱ．①谢… ②黄… Ⅲ．①长篇小说—俄罗斯—近代 Ⅳ．①I512.44

中国版本图书馆 CIP 数据核字（2020）第 233679 号

哥略夫里奥夫家族
GELÜEFULI' AOFU JIAZU
谢德林 著 黄裳 译

主管单位 山东出版传媒股份有限公司
出版发行 山东人民出版社
出 版 人 胡长青
社 址 济南市舜耕路 517 号
邮 编 250003
电 话 总编室（0531）82098914
市场部（0531）82098027
网 址 http://www.sd-book.com.cn
印 装 天津图文方嘉印刷有限公司
经 销 新华书店

规 格 16 开（160mm×230mm）
印 张 27
字 数 265 千字
版 次 2022 年 2 月第 1 版
印 次 2022 年 2 月第 1 次
ISBN 978-7-209-12052-4
定 价 74.00 元